rororo

ro
ro
ro

Ruth Fox

Die Schule des Gehorsams

Erotischer Roman

Deutsch von Elsie Meerbusch

Rowohlt Taschenbuch Verlag

Die Originalausgabe erschien 2002
unter dem Titel «King's Pawn»
bei Black Lace, London.

Deutsche Erstausgabe
Veröffentlicht im Rowohlt Taschenbuch Verlag,
Reinbek bei Hamburg, Januar 2007

Redaktion Doro Wiese
Umschlaggestaltung any.way, Andreas Pufal
(Foto: Neil Guegan/zefa/CORBIS)
Gesetzt aus der Sabon PostScript, InDesign,
bei Pinkuin Satz und Datentechnik, Berlin
Druck und Bindung Clausen & Bosse, Leck
Printed in Germany
ISBN: 13: 978 3 499 24426 1
ISBN: 10: 3 499 24426 8

Dieses erste Buch von mir ist Foxy gewidmet,
die mein Herz, meinen Körper und
meine Seele beherrscht.

Eins

Ich blickte von meiner Zeitschrift auf und konnte nur hoffen, dass keiner im Zugabteil merkte, wie scharf mich meine Lektüre machte. In dem Artikel, den ich gerade las, ging es um Dominanz und Unterwerfung; eindringliche Szenen, in denen Zuchtmeister hilflose Frauen auspeitschten, die ihrerseits um eine Fortsetzung ihrer Züchtigung bettelten.

Der Artikel war der perfekte Stoff für meine Phantasien. Ich gab mich beinahe täglich Vorstellungen hin, in denen ich mit körperlicher Gewalt gezwungen wurde, unaussprechliche Dinge zu tun und andere Dinge hinzunehmen, die mir in Wirklichkeit zutiefst zuwider waren.

Na ja ... oder es zumindest sein sollten.

Angefangen hatte das vor ein paar Jahren, als wir einmal in einem gemischten Doppel – eine gute Freundin und deren Partner sowie mein damaliger Begleiter und ich – abends zum Dinner ausgingen. Irgendwann im Verlauf des Essens, das in einem noblen Restaurant stattfand, änderte Catherine – meine Freundin – ihr Verhalten und benahm sich zusehends merkwürdiger. Sie wurde irgendwie quengelig oder sogar, mir fällt einfach kein besseres Wort dafür ein, richtig frech. Es kam mir so vor, als hätte sie wirklich an allem, was ihr Partner Andy vorschlug, irgendetwas auszusetzen. Mir war klar, dass etwas Besonderes dahinterstecken musste, aber anfangs hatte ich nicht die geringste Ahnung, was.

Im Laufe des Abends wurde immer deutlicher, dass es um irgendein sexuelles Spiel ging, und ich muss sagen, dass ich zunehmend fasziniert zusah, wie sich das Drama zwischen ihnen immer hitziger entfaltete. Ich beachtete meinen eigenen Partner gar nicht mehr und verschlang jede Nuance und jede geheimnisvolle Andeutung der sich vor meinen Augen abspielenden Szene.

Nach der Vorspeise verschwand Catherine eine Weile auf der Toilette, und danach stand der oberste Knopf ihres Kleides ganz unübersehbar offen und gewährte einen freizügigen Blick in ihren Ausschnitt. Andy warf ihr einen kurzen Blick zu, beugte sich dann zu ihr hinüber und zischte ihr zwischen zusammengebissenen Zähnen zu: «Mach das zu. Auf der Stelle!»

Catherine reagierte mit einem reizenden Lächeln und erwiderte etwas, das ich nicht verstand. Der Knopf blieb den ganzen Abend offen, und der Ausschnitt ihres Kleides klaffte immer weiter auf und entblößte sie bis zu den Nippeln, die sich prall und straff unter dem hauchdünnen Stoff abzeichneten.

Auch dem attraktiven jungen Kellner fiel das auf, und indem er um sie herumscharwenzelte, ohne sich im Geringsten um Andy zu kümmern, verschlimmerte er die Situation noch. Den ganzen Abend benahm Catherine sich unmöglich, was ihr sonst so gar nicht ähnlich sah. Sie schlürfte beim Essen, benutzte unanständige Wörter und redete dabei so laut, dass man sie bis zum Nachbartisch hörte.

Der Höhepunkt war erreicht, als Catherine, die sich seit einer Stunde wie ein verwöhntes Gör ohne Tischmanieren benahm, eine kleine Show für den Kellner abzog. Sie kicherte los wie eine Dreijährige, als er sich zum Nachschenken über sie beugte, die Augen auf ihre nahezu nackten Brüste geheftet. Dann plapperte sie los wie das reinste Flittchen: «Oh, ich muss achtgeben. Wenn ich einen Kleinen sitzen habe, werde ich un-be-rechenbar. Meinen Sie, dass ich vielleicht schon ein bisschen beschwipst bin, junger Mann?»

Ich muss laut nach Luft geschnappt haben, was meine beiden Freunde nicht bemerkten, so vertieft waren sie in ihr Spiel, das sich offensichtlich seinem Höhepunkt näherte. Ich war vollkommen in Bann geschlagen und vergaß manchmal sogar vor lauter Erstaunen, die Gabel zum Mund zu führen.

Der Kellner erwiderte, er finde sie ganz entzückend, und verließ den Tisch.

Andy packte Catherine am Handgelenk und zog sie mit einem Ruck zu sich: «Nochmal so eine Frechheit, Fräulein, und du bekommst daheim die Bestrafung, die du verdient hast.»

Mein ganzer Körper reagierte auf diese Drohung mit einer prickelnden Wärme, während ich fieberhaft darüber nachgrübelte, was er damit alles angedeutet haben mochte. Was genau meinte er? Wie würde er sie bestrafen? War es ihm ernst damit? Jesus! Mein Herz hämmerte, und ich spürte ein Pulsieren im Schritt, wo ich immer feuchter wurde.

Ich hatte fasziniert in Andys Gesicht geblickt, doch jetzt riss ich mich von ihm los, um Catherines Reaktion zu beobachten. Sie lächelte wissend; ihre Pupillen waren geweitet, und ihre Lippen standen schmachtend offen. Ich kam mir vor wie in einer Theaterszene, in der jeder Darsteller einen falschen Einsatz hat.

Nach einem solchen Machtwort hätte Andy wütend dreinblicken müssen, doch stattdessen sah er meiner Freundin überschäumend vor Erregung in die Augen. Catherine hätte verärgert oder verängstigt aussehen müssen, doch sie erwiderte seinen Blick mit derselben Erregung.

Ich hätte ihretwegen empört sein sollen, war aber, glaube ich, noch erregter als die beiden anderen, und meinem Partner – der entweder verwirrt oder geil hätte reagieren sollen – war der kleine Wortwechsel entgangen. Typisch! Danach wurde es wieder ein bisschen ruhiger zwischen den beiden. Es war, als könnten sie sich nun, nachdem die Katze aus dem Sack war, allmählich entspannen.

Tagelang grübelte ich darüber nach, was er wohl mit ihr angestellt haben mochte, nachdem sie wieder daheim waren. Schließlich *musste* ich einfach Bescheid wissen, und so rief ich Catherine an und fragte sie ganz unverblümt.

Sie reagierte kein bisschen verlegen, sondern erklärte lachend, sie beide stünden auf Fesselspiele und Spanking, hätten aber gerne einen echten Anlass für eine solche Bestrafungsszene. Sie entschuldigte sich, weil sie uns da mit hineingezogen hatte.

«Normalerweise behalten wir unsere Spiele für uns», erklärte sie, «aber ich hatte mir schon länger gewünscht, dass Andy noch eins draufsetzt und mich auch mit der Peitsche schlägt, und da dachte ich mir, wenn ich ihn mal so richtig vor anderen Leuten vorführe, bringe ich ihn so weit.»

So beiläufig wie nur möglich erkundigte ich mich, ob ihr kleiner Plan funktioniert habe, und spürte dabei, wie meine Möse vor Erregung zuckte.

Offensichtlich bemerkte sie meine Faszination und schilderte mir in allen Einzelheiten, wie er sie, ein Kissen unter den Hüften, mit gespreizten Armen und Beinen bäuchlings aufs Bett gefesselt habe. Erst habe er ihr den Hintern fest mit der bloßen Hand versohlt, und dann habe er sie mit einer Gummipeitsche, die sie vor Jahren erstanden hatten, auf Rücken und Pobacken geschlagen. Catherine erzählte, die Peitsche habe jahrelang ungenutzt an einem Haken im Schlafzimmer gehangen und sei eine ständige Verlockung für sie gewesen. Ich war wohl so fasziniert, dass ich das Antworten vergaß, denn Catherine erklärte mir, in Wirklichkeit verlaufe alles ganz anders als in den Romanen. Ihr Freund habe langsam und behutsam angefangen und sie durch seine Zurückhaltung bis aufs äußerste gereizt. Erst dann habe er fester zugelangt, dabei aber nie ihre Schmerzgrenze überschritten.

«Aber Cath, tut das denn nicht weh?», fragte ich mit verdächtig heiserer Stimme.

«Nur dann, wenn er aufhört und mich stundenlang hinhält. Probier es einmal aus. Wer weiß, vielleicht gefällt es dir ja.» Sie kicherte.

Ich habe schon lange den Kontakt mit Catherine und Andy verloren und kann mich nicht einmal mehr an den Namen meines damaligen Begleiters erinnern, doch damals, während jener Nacht vor beinahe zehn Jahren, wurden Caths Phantasien zu meinen – und ich sehnte mich danach, von jemandem gefesselt und vielleicht auch bestraft zu werden.

Bis zu jenem Tag im Zug hatte ich allerdings niemals das Bedürfnis empfunden, meine Phantasien auszuleben. Vermutlich hatte ich einfach zu viel Angst davor.

Im Zugabteil saßen die letzten Pendler, die einander wie üblich ignorierten und irgendetwas lasen oder komplizierte Geschäftsbesprechungen per Handy erledigten – keiner schenkte den anderen Fahrgästen die geringste Beachtung.

Ich fragte mich plötzlich, ob es unter diesen gehetzten Menschen den einen oder anderen gab, der auf solche Spiele stand, wie sie in dem Artikel, den ich gerade las, in allen Einzelheiten geschildert wurden.

Es ging darin um Frauen wie mich: intelligente, wortgewandte, unabhängige Frauen, die sich ihren Phantasien überließen. Ich stellte überrascht fest, dass viele von ihnen genau wie ich tiefe, dunkle Sehnsüchte hatten, die sie sich kaum selbst einzugestehen vermochten.

Als ich las, wie die anderen Frauen ihre so genannten «perversen Gelüste» preisgaben, fühlte ich mich freier, zumindest in Gedanken mehr über diese Dinge herauszufinden.

Ein nicht nachlassender Druck gegen meine Knie lenkte mich ab, und so riss ich mich von den sexuellen Schwelgereien der devoten Frauen los.

Zwischen meiner und der gegenüberliegenden Sitzbank war gerade genug Raum für zwei Paar durchschnittliche Beine. Meine waren durchschnittlich; seine nicht. Der Mann, dessen Knie beim Sitzen gegen meine drückten, war hochgewachsen und hatte unglaublich lange Beine. Er wirkte schlank und sportlich und hatte dunkles, gewelltes Haar, das ihm bis auf den Kragen seines Polohemdes fiel. Die Situation schien ihm ausgesprochen peinlich zu sein, und eine Entschuldigung murmelnd, rückte er die Beine zur Seite, um mir mehr Platz zu verschaffen.

Ich muss so ein kleines Teufelchen in mir haben, und das war durch meine Lektüre gerade quicklebendig geworden. Daher lächelte ich mein Gegenüber verführerisch an und zog meine Beine nicht etwa zurück, sondern erwiderte den Druck.

Nun blickte er nicht mehr verlegen, sondern ungläubig drein. Mein Gegenüber war sich offensichtlich nicht sicher, ob er mich wirklich richtig verstanden hatte, und so beschloss ich spontan, dass ein kleines Spiel uns beiden die Fahrt verkürzen würde. Ich legte mir die Zeitschrift auf den Schoß, und dort prangte nun in großen Buchstaben der Titel: FRAUEN, DIE SICH UNTERWERFEN WOLLEN.

Er entzifferte die für ihn auf dem Kopf stehenden Worte,

blickte mir ins Gesicht, las den Titel erneut und reagierte dann mit einem Lächeln, das um die Mundwinkel seines ausgesprochen sinnlichen Mundes zuckte. Nun presste er erneut seine Knie gegen meine und blickte mich unverwandt an, doch ich muss zu meiner Schande gestehen, dass ich im ersten Augenblick einen Rückzieher machte, den Kopf wegdrehte und aus dem Fenster sah; dennoch erwiderte ich seinen Kniedruck. Dann begegnete ich seinem in der Scheibe gespiegelten Blick, und diesmal hatte ich den Mut, am Ball zu bleiben. Seine Augen bohrten sich in meine, und gleichzeitig schaffte er es, die Knie ein Stück weit zwischen meine Beine zu schieben. Ich reagierte reflexhaft mit einem Zusammenpressen der Schenkel, doch er blieb beharrlich.

Ich blickte mich hektisch um und stellte zu meiner Überraschung fest, dass niemand in unserer Nähe saß. Da entspannte ich mich ein bisschen und beschloss, es darauf ankommen zu lassen, wobei mir vollkommen bewusst war, dass er einiges zu sehen kriegen würde, wenn er meine Beine noch ein Stück weiter auseinanderpresste.

Da ich von einer recht wichtigen Besprechung kam, trug ich mein schwarzes Businesskostüm mit dem schicken, kurzen Rock. Dieser hatte sich beim Sitzen schon ein kleines Stück nach oben gearbeitet. Der Fremde riss mich mit dem kräftigen Druck seiner Knie aus meinen Gedanken und presste meine zitternden Schenkel auseinander, bis eine Lücke von mindestens fünfzehn Zentimetern zwischen ihnen klaffte. Der glühende Blick seiner Augen, die sich im Fenster mit meinen trafen, brachte mein Blut in Wallungen und wischte alles Zögern beiseite, bis ich nur noch gespannt war, was er als Nächstes tun würde. Er gab meinen Blick einen Moment lang frei, schaute kurz auf meine Beine und sah beim erneuten Aufblicken, dass ich rot geworden war und verschämt zurücksah. Ein beinahe unmerkliches Lächeln spielte um seine Mundwinkel.

Ich hielt den Blick starr auf die Häuser gerichtet, die draußen vorbeisausten, und sah kleine Schnipsel aus dem Leben anderer Leute, die keine Ahnung von unserem erotischen Spiel mit dem Feuer hatten. So weit, wie meine Beine inzwischen gespreizt waren, konnte der attraktive Fremde wahrscheinlich schon den dunklen Abschluss meiner schwarzen Nylonstrümpfe erkennen, doch offensichtlich wollte er mehr, denn er drückte mir die Schenkel immer weiter auseinander. Schließlich lagen auch die Strumpfhalter, der unbedeckte, nackte Teil meiner blassen Oberschenkel und wahrscheinlich auch der Schritt meines schwarzen Spitzenslips offen vor seinen Augen. Und er verschlang das alles mit Blicken – mit ganz unverhülltem Begehren. In den Anblick, der sich ihm bot, vertieft, leckte er sich nervös über die Lippen.

Ist es zu glauben, dass ich praktisch spürte, wie meine Möse rot anlief und meine kräftig fließenden Säfte den dichten, schwarzen Spitzenstoff durchtränkten? Er sah unverwandt dorthin. Von nun an begegnete er meinem Blick nicht mehr; vielmehr wandte er kein Auge von meinem Schritt und nagelte mich mit seinem Blick fest wie einen Schmetterling im Schaukasten. Er holte ein Buch aus seiner Tasche und beugte sich, die Ellbogen auf den Oberschenkeln, wie lesend vor, um zu kaschieren, was da Aufregendes zwischen uns ablief. Ich schaute einfach weiter aus dem Fenster, voller Angst, dass er aufhören könnte. Inzwischen war ich fast unerträglich aufgegeilt.

Mit warmer, sanfter Hand streichelte er meine nackten Schenkel und arbeitete sich allmählich dem Schritt entgegen. Instinktiv versuchte ich, die Beine zusammenzupressen, um seinen Erkundungen Einhalt zu gebieten, doch das ließ er nicht zu. Er schob die Knie noch weiter vor, bis sie genau zwischen meinen Beinen waren, und dann drückte er meine Schenkel so weit auseinander, dass ich spürte, wie mein feuchtes Höschen im Schritt spannte und meine Beine vom Spreizen wehtaten. Ich nahm meinen Mantel vom Nachbarsitz, ließ mich ein wenig nach unten gleiten und legte mir das Kleidungsstück schützend auf den Schoß. Doch er spielte nicht mit, packte den Stoff, der meine immer größere Erregung vor seinem Blick verbarg, und warf ihn neben sich auf den Sitz.

Es überlief mich heiß und kalt, als seine Finger ihre Erkundungen wieder aufnahmen. Sie fuhren langsam und zärtlich meine Schenkel hinauf, bis sie oben angekommen unter den feuchten Zwickel meines Höschens schlüpften und sich ohne einen Moment des Zögerns beharrlich zwischen meine saftigen Mösenlippen und in mich hineinschoben.

Ich biss mir auf die Unterlippe, um angesichts dieser Unverfrorenheit nicht laut herauszuschreien – und konnte mir doch beim Tasten seiner Finger in meiner Möse ein viel zu lautes Aufkeuchen nicht verkneifen.

Ich riss meinen Blick vom Fenster los und beobachtete fasziniert, wie seine braunen Augen auf der Stelle zwischen meinen Beinen hafteten, wo seine Hand verschwand. Aus seinem hingerissenen Gesichtsausdruck und der Beule in seinem Schritt schloss ich, dass das, was er jetzt vor Augen hatte, ihm nicht genügen würde. Daher war ich nicht im Mindesten überrascht, als er sein kleines Versteckspiel aufgab und das Buch einfach neben sich auf den Sitz warf. Er zog mir das Seidenhöschen herunter, bis er meine Möse mit seinen Fingern darin voll im Blick hatte. Mit seinem äußerst geschickten Daumen ertastete er meine Klitoris und spielte zärtlich daran herum, bis sie vor Erregung pulsierte. Es war unglaublich schwierig, keinen Laut von mir zu geben, während ich mich in rasendem Tempo dem

Orgasmus näherte, doch dieses unerlässliche Schweigen verstärkte meine Erregung noch, bis ich mich kaum mehr zu bändigen wusste.

Als dann die Zuckungen meines Orgasmus an seinen Fingern saugten und meine Klitoris durchbebten, schien er das ausgesprochen befriedigend zu finden.

Der Zug bremste ab und fuhr in einen Bahnhof ein, als mein Höhepunkt gerade zu Ende ging. Schweiß rann mir den Rücken hinunter und verklebte mir das Haar, und ich rang angestrengt um Fassung, während der Fremde jede meiner Bewegungen gebannt verfolgte. Ich rückte meine Kleider zurecht und dachte gleichzeitig verzweifelt darüber nach, wie ich seine Aufmerksamkeiten erwidern konnte. Etwas Besseres als die Toilette fiel mir nicht ein, doch ich musste meine Idee für mich behalten, denn er stand auf, beugte sich über mich, küsste mich sanft auf die Lippen, drehte sich um und verließ den Zug.

Vollkommen verblüfft sah ich, wie er auf dem Bahnsteig an meinem Fenster vorbeiging und mit einem letzten, rätselhaften Lächeln den Zeigefinger in den Mund steckte und daran lutschte.

Leider habe ich ihn nie wiedergesehen.

Meine Phantasie hatte neue Nahrung erhalten. Ich wollte wissen, wie es sich anfühlte, gefesselt zu sein. Allein schon der Gedanke jagte mir einen wohligen Schauder über den Rücken. Ich wollte wirklich wissen, was für ein Gefühl es war, wenn man nicht nur, wie ich im Zug, die Beine breit machen musste, sondern wenn man stramm gefesselt wurde und einem Lover auf Gedeih oder Verderben ausgeliefert war. Wie wäre es wohl, Fesseln zu tragen, die so fest saßen, dass man nicht einmal mehr zappeln konnte?

In der Zeitschrift, die ich las, hatte eine der Frauen über ihre Herr-und-Sklavin-Beziehung berichtet. Sie hatte das

Gefühl absoluter Hingabe beschrieben, das sie empfand, als ihr die Augenbinde angelegt wurde und sie die köstliche Empfindung genoss, ganz der Gnade ihres «Meisters» ausgeliefert zu sein. Ich war mir nicht recht sicher, ob das mit dem «Meister» nach meinem Geschmack war, doch der Rest löste in der einschlägigen Körperregion ein unverkennbares Kribbeln aus. Bis zum Ende der Fahrt gab ich mir große Mühe, mir die erregende Idee, die sich meiner bemächtigen wollte, aus dem Kopf zu schlagen. Ich wusste, sollte ich meinen verrückten Plan wirklich umsetzen wollen, müsste ich den Mann, der mich «entjungfern» sollte, äußerst sorgfältig auswählen. Schließlich konnte das eine maßlos peinliche Erfahrung werden, doch ich wollte endlich am eigenen Leib erfahren, was es hieß, gefesselt zu sein. Dass damit auch Gefahren verbunden sein mochten, kam mir überhaupt nicht in den Sinn.

Die Vorstellungen von Fesselung und Unterwerfung, die sich in meinem Kopf drängten, waren noch immer harmlose Phantasien, die mir einfach einen Nervenkitzel verschafften.

Als ich die Haustür aufschloss, sagte ich mir, dass ich eigentlich mühelos herausfinden konnte, ob so ein Szenario mich wirklich anmachte. Ich erledigte, was im Haus zu tun war, doch gleichzeitig ließen die Erinnerungen an mein Erlebnis während der Heimfahrt mich keinen Moment los, mehr noch, es fühlte sich geradezu so an, als steckten die Finger des Fremden im Zug noch immer in meiner Möse. Die Spannung wurde immer unerträglicher, und schließlich legte ich mich mit einem ziemlich albernen Gefühl aufs Bett. Zuerst dachte ich darüber nach, wie ich mich selbst fesseln könnte, und hatte dabei zwar massenhaft gute Ideen für die Beine, aber keine für den Oberkörper.

Ich trieb zwei Ledergürtel auf, legte den einen um meine Fußgelenke und den anderen um meine Knie und zog sie kräftig zu, um einmal zu spüren, wie sich das anfühlte. Der Druck und das Knirschen des Leders, die moschusartigen Düfte und der Kontrast des schwarzen Materials zu meinem hellen Teint, all das genügte, mich zu erregen, bevor ich auch nur die Gürtelschnallen geschlossen hatte.

Doch das reichte mir nicht; ich wollte mehr. Ich zermarterte mir den Kopf, wie ich mir selbst die Hände hinter dem Rücken fesseln könnte – doch es fiel mir einfach nichts ein. Keine meiner Ideen funktionierte ohne einen Mitspieler, der mir die Fesseln anlegte und sie wieder löste. Also machte ich die Gürtel widerstrebend los und ging in den Verschlag hinunter. Ich musste eine Weile kramen, fand aber schließlich ein altes Vorhängeschloss mit Schlüssel – ziemlich groß, doch für den Zweck geeignet. Mit klopfendem Herzen steckte ich den Schlüssel ins Schloss, doch es war verrostet und bewegte sich nicht. Gleich darauf wurde mir klar, dass ich ohnehin keine Kette besaß, um sie mit dem Schloss zu verschließen! Da war einfach die Erregung mit mir durchgegangen.

Zurück ins Schlafzimmer. Ich musste mir eben einfach vorstellen, dass ich Fesseln trüge. Ich legte mir die beiden Gürtel wieder um die Beine, zog sie ordentlich straff und schaltete das Licht aus. Nun lag ich im Halbdunkeln, allein mit meinen Gedanken. Ich hatte die Hände unter mir festgeklemmt, um mir besser vorstellen zu können, wie es sich anfühlen würde, vollkommen hilflos zu sein. Zwischen den bebenden, vom Gürtel zusammengepressten Schenkeln wurde meine Möse heißer und heißer. Die Beine begannen zu zitterten, und ich hätte gerne meine Hände befreit und an mir herumgefummelt, hielt aber durch, weil ich gespannt war, wohin meine Gefühle mich tragen würden.

Ich stellte mir vor, der Fremde aus dem Zug stünde über mir, schlüge mit einer Peitsche zischend durch die Luft und verfolgte gebannt, wie ich mich in meiner misslichen Lage lüstern zu seinen Füßen wände. Mir wurde ganz heiß von der Vorstellung der knallenden Peitsche, und ich schloss die Augen, um mich meiner Phantasie ganz hinzugeben. Ich stellte mir vor, dass er einfach gar nichts tun und abwarten würde, bis ich ihn flehentlich anbettelte, Hand an mich zu legen. Erst wenn ich laut jammerte und stöhnte, würde er auch nur mit dem Gedanken spielen, mich von meinem Elend zu erlösen. Ich merkte plötzlich, dass ich tatsächlich laut stöhnte und dabei versuchte, die Beine zu spreizen. Doch die Gürtel taten ihren Dienst und hielten sie fest zusammen.

Meine arme Möse war noch nie so missachtet worden. Sie gierte nach Aufmerksamkeit. Jeder Art von Aufmerksamkeit. Ich hatte ja tatsächlich keine Ahnung, was sie wollte, oder genauer gesagt, was *ich* eigentlich wollte. Meine heiße Möse und ich wollten jedenfalls etwas, und zwar dringend. Es dauerte nicht lange, da hielt ich es nicht mehr aus. Ich zog die Hände unter mir hervor, schob mir eine Hand zwischen die Schenkel und rieb und rubbelte mit der Faust im triefnassen Schritt meines Höschens, um das Verlangen zu befriedigen, das ich geweckt hatte.

Mein Körper erbebte von dem kleinen, krampfartigen Orgasmus, den ich ihm abgenötigt hatte, und danach lag ich zitternd auf dem Bett, vollkommen unbefriedigt und ein bisschen verängstigt von den intensiven Empfindungen, die ich durchlebt hatte. Wenn ich schon nach fünf Minuten hitzigen Phantasierens so zermürbt war, sollte ich meine Erkundungen dann wirklich noch weiter treiben? Doch nun wurde es mir zur *Prinzipienfrage*, nicht schlappzumachen. Ich empfand es als unglaublich demütigend, wie ich mich in meinen eigenen Fesseln auf dem Bett gewunden hatte. Ich war fest entschlossen, mehr über diese aufregende Seite meiner Sexualität herauszufinden. Ich bin im Prinzip eine unabhängige Frau und gewiss nicht daran gewöhnt, nicht zu bekommen, was ich mir wünsche.

In den nächsten ein oder zwei Wochen gelang es mir kaum, mir die wohligen Phantasien auch nur ein paar Minuten aus dem Kopf zu schlagen. Wie würde es sich wohl anfühlen, wenn ich vollkommen hilflos wäre und zwei Hände und vielleicht sogar ein Mund sich nach Herzenslust an meinem Körper zu schaffen machten? Wo ich auch war, ständig stellte ich mir einen Lover vor, der mich in seiner Gewalt hatte. Wenn im Büro einmal nichts zu tun war, stand ich mit hinter dem Rücken gefalteten Händen da, als trüge ich Fesseln. Offensichtlich wurde es wirklich allmählich Zeit, etwas zu unternehmen.

Wie naiv ich damals doch war. Ich dachte, alles wäre ganz einfach. Damals hatte ich nicht die geringste Ahnung von solchen Spielen. Ich dachte, ich müsste einfach nur jemanden finden, der Lust aufs Fesseln hatte und die nötige Experimentierfreude besaß. Meine Welt war noch immer ziemlich normal.

Und das waren vermutlich auch die letzten paar Tage eines fast normalen Lebens.

Wahrscheinlich habe ich immer schon gewusst, dass das, was ich kannte, für mich noch nicht alles war. Auch wenn andere Frauen von ihrem Liebesleben erzählten, klagten sie häufig über Langeweile. Diese Frauen sehnten sich jedoch nach einem zärtlicheren Liebhaber. Ich dagegen wollte das Gegenteil: Intensität.

Nach meinem Erlebnis mit der notdürftigen Selbstfesselung und der enttäuschenden Klimax wusste ich, dass Selbstbefriedigung für mich nicht die Lösung war. Das Gefühl, nach dem ich mich sehnte, verlangte unabdingbar einen zweiten Mitspieler.

Nachts lag ich lange wach und malte mir in den grellsten Farben alle möglichen Handlungen aus, die an meinem hilflosen Körper vollzogen wurden. Ich stellte mir vor, ich würde von einem ganz in Leder gekleideten Mann überwältigt und vergewaltigt. Oder ich wäre in einem Vorlesungssaal auf einem Tisch festgeschnallt, während Hunderte von Studenten mich von einer erhöhten Galerie aus beobachteten. Neben mir stünde ein vollbestückter Rollwagen mit Instrumenten, die ich im Einzelnen nicht recht erkennen konnte, aber sie machten mich verdammt scharf.

In meinem Lieblingsszenario war ich die Sklavin eines Stammes von Amazonen, die mich in Ketten hielten und sich aufs erniedrigendste an mir vergingen. Diese Phantasie machte mich am allermeisten an.

Ich war wie besessen und hatte das Gefühl, dass mein Leben aus dem Tritt geriet – meine Selbstbeherrschung war ohnehin schon flötengegangen. Ich war wieder wie ein Teenie, der den ganzen Tag nur Sex im Kopf hat. Ich konnte mich einfach nicht von diesen Gedanken frei machen.

Ich beschloss, dass ich mit jemandem darüber reden musste, bevor ich endgültig den Verstand verlor. Ich wollte all diese Vorstellungen, die mich allmählich den letzten Nerv kosteten, einmal vor einer wohlwollenden Zuhörerin ausbreiten und sehen, was dann geschah.

Die Wahl fiel natürlich auf Ruth, meine beste Freundin. Ich wusste, dass ich ihr einfach alles anvertrauen konnte. Sie würde mir weder Moralvorträge halten noch mich verurteilen. Wahrscheinlich würde dieses Gespräch ihr sogar einen erotischen Kick verschaffen. Ich nahm den Hörer zur Hand, holte tief Luft und hoffte verzweifelt, dass sie da war. Ich war schon seit Jahren sehr gut mit ihr befreundet.

«Hi», nahm sie das Gespräch mit einer hauchigen, äußerst verführerischen Stimme an.

«Ich bin's nur», erwiderte ich lachend, «du kannst die Flirtstimme ausschalten.»

Ich erklärte, ich hätte etwas sehr Aufregendes mit ihr zu besprechen, und lud sie zum Kaffee ein. Ich wusste, dass sie viel zu neugierig war, um so eine Einladung auszuschlagen.

«Bin schon auf dem Weg. Setz den Kaffee auf und hol die Kekse aus dem Schrank. In einer halben Stunde bin ich da, dann kannst du mir alles erzählen.»

Während ich Ruth erwartete, zog ich eine Bilanz meines Lebens und fragte mich, ob der Gedanke, einen so erfolgreichen Lebensstil in Gefahr zu bringen, nicht töricht war.

Nach zehn Jahren in der Firma Adtec Services hatte ich mich von einer Position als Verwaltungsassistentin zur Personalchefin hochgearbeitet und war wirklich stolz auf meine Leistung. Ich hatte alles, was eine Frau sich als Single nur wünschen konnte: ein gemütliches Einfamilienhäuschen in einem überschaubaren Dorf, in dem ich, auch wenn ich mich nicht dem Dorfleben anschloss, doch die meisten Einwohner vom Grüßen kannte. Ich ging zweimal wöchentlich ins Fitnessstudio, um meinen Körper in Form zu halten. Meine Titten waren noch immer recht knackig und mein Gewicht so, dass ich es mir leisten konnte, hin und wieder auch einmal über die Stränge zu schlagen.

Es gab zwei oder drei Männer, mit denen ich gelegentlich ausging, vielleicht ins Theater oder zum Essen, und die, wenn die Stimmung danach war, nach einem anregenden Abend auch gerne über Nacht blieben, damit die Sexualität zu ihrem Recht kam. Das einzige Problem dabei war, dass bei mir trotzdem irgendetwas unbefriedigt blieb. Ich wurde meine Phantasien nicht los.

Tom, einer dieser Männer, machte hin und wieder Andeutungen, die in die Richtung meiner Sehnsüchte gingen, aber es wurde nie etwas daraus. Wenn wir zum Beispiel im Theater etwas sahen, das ihm gefiel und mir nicht, scherzte er manchmal: «Wenn du keine Ruhe gibst, muss ich dich übers Knie legen», oder: «Wenn du weiter so zappelst, binde ich dich noch am Stuhl fest.» Einmal drehte ich ihm im Bett sogar den Po zu und piepste verschämt: «O nein, bitte nicht schlagen.» Also schlug er mich nicht.

Fünfundzwanzig Minuten nach meinem Anruf klopfte Ruth an die Hintertür und trat in meine Küche. Mit ihren langen, schlanken Beinen, die sie bestmöglich zur Schau stellte, und einem kurzen Jeanskleid, das ihre knusprig braune Haut und die attraktive Figur wunderbar zur Geltung brachte, sah sie so schön und cool aus wie immer. Ruth ging abends mit mir ins Fitnessstudio, hatte das aber eigentlich gar nicht nötig, denn sie war eine dieser beneidenswerten Frauen, die essen können, was sie wollen – sogar Schokolade – und trotzdem immer mühelos in Größe 40 passen. Ich dagegen musste schwitzend und schnaufend um Größe 42 kämpfen.

Sie ist eine sehr schöne Frau mit kurz geschnittenem, jadeschwarzem Haar, und wenn man in ihre großen, blauen, ausdrucksvollen Augen sieht, möchte man ihr seine tiefsten Geheimnisse anvertrauen. Ich habe mich nie daran gewöhnen können, dass sie so schön ist. Wo wir auch hinkommen, man dreht sich nach ihr um. Die meisten Leute halten sie auf den ersten Blick für ein Betthäschen, aber das ist nur eine Fassade. Unter dem Wimpergeklimper und der samtigen Flirtstimme verbirgt sich eine intelligente Frau. Sie arbeitet selbständig und kann notfalls ausgesprochen stark und entschlossen auftreten; für mich aber ist sie einfach Ruth, meine Freundin. Als Teenies hatten wir alles miteinander geteilt, Klatsch, Make-up und die ersten Jungs, und ich hoffte, dass meine

Eröffnung sie nicht schockieren und unserer Freundschaft keinen Schaden zufügen würde.

«Hi», begrüßte sie mich und gab mir einen Kuss auf die Wange. «Was gibt's denn so Dringendes? Ich bin schon ganz gespannt. Morgen wollte ich doch sowieso vorbeikommen. Ah, schon gut, sag nichts, ich weiß Bescheid: Es hat garantiert mit einem Mann zu tun. Stimmt's, oder hab ich recht?»

«Ganz daneben liegst du nicht», erwiderte ich. Ich klagte eigentlich ständig über irgendeinen Mann, der sich mal wieder nicht so verhielt, wie ich mir das wünschte. Wenn ich mich so ereiferte, schaffte Ruth es eigentlich immer, die Sache wieder in die richtige Perspektive zu rücken. Ich fragte mich nervös, ob ihr das diesmal genauso mühelos gelingen würde.

«Na, dann schieß mal los», ermunterte sie mich. «Ich bin schon ganz gespannt. Wer ist es denn?»

Wir saßen am Küchentisch, wie üblich, wenn wir uns bei einem Teller Keksen und einer Kanne Kaffee zu einem Schwätzchen trafen. Ich nahm meinen ganzen Mut zusammen und rückte mit der Sprache heraus.

«Hast du manchmal Phantasien, Ruth?»

«Aber natürlich. Hat die nicht jeder? Warum? Was sind das denn für Phantasien – deine Augen leuchten ja richtig. Los, spann mich nicht auf die Folter.»

«Ich weiß nicht, wie ich anfangen soll», flüsterte ich, plötzlich ganz schüchtern und verlegen.

Da ergriff sie meine Hand und blickte mir in die Augen.

«Na komm schon, du Dummchen. Du weißt doch, dass du mir alles erzählen kannst. Pass auf, erst erzählst du mir deine, und dann erzähl ich dir meine. Und wetten, hinterher bist du die Geschocktere.»

Sie hatte ja keine Ahnung.

Anfangs geriet ich noch ins Stottern, doch als ich merkte, dass sie mit keiner Wimper zuckte, gab ich ihr alles preis. Ich erzählte ihr von dem erotischen Spiel mit dem Fremden im Zug und von meinen Phantasien über Fesselungen und Züchtigungen. Ich fügte noch ein paar Einzelheiten aus dem Zeitschriftenartikel hinzu und berichtete ihr von meiner jüngst getroffenen Entscheidung, einmal irgendetwas in dieser Art wirklich auszuprobieren. Schließlich fragte ich sie, ob sie eine Idee habe, wie ich einen dominanten Partner für Fesselungsspiele finden könne.

Ruth war kein bisschen erschüttert. «Zunächst solltest du entscheiden, wie weit du bei deinen Experimenten gehen möchtest und welcher Typ von Partner in Frage kommt. Wenn wir das erst einmal wissen, fällt uns die Verwirklichung bestimmt leichter, nicht wahr?» Sie lächelte.

Das wisse ich selbst nicht recht, antwortete ich. Ich erzählte ihr, am beharrlichsten dränge sich mir eine Vorstellung auf, in der meine Arme und Beine auseinandergespreizt worden seien und ich gequält würde, doch mir sei vollkommen klar, dass es sich dabei um eine Phantasie handele. Wir beschlossen, dass ich ganz realistisch gesehen am besten mit einem Mann anfangen sollte, der wusste, dass ich Anfängerin war, und der Spaß daran hatte, eine Novizin einzuweihen.

«Ich hab eine Idee, Cassie. Besorg dir doch eine von diesen Zeitschriften – du weißt schon, die Sorte, die ein bisschen versteckt im obersten Fach ausliegt. Dort könntest du eine Kontaktanzeige aufgeben. So brauchst du auf nichts einzugehen, was dir nicht gefällt. Du kannst dir unter den Antworten in aller Ruhe etwas aussuchen und bleibst dabei vollkommen anonym, solange du es möchtest. Du kannst deinen Partnern sogar etwas vorschwindeln, wenn dir danach ist. Komm, packen wir es gleich an, bevor du einen Rückzieher machst. Ich helfe dir.»

Ich ließ mich von ihrer Begeisterung anstecken und war sofort einverstanden, ohne mir die geringsten Gedanken zu machen, was mich erwarten könnte. Während Ruth ihren Kaffee austrank, zog ich mir Schuhe und Mantel an. Einmal mit dem Lippenstift über die Lippen, und wir waren fertig.

Im nächstgelegenen Einkaufszentrum klapperten wir mindestens vier verschiedene Zeitschriftenhandlungen ab und taten dabei jedes Mal so, als suchten wir nach Frisurenzeitschriften, um dabei unauffällig die oberen Auslagenfächer in Augenschein zu nehmen. Danach hatte Ruth die Nase voll, und so packte sie mich bei der Hand und marschierte mit mir in den nächsten Zeitschriftenladen. Zum Glück war nur der Besitzer da. Ein Orientale, und der Ärmste wusste nicht, wie ihm geschah. Meine ausgesprochen attraktive Freundin marschierte direkt auf die Ladentheke zu, beugte sich zu ihm hinüber und fragte in verführerischem Flüsterton, ob er ihr helfen könne.

«Aber natürlich, Miss, gerne. Was kann ich für Sie tun?»

«Nun, meine Freundin und ich suchen einen Mann, und wir hätten gerne eine dieser Zeitschriften mit Kontaktadressen. Haben Sie so was?»

«Aber natürlich. Kommen Sie mit.»

Er sabberte fast schon. Ich hielt mich zurück und ließ Ruth machen. Sie gingen zur Zeitschriftenauslage, und er holte drei oder vier Zeitschriften aus einer halb versteckten Ecke, unterhielt sich ausführlich mit ihr darüber, beugte sich dicht zu ihr und flüsterte ihr etwas zu, was beide ungemein belustigte. Sie blätterte die Hochglanzmagazine durch, suchte eines aus, kam zu mir und sagte viel zu laut: «Wie wär's mit der hier, Cassie? Genau so was brauchen wir doch, oder?»

Die Zeitschrift hieß *Bound to Meet*, und die Titelseite

zeigte das Foto eines sehr hübschen Mädchens, das mit gefesselten Händen und verbundenen Augen nackt auf einem Samtkissen kniete. Meine Möse reagierte sofort, doch es gelang mir, unverfänglich zu nicken.

«Vielen Dank, wir nehmen diese Zeitschrift hier. Sie waren uns eine große Hilfe», säuselte Ruth, während ihr Helfer inzwischen schon dem Herzinfarkt nahe war. Er scharwenzelte um sie herum und sagte mehrmals, sich fast verneigend, sie solle unbedingt wiederkommen, falls sie sonst noch irgendetwas brauche. Er genoss es offensichtlich mit jeder Faser, als sie zu ihm trat, ihm die Hand auf den Arm legte und ihm versicherte, er sei der Erste, an den sie sich dann wenden werde.

«Du bist einfach grässlich. Dieser Mann hat gedacht, du flirtest mit ihm», schimpfte ich, als wir aus dem Laden waren.

«Das habe ich ja auch. Er war doch sehr nett, oder? Er hat mir andauernd versichert, er kenne massenhaft Männer, die mehr als glücklich wären, uns kennenzulernen, wenn wir heute Abend in den Pub hier an der Ecke kämen. Was hältst du von der Idee?»

«Das soll wohl ein Scherz sein», rief ich aus, nicht zum ersten Mal schockiert von ihrem Benehmen.

«Natürlich, du kleines Dummchen. Von seiner Seite war es schon ernst gemeint, aber von meiner natürlich nicht. Wir beide haben etwas viel Wichtigeres vor. Komm. Lass uns heimgehen und die Anzeige aufsetzen.»

Die nächsten anderthalb Stunden verbrachten wir mit immer neuen Entwürfen und Formulierungen, bis ein ganzer Stapel durchgestrichener Seiten auf dem Boden lag. Die Kekse gingen aus, und die Kaffeekanne war schon kalt und leer. Schließlich aber gelang es uns, uns auf einen Text zu einigen:

Cassie, 32, groß, schlank, dunkelhaarig, mit wilden Phantasien, sucht dominanten Er mit Erfahrung, der sie behutsam in Fesseln schlägt.

Als wir fertig waren, machte Ruth sich zum Aufbruch bereit. Wir verabschiedeten uns wie üblich mit einem Kuss auf die Wange. Doch als sie schon bei der Tür war, erinnerte ich sie an ihr Versprechen.

«Halt, du kannst noch nicht gehen», rief ich. «Du hast mir noch gar nicht dein dunkelstes Geheimnis verraten. Jetzt, wo du meines kennst, möchte ich deines auch wissen.»

Sie blieb einen Moment lang stehen, drehte sich lachend um und versicherte, eines Tages würde sie es mir bestimmt erzählen.

Zwei

Die nächsten zwei Wochen zogen sich endlos hin. Erst dann erschien die neue Ausgabe der Zeitschrift mit meiner Kontaktanzeige. Zum Glück hatte ich gerade noch den letzten Termin vor dem Anzeigenschluss erwischt. Zwei Tage später, und ich hätte noch einen Monat zusätzlich warten müssen. Das hätte mich wohl in den Wahnsinn getrieben. Während ich auf Antworten wartete, stellte ich mir unzählige Szenarios vor und fragte mich, was die eventuellen Leser meiner Anzeige wohl denken und wie sie sich die Frau vorstellen würden, die diesen wohlformulierten Text aufgegeben hatte.

Ich konnte dann gar nicht glauben, wie schnell die Antworten eintrafen. Nur zehn Tage nach dem Erscheinen der Anzeige brachte die Post einen großen, braunen Umschlag. Ich wusste sofort, dass das die Sendung war, die ich erwartet hatte. Ich rannte nach oben, öffnete den Umschlag und schüttete ihn auf dem Bett aus: acht Briefe. Ich berührte sie sachte, schob und sortierte sie hin und her, weil ich mich nicht entscheiden konnte, welchen ich zuerst öffnen sollte. Ich war ganz außer mir, hüpfte herum und quietschte vor Entzücken über diese Fülle, die dort vor mir ausgebreitet lag.

Ich ordnete die Briefe nach Kategorien: braun oder weiß, handschriftlich oder getippt, Absenderadresse nah oder fern meiner Heimat. Wie ich sie aber auch sortierte, es gab einen, der wiederholt meine Aufmerksamkeit auf sich zog. Es handelte sich um eine kleine, braune Versandtasche, in der offensichtlich mehr als nur ein Brief steckte. Dieser Umschlag drängte sich immer wieder vor und wollte als Erster geöffnet werden. Da konnte ich wohl nur gehorchen.

Ich holte ihn aus dem Stapel heraus, legte ihn vor mich aufs Bett, betrachtete ihn und versuchte mir vorzustellen, was er über den Absender aussagte – welcher Typ er war und, wichtiger noch, was seine Spezialität war –, wenn ich einmal davon ausging, dass es sich um einen Mann handelte. Ich stellte ihn mir genau wie den Mann im Zug vor, mit dem ich die sexuell ausschweifendste halbe Stunde meines Lebens verbracht hatte.

Mit bebenden Händen und pochendem Herzen schob ich die Verschlussklammern aus der Lasche, ganz langsam, um den Moment, an dem mein Abenteuer begann, noch ein paar Sekunden hinauszuzögern. Ich schob den Finger in den Umschlag und fand zu meiner Enttäuschung nur ein einziges Blatt, das in der Mitte gefaltet war. Ich tröstete mich damit, dass das Papier wenigstens von guter Qualität war. Ich rechnete fest mit einer Enttäuschung.

Liebe Cassandra,

ich habe deine Anzeige mit Interesse gelesen. Sie hat mich angesprochen, und ich kann die Gelegenheit, einer attraktiven, unerfahrenen jungen Dame die Freuden von Fesselung und Unterwerfung zu lehren, unmöglich ungenutzt verstreichen lassen.
Anliegend findest du eine Probe der Fesseln, mit denen ich dich binden werde. Prüfe nach Herzenslust, ob sie stark und angenehm zu tragen sind. Versuche dir vorzustellen, was für ein Gefühl das sein wird, wenn ich

den letzten Knoten zuziehe und du kein Glied mehr rühren kannst und mir auf Gedeih und Verderb ausgeliefert bist.
Ich möchte dir die Gelegenheit bieten, dich mir einen ganzen Tag lang ‹hinzugeben›. Natürlich wirst du jederzeit die Freiheit haben, mein Haus zu verlassen, doch falls du dich zum Bleiben entscheidest, erwarte ich von dir, dass du alles, was ich mit dir mache, fraglos hinnimmst. Meine Absicht ist, deine sexuellen Grenzen auszuloten, nicht aber, dich auszunutzen.
Falls du meinen Bedingungen zustimmst, schicke mir eine Postkarte mit einem einzigen Wort darauf: «Ja.»
Wenn ich diese Antwort erhalte, werde ich dir weitere Anweisungen senden und erwarte von dir, dass du ihnen bedingungslos Folge leistest.
Ich erwarte deine Antwort postwendend.

Grüße
Herr König

Ich las den Brief wieder und wieder, bis ich ihn in- und auswendig kannte. Er erregte mich ungeheuer. Ich hatte mich immer für eine recht dominante Persönlichkeit gehalten, doch in meinem Inneren schmolz jetzt etwas dahin. Er wirkte unglaublich arrogant und schien vollkommen überzeugt, dass ich auf sein Angebot eingehen würde. Ich musste den Blick immer wieder von seinen Worten wenden, um zu einer gewissen Gelassenheit zurückzufinden, mir den Brief dann abermals vornehmen und die Seite erneut durchlesen. Erst ein paar Minuten später fiel mir ein, dass ja noch etwas anderes in dem Umschlag stecken musste – so überwältigt war ich.

Ich schüttelte den Umschlag aus, und ein kleines, in schwarzes Samtpapier eingeschlagenes Päckchen fiel heraus. Ich drehte und wendete es in meinen bebenden Händen, hielt es an die Nase und roch daran. Leder war es jedenfalls nicht. Ich wollte es unbedingt aufmachen, konnte den Mut aber einfach nicht aufbringen.

Schließlich lehnte ich mich gegen den Kissenstapel in meinem Rücken, schloss die Augen und holte tief Luft. Mit geschlossenen Augen riss ich das Seidenpapier auf und zog den Inhalt heraus.

Nie werde ich vergessen, welcher Ruck mich durchlief, als ich die Augen öffnete und sah, was ich in der Hand hielt. Zusammengerollt wie eine scharlachrote Seidenschlange lag es vor meinen Augen: ein Stück leuchtend rotes, glänzendes Seil, das in dem Licht, das durchs Fenster einfiel, in seinen Windungen schillerte, fast lebendig wirkte. Ich war überwältigt. Ich nahm das Seil in die Hand und stellte überrascht fest, dass es sich weich und geschmeidig anfühlte. Ich malte mir aus, Meter von diesem Material schlügen mich in Fesseln und ich wäre allem, was mir bevorstünde, hilflos preisgegeben.

Selbst in meinen wildesten Phantasien konnte ich mir einfach nicht vorstellen, wie es dann weitergehen würde. Ich kam nie weiter als bis zu diesem Punkt: Ich war gefesselt, hilflos und ganz der Gnade …

All diese nicht zu Ende gedachten Gedanken. Jetzt war die Gelegenheit gekommen, die Leerstellen zu füllen, wenn ich nur den Mut dazu aufbrachte.

Ich zwang mich, mir alle Gedanken an den Verfasser des Schreibens ein Weilchen aus dem Kopf zu schlagen, und machte die anderen Briefe auf, die aber im Vergleich zu dem von Herrn König uninteressant waren. Nur ein einziger davon beanspruchte noch einmal meine Aufmerksamkeit.

Zwei der Briefe warf ich sofort in den Papierkorb. Sie waren rein pornographisch und bestanden aus so zusammenhanglosen Satzfetzen, dass man erahnen konnte, was die Schreiber wollten. Bei den Vorstellungen des einen drehte es mir den Magen um, und der andere wirkte psychisch instabil. Blieben noch fünf Briefe plus der von Herrn König. Zwei Briefe kamen von ersichtlich ungebildeten Männern. Das war zwar an und für sich kein Hinderungsgrund – wir alle sehnen uns manchmal nach einer kräftigen, zupackenden Hand –, doch das Papier war einfach aus irgendwelchen Notizblocks herausgerissen und der Text belanglos. Ich schrieb ihnen trotzdem zurück und bedankte mich kurz für ihre Mühe, erklärte aber, ich hätte inzwischen meine Meinung geändert. Blieben noch drei Briefe.

Der erste war ganz auf Deutsch verfasst, daher wanderte er ungelesen in den Papierkorb. Beim nächsten musste ich lächeln, denn er war offensichtlich fehlgeleitet worden und stammte von einem schwulen Transvestiten, der nach einem Seelenverwandten Ausschau hielt. Ich fand, dass seine Chance, einen passenden Partner zu finden, genauso begrenzt wie bei mir war, und so leitete ich den Brief an Delphine, Chiffre-Nr. 924, zurück.

Als ich den letzten Brief öffnete, hielt ich ihn ebenfalls für einen Fehlgänger, denn er kam von einer Frau, doch beim Weiterlesen fiel mir die große Ähnlichkeit auf, die sie mit mir hatte. Das Passfoto einer sehr hübschen, blonden Frau mit leuchtenden Augen und vollen Lippen war an das Schreiben angeheftet.

Liebe Cassie,

ich weiß, dass du wahrscheinlich auf deine äußerst interessante Anzeige die Antwort eines Mannes erwartest, aber ich wollte trotzdem einen Versuch unternehmen.

Ich heiße Rebecca, werde aber meistens Becky genannt, und genau wie du habe ich seit Jahren Fesselungsphantasien, hege aber den weitaus größeren Wunsch, einmal selbst eine Frau zu fesseln. Ich weiß, ehrlich gesagt, nicht genau, ob ich eventuell eine Lesbe bin. Ich hatte bisher ein oder zwei aufregende, wenn auch kurze Beziehungen mit Frauen und war ansonsten mit Männern zusammen. Meine Fesselungsphantasien richten sich allerdings fast ausschließlich auf Frauen.
Vermutlich sollte ich dir ein bisschen mehr von mir erzählen – bitte, wirf diesen Brief nicht weg, bevor du weitergelesen hast.
Ich bin ein wenig jünger als du, 29, und Single. Ich arbeite als Krankenschwester in unserem städtischen Krankenhaus und habe einen großen Freundes- und Bekanntenkreis, aber niemanden, dem ich meine Phantasien anvertrauen könnte. Ich gehe gern ins Theater, mag moussierenden Weißwein, die Berge und Stille. Ich bin ein Meter fünfundsiebzig groß und habe eine gute Figur. Wie ich sonst aussehe, beschreibe ich nicht, denn das siehst du ja auf dem Foto. Ich muss, ehrlich gesagt, zugeben, dass das Foto ziemlich schmeichelhaft ist. Wäre ich auf dem Bild so zu sehen wie morgens nach dem Aufwachen, mit verfilzter Pferdemähne und verschmierten Augen vom Make-up, das ich abends nicht ordentlich entfernt habe, würdest du meinen Brief sofort wegwerfen. Das hätte ich dir vielleicht nicht sagen sollen, aber ich möchte so ehrlich wie möglich sein.
Es kann sein, dass du durch und durch hetero bist und dir bei meinen Zeilen das Kotzen kommt. Solltest du aber für neue Ideen offen sein und sollte der Gedanke an ein sexuelles Abenteuer dich ansprechen, dann ruf

mich doch an, damit wir uns ein bisschen austauschen können. Ich verspreche dir, dass ich keinen Druck auf dich ausüben und es ganz dir überlassen werde, ob mehr als ein Gespräch daraus werden soll.
Wahrscheinlich leben wir ohnehin Hunderte von Kilometern voneinander entfernt. Falls die Fahrt jedoch nicht zu weit ist und du dich irgendwie von mir angesprochen fühlst, ruf mich bitte an.
Meine Telefonnummer steht auf der Rückseite meines Fotos. Da ich allein lebe, brauchst du keinerlei Hemmungen zu haben, und ich würde wirklich liebend gerne von dir hören.

Mit den allerherzlichsten Grüßen
Becky

Schade, dass ich gerade erst den Brief von Herrn König gelesen hatte, sonst hätte ich vielleicht intensiver über den Brief von Becky nachgedacht. Sie klang wirklich ausgesprochen nett. Ich hatte noch nie Sex mit einer Frau gehabt, aber ich hatte gewiss nichts dagegen, einmal etwas Neues auszuprobieren. Nur war meine Phantasie im Moment unglaublich mit Herrn König und den Schändlichkeiten, die er mir antun würde, beschäftigt. Hin und wieder hatte ich einmal in einer Kneipe den Blick einer jungen Frau aufgefangen oder heimlich die sinnlichen Lippen einer weiblichen Kollegin betrachtet. Ich stand sogar ein bisschen auf Amanda, meine Sekretärin. Manchmal fragte ich mich, was für ein Gefühl es wohl wäre, sie zu küssen, und dann musste ich mich richtig zusammenreißen, um mich wieder auf das anstehende Geschäftsproblem zu konzentrieren. Eine meiner Phantasien ging so, dass ich die Titten einer Frau mit den Händen umfing und an den Nippeln saugte, während sie leise stöhnte. Das Problem war nur, dass ich nicht die geringste Ahnung hatte, was ich als Nächstes tun würde.

Die Postkarte mit dem in meiner besten Schrift verfassten, mitten darauf prangenden «Ja» haftete einen winzigen Moment an meinen Fingern, bevor sie in den Briefkasten fiel. Ich hätte unendlich viel zu schreiben und zahllose Fragen zu stellen gehabt – Fragen wie: ‹Kann ich Ihnen vertrauen? Werden Sie mir wehtun? Falls Sie mir wehtun, wird es mir gefallen?› Das eine Wort auf der Karte sagte ungeheuer viel und gleichzeitig viel zu wenig. In den letzten Stunden hatte ich hunderttausendmal geschwankt und genauso oft beschlossen, nicht zu antworten. Ich hatte zwei Postkarten mit dem Wort «Ja» darauf zerrissen, doch immer wieder eine neue geschrieben. Schließlich aber gestand ich mir ein, dass ich die Sache durchziehen musste, und sei es auch nur um meines eigenen Seelenfriedens willen. Ich konnte ja jederzeit einen Rückzieher machen. Oder etwa nicht?

Es war bestimmt Absicht. Tage vergingen, und ich gab fast schon die Hoffnung auf, jemals eine Antwort zu bekommen. Das Warten machte mich fix und fertig.

Ich dachte unaufhörlich über Herrn König nach. Angesichts der intimen Umstände fand ich es merkwürdig, dass er nur mit seinem Nachnamen unterzeichnet hatte. Doch dann musste ich mir eingestehen, dass das meine Faszination und Spannung nur noch steigerte. Wie er wohl aussah? Und wie alt er war? Und warum um Himmels willen antwortete er nicht? Was war denn los?

Hin und wieder fasste ich Mut und sagte mir, dass er meinen Brief gewiss noch beantworten werde, doch insgeheim war ich wohl eher überzeugt, dass er sich nun doch gegen mich entschieden oder dass ich vielleicht jetzt schon etwas falsch gemacht hatte. Oder – schrecklicher noch – dass sich jemand einen Scherz mit mir erlaubt hatte.

Nach drei Wochen des Wartens hatte ich die Hoffnung, jemals von Herrn König zu hören, beinahe schon aufgegeben. So lag ich eines Abends gemütlich auf meinem bequemen Sofa, das Telefon in der einen Hand und den Brief von Becky in der anderen. Ich hatte mir mit einem Glas Wein Mut angetrunken und war ein klein bisschen angeheitert. Ich hatte in letzter Zeit doch recht häufig über ihren Brief nachgedacht und mich gefragt, was für ein Mensch sie wohl sein mochte. Das hübsche Foto, auf dem sie mit ihren großen, blauen Augen und den großzügigen, vollen Lippen so glücklich wirkte, hatte mir wirklich gefallen. Ihr Gesicht machte Lust aufs Küssen.

Mit pochendem Herzen wählte ich ihre Nummer.

«Hi, hier spricht Becky. Tut mir leid, aber im Moment bin ich entweder nicht zu Hause oder mache gerade etwas Aufregendes und will nicht gestört werden. Sprich mir doch auf Band, dann rufe ich dich zurück. Bye.»

Sie klang so überschäumend glücklich, dass ich enttäuscht war, sie nicht am Hörer zu haben. Ich musste mich rasch entscheiden, ob ich ihr eine Nachricht auf Band sprechen sollte, und als ich dann etwas sagte, stammelte ich wie nicht recht bei Trost.

«Hi, Becky. Hier spricht Cassie, und du hast auf meine Anzeige geantwortet …» So weit war ich gekommen, als jemand den Hörer mit einem Ruck abnahm und atemlos mit samtiger Stimme hineinsprach. Allein schon beim Klang ihrer Stimme lief mir ein wohliger Schauder den Rücken hinunter.

«Cassandra, wie schön, dass du mich anrufst. Ich hatte schon fast befürchtet, du würdest dich nicht mehr melden. Das muss dich eine Menge Mut gekostet haben. Vielen Dank. Hallo? Bist du noch dran? Cassandra?»

Die ersten ein oder zwei Minuten war ich ein wenig verlegen, doch es dauerte nicht lange, da plauderten wir miteinander wie zwei alte Freundinnen, und am Ende unseres zwanzigminütigen Telefonats flirteten wir offen. Ich hatte bisher noch nie richtig mit einer Frau geflirtet, merkte aber, dass es nicht schwieriger war als mit einem Mann, zumindest nicht bei gegenseitiger Sympathie. Und ich hatte keinerlei Zweifel, dass mir diese Frau sympathisch war, obwohl ich sie noch nie gesehen hatte. Zudem teilte ich mit einer Frau denselben intimen Erfahrungshorizont, meine weibliche Sexualität war für sie nicht das Rätsel, das sie für einen Mann darstellen musste, und das machte dieses Gespräch zu etwas ganz Besonderem.

Ich erzählte ihr von der Erfahrung, die ich im Zug gemacht hatte, und von Herrn Königs Brief. Becky war genauso aufgeregt und fasziniert wie ich, doch als ich ihr berichtete, wie ich mit weitgeöffneten Beinen in einem Zug gesessen hatte, die Finger eines mir vollkommen fremden Mannes tief in meiner Möse, ohne auch nur ein einziges Wort mit ihm gewechselt zu haben, nannte sie mich eine kleine Schlampe, und da machte irgendwas in mir einen Hüpfer.

Wir wussten instinktiv, dass wir sehr gute Freundinnen werden und wahrscheinlich auch Sex miteinander haben würden, und das zeigte sich auch in unserem Gespräch. Becky machte mir zwar nicht sofort das unverhüllte Angebot, mit ihr zu ‹spielen›, deutete aber an, wie lustvoll eine Begegnung mit ihr für mich sein könnte. Ich liebte es, wie sie das Wort ‹spielen› gebrauchte, und es war, als hätte die geile Lesbe in mir plötzlich ihr Zuhause gefunden. Becky beschrieb mir nachdrücklich, dass eine Frau einfach instinktiv weiß, was eine andere Frau braucht, und bei diesen Worten beschleunigte sich mein Atem.

«Glaub mir, Cassie, wenn du einmal den weichen Kopf

einer Frau zwischen den Schenkeln spürst, wenn ihr langes Haar deine Haut liebkost und ihre sinnliche Zunge all die geheimen Winkel erforscht, die sie so genau kennt, dann wirst du endlich erfahren, was es heißt, den Orgasmus so zu erleben, wie eine Frau ihn erleben sollte.» Ihre Stimme war fast heiser vor Erregung, und mein Körper reagierte unglaublich darauf. Meine Nippel spannten, und meine Hand war wie von selbst in den Schlüpfer gewandert.

«Kannst du etwas für mich tun, Cassandra?», hauchte sie mir ins Ohr.

«Aber natürlich.»

«Ich möchte, dass du dir das Höschen ausziehst und dich mit geöffneten Beinen hinsetzt. Machst du das?»

Ich spürte einen nahezu unwiderstehlichen Drang, ihr zu gehorchen. Ich gestand ihr, dass meine Hand schon auf Erkundungsfahrt gegangen sei, und da musste sie lachen. «O Gott, wir werden uns wunderbar verstehen, Cassie. Es ist, als wärest du ich. Großartig. Jetzt möchte ich, dass du den Zeigefinger in deine wunderschöne Möse schiebst, und dann möchte ich, dass du diesen äußerst feuchten Finger durch die Mösenspalte ziehst, bis du bei deiner Klitoris ankommst. Ist sie schon geschwollen und hart, deine Klit?»

Ich stöhnte meine Antwort heraus, während ich ihre Aufforderung befolgte, und meine Klitoris sprang vor wie ein kleiner Soldat.

«Gut. Jetzt möchte ich, dass du das Becken so weit wie möglich vorschiebst und die Beine spreizt, bis es wehtut. Stell dir vor, ich hielte dich fest und der Finger auf deiner Klitoris wäre meine Zunge. Jetzt darfst du mit dem Finger nicht mehr drücken, sondern deinen glänzend feuchten Kitzler nur noch ganz sanft berühren, so leicht, dass du einfach mehr willst, und jetzt stell dir vor, das wäre die hauchzarte Berührung meiner Zunge. Aber du kannst dich ihr nicht noch mehr entgegenrecken, weil du gefesselt bist. Und jetzt nimm den Finger weg, dann spürst du, wie außerordentlich frustrierend es ist, dass er nicht mehr für dich da ist.» Becky schwieg einen Moment und ermahnte mich dann zu Recht:

«Nein, Cassandra, lass den Finger weg. Stell dir vor, du könntest noch immer meinen heißen Atem kühl auf deinen Säften spüren, und mein Haar, das deine Schenkel liebkost.»

Ich weiß nicht mehr recht, ab welchem Punkt sie nicht mehr allgemein über Frauen, sondern ganz speziell und intim über uns beide redete, aber ich gab mich dem lustvoll hin. Ich fühlte mich genau wie die kleine Schlampe, als die sie mich beschimpft hatte.

«Jetzt sei tapfer und zieh dich wieder an, ohne dich noch einmal anzufassen. Stell dir vor, die Hände wären dir hinter dem Rücken gefesselt und dir bliebe nichts anderes übrig, als eine Weile im Saft deiner eigenen Erregung zu schmoren. Wie fühlst du dich bei dieser Vorstellung, Cassandra?»

Ich zwang mich, ihr zu gehorchen, und schlüpfte wieder in mein im Schritt triefnasses Höschen. Den Hörer hielt ich mit der Schulter festgeklemmt, und ihre verführerische Stimme klang mir noch immer im Ohr. Durch ihre Befehle und meine kurze Berührung war ich unheimlich aufgegeilt und fand es fast unerträglich, jetzt nicht zum Höhepunkt zu kommen.

«Jesus, Becky, das war ja unglaublich. Wenn du mich schon übers Telefon dermaßen scharf machst, kann ich mir gar nicht ausmalen, wie hier die Post abginge, wenn wir wirklich miteinander spielen könnten.»

«Wo wohnst du denn, Cassandra? Jetzt sag aber bitte nicht Aberdeen oder Cornwall – das würde mich vollkommen fertigmachen.»

«In Suffolk.»

«Na, das ist ja ein Ding. Wie weit entfernt von der *Motorway 25?*»

«Ungefähr eine Stunde.»

«Kann ich jetzt gleich zu dir kommen? Ich weiß, dass es schon spät ist, aber morgen ist Sonntag. Bitte, Cassandra. Ich werde dich wirklich zu nichts drängen, aber eines wissen wir ja schon: Selbst wenn sich herausstellt, dass wir nicht miteinander spielen wollen – Freundinnen werden wir bestimmt. Wir könnten uns jedenfalls über unsere Erfahrungen austauschen, und du könntest mich auf dem Laufenden halten, wie es mit Herrn König weitergeht. Ich könnte gegen zweiundzwanzig Uhr bei dir sein. Was meinst du?»

«Ich meine, dass du versuchen solltest, es schneller zu schaffen.»

Wir lachten beide, und ich gab ihr eine genaue Wegbeschreibung bis vor meine Haustür, damit sie, auch ohne halsbrecherische Überholmanöver, schnellstmöglich ankäme. Ich erklärte, unser Gespräch hätte mich total scharf gemacht, die Situation sei mir aber auch ein bisschen peinlich und ich hätte nie zuvor mit einer anderen Frau ‹gespielt›.

«Oh, prima. Um die Wahrheit zu sagen, ist das auch für mich ein bisschen Neuland, aber ich weiß jetzt schon, dass es mit uns beiden phantastisch laufen wird. Ach, und übrigens, Cassandra, sei so gut und befummele dich nicht selbst, bevor ich eintreffe. Bitte tu mir den Gefallen und beschäftige deine Hände bis dahin anderweitig, damit ich mir während der ganzen Fahrt deine aufgegeilte, sexy Möse vorstellen kann.»

Innerlich stöhnend legte ich auf und war mit einem Mal völlig aus dem Häuschen. Kaum hatte ich den Klang ihrer Stimme nicht mehr im Ohr, war ich felsenfest überzeugt, dass eine Frau mich vollkommen abturnen würde, und wünschte, ich hätte sie nicht eingeladen. Aber wenigstens besaß ich ein Gästezimmer, in dem ich sie notfalls unterbringen konnte. Während der nächsten zwei Stunden duschte ich und zog mich um, und dabei rief ich mir immer wieder in Erinnerung, wie gut wir uns auf Anhieb verstanden hatten und dass es überhaupt nicht schlimm wäre, wenn wir einfach nur Freundinnen würden. Dann aber fiel mir jedes Mal ihre sinnliche Stimme ein, und schon war ich wieder ganz unverschämt feucht.

Es dauerte tatsächlich zwei Stunden und zwanzig Minuten, bevor Becky bei mir eintraf, und mittlerweile war ich fest überzeugt, dass sie bestimmt gekniffen hatte. Ein- oder zweimal hätte ich sie beinahe angerufen, um mich von ihrem Aufbruch zu überzeugen, aber weil die Vorstellung, dass sie gerade auf dem Weg zu mir war, mir so sehr gefiel, zwang ich mich zur Geduld. Geduld ist übrigens nicht meine Stärke.

Als es endlich an der Tür klopfte, war ich froh, dass ich mich nicht in Schale geworfen hatte, denn Becky stand in einer bequemen Jeans und einem Sweatshirt auf meiner Schwelle. Ihr wunderschönes blondes Haar umfing Gesicht und Schultern wie eine Wolke. Der Pony war zu lang, und so beförderte sie ihn mit einem leichten Kopfschütteln aus dem Gesicht, um mich mit ihren großen Augen aufmerksam zu betrachten. Ich trat zurück und hielt ihr die Tür auf, und sie trat in meine Diele, warf ihre Tasche auf den Boden und öffnete weit die Arme.

«Cassie, es kommt mir so vor, als würden wir uns schon ewig kennen.» Sie musste mein Zögern bemerkt haben, denn sie fügte hinzu: «Wenn ich wählen müsste, nur Sex oder nur Freundschaft, hätte ich dich viel lieber als Freundin, also immer mit der Ruhe. Es ist vollkommen in Ordnung, wenn wir einfach nur die ganze Nacht durchquatschen und ich morgen früh wieder heimfahre. Meinst du nicht auch?»

Becky küsste mich zärtlich, als ich ihre Umarmung erwiderte, und ich muss zugeben, dass mich im Schritt ein Ruck durchfuhr und meine Brüste dort, wo ich sie gegen Beckys Brüste presste, leise zu glühen begannen. Das war eigenartig, weil ich meine Freundinnen seit jeher umarme und gerade meine Freundin Ruth und ich uns manchmal minutenlang in den Armen halten, wenn eine von uns Trost braucht oder sich einsam fühlt, aber so etwas wie bei dieser Umarmung in der Diele hatte ich dabei noch nie empfunden.

Wir lösten uns nur ungern voneinander, und ich ergriff ihre Hand, als ich mit ihr ins Wohnzimmer ging. Noch nie hatte ich etwas als so vollkommen richtig empfunden und so ohne jeden inneren Widerstand erlebt. Becky und ich verschmolzen miteinander, und unsere Körper fügten sich zusammen, als wären sie füreinander geschaffen. Sie zeigte mir, wie absolut wunderbar es ist, eine Frau zwischen den Beinen zu haben, während sie ganz behutsam mit ihrer neugierigen Zunge meine geheimen Winkel erforschte, wie sie das nannte. Ich konnte endlich meine Phantasie verwirklichen, eine weiche Brust in den Mund zu nehmen, oder genauer gesagt zwei, und zudem eine triefend feuchte Möse. Zwischen ihren Schenkeln war es heiß und feucht, und das gefiel mir so gut, als hätte ich nur auf diese Erfahrung gewartet. Auch das Schwanzlutschen hatte mich immer angemacht, aber das hier war neu und magisch. Wir experimentierten nicht viel, hielten einander meistens nur in den Armen und redeten, doch für mich reichte es, um zu wissen, dass das Zusammensein mit einer Frau genauso erregend sein kann wie mit einem Mann.

Am Morgen lagen wir eng umschlungen zusammen und

wollten uns gar nicht voneinander lösen, und dann erst fiel uns auf, dass wir die Fesselungsphantasien, derentwegen wir eigentlich zusammengekommen waren, nicht einmal angetippt hatten. Wir waren jedoch einer Meinung, dass es gegebenenfalls ganz von allein zur rechten Zeit dazu kommen würde.

Es bereitete Becky und mir großes Vergnügen, dass ich mit ihr über meinen Appetit auf Herrn König reden konnte, und sie meinte, ich solle unbedingt hingehen, ungeachtet denkbarer Gefahren. Sie verstand sogar, dass die Gefahr einen Teil des Reizes ausmachte. Als sie aufbrach, wussten wir, dass wir noch viel miteinander teilen würden, jede Sekunde ein Genuss. Ich hätte sie gebeten, noch zu bleiben, doch sie hatte einen Besuch bei Verwandten geplant, und so verabschiedete ich sie ein wenig schmerzlich und mit feuchten Augen. Irgendein Teufel flüsterte mir ein, das alles sei zu gut, um wahr zu sein, und ich würde sie wahrscheinlich niemals wiedersehen. Ich hoffte inständig das Gegenteil. Wir versprachen, bald miteinander zu telefonieren.

Drei

Der Brief traf am folgenden Morgen ein, gerade als ich die Hoffnung endgültig aufgegeben hatte. Ich war zur Haustür gegangen, um die Milch hereinzuholen, und entdeckte zufällig den Postboten in der Zufahrt des Nachbarhauses. Ich blieb also noch einen Moment lang stehen, zog meinen Morgenmantel enger um mich und dachte dabei an Becky und ihre erregende Zunge. Der Bote hatte zwei oder drei Briefe für mich in der Hand.

«Danke.» Als er zum Gartentor zurückging, weidete ich mich an seinem knackigen Arsch. Ich überflog die Umschläge in meiner Hand wie jeden Morgen seit siebenundzwanzig Tagen und rechnete mit keiner Überraschung.

Die Stromrechnung, eine Postwurfsendung mit Werbung für Kunststofffenster und ein unauffällig wirkender weißer Umschlag mit meinem Vor- und Zunamen in der getippten Adresszeile. Ich wollte schon die Hoffnung aufgeben, da entdeckte ich den Londoner Poststempel. Das war der Brief. Den Blick fest auf den Umschlag geheftet, eilte ich ins Haus und zerbrach mir derweilen den Kopf, ob er nicht von irgendjemand anderem kommen könnte.

Liebe Cassandra,

folge der Wegskizze auf der anliegenden Karte. Du wirst Donnerstag, den Zwölften, um 10.00 Uhr morgens bei obenstehender Adresse eintreffen. Die

Haustür ist nur bis 10.05 Uhr geöffnet. Danach wird sie verschlossen. In der Eingangshalle findest du die nächsten Anweisungen. Ich empfehle dir, ihnen bedingungslos Folge zu leisten.
Du wirst einen kurzen schwarzen Faltenrock, eine transparente weiße Bluse, Feinstrümpfe mit schwarzer Naht, einen Strapsgürtel aus schwarzer Spitze und schwarze Highheels (mindestens 7 cm Absatz) tragen. Keine Unterwäsche!
Du unternimmst einen sehr mutigen Schritt, überlege es dir also gut!

Grüße
Herr König

Natürlich sagte mein Verstand mir energisch, dass ich diesen Unfug lassen sollte, doch tief in meinem Inneren wusste ich bereits, dass ich hingehen würde. Ich versuchte, es mir auszureden. Woher sollte ich denn wissen, ob er nicht ein Psychopath oder Mörder war? Oder ich in ein Haus voller geiler alter Böcke geraten würde?

Was, wenn ich heim wollte und er mich nicht mehr gehen ließ? Die Gegenargumente überwogen, aber dennoch wusste ich, dass jenes eine, einzige dafürsprechende Argument – meine sexuelle Neugier – so groß war, dass sie alles andere beiseitewischen würde.

Und so war ich mir trotz allem vollkommen sicher, dass ich gehen würde.

Als eine recht unabhängige, beruflich erfolgreiche Frau bin ich nicht daran gewöhnt, Befehle zu befolgen, und so rebellierte ein Teil meiner selbst gegen die Vorstellung, ihm zu gehorchen. Was für ein unglaublich arroganter Mann! Natürlich wollte ich die Erfahrung machen, mich im Bett unterwerfen zu müssen, aber der Rest ging meiner Meinung nach ein wenig zu weit. Zum Beispiel die Ankunftszeit. Ich hatte nicht übel Lust, Punkt 10.06 Uhr vor seiner Tür aufzukreuzen, nur, um ihn zu ärgern. Ob die Tür dann immer noch offen stünde? Ja oder nein? Ihm lag doch offensichtlich ebenso viel an dieser Begegnung wie mir, oder? Würde er sich wirklich aus reiner Prinzipienreiterei die Gelegenheit entgehen lassen, einen Tag lang eine Frau zu ‹besitzen›? Und alles nur wegen einer einzigen Minute? Nach langem Grübeln und endloser Lektüre seines Briefes kam ich zu dem Schluss, dass er genau dazu imstande war.

Also, Cassie, sagte ich mir, wenn du das wirklich durchziehen willst, dann sei dieses eine Mal im Leben pünktlich und tue, was er von dir verlangt.

Bis Donnerstag war es noch mehr als eine Woche hin, doch vorläufig hatte ich alle Hände voll damit zu tun, mich vorzubereiten. Becky teilte mir am selben Vormittag telefonisch mit, sie müsse zwar ständig an mich denken, habe aber in den nächsten zehn Tagen ungünstige Arbeitszeiten und könne daher nicht kommen. Also schlug ich mir alle Gedanken an sie aus dem Kopf und genehmigte mir einen ganzen Tag, um das richtige Outfit zu finden. Von meinem Geheimnis beglückt, streifte ich durch die Kleiderboutiquen. Ich fragte mich, was wohl die anderen Shopper sagen würden, wenn sie wüssten, wozu ich meine neue Aufmachung brauchte. Was, wenn eine der Verkäuferinnen mich fragte, warum ich ausgerechnet diese Art von Rock wünschte, und ich ihr darauf antwortete, ich hätte ein Blind Date und mein unbekannter Partner hätte mir exakte Kleidervorschriften gemacht?

In einer sehr netten kleinen Boutique suchte ich fünf in Frage kommende Röcke aus und nahm sie mit in die Umkleidekabine. In Anbetracht der Umstände musste ich die

Röcke nackt anprobieren, und so vergewisserte ich mich, dass der Vorhang auch wirklich ganz zu war, bevor ich mich auszog. Der ganze Tag lud mich sexuell so sehr auf, dass ich Mühe hatte, mich zu beherrschen.

Der erste Rock war kein richtiger Faltenrock, sondern hatte nur einige wenige Falten an den Seiten, und so schloss ich ihn aus. Der zweite reichte mir bis zu den Knien, der kam also auch nicht in Frage.

Immer, wenn ich mich bückte, um einen Rock anzuziehen, hingen meine Brüste nach unten, und sofort kam mir die reizvolle Phantasie, dass ich mich auf Befehl in diese Position begeben müsste. Würde er erwarten, dass ich mich gleich bei der ersten Verabredung nackt auszog? Ich musste kichern, weil ‹Verabredung› wirklich nicht das richtige Wort war. Er hatte mich schließlich nicht eingeladen, mit ihm Essen zu gehen, sondern ich hatte versprochen, mich ihm einen Tag lang vollkommen auszuliefern! Bei diesem Gedanken überlief es mich wohlig, und ich schauderte unwillkürlich zusammen.

Der kurze Faltenrock, den ich als Nächstes anprobierte, war genau richtig. Das Material war ein nahezu durchsichtiger, schwerer Chiffon, der bei jeder Bewegung in kaum wahrnehmbare, fließende Bewegung geriet. Ich war fasziniert von meinem Spiegelbild, das durch das schleierartige Gewebe hindurch eine Andeutung meines nackten Pos zeigte, und von vorn sah man meine Möse neckisch durch die Hüllen blitzen.

Doch kaum hatte ich gezahlt, kamen mir die ersten Bedenken, denn mir fiel ein, dass ich dieses Outfit auch auf der Fahrt würde tragen müssen, und für die hundert Meilen weite Anreise war ein durchsichtiger Rock vielleicht doch nicht das Richtige. Wie üblich war meine Begeisterung mit mir durchgegangen.

Ich fand den Rock wunderbar – ich mochte die Art,

wie er meine Schenkel schimmernd umspielte und meinen nackten Po liebkoste – und beschloss daher, ihn zu behalten. Ich ergänzte ihn aber mit einem unverschämt teuren Spitzenunterrock. Schließlich war der Anlass das wert, sagte ich mir, und wenn nichts daraus wurde, konnte ich ihn immer noch für Becky aufheben. Ich kehrte in die Umkleidekabine zurück, um den hauchzarten Unterrock anzuprobieren, und fand, dass mein Outfit so beinahe ebenso sexy wirkte wie zuvor. Die Spitzenborte am Saum des Unterrocks lugte gerade eben unter dem Rock hervor, und wenn ich mich unmittelbar vors Licht stellte, konnte man noch immer meine nackte Haut durchschimmern sehen – gerade so eben. Ich konnte mir nicht vorstellen, dass irgendein Mann dem widerstehen könnte.

Mit der Bluse hatte ich weniger Mühe. Gleich die erste, eine cremefarbene Seidenbluse, passte perfekt zum Rock. Unter dem weichen Stoff zeichneten sich meine Brüste ab, und meine von der ständigen Erregung knallharten Nippel drückten sich unübersehbar durch. Bis zu diesem Moment hatte ich es bedauert, dass Herr König Unterwäsche verboten hatte, denn ich hätte nur zu gerne das genau passende, ein bisschen obszöne Dessous ausgesucht. Nun stand ich jedoch in einem Outfit da, das meine abscheuliche Geilheit eher noch betonte als verhüllte, und wusste, dass Herr König mit dem Unterwäscheverbot recht gehabt hatte. Ich würde mich auf der Fahrt nach London unglaublich verdorben und einfach großartig fühlen. Ich hoffte nur, dass er all die Mühe auch wert war.

Bis ich in einer Altstadtgasse auf ein kleines, altmodisches Wäschegeschäft stieß, hatte ich nicht geglaubt, dass ich Feinstrümpfe mit schwarzer Naht finden würde. Außerdem entdeckte ich dort einen reizenden Strapsgürtel aus schwarzer Spitze, und so blieben nur noch die Schuhe. Nachdem ich in zahllosen Schuhgeschäften Schuh um

Schuh anprobiert hatte, entschied ich mich für ein Paar ausgesprochen schlichter, glänzend schwarzer Lederpumps mit zwölf Zentimeter hohem Pfennigabsatz. Der Verkäufer versicherte mir mit weit aufgerissenen Augen, sie stünden mir «umwerfend gut, Madame». Mit schweißglänzender Stirn hatte er mich beim Probegehen beobachtet. Er hatte vor mir gekniet, mir einen Schuh nach dem anderen über die nackten Füßen gestreift und dabei immer wieder meinen Rock hinaufgeschielt, bis er so rot im Gesicht war, dass ich schon eine platzende Ader befürchtete. Ich kehrte erschöpft, aber sehr zufrieden mit meinen Einkäufen nach Hause zurück.

Ich schenkte mir ein Glas Weißwein ein, setzte mich auf das gemütliche Sofa und erfreute mich an meinen tollen Erwerbungen. Ich fuhr mit der Hand in die glatten, kühlen Seiden- und Spitzenstoffe und versuchte angestrengt, mir vorzustellen, was mir bevorstehen mochte. Würde Herr König der Mann sein, der mir endlich den Hintern versohlte? So wie ich es mir erträumt hatte, seitdem Catherine die schicksalhaften Worte sprach: «Wer weiß, vielleicht gefällt es dir ja?»

Ich war fest entschlossen, die neuen Sachen bis zu dem Tag, an dem ich sie für Herrn König anziehen würde, nicht anzuprobieren, doch zu meinem Bedauern muss ich gestehen, dass dieser Entschluss nur eine Stunde hielt. Um sechs Uhr abends stand ich in meiner aufreizenden neuen Garderobe vor dem Ganzwandspiegel im Schlafzimmer.

Mein erster Gedanke war, dass ich wie eine Hure aussah, aber als ich dann auf meinen Zwölfzentimeterabsätzen hin- und herstolzierte, änderte ich meine Meinung und fühlte mich wie ein Luxusweib. Ich versuchte, mir vorzustellen, was ich erleben würde und was Herr König wohl für ein Typ war. Er war für mich eine Art Phantasiegestalt geworden, vermutlich wegen des großartigen Namens. Ich glaubte übrigens keinen Moment, dass Herr König sein richtiger Name war, aber mir gefiel der Gedanke, dass die Verwendung eines Pseudonyms ihn über das Gewöhnliche hinaushob. Wenn ich heute darüber nachdenke, scheint mir, ich wäre wohl zu Hause geblieben, hätte er den Namen George oder so ähnlich getragen – obwohl ich nicht das Geringste gegen die Georges dieser Welt habe. Irgendwie stand ich die scheinbar endlose Woche durch, und zu meiner Schande muss ich gestehen, dass ich Becky, obgleich wir beinahe täglich miteinander telefonierten und von unserem nächsten Treffen schwärmten, nichts von meiner Verabredung erzählte.

Mittwochnacht träumte ich von gesichtslosen Männern, die prüfend in mich hineinpiksten und an mir herumzerrten. Das alles in einem Zimmer mit Tausenden von großen und kleinen Uhren, bei denen die Zeiger bei zehn Uhr vier Minuten und neunundfünfzig Sekunden stehengeblieben waren. Der Sekundenzeiger strebte laut surrend der Zwölf entgegen, damit der Minutenzeiger auf die Zehn-Uhr-fünf-Marke weiterspringen konnte, blieb aber hilflos im Zwischenraum stecken. Dreimal in dieser Nacht träumte ich, ich sei von Kopf bis Fuß mit rotem Seil umschnürt. Wie in einem Kokon hing ich von einem Ast herunter und drehte mich hilflos zappelnd in der Luft, bis ich schwitzend erwachte und meine Beine, die sich ins Bettlaken verheddert hatten, frei strampelte. Bis fünf Uhr morgens kämpfte ich mich im Bett ab, ohne länger als ein paar Minuten am Stück zu schlafen, dann gab ich auf und ging nach unten.

Eine dampfende Tasse Tee in Händen, saß ich am Küchentisch, den Sonnenaufgang vor Augen, und dabei fand in meinem Kopf eine Art Debatte statt: Die Stimme der Vernunft versuchte, mich zur Aufgabe meines verrückten und gefährlichen Vorhabens zu überreden; doch es gab da ein abenteuerlustiges Flittchen in mir, das meinen gesunden Menschenverstand überschrie. Dieses Flittchen hatte sich offensichtlich mit meinem Körper verbündet, der sich nach einem geilen Abenteuer verzehrte.

Ich war starr vor Angst. Abgesehen von meinen Phantasien waren mein Erlebnis im Zug und die interessante Nacht mit Becky meine abenteuerlichsten sexuellen Erfahrungen. Gewiss, den meisten Leuten wäre schon das ein bisschen zu verwegen, aber mein jetziges Vorhaben gehörte in eine völlig andere Kategorie. Nicht nur wollte ich diese Erfahrung unbedingt machen, ich hatte auch das unheimliche Gefühl, dass ich danach nie wieder dieselbe sein würde. Ich hatte schon länger den Vorsatz gefasst, dass irgendjemand für den Notfall Bescheid wissen musste. Dafür kam natürlich am ehesten Ruth in Frage, und so griff ich zum Hörer und wählte ihre Nummer, ein wenig schuldbewusst, weil ich ihr nichts von meiner knospenden lesbischen Beziehung erzählt hatte. Ich war mir nicht recht sicher, wie sie darauf reagieren würde.

Zum Glück war sie schon zur Arbeit gegangen oder vielleicht auch gar nicht über Nacht zu Hause gewesen, und so sprach ich ihr eine sehr kryptische Botschaft auf den Anrufbeantworter, des Inhalts, ich sei unter der und der Adresse zu finden und sie solle mir zu Hilfe kommen, falls ich am nächsten Tag nicht bis zum Frühstück zurück sei.

Nachdem ich so meine Pflicht getan und meine Schuldgefühle besänftigt hatte, stürmte ich die Treppe hinauf und riss mir den Morgenmantel vom Leib. Ich hatte einen strikten Zeitplan aufgestellt, um mich in Ruhe ankleiden zu können, einschließlich eventueller letzter Veränderungen. Mindestens zwei Stunden hatte ich für die Fahrt veranschlagt, und so blieb mir noch eine Stunde, um mich aufzubretzeln und seelisch und körperlich auf mein Abenteuer vorzubereiten.

Den Kopf voller unausgegorener Phantasien, stieg ich unter eine brühheiße Dusche. Beim Einseifen meiner vollen Brüste stellte ich mir vor, wie sie von unbekannten Händen grob gepackt wurden, und ich war froh, dass sie noch knackig waren und kaum herabhingen. Das Duschgel kühlte meine erhitzte Haut, und angedeutete Vorstellungen von Obszönitäten, die ich nackt und gefesselt erdulden musste, blitzten in meinen Gedanken auf. Ich machte die Beine breit und versuchte, mir vorzustellen, wie es sich anfühlen würde, wenn ein weicher, roter Strick sie festhielte, während eine Zunge, die ich nicht sehen könnte, meine Möse mit einem hauchzarten Lecken folterte und meine überreizte Klitoris unerträglich aufgeilte. Ich nahm das große, flauschige Badetuch vom Haken und tappte ins Schlafzimmer. Allmählich wünschte ich mir, wenigstens ein Minimum an Erfahrung zu besitzen. Selbst Weitererzähltes hätte mir geholfen. Aber ich kannte niemanden, dem es einen Kick versetzte, gefesselt oder als Sklavin behandelt zu werden – wie sollte ich da beurteilen können, worauf ich mich einließ? Ich versuchte sogar krampfhaft, mir in Erinnerung zu rufen, wohin Catherine damals gezogen war.

Mein neuerstandenes Outfit hing ganz hinten im Schrank, wohlverborgen, genau wie meine Phantasien. Nackt und noch feucht, wie ich war, legte ich die Sachen aufs Bett, und eine Mischung aus Spannung und Vorfreude jagte mir einen Schauder über den Rücken.

Ich sprühte mich am ganzen Körper mit einem hauchzarten Nebel von Clinique Aromatics Elixir ein, legte den Strapsgürtel an und befestigte die Strapse daran. Als Nächstes kamen die feierlich dunklen Strümpfe. Die Ferse aufs Bett gestellt, zog ich das seidig glatte Nylongewebe über den Fuß und meine straffen Waden, wobei ich so gut wie möglich auf eine gerade Naht achtete. Dann machte ich die Strapse an den Strümpfen fest. Die Nähte symmetrisch gerade zu ziehen war nahezu unmöglich, doch ich stellte mich mit dem Rücken zum Wandspiegel, und nach ein wenig Hin-und-her-Zupfen fand ich das Ergebnis passabel.

Der erotische Anblick, der sich hinter mir im Spiegel bot, als ich mich vorbeugte, um eine der Nähte zurechtzuziehen, brachte mich ein bisschen aus der Fassung. Von den schwarzen Strapsen eingerahmt, schob sich mein nackter Arsch heraus, und zusammen mit den langen, wohlgeformten Beinen, die durch die jadeschwarzen Nähte des mattschwarzen Strumpfs noch betont wurden, entstand ein Bild, auf das jede Frau stolz gewesen wäre.

Die hauchzarte, cremefarbene Seidenbluse mit dem Spitzenbesatz an Kragen und Manschetten glitt über meine nackte, parfümduftende Haut, haftete verführerisch kühl auf meinen Nippeln und liebkoste meine empfindsamen Brüste. Ich schlüpfte in den kurzen Chiffonrock, durch dessen Faltenschleier meine helle Haut kaum sichtbar hindurchschimmerte. Ich zweifelte einen Moment lang, ob ein Unterrock nicht doch zur Unterwäsche zählte, entschied aber, dass ich zu viel Geld für ihn ausgegeben hatte, um ihn nicht zu tragen. Zum Teufel mit Herrn Königs Befehl. Ich konnte immer noch die Ahnungslose spielen, oder?

Ich stand vor dem Spiegel und versuchte, in dem Bild, das mir entgegensah, die alte, wohlvertraute Cassie zu erkennen. Das dunkle Haar, das ich normalerweise hinter dem Kopf zu einem praktischen Pferdeschwanz zusammenband, fiel leicht gewellt auf die Brüste hinunter. Ich hatte es gebürstet, bis mir der Arm wehtat und es im einfallenden Licht rötlich glänzte. Meine grünen Augen funkelten in diebischem Vergnügen, als ich entdeckte, dass meine dunklen Warzenhöfe unverkennbar durch die cremeweiße Seidenbluse hindurchschimmerten. Meine steifen Nippel stießen von innen gegen den Stoff und beulten zwei Höcker aus, die im Schnitt nicht vorgesehen waren.

Ich nahm die neuen Pumps aus der Schuhschachtel und streifte sie über. Sofort hatte ich eine andere Haltung: Ich wuchs nicht nur um zwölf Zentimeter, sondern mein Rücken wurde auch gerader und meine Waden straffer. Ich war jetzt einsdreiundachtzig groß – und bestand, wie mir schien, zum größten Teil aus Beinen! Die schwarzen Nähte zogen sich nahezu unendlich lang zum Saum des Rockes hinauf, der nur knapp bis zum Strumpf hinunterreichte. Ich fühlte mich gleichzeitig ordinär und verdammt geil, als ich nach einem letzten Blick auf mein Spiegelbild die Treppe hinunterstöckelte. Ich ging ein paar Mal in der Diele auf und ab, um ein besseres Gefühl für die Schuhe zu bekommen, sodass ich, ohne zu straucheln, hoch erhobenen Hauptes aufrecht einherschreiten konnte.

Während dieser paar Schritte veränderte sich meine Persönlichkeit. Ich gehorchte in allem, was ich hier tat, einem Befehl. Normalerweise wäre mir ein solcher Aufzug nicht im Traum eingefallen, aber jetzt tat ich es aus Gehorsam, und daher war es in Ordnung. Es war ein gutes Gefühl. Es gefiel mir, dass ich sehr anzüglich gekleidet war und dass jeder Mann, der mich sah, glauben musste, ich sei auf Männerjagd. O Gott, bin das wirklich ich, die da spricht?

Als es Zeit war, nach London aufzubrechen, war ich zum Glück immer noch erregt. Die Angst kam erst später.

Ich hatte genug Benzin und musste daher nicht zum Tanken aussteigen, doch auf der belebten Autobahn bekamen die Lastwagenfahrer ganz schön was zu sehen. Einer von ihnen war besonders beharrlich und wäre fast vor Verblüffung aus dem Fenster gefallen, als ich ihm meine nackten Oberschenkel zeigte. Er drückte aufs Gas und überholte, und gleich darauf kroch er nur noch, sodass ich wiederum ihn überholen musste. Das ging ein paar Mal so, bis ich beschloss, ihm etwas zu zeigen, was er in diesem Jahr nicht mehr vergessen würde.

Ich zog den Rock hoch, bis ich von der Hüfte abwärts nackt war, spreizte die Schenkel so weit ich konnte und fuhr langsam an ihm vorbei. Er steuerte einhändig und hängte sich mit dem ganzen Oberkörper aus dem Fenster. Ich hob die Hand, wedelte ihm einen spöttischen Abschiedsgruß zu und vergrub dann drei Finger tief in meiner Möse, die inzwischen schon recht feucht war. Ich fuhr neben ihm her und foppte ihn ein Weilchen, bis ich um seine Sicherheit fürchten musste, dann drückte ich aufs Gas und ließ ihn sabbernd vor Lust hinter mir zurück. Eine volle Minute lang hörte ich seine Hupe hinter mir herheulen, und mit der Lichthupe blitzte er mir noch nach, als er schon aus meinem Rückspiegel verschwand.

Dreimal fuhr ich an dem Haus vorbei. Das erste Mal, um mich zu vergewissern, dass es die richtige Nummer war. Zum zweiten Mal, um mich zu vergewissern, dass es immer noch die richtige Nummer war, und zum dritten Mal, um zu sehen, ob die Eingangstür offen stand. Das hatte ich nämlich die ersten beiden Male vergessen. Ja, es war die richtige Nummer, und ja, die Tür stand wie versprochen offen, und so hielt ich in einer gewissen Entfernung, gerade noch in Sichtweite des Hauses, um die letzten Minuten totzuschlagen.

Es war 9.54 Uhr. Sechs Minuten musste ich noch hinter mich bringen. Es waren die längsten sechs Minuten meines Lebens. Mir war schlecht vor Angst, und der Gedanke an das, was er mir alles antun mochte, machte mich starr vor

Entsetzen, doch ich brachte es nicht über mich wegzufahren. Das Haus sah ganz normal aus, ein durchschnittlich großes, allein stehendes Einfamilienhaus mit einem etwa tausend Quadratmeter großen Grundstück und einer Zufahrt, die in einem sanften Bogen auf die unheimliche Haustür zulief, die noch immer offen stand.

Ein paar Mal wollte ich fast meiner Vernunft gehorchen und die ganze Sache aufgeben. Schließlich hatte ich doch jetzt Becky für meine sexuellen Experimente. Doch um 9.59 Uhr ließ ich den Wagen an, fuhr mit klopfendem Herzen los, hielt unmittelbar vor der Tür und stellte den Motor aus. Ich war so außer mir vor Angst, dass ich nicht aussteigen konnte. Mir war schwindlig, und beim Versuch, meinen Schlüsselbund in die Handtasche zu stecken, ließ ich ihn zweimal fallen; doch dann riss ich mich zusammen, öffnete die Wagentür und stellte meine zwölf Zentimeter hohen, glänzenden Absätze auf die gekieste Zufahrt.

Mit zitternden Beinen ging ich die paar Schritte zur Tür und blieb dann stehen. In diesem Moment hätte ich dem Teufel meine Seele verkauft, um zu erfahren, was sich hinter dieser ganz gewöhnlich wirkenden Haustür verbarg. Sie war nicht aus alter Eiche, und es grinsten auch keine Fratzen auf mich herunter. Es war einfach eine ganz gewöhnliche Haustür, wie man sie oft in Vorstadthäusern findet. Doch sie stand offen, und dahinter wartete Herr König oder wie auch immer er nun heißen mochte. Irgendwo dahinter.

Ich wusste, dass ich einen Rückzieher machen würde, wenn ich noch länger wartete, und so überprüfte ich noch einmal den Sitz der Strumpfnähte, richtete mich kerzengerade auf, holte tief Luft und umklammerte den Türgriff. Doch gerade, als ich die Tür aufstoßen wollte, ertönte im Inneren des Hauses ein lauter Glockenschlag. Ich schrie laut auf und zuckte mit der Hand zurück, als hätte ich mich verbrannt. Ich zitterte unkontrollierbar. Dann ertönte ein zweiter Glockenschlag, nicht ganz so laut, wie mir schien. Cassandra, du dumme Gans! Das ist doch nur der Stundenschlag einer Uhr, und das bedeutet, dass du genau pünktlich bist.

Als die Uhr schließlich verstummte, packte ich hastig den Griff, bevor ich noch einmal meine Meinung ändern konnte, schob mich nach drinnen, drückte die Tür mit dem Hintern zu und lehnte mich schwer atmend dagegen.

Ich befand mich in einer großen Eingangshalle mit einer hohen Standuhr ganz hinten in der Ecke – von daher war der Stundenschlag gekommen, obwohl sie jetzt so aussah, als könne sie kein Wässerlein trüben –, dem Bild eines Kampfflugzeugs an der einen Wand und zwei verschlossenen Türen. Eine mit einem luxuriösen, tiefroten Teppichläufer ausgelegte Wendeltreppe führte ins Obergeschoss hinauf und verschwand irgendwo im Nirgendwo. Das einzige Möbelstück war ein kleiner Beistelltisch am Fuß der Treppe. Auf dem Tisch lagen verschiedene Gegenstände. Meine Augen hatten sich nach dem strahlend hellen Sonnenschein draußen noch nicht auf das Dämmerlicht eingestellt, und um mehr erkennen zu können, entfernte ich mich von der relativ sicheren Tür und trat auf den Tisch zu.

Selbst in meinen wildesten Phantasien hatte ich mir diesen Moment, in dem ich das Arrangement der Objekte auf dem Tisch betrachtete, nicht vorstellen können. Ich hatte keinen Schritt über den Brief hinausgedacht. Herr König hatte mich zwar vorgewarnt, dass ich hinter der Tür neue Anweisungen vorfinden würde, aber das hier sprengte mir fast den Kopf. Mein Herz hämmerte beängstigend laut in der Brust.

Alles war ordentlich zurechtgelegt. Ein Nietenhalsband

aus schwarzem Leder, ein Paar silbrig glänzender Handschellen, eine schwarze, lederne Augenbinde, ein winziges goldenes Glöckchen und ein Zettel mit einer Liste.

Allein schon beim Anblick dieser Gegenstände und der rauschhaften Gedanken, die sie mir eingaben, spürte ich das Prickeln meiner harten Nippel unter der seidig glatten Bluse. Mit zitternder Hand nahm ich die Liste und las:

CASSANDRA

1. Schließe die Haustür.
2. Lege das Halsband an.
3. Stelle dich mit mindestens einem halben Meter Abstand zwischen den Füßen hin.
4. Lege die lederne Augenbinde an.
5. Nimm das Glöckchen in die Hand. Das Glöckchen ist deine Sicherheitsgarantie. Falls du heimgehen willst, kannst du es jederzeit fallen lassen. Du wirst dann ohne jede Diskussion nach Hause gehen und nie wieder hierher eingeladen werden. Falls du hierbleiben möchtest, musst du das Glöckchen gut festhalten.
6. Befestige eine Handschelle zunächst um ein Handgelenk, lege die Hände dann auf den Rücken und schließe die andere Handschelle um das andere Handgelenk.
7. WARTE!

Während diese schrecklichen Worte in meinem Kopf Amok liefen, stand ich von Kopf bis Fuß heftig zitternd an die Wand gelehnt da. Ich hatte Mühe, das Blatt so ruhig zu halten, dass ich den Text noch einmal lesen konnte.

Ich musste rasch handeln, bevor mich der Mut verließ, und so ging ich zur Haustür und schloss sie ab. Nach diesem Schritt schalteten Körper und Geist wohl auf Automatik um, denn ich machte mich an die anderen Aufgaben wie ein Roboter. Ich nahm das Halsband in die Hand, hielt es mir an die Nase und berauschte mich mit allen Sinnen an dem durchdringenden Ledergeruch.

Ich war inzwischen so erregt, dass ich spürte, wie ich im Schritt feucht wurde. Bei der nächsten Anweisung verkrampfte sich mein Magen vor Aufregung. Stelle dich mit mindestens einem halben Meter Abstand zwischen den Füßen hin. Warum machte dieser Befehl mich nervöser als alle anderen zusammengenommen? Vermutlich, weil ich keinen Schlüpfer trug und meine Möse somit allem, was mit ihr geschehen sollte, hilflos preisgegeben war.

Es war zwar durch die hohen Absätze etwas schwierig, mit gespreizten Beinen das Gleichgewicht zu halten, doch ich gewöhnte mich schnell daran und fand es sehr erregend, so offen und ungeschützt zu sein. Meine Schenkel gaben meiner heißen, scharfen Möse jetzt sehr viel Raum.

Als Nächstes stand die Augenbinde auf der Liste. Das Leder legte sich sanft und geschmeidig auf mein Gesicht und schmiegte sich in die Augenhöhlen wie eigens für mich gemacht. Mit jedem zitternden Atemzug roch ich den berauschenden Lederduft, und meine Nackenhaare sträubten sich in einem wohligen Schauder.

Ich befand mich in einer dunklen, stillen Welt, die nur aus Erwartung, Spannung und Befürchtungen bestand.

Ich tastete blind nach den Handschellen. Als ich sie in der vollkommenen Stille hochhob, kam mir das Klirren der Kette ohrenbetäubend laut vor, und ich umklammerte sie hastig mit beiden Händen.

Plötzlich merkte ich, dass ich die erste Manschette noch vor der Augenbinde hätte anlegen müssen. Doch ich wollte mir meinen Fehler nicht eingestehen und spielte so lange mit den Fesseln herum, bis ich die Öffnung in der Schelle fand und hoffnungsvoll mit dem Handgelenk hineinstieß. Wie von Zauberhand schnappte der kalte, harte Stahlreif zu.

So, Cassie, das war's. Ich stand viele kostbare Minuten lang einfach mit herabbaumelnder Handschelle da, bevor ich weitermachen konnte. Ich habe keine Ahnung, wie lange ich in der vollkommenen Stille dastand. Seit dem Betreten des Hauses hatte ich kein einziges Geräusch gehört und war voller Panik. Die Beine zitterten mir so heftig, dass ich ein paar Mal stolperte und vollkommen die Fassung verlor. Beinahe wäre ich in Tränen ausgebrochen und schien außerstande, mich zusammenzureißen.

Es ist nicht schwierig, sagte ich mir: Tu es einfach. Du musst nur noch die letzte Handschelle anlegen, und dann bist du alle Verantwortung los. Auf geht's.

Ich stöhnte inbrünstig, ertastete das Glöckchen, nahm es in die Hand, legte die Hände wie angeordnet hinter den Rücken und ließ die verbliebene Schelle zuschnappen.

Jetzt, da ich hilflos war, fiel es mir leichter, mich zu entspannen, doch noch immer zitterte ich heftig und rang keuchend um Atem.

Voller Entsetzen stellte ich fest, dass ich mich nicht an die letzte Anweisung erinnern konnte. Ich wusste, dass es sieben Punkte gewesen waren, und ging sie im Kopf durch. Die Tür abschließen, Halsband, gespreizte Beine, Augenbinde, Glöckchen, Handschellen und … *Was war das noch?* Ich schrie innerlich vor Entsetzen. Ich ging jede einzelne Bewegung seit meinem Eintreten wieder und wieder durch. Es kam mir vor, als wären Stunden vergangen. Es fiel mir einfach nicht ein. Nichts! Erneut spürte ich gallenbittere Angst in der Kehle. Dann endlich kam die Erkenntnis: Warte! Der letzte Befehl lautete: Warte!

Und so wartete ich und versuchte mir vorzustellen, was Herr König sehen würde, wenn er die Eingangshalle betrat. Weil ich so hilflos war, wollte ich instinktiv in mich zusammensinken, um mich zu schützen. Das war aber unmöglich, weil ich mit gespreizten Beinen dastand und mit meinen auf den Rücken gefesselten Händen auch noch die Brüste herausdrückte. Meine Titten unter der straffgespannten Seidenbluse hoben und senkten sich mit jedem meiner mühsamen Atemzüge.

Es half auch wenig, dass ich die Schultern rund machte und das Kinn auf die Brust drückte. Ich wünschte wirklich, dass er endlich käme. Die Stille war ohrenbetäubend, und alles wäre besser als dieses schreckliche Warten.

Ich verlagerte mein Gewicht vom rechten auf das linke Bein und lauschte angestrengt, zuckte aber schon beim leisesten Knarren vor Schreck zusammen. Jeder Muskel in meinem Körper war angespannt, und ich biss mir auf die Lippen, um nicht laut herauszuschreien. Allmählich verlor ich auch die Orientierung, wusste nicht mehr, wo die Tür war, und hatte irgendwann keine Ahnung mehr, aus welcher Richtung das sehnlich erwartete Geräusch endlich kommen würde.

Gerade in diesem Moment schleicht er sich vielleicht die Treppe hinunter, sagte ich mir, doch das hätte ich gehört, und so schloss ich diese Möglichkeit aus und dachte lieber darüber nach, wo die Türen waren.

Alles, was sonst noch zu meinem Leben gehörte, war draußen geblieben. Ich war einfach nur noch Cassie, die darauf wartete, ihre Sexualität zu entdecken. Nichts anderes spielte mehr eine Rolle, nur der Geruch des Leders, die aufreizende Härte des kalten Stahls um meine Handgelenke, die Dunkelheit, die Stille, die kühle Seide auf meinen harten Nippeln und das schmerzhaft heiße Pulsieren meiner sehnsüchtigen Möse.

Ich wartete.

Vier

Als ich endlich das Geräusch hörte, das von nichts anderem als einer sich hinter mir öffnenden Tür stammen konnte, durchfuhr es mich eiskalt. Diesmal hatte ich nicht die geringsten Zweifel, was ich da vernahm. Ich konnte gar nicht mehr verstehen, warum ich mich in den letzten Minuten immer wieder von irgendwelchen albernen Knack- und Knarrgeräuschen hatte aufschrecken lassen. Meine Knie waren weich wie Watte, und ich glaube, dass ich tatsächlich aufwimmerte. Tränen brannten in meinen Augen.

In jenen wenigen Sekunden hätte ich alles dafür gegeben, nicht dort zu sein.

Der Puls hämmerte mir so laut in den Ohren, dass ich Angst bekam, vielleicht in Ohnmacht zu fallen, wenn er nicht bald etwas tat oder sagte. Irgendetwas.

Ich hielt den Atem an, um jede seiner Bewegungen verfolgen zu können, und merkte, dass er unmittelbar hinter mir stand. Wieso ich das wusste, ist mir nicht ganz klar. Er bewegte sich vollkommen lautlos und berührte mich auch nicht, aber ich wusste es dennoch. Dann spürte ich, wie mich seitlich am Nacken ganz schwach sein Atem streifte, und ich roch ihn, nicht sehr stark, nur den Hauch eines zu Kopf steigenden, nach Moschus duftenden Aftershaves.

Ich war unglaublich erregt. Noch nie in meinem ganzen Leben hatte irgendetwas mich so aufgegeilt. Alles, was er tat – jede Bewegung, jedes Geräusch und jede Berührung seines Atems –, versetzte meine Möse in Hochspannung. Ich roch und fühlte ihn geradezu mit meiner Möse, und ich hatte das Gefühl, als erblühe sie in seiner Gegenwart wie eine Blütenknospe. Ich konnte mir nicht vorstellen, mir jemals irgendetwas sehnlicher zu wünschen, als endlich von ihm berührt zu werden.

Ich hatte keine Ahnung, wer dieser Mann war und was für persönliche Vorlieben und Abneigungen er hatte. Sein Aussehen und seine Persönlichkeit spielten in diesem Moment nicht die geringste Rolle. Er würde zum Werkzeug meiner Unterwerfung werden. Ich war sein Spielzeug, und das allein zählte.

Er ging langsam um mich herum, gerade so, dass er meine Kleider im Vorbeigehen leicht streifte. Ich hätte ihn gerne angesprochen und gebeten, mich zu berühren, aber obgleich ich in dieser Art von Spielen völlig unerfahren war, wusste ich instinktiv, dass es ein Regelverstoß wäre, ohne Erlaubnis zu sprechen, und dass ich den Bann damit brechen würde.

Als er zum zweiten Mal um mich herumging, beugte ich mich, von einem Drang erfüllt, den ich damals noch nicht benennen konnte, ihm entgegen und flehte ihn so mit meinem Körper an, mich zu berühren. Er blieb vor mir stehen, so dicht, dass ich spürte, wie sich meine Gesichtshärchen aufrichteten. Meine Haut prickelte vor Leben, und jede Nervenfaser wollte die Erste sein, die seine Aufmerksamkeit errang.

Ein warmer Finger schob sich unter mein Kinn und hob meinen Kopf in eine selbstbewusstere Position, doch gleich darauf ließ ich das Kinn wieder auf die Brust sinken. Geduldig wiederholte er diese Prozedur dreimal, bis ich, blind, wie ich war, den Mut fand, den Kopf oben zu behalten.

Dann berührte er ganz sanft meinen Mund, damit ich

aufhörte, mir auf die Lippe zu beißen. Er ergriff mich fest bei den Schultern, und ich merkte, dass ich die ganze Zeit unkontrollierbar gezittert hatte. Ich tat einen tiefen, schaudernden Atemzug und entspannte mich, so gut ich konnte.

Ich fühlte, dass er meinen obersten Blusenknopf aufmachte, dann streifte mich seine warme Hand nur noch bisweilen, während er die Bluse ganz aufknöpfte. Er strich mir mit dem Finger vom Kinn die Kehle hinunter, ließ ihn aufreizend zwischen meinen Brüsten hindurchgleiten und führte ihn bis zum Bund meines Rockes. Meinen ganzen Körper durchlief ein Schauder.

Die Luft knisterte vor Anspannung und Erregung. Herr König strahlte zwar Ruhe aus, aber dennoch spürte ich ein fast unmerkliches Beben seiner warmen, trockenen, verführerischen Finger. War er genauso nervös wie ich? Hatte er so etwas zuvor schon einmal gemacht?

Er packte meine geöffnete Bluse mit beiden Händen, zog sie mir mit einer einzigen, fließenden Bewegung von den Schultern und legte meine Brüste frei. Die Bluse glitt mir bis zu den Handschellen von den Armen, verfing sich dort und hing schlaff herunter.

Ich kämpfte darum, nicht vollständig die Nerven zu verlieren. Mein Atem ging rau und stoßweise, meine nackten Brüste hoben und senkten sich dramatisch, und mir war schwindlig und übel.

Was stand mir bevor? Und warum ließ ich zu, dass dieser Fremde sich an meiner Nacktheit weidete? Ich wusste, dass ich an irgendeinem Punkt der Entwicklung unbewusst entschieden hatte, meinen willfährigen Körper ganz dem Gutdünken dieses Mannes anheimzugeben, auch wenn mir meine eigenen Beweggründe vollkommen verschlossen waren. Ich wusste nicht wirklich, was ich eigentlich so dringend ersehnte. Jedenfalls damals noch nicht.

Wieder ließ er mir Zeit, mich zu beruhigen, und mein

Atem war schließlich fast normal. Dann legte er nur einen Finger vorsichtig auf die Spitze meiner rechten Brust, und ich stöhnte aus tiefster Kehle auf und flehte mit ungebärdig vorstoßenden Brüsten um mehr. Er kam meinem Wunsch nach und berührte meinen anderen hartgeschwollenen Nippel ebenso sanft. Dann machte er weiter, nahm beide Nippel zwischen Daumen und Zeigefinger und zwirbelte sie sanft. Wie ein Pfeil schoss die Lust von den Nippeln zur Möse.

Die sanften Lustwellen brachen ab, als sein Griff immer härter wurde. Er steigerte den Druck ganz langsam und führte mich durch die üblichen Fluten intensivster Empfindungen bis dorthin, wo der Schmerz beginnt. Der Schweiß trat mir auf die Stirn, während er meine pochenden Nippel bearbeitete.

«Auuu!», schrie ich. Doch irgendetwas zwang mich, stehen zu bleiben und seine nächste Berührung abzuwarten, obwohl er mir wehgetan hatte.

Ich hatte schon den Mund zum Protest geöffnet, da spürte ich seine Hand, jetzt wieder zärtlich, die zwischen meinen gespreizten Schenkeln langsam die Strümpfe hinaufwanderte. Ich schluckte alles hinunter und wimmerte, als er endlich bei der nackten Haut über dem Abschlussband anlangte. Der letzte Rest von Schmerz vermischte sich mit der Lust, die seine forschenden Hände mir bereiteten, und schon hatte ich die Züchtigung vergessen.

Hin und wieder streifte seine Hand wie unschuldig meine Möse, die inzwischen schamlos von Säften troff. Der pochende Schmerz in meinen Brüsten war vergessen, als sein Finger zwischen meine Mösenlippen schlüpfte und tief in mich eindrang. Wieder wollten meine Knie nachgeben, doch ich hatte meine Lektion gelernt und stand sofort wieder so aufrecht wie möglich da. Allmählich verstand ich die Regeln des Spiels.

Gehorsam verlangte er von mir, nichts anderes. Er konnte tun, was ihm gefiel, doch wenn ich mich beschwerte oder den Gehorsam verweigerte, wurde ich gezüchtigt.

Mein Atem wurde zu einem erstickten Keuchen, als er mit dem Finger seine Erkundung fortsetzte. Ich weiß nicht, wie ich es schaffte, mich auf den Beinen zu halten; jedes Mal, wenn er den Finger bewegte, schloss ich instinktiv die Schenkel, doch dann versetzte er mir einen scharfen Hieb auf die nackte Haut über dem dunklen Abschlussband meiner Strümpfe. Und wieder lernte ich dieselbe berauschende Lektion.

Langsam zog er den Finger aus meiner feuchten Möse, und ich folgte ihm wie hypnotisiert mit dem ganzen Körper, bis ich fast das Gleichgewicht verlor. Tief aus der Kehle ließ ich kleine, flehende Schluchzer aufsteigen, damit er merkte, wie leer ich mich ohne sein forschendes Tasten fühlte. Er legte mir den Finger an die Lippen, und ich erwartete, ein ‹Psst› zu hören, doch er schwieg. Die Bedeutung seiner Geste verstand ich dennoch, und so biss ich die Zähne zusammen und gehorchte dem unausgesprochenen Befehl. Bestürzt entdeckte ich, dass der Finger an meinen Lippen feucht und klebrig war. Ich hatte den Geruch meiner eigenen Möse in der Nase. Herr König steigerte meine Bestürzung noch, indem er mir den feuchten Finger zwischen die Lippen schob, damit ich kosten konnte. Noch nie war mir der Gedanke gekommen, meine eigenen Säfte zu schmecken, doch zu meiner Überraschung fand ich es erotisch und kein bisschen eklig. Der Gedanke an Becky huschte mir durch den Kopf. Ich saugte mich an dem Finger fest und nahm ihn tief in den Mund wie ein Baby seinen Schnuller.

Ich fühlte mich ihm in diesen wenigen Momenten recht nahe, aber er spürte offensichtlich, dass ich mich beim Saugen entspannte. Kaum hatte ich mich ein wenig beruhigt, zerrte er mir den Finger fast grob aus dem Mund, schob die Daumen unter meinen Rockbund und zog den Rock langsam nach unten, bis er sich als ein Stoffhaufen um meine Füße ballte. Er musste sich vor mir niedergekniet haben, denn ich spürte, wie er erst meinen rechten und dann meinen linken Fuß am Knöchel ergriff und den zerknüllten Rock unter mir wegzog. Ich wäre fast gestürzt, schaffte es aber doch, das Gleichgewicht zu halten.

Ich fühlte mich schrecklich verwundbar mit meinem entblößten Oberkörper, den nackten Brüsten, der von den Handgelenken herabhängenden Bluse und nichts als einem Unterrock um meine Blöße. Was für ein Glück, dass ich mich für den Unterrock entschieden hatte. Er stockte einen Moment lang, und ich stellte mir vor, wie er das raffinierte Spitzengewebe bewunderte, das zwar ziemlich durchsichtig war, aber doch noch einiges der Phantasie überließ.

Ich hatte keine Ahnung, wie sehr ich meine Entscheidung noch bereuen würde.

Er kniete noch immer vor mir, griff ein weiteres Mal nach meinen Füßen und zog mir die Schuhe aus. Dann schob er mir den Unterrock bis zur Hüfte hoch, löste meine Strapse, rollte mir die Strümpfe die Beine hinunter und zog sie mir von den Füßen. Die Schuhe zog er mir sofort wieder an, entfernte dann den Strumpfgürtel, steckte den Unterrock in den eigenen Taillenbund und stopfte ihn energisch fest.

Ich errötete von Kopf bis Fuß, als ich spürte, dass er bewegungslos verharrte und meine Möse betrachtete, die so unverhüllt für ihn frei lag. Meine von Säften klebenden Mösenlippen schwollen noch stärker an und öffneten sich. Ich spürte bei jedem einzelnen Blutgefäßchen, wie es sich mit Blut füllte. Vor Lust geschwollen flehte meine Öffnung darum, von ihm betrachtet zu werden. Er strich leicht mit dem Finger über die dunkleren, äußeren Mösenlippen und ließ ihn dann in die lustfeuchte Spalte dazwischen gleiten.

Zischend sog ich die Luft durch die Zähne, die ich um Selbstbeherrschung ringend zusammenbiss. Noch nie hatte ich mich so hilflos gefühlt und noch nie so lebendig. In erotischen Romanen hatte es mich immer scharfgemacht, von jungen Damen zu lesen, die entführt und dann ganz nach Belieben gebraucht oder missbraucht wurden. Wenn ich las, wie die intimsten Stellen einer Frau begutachtet wurden, hatte mir das Herz immer in der Brust geflattert. Dieses unglaubliche Erlebnis, das mir jetzt widerfuhr, war jeden Preis wert, den ich vielleicht zuletzt dafür würde zahlen müssen.

Falls er mich jetzt heimschickte, wäre einfach die körperliche Erfahrung, dass ich auf diese Weise empfinden konnte, schon die Mühe wert gewesen. Und wenn er mir für den Rest meines Aufenthaltes nur noch Schmerzen zufügte, wäre ich bereits in diesem Moment für alles entschädigt. Die extreme Geilheit, die in diesem Augenblick durch meinen weitgeöffneten Körper pulsierte, war all das wert.

Er trat hinter mich und ersetzte die stählernen Handschellen durch eine Art mit Schnallen verbundener Ledermanschette, wodurch meine Seidenbluse sich aus den Fesseln löste und zu Boden glitt.

Dann gelang es ihm, mich vollkommen zu verblüffen. Er schob mir den Unterrock von den Hüften und stupste mich an, damit ich die Füße hob und er ihn mir ganz ausziehen konnte. Er hielt mir das zusammengeknüllte Kleidungsstück vor Mund und Nase. Ich roch den Duft meines Parfüms. Als ich anfing, nach Luft zu ringen, nahm er es wieder weg und steckte es mir in die Hände, die noch immer hinter dem Rücken gefesselt waren. Inzwischen begriff ich, dass er mir irgendetwas mitteilen wollte, und geriet ein wenig in Panik, weil ich es nicht verstand. Wieder nahm er mir den Unterrock aus den Händen und rieb mir damit recht grob übers Gesicht. *Was denn?*, schrie eine verwirrte Stimme in mir. Ich fürchtete mich jedoch, laut zu fragen.

Der seidenzarte Unterrockstoff bauschte sich noch immer in seiner Hand, als er mir diese auf den Rücken legte. Er drückte meinen Oberkörper nach unten und ließ mich vorgebeugt dastehen. Meine Brüste hingen herab, und meine weitgespreizten Beine ließen noch mehr von meiner Möse erkennen als zuvor.

Ich war wie vernagelt und verstand immer noch nicht, worum es ging, als er mir den zusammengeknüllten Unterrock in die Hand legte und meine Finger zur Faust ballte, damit ich ihn festhielt. Dann umfing er mit seinen großen Händen meine beiden Fäuste und führte sie ein Stück weit nach oben. Endlich machte es klick. Voller Entsetzen wurde mir klar, dass er mir nun den Hintern versohlen würde. Noch bevor ich mir darüber schlüssig werden konnte, wie ich eigentlich zum Spanking stand oder ob ich schon so weit war – ich hatte noch nie im Leben Schläge bekommen –, landete der erste, brennende Schlag auf meiner rechten Pobacke und warf mich beinahe um. Der heftige Schmerz ließ mich aufkeuchen, doch das beeindruckte ihn nicht im Geringsten, und der nächste Schlag klatschte ebenso hart auf meine linke Pobacke. Eine pochende Wärme durchströmte meine Arschbacken. Vielleicht zum ersten Mal begriff ich wirklich, dass dieser Mann es ernst meinte. Und wieder überraschte er mich. Er nahm mir den Unterrock aus den Händen und strich mit dem weichen, seidigen Stoff über meinen brennenden Arsch, bis der Schmerz ein klein wenig nachließ. Ich konnte nicht glauben, dass dieses winzige bisschen Lust mich den Schmerz vergessen ließ, aber so war es. Daher wackelte ich aufreizend mit dem Po, als er mir den zusammengeknüllten Unterrock wieder in die Hände drückte.

Der nächste Schlag landete auf derselben Stelle wie sein Vorgänger, und der Schmerz schoss mir wie tausend Nadelstiche in die Beine. In Erwartung des nächsten Schlags ging ich in die Knie und krümmte mich am Boden zusammen. Er tat gar nichts. Er ließ mich einfach auf dem Boden kauern, bis mir das ein wenig lächerlich vorkam und ich zu erraten versuchte, was er von mir erwartete. Ich merkte, ich hatte überreagiert und er wartete darauf, dass mir das klar wurde. Ich konnte mir nur vorstellen, dass ich aufstehen und die Körperhaltung von eben wieder einnehmen sollte, um den Rest meiner Strafe entgegenzunehmen. Ich zitterte. Ich wusste nicht, ob ich noch viel aushalten konnte.

Am besten riss ich mich zusammen, stand auf und akzeptierte die Strafe, die ich mir sehr wohl verdient hatte, als ich unverzeihlicherweise einen Unterrock anlegte. Noch rebellierte meine arrogante Seite, während der devote Teil meines Ichs mich zum Aufstehen drängte. Ich konnte jetzt unmöglich aufgeben. Er hatte mir schon jetzt ein Maß an Wollust bereitet, das ich niemals für möglich gehalten hätte. Warum hatte ich diesen verdammten Fummel überhaupt angezogen? Hatte ich denn nicht in der Tiefe meines Herzens genau gewusst, dass sein Befehl jede, wirklich jede Art von Unterwäsche ausschloss? Hatte ich mir vielleicht sogar genau diese Behandlung gewünscht? Noch konnte ich keine dieser Fragen beantworten, da stand ich schon wieder vorgebeugt und mit gespreizten Beinen da und erwartete meine Züchtigung.

Ich schwor mir, in meinem ganzen Leben nie wieder einen Unterrock zu tragen. Meine, wie sich herausstellte, letzte Züchtigung war ein weiterer Schlag auf die empfindsame Stelle, an der Po und Oberschenkel ineinander übergehen, und mich durchschoss ein heftiger Schmerz. Doch noch während ich die Pein verarbeitete, strömte ein Hitzeschwall in meine Lenden. Ich wartete eine Ewigkeit auf den nächsten Schlag, entspannte mich dann aber, da ich verstand, dass die Bestrafung vorbei war. Zumindest für diesmal. Ich wusste selbst nicht genau, ob ich darüber eigentlich froh war.

Das also war das Spanking, nach dem ich mich gesehnt hatte. Sonderbar, dass ich Herrn König während der Züchtigung mit jeder Faser meines Ichs gehasst hatte. Wenn er zwischen den Schlägen eine Pause einlegte, empfand ich gleichzeitig Hoffnung auf eine Fortsetzung und Angst vor der Intensität des Schmerzes. Sobald er aber endgültig aufhörte, verzehrte ich mich nach weiteren Schlägen, einer Steigerung der Intensität und noch größerem Schmerz.

Fünf

Herr König ergriff mich sanft, aber fest von hinten bei den Schultern und richtete mich auf. Dabei lehnte er sich zu meinem Entzücken gegen meinen Rücken, und ich drängte mich gegen ihn. Ich spürte den Druck seines Steifen an meinen gefesselten Händen und hob sie hoch, um ihm die Berührung meines brennenden Hinterteils zu gestatten. Einen Moment lang erwiderte er meinen Druck, und ich spürte, wie er sich gegen meinen nackten Arsch presste. Doch noch bevor ich wirklich merkte, was er tat, zog er sich zurück und führte mich mit kleinen Schritten vorwärts.

Ich fühlte mich zwar in seinem Griff durchaus geborgen, empfand aber die Eingangshalle inzwischen als halbwegs vertrautes, sicheres Terrain, und als ich mit den Zehen die erste Treppenstufe berührte, war die Panik mit einem Mal wieder da. Ich war wie erstarrt vor Angst und stand stocksteif da, doch er hielt mich sicher umfasst, bis ich mich ein wenig entspannte und wir Stufe um Stufe die Treppe hinaufstiegen. Als wir den Treppenabsatz erreichten, bekam ich die nächste Angstattacke, und wieder wartete er ab, bis ich mich beruhigt hatte, bevor er mich sanft nach oben schob.

Oben angekommen, führte Herr König mich behutsam nach links und brachte mich nach zwei Schritten zum Stehen. Wieder hämmerte mein Herz los. Offensichtlich ging er nun zum zweiten Teil seiner Tagesordnung über. Nun gut, sagte ich mir, es hatte zwar verdammt wehgetan, aber die Behandlung unten in der Eingangshalle hatte mich mehr erregt, als ich es je für möglich gehalten hätte. Da würde das hier ja vielleicht auch lustvoll werden. Gleichzeitig würgte mich aber die Angst, mein Herz raste, und ich war kurz davor, das Glöckchen fallen zu lassen.

Während ich so dastand, vollkommen verängstigt, aber gleichzeitig unglaublich erregt und gespannt, befreite Herr König meine Handgelenke und fesselte sie umgehend erneut an eine Vorrichtung hoch über meinem Kopf. Dabei wurden beide Arme so weit nach außen gedreht und nach oben gezogen, dass meine Muskeln sich dehnten und meine Brüste sich hoben. Ein köstliches Gefühl hilflosen Ausgeliefertseins erfüllte mich, als er meine Fußgelenke mit Stricken fesselte und meine Beine so weit spreizte, wie es nur eben ging. Meine Möse war jetzt so weit gedehnt, dass sie mir aufzuklaffen schien, flammend heiß und geschwollen vor Begehren. Ich spürte, wie meine klebrigen Säfte die Mösenlippen einen Moment lang geschlossen hielten, bevor diese sich schmatzend öffneten und jenen intimsten Teil meiner selbst entblößten, den auch ich nur selten sah: das nasse, glitschige Loch, das nach seiner Aufmerksamkeit gierte.

Als ich seine Finger an meinen inneren Schamlippen spürte, fuhr ich vor Begehren wimmernd zusammen und stieß das Becken vor, damit er mir mehr gab. Er ergriff jede Schamlippe mit einer Hand und zog sie mit einer Bewegung nach unten, bei der es mich heiß und kalt überlief. Dabei dehnte er die Klitoris, bis ich spürte, wie sich in mir ein peitschender Orgasmus aufbaute. Doch in diesem Moment hielt er inne, und schon wieder blieb ich unbefriedigt.

«Neiiin! Bitte nicht aufhören», jammerte ich verzweifelt.

Ich hätte mir die Lektion von unten merken sollen. Er gibt die Regeln vor und tut, was ihm beliebt. Wenn es zufällig etwas ist, was auch ich möchte, wunderbar, andernfalls aber hast du eben Pech gehabt, Cassie. Ich war sein Spielzeug, mit dem er spielte, wie es ihm gerade passte.

Er reagierte auf mein Flehen, indem er wieder nach meinen Schamlippen griff, doch diesmal wusste ich, dass er eine bestimmte Absicht damit verfolgte, und es überlief mich eiskalt. Er zog beide Lippen nach unten, bis ich in die Knie ging, um den Schmerz zu lindern. Doch nach ein paar Zentimetern war Schluss damit, weil die Handschellen, die meine Hände oben festhielten, mir nur einen geringen Spielraum gewährten. Seine Finger hatten dagegen alle Freiheit und zogen einfach weiter, nach unten und nach außen, bis ich meinte, die zarte Haut müsste reißen. Ich keuchte vor Schmerz und Erregung und stellte mir vor, was Herr König wohl vor Augen hatte, der gebeugt vor mir stand und, wie ich annahm, das aufgespreizte, weitgedehnte, klaffende Maul meiner Möse begutachtete.

Mein Wimmern wurde zu einem kontinuierlichen Stöhnen, als er meine Mösenlippen weiter bearbeitete und abwechselnd zog und losließ. Noch nie hatte mich jemand so benutzt. In diesem Moment empfand ich etwas ganz anderes als die Abfolge von Scham, Demütigung und schließlich Hinnahme, die ich unten durchlaufen hatte. Die Situation jetzt war sehr intim und persönlich. Normalerweise streichelte oder rieb ein Mann die Möse einer Frau entweder sanft oder grob, je nach Temperament, doch noch nie hatte mich jemand so eingehend und vertraulich betrachtet. Ich glaube, dass mich meine Lover noch nicht einmal beim Lecken je so genau untersucht und erforscht haben. Allenfalls mein Erlebnis mit Becky mochte daran heranreichen – aber das war auf seine Weise anders gewesen.

Ich wand mich vor Wonne und spürte dabei, wie meine Möse von Säften troff. Ich hatte es immer als selbstverständlich empfunden, dass ich bei Erregung feucht wurde, aber dieser Mann schaffte es, meine Möse wirklich unverschämt nass zu machen. Alle meine Gefühle konzentrierten sich auf diesen weitgeöffneten, bloßgelegten Körperteil. Ich war nur noch ein primitives, wollüstiges Sexorgan, dessen Inneres nach außen gekehrt, bar jeden Schutzes und den Blicken preisgegeben war, jeder Teufelei ausgeliefert, die ihm in den Sinn kommen mochte. Ich war schwindlig vor Erregung.

Er hielt inne; es war, als könnte er Gedanken lesen, aber wahrscheinlich interpretierte er nur meine Körpersprache. Ich wollte mehr, und darum hörte er auf.

Dann stellte er sich vor mich und strich mir mit seinem Hemd über die nackten Brüste. Die vordere Naht rieb über meine Brustknospen und entlockte mir einen neuen Schwall von Lustsaft. Mit seinen warmen, geschickten Händen streichelte er meine Brüste, und ich verstand, warum ich so erregt war. Er wusste genau, was mich in Stimmung brachte, wann er mir Schmerz und wann er mir Lust zufügen musste und was es bedeutete, wenn mein Körper mit Zittern reagierte und von Schauern durchlaufen wurde.

Ganz sanft nahm er meine Brustknospen und zog meine Titten hoch, bis ich aufkeuchte, und dann schüttelte er sie so unmerklich, dass mich ein köstliches, aufreizendes Beben durchlief. Er ließ eine Titte los, hielt aber die andere noch immer vom Körper ab und versetzte dem zarten Euter sanfte Schläge von allen Seiten, bis mich eine brennende Hitze durchlief und ich verzweifelt mehr wollte. Diesmal kam er meinem Wunsch nach und verabreichte der anderen Titte dieselbe Behandlung. Als er mich losließ, atmete ich heftig, und meine Brüste kribbelten und brannten.

Dann wurden seine Schläge kräftiger, und weil er meine

Brüste jetzt nicht mehr festhielt, flogen und schwabbelten sie bei jedem Schlag hin und her, und Wellen der Demütigung schlugen über mir zusammen. Ich weiß nicht, warum, aber schon der Gedanke, dass er meine Titten so tanzen ließ und mich dabei beobachtete, war mir ungemein peinlich, und ich krümmte mich vor Scham, als meine Möse noch mehr Saft verströmte. Allmählich wurde mir klar, dass Demütigung und Scham ein Gutteil zu meiner Erregung beitrugen.

Ich atmete keuchend mit trockener Kehle und versuchte, die köstliche Empfindung zu bewahren, mit der meine Titten auf die Züchtigung reagierten. Wie zuvor änderte er im letzten Moment, bevor der Schmerz endgültig unerträglich wurde, die Taktik und strich mit dem Finger durch meinen nassen Fotzenschlitz. Ohne jede Vorwarnung stieß er die Finger dann in mich hinein und vergrub sie tief in meinem Loch. Er schob und drängte weiter mit der Hand, bis der Schmerz in den Brüsten vergessen war und ich auf Zehenspitzen herumtrippelte, um dem enormen Druck tief in meiner Möse auszuweichen. Seine Hand öffnete meinen brennenden Eingang so weit, dass ich spürte, wie die gequälten Mösenlippen sich dehnten, um den Eindringling aufzunehmen.

Ich war erschöpft von der ständigen Achterbahn der Gefühle, der er mich aussetzte. Einen Moment lang war ich so erregt von seiner zärtlichen Erforschung meines Körpers, dass ich schon glaubte, er würde mir einen Orgasmus gestatten, und im nächsten wurde ich von köstlichen Schmerzen überschwemmt, die mich zwar total scharf machten, aber nie zu der ersehnten Erlösung führten. Als er meine Fesseln schließlich löste und mir erlaubte, mich auf den Boden zu setzen, war ich mit den Nerven am Ende.

Ich saß mit dem Rücken gegen die Wand gelehnt und

die Arme um die Knie gelegt, schwach vor Erregung und zitternd vor unbefriedigter Geilheit. Ich dachte überhaupt nicht mehr daran, dass er da war; ich gab mich voller Selbstmitleid der Dunkelheit hin, dem pulsierenden Schmerz in meinen verprügelten Titten und der lustgeilen Schwellung zwischen meinen bebenden Schenkeln. Ich entschied, dass es mir reichte. Die Intensität der Empfindungen, die er mir abgerungen hatte, machte mir Angst, und so jämmerlich, wie ich mich im Moment fühlte, konnte ich unmöglich mehr ertragen.

Ich machte den Mund auf, um ihm zu erklären, wie ich mich fühlte, doch bevor ich noch etwas sagen konnte, ergriff er mich bei der Hand und zog mich hoch. Er stellte sich hinter mich und streichelte mich wieder so zärtlich und einfühlsam, dass ich ein weiteres Mal von seiner Geschicklichkeit überwältigt war. Auch diesmal hatte er in mir wie in einem Buch gelesen und begriffen, dass ich Ermutigung brauchte, um weiterzumachen. Sanft massierte er meine zarten Nippel, fuhr mir mit den Händen über Oberkörper und Hüften, legte die Arme um mich und zog mich an sich, bis mein Atem ruhiger wurde und das Zittern aufhörte. Wenn ich jetzt darüber nachdenke, scheint mir, er wusste noch vor mir, dass ich zur Fortsetzung bereit war.

Er drehte mich so, dass ich mit dem Rücken zur Treppe stand, und schob mich vorwärts, bis ich einen anderen Teppich unter mir spürte und daher wusste, dass wir ein Zimmer betreten hatten. Er führte mich noch ein paar Schritte weiter, drehte mich mit dem Gesicht zu sich und legte mir wieder die Handschellen an, diesmal mit den Händen nach vorn. Er trat so dicht an mich heran, dass ich den rauen Stoff seiner Kleidung auf der nackten Haut fühlte und spürte, wie sein Atem meinen Hals streifte und sein Geruch mir in die Nase stieg.

Vollkommen unfeierlich streifte er mir die lächerlich hohen Schuhe von den Füßen, und nun stand ich, von den Handschellen und der Augenbinde abgesehen, wirklich splitterfasernackt vor ihm. Ich stellte mir lustvoll vor, wie wir aussehen mussten: ich hilflos und in Handschellen, er dagegen weiterhin voll bekleidet.

Er trat noch näher und drängte mich rückwärts, bis ich stolperte. Etwas schlug mir gegen die Kniekehlen, und dann fiel ich auf etwas Weiches, das ich als Bett erkannte.

Ohne Zeit zu verschwenden, riss er meine gefesselten Hände so kräftig nach oben, als wollte er mir die Arme auskugeln, und machte sie am Kopfende fest. Nachdem meine Arme sicher in Gewahrsam waren, konnte ich eigentlich keinen Widerstand leisten, als er mir die Beine spreizte, nach meinen Knöcheln griff und sie, wie es sich anfühlte, mit breiten ledernen Fußfesseln umschloss. Ich fühlte mich so nackt, dass ich zu spüren meinte, wie sein Blick mir auf der Haut brannte.

Mein rechter Knöchel wurde mit einem Ruck nach links gezerrt und straff an den Bettpfosten gefesselt. Nachdem er mit dem linken Bein das Gleiche angestellt hatte, waren meine Beine so weit gespreizt, dass die Innenseite der Schenkel schmerzte, und so machte ich ihn zappelnd und murrend auf mein Unbehagen aufmerksam. Seine Reaktion bestand darin, die Fesseln erst zu lösen und dann noch ein wenig fester anzuziehen.

«Du Schuft!», flüsterte ich ganz, ganz leise und bereute es sofort, denn er stand auf und ich hörte das Klirren seiner Gürtelschnalle und wie der Ledergurt mit einem Ruck aus den Gürtelschlaufen gezogen wurde. Ich versuchte, mich so weit wie irgend möglich in die weiche Matratze zu drücken und die Schenkel zusammenzupressen, um mein empfindsamstes Körperteil zu schützen, doch ich konnte mich mit meinen engen Fesseln kaum rühren.

Ich spannte alle Muskeln und hielt den Atem an, um mich auf den bevorstehenden Schmerz vorzubereiten, doch auf die Explosion brennender Pein, als er mich quer über die Schenkel schlug, war ich dennoch nicht gefasst. Für den Bruchteil einer Sekunde war ich starr vor Schreck, doch gerade, als mein Mund sich zum Schrei öffnen wollte, fielen seine Lippen so süß und aufreizend über meine Möse her, dass mein ganzer Körper wie elektrisiert zusammenzuckte.

Aufkeuchend schluckte ich den Schrei herunter und versuchte, wieder zu Atem zu kommen, doch das war unmöglich. Mein Körper war in Aufruhr. Noch krümmte ich mich vor Schmerz, und gleichzeitig ergoss sich der Lustsaft meiner Möse in seinen saugenden Mund. Ich schmolz innerlich dahin und verlor die letzte Kontrolle über mich, während er meine Möse aussaugte. Mein Schrei kam als ein ersticktes Stöhnen heraus.

So rasch, wie er den Mund auf mich gepresst hatte, nahm er ihn wieder fort, und im Gefühl, nur noch einen gähnend leeren Abgrund zwischen den Schenkeln zu haben, stieß ich ihm das Becken entgegen.

Er ließ mich ein paar Minuten so liegen und machte sich im Zimmer zu schaffen. Ich zermarterte mir das Hirn, was er da wohl trieb. Ich konnte es mir einfach nicht vorstellen. Ich hatte ja noch nicht einmal eine Vorstellung, wie groß das Zimmer war, von der Einrichtung ganz zu schweigen. Ich konnte mir absolut nicht vorstellen, was er als Nächstes tun würde. Zu meiner Überraschung genoss ich die Spannung. Jeder Zentimeter meines Körpers summte vor Leben und war scharf auf die nächste Erfahrung.

Er setzte sich neben mich aufs Bett und schnallte mir etwas um Stirn und Kinn. Ich stellte es mir wie ein Halfter vor, doch da ich keine Ahnung hatte, wozu es gut sein mochte, wurde ich wieder ziemlich bange und hielt mich angstvoll an meinem Glöckchen fest. Ich hätte ihn um mein Leben gern gefragt, wozu die Gurte um meinen Kopf dienten, fürchtete aber, seinen Zorn herauszufordern, wenn ich die unausgesprochenen Regeln brach. Er hatte noch kein einziges Wort zu mir gesagt, mir aber dennoch eindeutig klargemacht, dass es ihm missfiel, wenn ich sprach.

Er ließ mir vor dem nächsten Schritt Zeit, mich an das Halfter zu gewöhnen. Dann legte er sich zu mir aufs Bett, barg meinen Kopf in seiner Armbeuge und wartete, bis ich mich entspannte. Er fuhr mit dem Finger meine Lippen nach und schob ihn mir schließlich in den Mund. Ich saugte gierig daran, mit leisen, wonnevollen Glucksern, doch dann zog er den Finger plötzlich weg und neckte mich mit leichten Lippenstupsern, als ich eifrig danach schnappte. Mir gefiel dieses Katz-und-Maus-Spiel, und ich reckte mich immer wieder nach seinem Finger, wobei ich das Halfter vollkommen vergaß. Jedes Mal, wenn er den Finger wegzog, öffnete ich den Mund und versuchte mit aller Kraft, den Kopf zu heben, um mir diesen Trost neu zu verschaffen. Dabei machte ich den Mund von Mal zu Mal weiter auf und fiel damit völlig arglos auf seinen Trick herein.

Ich war vollkommen überrumpelt, als er mir den Leder-Dildo zwischen die Lippen und tief in den Mund schob, und während ich noch versuchte, ihn auszuspucken, schnallte er den dazugehörigen Riemen schon hinter meinem Kopf fest. Er zog den Riemen so straff, dass der Knebel wie ein Pfropf saß.

Ich war außer mir vor Wut. Er hatte mich hereingelegt. Und schlimmer noch, ich war darauf hereingefallen und hatte ihm die softe Nummer abgekauft. Je mehr ich darüber nachdachte, desto wütender wurde ich, und so warf ich mich bockend hin und her, stöhnte vor Zorn und zappelte mich windend in meinen Fesseln. Erst als ich vollkommen erschöpft war, nahm ich zur Kenntnis, dass er meinen Wutanfall einfach ignorierte und, soweit ich es beurteilen konnte, das Zimmer verlassen hatte.

Langsam beruhigte ich mich wieder und rief mir in Erinnerung, dass ich aus freien Stücken hier war und mich ihm, so lange er meine Grenzen nicht so weit überschritt, dass ich das Glöckchen fallen ließ, auf Gnade oder Ungnade ausgeliefert hatte. Ich musste diese Sache hier um meines eigenen Seelenfriedens willen durchstehen. Dies hier war meine Chance, meiner Sexualität in die Augen zu sehen und herauszufinden, was mir bislang gefehlt hatte. Dieser noch nie gesehene Mann hatte mich in kurzer Zeit schon zu Gipfeln der Leidenschaft geführt, von denen ich nicht zu träumen gewagt hätte. Er hatte mir gezeigt, dass Schmerz, wenn er zum richtigen Zeitpunkt, aus gutem Grund und zusammen mit einem Schuss Lust zugefügt wurde, mich zu völlig neuen Erfahrungshorizonten führen konnte. Wie den Esel mit der Möhre hatte er mich mit einem Orgasmus gelockt, der immer kurz bevorzustehen schien und den ich doch nie ganz erreichte, und so hatte er meine Bereitschaft geweckt, jedes Experiment zu wagen, um den Reiz des Unbekannten und meine frisch entdeckte Freude an der Unterwerfung auszukosten.

Ich erwartete nun still und ergeben mein Schicksal, bis der nächste Schock mich traf: Ich hörte, wie ein Zündhölzchen über die Reibefläche einer Streichholzschachtel strich, und gleich darauf, wie das Köpfchen aufflammte. Dann roch ich das heiße Wachs einer brennenden Kerze. Jeder einzelne Muskel meines Körper zog sich vor Anspannung zusammen, bis ich nur noch ein einziger Muskelkrampf zu sein schien.

Als ich seine Hand auf der Brust spürte, traf mich fast der Schlag, und mein Kopf fuhr herum, ihm entgegen. Ich war noch immer vollkommen verängstigt, obgleich seine sanfte Berührung mein Blut schon wieder in Wallungen brachte. Er streichelte mich von Kopf bis Fuß. Er strich mit den Fingerrücken über mein Gesicht, streichelte zärtlich meine vom Knebel gedehnten Mundwinkel, und es war fast, als huldigte er meiner Hilflosigkeit. Er streifte mit der flachen Hand über meinen Oberkörper und meine Brüste bis zu meinen gespreizten Beinen und verschaffte sich ein Bild von meiner Art, zu reagieren. Gefesselt, wie ich war, erbebte ich bei jeder Berührung, reagierte auf jede Zärtlichkeit und folgte seiner Hand so gut es ging, um den Kontakt zu verlängern.

Allmählich begann ich, meine Fesseln sinnlich zu genießen: die Festigkeit der in Handgelenke und Fußknöchel einschneidenden Lederfesseln und die Augenbinde, die für Anonymität sorgte. Die Situation kam mir fast wie eine Phantasie vor, und ich war fest entschlossen, alles mit mir geschehen zu lassen.

Ich geriet in eine Verfassung vollkommener unterwürfiger Ergebung. Mein Körper gehörte ihm, er konnte damit tun und lassen, was er wollte, und solange er nicht beschloss, meine Fesseln zu lösen, würde ich mich aus Leibeskräften bemühen, ihm in allem, was er von mir verlangte, zu Gefallen zu sein. Der Knebel entband mich von aller Verantwortung. Beinahe hoffte ich, er würde meine Hingabe prüfen und mir nahezu Unerträgliches zufügen. Ich wollte, dass er mich auf die Probe stellte.

Er legte mir einen Moment lang ein Stück Seil in die Hand. Der Strick trat mir so deutlich vors innere Auge, als hätte er mir die Augenbinde abgenommen. Das letzte Mal hatte ich diese Art Seil vor einer Million Jahren in meinem Schlafzimmer in der Hand gehalten, als all das hier noch ein vergnügliches Spiel zu sein schien. Ich spürte geradezu, wie rot die Fasern waren.

Er band ein Ende des weichen, geschmeidigen Seils um

mein Knie, führte den Strick unter dem Bett durch und zog ihn dann straff. Anschließend schlang er ihn um das andere Knie, zog am Seil und schaffte es, meine ohnehin schon schmerzhaft gespreizten Beine noch zwei oder drei Zentimeter weiter auseinanderzuzerren. Dieselbe Prozedur nahm er an meinen Ellbogen vor und schnallte dann die Riemen meines Halfters so fest ans Bett, dass ich den Kopf gar nicht mehr bewegen konnte.

Mein ganzer Körper war derart in die Länge gezogen, dass jeder Atemzug mir Mühe bereitete und ich nur noch die Hände bewegen konnte, die aber allenfalls hilflos zappelten.

Ich war ihm vollkommen ausgeliefert. Ein paar Sekunden lang wollte mich Panik überkommen, doch ich sagte mir, dass das einfach nur die instinktive Reaktion war. Denn tief in mir schäumte jetzt ein weitaus grundlegenderes Gefühl empor: reine Erregung. Es begann irgendwo tief in meinem Inneren und breitete sich von dort zu wahren Lustwellen aus, die meine Brüste geradezu anschwellen ließen und mich im Schritt mit einer unbeschreiblichen Wärme durchfluteten.

Ich brauchte weder die Berührung einer fremden Hand noch einen Schwanz, der mich penetrierte. Allmählich näherte ich mich meinem Ziel ganz ohne fremde Hilfe. Ich spürte, wie die erste Röte meine Haut überzog und mein Herz tief in mir immer schneller hämmerte. Rhythmisch ballte und öffnete ich die Hände, saugte an dem Knebel, der tief in meinem Mund steckte, und biss vor Erregung hinein. Ich stöhnte jetzt unaufhörlich. Doch gerade, als ich den ersten Lustgipfel fast erreicht hatte, kniff er mich mit Fingern und Daumen in die Nippel und zwirbelte sie quälend, bis meine leidenschaftliche Erregung in sich zusammensackte und ich nur noch zappelnd versuchte, mich seinem schmerzhaften Zugriff irgendwie zu entziehen.

Mein in den Knebel gekeuchtes Schmerzesstöhnen verhallte ungehört.

Nachdem ich ein paar Sekunden lang stumm gewartet hatte, wütend zwar, aber seine Entscheidung hinnehmend, spürte ich mit immer noch zuckendem Körper plötzlich den ersten Wachstropfen zwischen den Brüsten. Ich rang nach Luft. Der zweite und der dritte Tropfen kamen meiner Brustknospe näher. Während die glühend heißen Wachstropfen meine Nippel umkreisten und Schmerz und Hitze mich immer geiler machten, lag seine andere Hand fest auf meinem Venushügel. Ein Finger spielte träge mit meinen feuchten Schamlippen und kraulte mir durchs Mösenhaar. Ich kämpfte mit aller Kraft, jedoch vergeblich, gegen meine Fesseln an, um die Hand, die mich so köstlich auf die Folter spannte, zu erreichen und tief in mir zu versenken.

Die Sehnsucht nach Penetration löschte alle anderen Empfindungen aus, bis mein ganzes Sein nur noch um diesen aufreizenden, neugierigen Finger kreiste. Er neckte mich gnadenlos und drückte dabei mit dem Handballen so kräftig auf meinen Venushügel, dass meine ohnehin gebremsten Beckenstöße noch stärker beschränkt wurden.

Als ich gerade fürchtete, verrückt zu werden, wenn er mich noch länger zappeln ließ, schob er den Finger bis zum ersten Fingerknöchel in mich hinein, was meine Spannung bis zum Zerreißen steigerte. Noch immer tropfte das sengend heiße Wachs gnadenlos auf meine Brüste. Immer enger umkreiste er meine Brustwarzen, und das Wachs wurde heißer und heißer, da er die Kerze offensichtlich meinem zitternden Leib immer näher brachte. Er spielte mich wie ein Instrument und dimmte die Intensität des Schmerzes, den das Wachs mir verursachte, durch seinen forschenden, geil machenden Finger an meiner Möse.

Kein einziges Mal beschleunigte er dabei den Rhythmus. Er tat gerade so viel, dass ich kurz vor dem Orgasmus stand, ließ mich aber nie zum Höhepunkt kommen. Er widerstand dem natürlichen Verlangen, im Angesicht leidenschaftlicher Erregung schneller zu werden, und beschränkte sich auf ein langsames, aber unablässiges Sondieren. Ich wollte seinen Finger unbedingt tiefer spüren, doch er blieb beharrlich und beließ es bei einer quälenden Verlockung unmittelbar an meinem tropfnassen Eingang.

Als er schließlich sein Vorgehen änderte, war ich schon schweißübergossen, stöhnte und ächzte laut in den Knebel hinein und wand mich vor lustvoller Qual. Er ließ das Wachs nun unmittelbar auf meine glühend heißen Nippel tropfen. Es war eine auserlesene Folter und erzeugte das intensivste Lustempfinden, das man sich vorstellen kann. Er nahm seinen Finger weg, und ich schwöre, dass ich alles, wirklich alles, dafür getan hätte, ihn wieder in meiner Öffnung zu spüren. Das Wachs tropfte noch immer auf mich herunter. Da er mich jetzt nicht mehr mit dem Finger aufgeilte, wurde der Schmerz immer schlimmer. Ich versuchte, mich vor dem gnadenlosen Angriff in mich selbst zu verkriechen, doch es gelang ihm, mit jedem Tropfen eine neue, empfindsame Stelle zu treffen. Schon wollte sich ein Beginn von Panik in mir regen, da legte er Daumen und Zeigefinger zwischen meine Mösenlippen, drückte sie auseinander und entblößte meine hartgeschwollene Klitoris, die ohne ihre schützende Hautfalte und in Erwartung des ständig hinausgeschobenen Höhepunkts schmerzhaft hämmerte und vibrierte.

Allmählich kamen mir die glühend heißen Tropfen immer näher und wanderten quälend langsam meinen Bauch hinunter, sodass ich genug Zeit hatte, zu begreifen, was mir bevorstand. Ohne die warmen Lustfluten, die mich zuvor durchströmt hatten, wurde der Schmerz beinahe unerträglich. Trotzdem war er auch köstlich, weil jene

Hand mich offen und vollkommen entblößt hielt und mir so Gelegenheit gab zu beweisen, wie ernst es mir mit dem Verlangen war, meine Grenzen bis aufs Letzte auszuloten.

Als wäre in meinem Gehirn ein Schalter umgelegt worden, begann der Schmerz intensiv zu glühen. Ich müsste dieses Gefühl wohl weiterhin als Schmerz beschreiben, doch nun war es durch ein Ziel versüßt. Das Wachs hatte mein Mösenhaar erreicht und verharrte dort wie ein Tier kurz vor dem Sprung, darauf wartend, dass ich zu betteln begann. Ich stieß das Becken hoch, so weit die Fesseln es zuließen, die meinen Bewegungsspielraum extrem einschränkten. Noch immer hielt er mit der Hand meine vor Geilheit pochende und zuckende Klitoris entblößt.

Das Verlangen, endlich zum Orgasmus zu kommen, schrie aus jeder Pore meines Körpers, bis ich meinte, gleich in Millionen Teile zu zerbersten. Ich flehte ihn mit dem ganzen Körper an, mir endlich zu geben, was ich brauchte, bis ich mich kaum mehr bewegen konnte. Mit einer letzten Anstrengung stieß ich mich ruckhaft hoch, um den Schmerz aus ganzer Seele willkommen zu heißen. Noch immer tropfte das Wachs auf mein Mösenhaar. Alles in mir pulsierte, steigerte sich dem Orgasmus entgegen und wartete auf den Auslöser. Ich spürte, dass meine Klitoris pochend anschwoll wie ein kleiner, lustgeiler Penis.

Der glühend heiße Wachstropfen riss mich fast entzwei.

Er schob seine Finger in meine Öffnung, grub sich bis zum Anschlag in mich hinein, spreizte mich auf, dehnte und stopfte mich, bis ich zu zerreißen glaubte. Bockend und zuckend wand ich mich unter den weichen roten Stricken, die mich noch immer wie ein Schraubstock umklammert hielten.

Die köstlichen, bittersüßen, quälenden Lustkrämpfe pulsierten durch meine tropfnasse, erschöpfte Möse, während das Wachs auf meiner armen, misshandelten Haut abkühlte und ein erlöstes Schluchzen aus meinem geknebelten Mund den Raum erfüllte.

Sechs

Als mein Orgasmus abklang, fühlte ich mich sehr eigenartig und mehr als ein bisschen lächerlich. So lag ich also vollkommen hilflos da, von Kerzenwachs überzogen, das hart geworden und an mir festgeklebt war, an meinen Härchen ziepte und meine Mösenfalten wie mit einem Panzer umschloss.

Mir wurde mit schneidender Schärfe bewusst, wie rasch Leidenschaft und Begehren mit der Klimax verpuffen können, und wünschte mir nur noch, ich könnte schon zu Hause sein und mir die kommenden Peinlichkeiten ersparen.

Ich versuchte mir vorzustellen, wie wir miteinander umgehen würden. Würde er meine Fesseln lösen und mir eine Tasse Tee anbieten, bei der wir uns über die zurückliegende Episode unterhalten könnten – oder würde er von vorn anfangen?

Wie stand es eigentlich um seine Befriedigung? Kam er zum Orgasmus, und falls ja, wie und wann? Ich versuchte angestrengt, mir vorzustellen, was um mich herum vorging, scheiterte aber daran, dass ich nicht die geringste Vorstellung von dem Raum hatte, in dem ich mich befand, von Herrn König und seinem Aussehen einmal ganz abgesehen.

Ich spürte, dass er immer noch im Raum war, und ein leichter Druck auf meiner rechten Seite ließ erahnen, dass er einfach nur dastand und mich betrachtete. Sonderbar, aber selbst in meiner jetzigen abgekühlten Verfassung nach dem Orgasmus löste dieser Hauch von Berührung noch etwas in mir aus. Ich fühlte ein warmes Zucken im Schritt und schlängelte mich einladend. Na ja, ich *denke*, dass es einladend war, denn gleich darauf spürte ich, wie seine warme Hand unerbittlich an meinem Schenkel nach oben wanderte. Ganz die Schlampe, die ich allmählich wurde, schob ich mich ihm mit auffordernden Seufzern so weit wie möglich entgegen, doch er ging nicht darauf ein und ließ die Hand wie geistesabwesend über meinen gespreizt daliegenden Körper gleiten.

Dann verstand ich, was ablief: Er stand neben mir, betrachtete meine Fesseln, meine noch immer schwer atmende Brust und meine völlig nackte Möse und wichste. Bei dieser Erkenntnis überkam mich ein ganzer Cocktail von Gefühlen. Ich fand die Vorstellung erregend, dass er über mir stand, seinen nackten Steifen in der Hand, den er sanft streichelte, während er seine Gefangene, seinen Besitz, seine Belohnung mit lüsternen Blicken verschlang: mich!

In der nahezu vollständigen Stille des Raumes erlauschte ich die sanften Bewegungen seiner Hand und seine heftiger werdenden Atemstöße und hielt die Luft an, um diese Geräusche auszukosten. Ich versuchte, mir sein Gesicht vorzustellen. Ich sehnte mich in diesem Moment sehr danach, seine Lust beobachten zu können und die Ehre zu haben, ihn zu befriedigen. Doch mit einem Ruck wurde mir klar, dass ich, wenn dies hier für ihn ein Liebesakt war, so, wie ich war, einfach daliegend und sehnsüchtig zappelnd, vermutlich alles bot, was er begehrte.

Meine Verwirrung löste sich, als ich sein Sperma glühend heiß auf der Haut spürte. Die klebrigen Spritzer landeten auf Beinen und Venushügel, schossen mir bis zum Bauch und den Brüsten hinauf und kühlten rasch ab. Danach steckten wir wieder in der Sackgasse.

Wie schon den ganzen Tag hatte er auch diese Situation perfekt im Griff. Langsam und behutsam wischte er mir die klebrigen Spermaspritzer ab, während ich mich bei seiner Berührung schon wieder schamlos wand. Zum ersten Mal hörte ich, dass er einen Laut von sich gab – ein Glucksen aus tiefer Kehle –, und ich schämte mich meiner zügellosen Geilheit. Dann pellte er einen hart gewordenen Wachsklumpen nach dem anderen von meiner Haut und säuberte mich vollständig.

Es war ein sonderbares Gefühl, einfach dazuliegen, während sich dieser mir vollständig unbekannte Mann meiner Bedürfnisse annahm. Er öffnete die Fesseln um meine Fuß- und Handgelenke, löste die Stricke um meine Beine, ergriff mich bei den Händen und zog mich vom Bett hoch. Ich führte die Hände zur Augenbinde, um ihn endlich sehen zu können, doch er hinderte mich daran und drückte mir die Arme nachdrücklich herunter. Vermutlich hätte ich die Sache forcieren können, aber ich hatte gar nichts gegen meine Ahnungslosigkeit einzuwenden. Es wäre einfach schrecklich gewesen, nach allem, was ich durchgemacht hatte, feststellen zu müssen, dass mein Peiniger ein neunzigjähriger, hässlicher Tattergreis war. Von jenem Moment an, als er hinter mir gestanden und mich, nackt, wie ich war, kurz an seine Brust gezogen hatte, wusste ich, dass er hochgewachsen und schlank war, aber das war auch alles.

Er ging um mich herum, bückte sich und klopfte auf mein Fußgelenk. Automatisch hob ich den Fuß und rechnete mit irgendeiner neuen Fesselung, doch er streifte mir nur etwas Weiches über und tat dann mit dem anderen Fuß dasselbe. Entmutigt merkte ich, dass er mich wieder anzog. Er machte sich sogar die Mühe, mir Strümpfe und Strumpfgürtel anzulegen, und drehte mich um, um mir die Strumpfnähte gerade zu zupfen.

Warum wollte er, dass ich ging? Das hätte ich ihn gerne gefragt. Hatte ich mich irgendwie falsch verhalten? Völlig verwirrt und in einem wilden inneren Aufruhr wurde ich nach unten in die Eingangshalle geführt, wo alles angefangen hatte, und erhielt meinen Schlüsselbund zurück. Er drehte mich um, und ich spürte einen sanften Kuss auf der Stirn, eine ganz leichte Berührung seiner Lippen, welche die Qualen, denen er mich unterzogen hatte, Lügen zu strafen schien. Er drehte mich noch einmal um, und ich zuckte zurück, als ich hörte, dass er die Hautür vor mir öffnete. Ich wich vor den Geräuschen und der kühlen Luft draußen zurück, starr vor Schreck beim Gedanken, dass er mich mit verbundenen Augen und geknebelt aus dem Haus schicken würde.

Ich war vollkommen desorientiert und empfand einen Moment nackter Panik, denn ich war sonderbarerweise in diesem Augenblick fest überzeugt, dass ich draußen nicht mehr zurechtkommen würde. Hatte ich nicht vielleicht das Autofahren verlernt, und würde ich den Heimweg überhaupt noch finden?

Ich brach die Regeln, umklammerte den immer noch hinter mir Stehenden und entdeckte zu meiner Überraschung, aber auch unbeschreiblichen Freude, dass ein unverkennbarer Steifer seine Hose ausbeulte. Es war eine Lederhose, deren Material sich unter meinen tastenden Fingern angenehm sinnlich anfühlte. Er entzog sich mir mit einem missbilligenden Schnalzen.

Ich spürte, dass er die Schnallen des Halfters löste, das, wie mir schien, nicht nur meinen Kopf, sondern auch meinen Willen seit einer Ewigkeit umschlossen hielt, doch als er mir den Dildo aus dem Mund zog und ich die ersten Worte sagte, hielt er mir sofort die Hand vor den Mund. Mit der anderen Hand löste er die Augenbinde, und da mein Kopf wie in einer Schraubzwinge zwischen seinen

Händen feststeckte, konnte ich mich nicht nach ihm umdrehen.

Ich war vom Licht geblendet, und mein Reaktionsvermögen ging gegen null. Weil ich so lange stumm, blind und bewegungsunfähig alles hatte hinnehmen müssen, wehrte ich mich nicht, als ich sanft, aber energisch aus der Tür geschoben wurde, das kleine Glöckchen noch immer fest in der Hand. Ich tat einfach, was von mir verlangt wurde, wie schon die ganze Zeit, seit ich heute Vormittag über die Zufahrt ins Haus gekommen war. Da war ich noch ein anderer Mensch gewesen.

Meine Augen gewöhnten sich allmählich wieder an das Licht, und ich drehte mich um, doch die Haustür war verschlossen und es war nicht möglich hineinzusehen.

Das Haus wirkte wieder wie ein ganz normales, harmloses Vorstadthaus. Keiner würde auf die Idee kommen, dass hinter dieser Fassade etwas Ungewöhnliches vor sich ging.

Ein paar Minuten stand ich einfach da, noch immer in Bann geschlagen, während ich gleichzeitig kaum glauben konnte, was gerade mit mir geschehen war – oder sollte ich besser sagen, was ich mit mir *geschehen* hatte *lassen*? Ob er wohl aus dem Haus spähte und meine Verwirrung beobachtete? Und falls ja, was er dann wohl dachte? War das für ihn einfach nur eines seiner üblichen Spiele gewesen? Hatte er mich schon zu den Akten gelegt?

Ich wusste, dass ich mich auf den Heimweg machen musste, spürte aber, dass dann der Bann gebrochen wäre und mir mein Erlebnis bald vollkommen unwirklich vorkommen würde. Eines jedoch war mir vollkommen klar, nämlich dass ich nach dem, was hier mit mir passiert war, nie wieder dieselbe sein würde.

Ich fuhr völlig benommen nach Hause und meinte immer noch, die Fesseln um meine Gelenke und seine Finger in meiner Öffnung zu spüren. Ich war mir der Schläge, die er mir aufs Hinterteil gegeben hatte, schneidend bewusst und wusste genau, dass er mir damit sehr wehgetan hatte; sonderbarerweise war aber der Schmerz für mich schon nicht mehr greifbar, und geblieben war nur die Erinnerung an die flammende Wollust, die mich im Gefolge der Schläge überkommen hatte.

Die Heimfahrt war gekennzeichnet von einem Gefühlsaufruhr voller Ambivalenzen. Im einen Moment wollte ich umkehren, bei ihm bleiben und ihn anflehen, für immer in Fesseln leben zu dürfen, im nächsten redete ich mir ein, dass er mich irgendwie unter Drogen gesetzt haben musste und der Vorfall schlicht und ergreifend einen Fall von sexuellem Missbrauch darstellte. Ich schwankte zwischen Zorn und vollkommener Hingabe an die fremdartigen Empfindungen, die er in mir ausgelöst hatte.

Als ich zu Hause eintraf, stand ich benommen in der Diele und konnte nicht das Geringste mit mir anfangen. Ich fühlte mich verloren und war vollkommen erschöpft. Fast in Trance schleppte ich mich die Treppe hinauf, legte mich in Kleidern aufs Bett, zog die Decke über mich und schlief ein.

Ich schlief über zwölf Stunden, lag, als ich aufwachte, warm und kuschelig im Bett und ließ mir alles, was in den letzten vierundzwanzig Stunden vorgefallen war, noch einmal in aller Ruhe durch den Kopf gehen. Ich hätte gerne Becky oder Ruth von meinem Erlebnis erzählt, hatte aber noch Hemmungen und ging davon aus, dass beide meinen Bericht nur für eine frei erfundene, schlüpfrige Geschichte halten würden.

Je mehr ich über den Vortag nachdachte, desto überzeugter war ich, dass all das so hatte kommen müssen. Selbst wenn ich Herrn König niemals wieder begegnen würde, hatte ich mich durch mein Erlebnis unwiderruflich verändert. Ich war in den letzten Wochen zu einer völlig neuen Cassie geworden.

Ich trug noch immer den Minirock und die hochhackigen Pumps und rief mir in Erinnerung, wie ich mich in Herrn Königs Eingangshalle gefühlt hatte. Woher ich den Mut genommen hatte, mir die Bewegungsfreiheit zu nehmen und darauf zu warten, dass ein Unbekannter mit mir machte, was er wollte, war mir schleierhaft. Schon die Erinnerung an diese wenigen Minuten des Wartens und meinen Zustand von abgrundtiefer Angst und Erregung genügte, um mich wieder in Fahrt zu bringen.

Ich kramte in meiner Nachttischschublade, fand das Stück Seil, das Herr König mir zur Verlockung geschickt hatte, und fesselte mir damit die Beine. Das scharlachrot leuchtende Seil auf den mattschwarzen Strümpfen bot ein unglaublich nuttiges Bild, und schon stellte ich mir vor, wie ich wohl ausgesehen haben musste, als ich mit gespreizten Beinen und weitgeöffneter Möse, die Titten nach oben gereckt, ungeschützt, hilflos und splitterfasernackt vor ihm gelegen hatte.

Abermals überlegte ich, wie ich mich selbst fesseln könnte, und da gab es natürlich viele Möglichkeiten, aber ich fand keine, bei der ich mich auch wieder selbst hätte befreien können. Enttäuscht und verärgert riss ich mir das Seil von den Knöcheln, doch die intensive, brennende Wärme im Schritt blieb. Ich würde also … improvisieren müssen.

Mir fiel eine Schlafmaske ein, die ich vor dem Urlaub im Vorjahr für einen Langstreckenflug gekauft hatte, und durchsuchte die Schränke, bis ich sie fand.

Noch immer in Kleidern und mit den Highheels an den Füßen streckte ich mich auf dem Rücken aus und zog die Knie an. Die Pfennigabsätze drückten zwei hübsche kleine

Kuhlen in die Bettdecke. Dann klappte ich langsam die angewinkelten Beine auseinander, bis sie flach auf dem Bett lagen, die Sohlen meiner Absätze sich berührten und meine Möse nackt und ungeschützt auf alles Weitere wartete. Meine Spalte kribbelte von all den Erinnerungen an mein Erlebnis mit Herrn König, und so tätschelte ich sie und flüsterte: «Wart noch ein bisschen, ich denke nach.» Beim Tätscheln zuckte ich zusammen, weil ich plötzlich die wunden Stellen an den Schenkeln und den weichen Mösenlippen spürte, und so setzte ich mich auf, um mir die Sache genauer anzuschauen. Quer über die Schenkel lief ein schwacher, dünner Striemen vom Schlag mit dem Gürtel. Ich knöpfte die Seidenbluse auf, entblößte meine lustgeilen Titten und stellte fest, dass meine Haut von den Brüsten über den Bauch bis zu den Oberschenkeln mit Dutzenden von geröteten Flecken übersät war, die vermutlich vom heißen Wachs kamen. Die meisten Flecken umgaben meine zarten Titten und konzentrierten sich zur Mitte hin, wo sie ein großes Areal ganz rot färbten, das in das Hochrot der Warzenhöfe und der prallgeschwollenen Brustknospen überging.

Ich war von diesen Beweisen meiner Hingabe vollkommen in Bann geschlagen, und glühend heiß vor Scham und Erregung streichelte ich zärtlich die kleinen Male, die wie rote Küsse aussahen. Wie hatte ich nur zulassen können, dass jemand so mit mir umsprang?

Allein die Erinnerung erregte mich stärker als alles, was ich bis zu meinem Besuch bei Herrn König je empfunden hatte. In diesem Moment wäre ich liebend gerne nach London zurückgekehrt, hätte mich ihm auf Gnade und Ungnade ausgeliefert und ihn angefleht, für immer als seine Sexsklavin bei ihm bleiben zu dürfen.

Wieder fragte ich mich, wie er wohl aussehen und wie alt er sein mochte. Ich hätte rasend gerne ein inneres Bild von ihm gehabt, um besser masturbieren zu können, stellte aber fest, dass meine rein körperlichen Erinnerungen dazu vollkommen ausreichten.

Ich legte mich wieder hin, fummelte fieberhaft an mir herum und betastete all die wunden, empfindsamen Stellen, die meiner Erinnerung Nahrung gaben. Als ich so mich windend auf dem Bett lag, fiel mir mein Spiegelbild in der Schlafzimmerschranktür ins Auge, und vollkommen geschockt stellte ich fest, dass ich wie eine sexbesessene Schlampe aussah. Meine Kleider lagen überall im Zimmer verstreut, meine zwölf Zentimeter hohen Absätze gruben sich in die Matratze, und meine Hand stieß wieder und wieder zwischen die klebrig feuchten Schenkel. Mein Becken reckte sich der Hand entgegen, mit der ich mich selbst befriedigte. Ich brauchte mehr.

Ich hielt mitten in der Bewegung inne und setzte die Schlafmaske auf. Sie war nicht ganz so wirkungsvoll wie die lederne Augenbinde in Herrn Königs Eingangshalle, erfüllte aber trotzdem ihren Zweck. So konnte ich mir besser vorstellen, dass ich wieder in seinem Haus war und still und stumm in der Dunkelheit darauf wartete, meine Sexualität zu entdecken.

Ich ließ noch einmal alle Empfindungen Revue passieren, die mich in den Stunden mit Herrn König überwältigt hatten – Schmerz, Wollust und die quälende Angst vor dem Unbekannten –, doch der Gedanke, der alles beherrschte, war die vollständige und vorbehaltlose Unterwerfung unter einen Mann, den ich nicht kannte.

Hinter der Schlafmaske konnte ich sein, wer ich sein wollte. Wenn mir danach war, konnte ich die sexbesessene Schlampe in mir herauslassen. Ich wand mich lüstern auf dem Bett, kniff mich in die Nippel, bis es wehtat, stieß die Finger tief in meine Möse und tat alles, um die am Vortag erlebten Empfindungen noch einmal wachzurufen.

Fieberhaft ergriff ich das Seil, das noch auf der Matratze lag, klemmte es zwischen den erhitzten Schenkeln ein und zog es zwischen den Mösenlippen so straff, dass es meine Klitoris quetschte, als wollte es mich mitten entzweischneiden. Als ich mich dem Höhepunkt näherte, das Seil tief durch die Schlucht meiner Fotze gespannt, dachte ich an die köstliche Ekstase der Scham, die mich überkommen hatte, als Herr König meinen Unterrock entdeckte und mir wie einem Kind den Hintern versohlte. Mein Ziel lag jetzt in greifbarer Nähe. Das Seil schien mich fast in zwei Teile zu spalten, die Erinnerung an die Schläge war wie ein explodierender Schmerz, und die Wogen von Lust und Qual brachen über mir zusammen.

Erschöpft und verausgabt ließ ich mich zurücksinken. Das mit klebrigem Mösensaft getränkte Seil lag noch immer in meinen zuckenden Händen. Meine Brüste wogten.

Wieder schlief ich ein, und diesmal war es ein Schlaf der sexuell Befriedigten, traumlos und tief.

Sieben

In den folgenden Tagen war ich vollkommen durcheinander. Ich wollte alles, was geschehen war, vergessen und wieder ich selbst sein, aber mehr noch wollte ich, dass er an meine Tür klopfte, mich in seine Arme hob und zu sich nach Hause schleppte, um das Abenteuer fortzusetzen.

Ich ging so wenig wie möglich aus dem Haus, um auf keinen Fall einen eventuellen Anruf von ihm zu versäumen, wenn ich aber ausging, meinte ich, in jedem Mann, den ich sah, Herrn König zu erkennen.

Tagelang versuchte ich, nicht an ihn zu denken, scheiterte aber so etwa einmal pro Minute. Dann wieder wollte ich mich ins Auto setzen und zu ihm fahren, doch ich wusste, dass ich nicht dorthin zurück konnte. Ohnehin hatte er offensichtlich keine Wiederholung geplant, denn sonst hätte er mich vor meinem Abschied darauf angesprochen. Jeden Morgen wartete ich ungeduldig auf den Postboten, und wenn das Telefon läutete, nahm ich hastig ab, stets in der Hoffnung, es könnte Herr König sein. Doch er war es nie. Meistens war es Becky, die mich bedrängte, ihr von meinem Erlebnis zu erzählen, und mich verlocken wollte, mit ihr Essen oder Kaffee trinken oder ins Bett zu gehen. Sie war ganz scharf auf die schmuddeligen Einzelheiten, doch ich war nicht bereit, sie ihr zu erzählen, zumindest noch nicht. Ich konnte mir ja nicht einmal selbst erklären, warum ich so bereitwillig auf Herrn Königs Aufforderung eingegangen war, wie sollte ich da jemand anderem Auskunft geben? Sie ging wohl davon aus, dass ich irgendwann so weit sein würde, und wartete geduldig.

Die Arbeit war nicht mehr die befriedigende Karriere, die sie einmal für mich dargestellt hatte, sondern nur noch eine langweilige Quälerei. Dazu kam noch, dass ich immer öfter Essenseinladungen meiner Kollegen ablehnen musste. Einer von ihnen war besonders beharrlich. Er folgte mir jedes Mal, wenn ich an ihm vorbeiging, mit Blicken, ging mir sogar nach, wenn ich mir einen Kaffee holte, und stand dann einfach da und glotzte mich lüstern an. Ich gab mir alle Mühe, seinen Avancen aus dem Weg zu gehen, doch das war schwierig. Der Korridor zu meinem Büro führte an seiner Tür vorbei, und einmal nagelte er mich während der Mittagspause an der Wand fest und rammte mir seinen Steifen, der sich unter seiner Hose beulte, in den Schritt. Ich konnte mich ihm gerade noch entwinden, bevor meine niederen Instinkte das Regiment übernahmen. Allmählich machte ich mir Sorgen, dass er mich vollkommen durchschaute.

Als dann eine junge Arbeiterin aus der Fabrik ratsuchend zu mir kam, weil ihre Beziehung zerbrochen war, war das der Tropfen, der das Fass zum Überlaufen brachte. Nachdem ich ihr lange gut zugeredet hatte, erzählte sie mir, ihr Freund habe einfach keine Ahnung, wie sie sexuell zu befriedigen sei, und als sie versucht habe, ihm auf die Sprünge zu helfen, habe er sie mit ihrem vier Monate alten Baby sitzen lassen. Mit der Bemerkung, sie solle sich doch vergewissern, ob die Sexualität, die sie sich von ihm ersehne, auch wirklich das Richtige für sie sei, setzte ich beinahe meine Karriere aufs Spiel. Erst als sie mich eigenartig anblickte, merkte ich, dass sie das für eine sexuelle Anmache hielt. Natürlich bügelte ich sofort darüber hinweg und versuchte, sie zu beruhigen und ihr ein paar pragmatische Ratschläge zu geben, doch als sie aufstand und mein Büro verließ, sah ich ihrem herausfordernd wackelnden Hinterteil nach und fragte mich, ob sie wohl jemals Erfahrung mit Spanking gemacht hatte. Ich wusste, dass ich mich alles andere als professionell verhalten hatte, und kam zu dem Schluss, dass ich eine Auszeit brauchte, um in Ruhe über alles nachzudenken und mich wieder in den Griff zu bekommen. Zum Glück hatte ich noch Urlaub übrig.

Der Gedanke, alleine irgendwo hinzufahren, war mir unerträglich, denn ich hatte den Verdacht, dass ich mit dem gepackten Koffer im Auto unwillkürlich vor Herrn Königs Haustür landen würde. In den letzten Tagen hatte ich ziemlich oft an Becky gedacht. Ich hätte mir gerne Herrn König aus dem Kopf geschlagen, um mich auf die realisierbare Beziehung zu meiner neuen Freundin konzentrieren zu können. Einem Impuls folgend rief ich sie an und schlug ihr vor, ein paar Tage gemeinsam zu verreisen, da uns das Gelegenheit verschaffen würde, einander besser kennenzulernen. Sie war ziemlich überrascht, da ich schon ein oder zwei Wochen nichts mehr von mir hatte hören lassen, griff meinen Vorschlag aber begeistert auf. Ich musste einfach jemandem von der ganzen Sache erzählen.

Beckys Familie besaß ein kleines Ferienhaus in Snowdonia, und obwohl es noch ein bisschen kühl war, kamen wir überein, dass wir dort abends gemütlich vor dem Kamin sitzen, lesen, reden und uns miteinander vertraut machen könnten. Mir war klar, dass ich Becky mit meinem bisherigen Stillschweigen über mein Abenteuer auf die Folter gespannt hatte, aber ich wusste immer noch nicht so recht, wie ich ihr davon erzählen sollte, denn ich konnte ja selbst kaum glauben, dass ich das alles wirklich erlebt hatte.

Wie hatte ich nur so unglaublich verwegen sein können? Wenn Herr König mir seit damals geschrieben oder mich angerufen hätte, wäre mir das Erzählen vielleicht leichter gefallen, aber wie die Dinge standen, kam mir alles, was sich an jenem Tag mit Herrn König ereignet hatte, wie ein Traum vor.

Becky rief ihre Mutter an und vergewisserte sich, dass das Haus in der kommenden Woche frei war, und dann nahmen wir beide Urlaub und planten, am Samstag nach Wales zu fahren. Ich hatte noch immer keine Ahnung, wie ich Becky erzählen sollte, dass ich mich Herrn König derart bedingungslos ausgeliefert hatte, oder ob ich ihr überhaupt *irgendetwas* davon erzählen konnte, aber ich war mir sicher, dass sie meine Entscheidung, wie sie auch ausfiel, kritiklos hinnehmen würde.

Am Morgen der Abreise saß ich mit gepackten Koffern auf der Bettkante, im Kopf ein einziges Chaos, und grübelte über die bevorstehenden Tage nach. Becky hatte mich angerufen, um die letzten Kleinigkeiten zu besprechen, und mich kurz vor dem Auflegen ein bisschen geneckt und ganz beiläufig gefragt, ob es mir etwas ausmache, dass es nur ein einziges Schlafzimmer mit einem großen französischen Bett gebe.

Bis zu diesem Moment hatte ich ständig Herrn König im Kopf gehabt, doch sie holte mich in die Wirklichkeit zurück. «Hoffentlich grübelst du nicht so viel über deinen Phantasiemann nach, dass du unseren Urlaub sowie den Frieden und die Ruhe in den Bergen nicht genießen kannst, Cassie. Denk doch nur, kein Mensch wird uns stören, und nur die Schafe werden sehen, was wir so treiben», merkte sie scheinbar unschuldig an, doch ich wusste, worauf sie anspielte. Ich hatte Sehnsucht nach ihr, und wir verabredeten, dass sie mich abholen würde.

Im Auto plauderten wir vielleicht eine Stunde lang nur über alltäglichen Kram. Becky erzählte mir von einem Problem am Arbeitsplatz, und wir diskutierten ausführlich, ob sie sich im Sommer für eine Kurzhaarfrisur entscheiden sollte. Triviale Kleinigkeiten und Weiberkram. Wir wussten beide, dass wir nur die Zeit totschlugen und dass ich irgendwann meinen Widerstand aufgeben und ihr nicht nur erklären würde, warum ich dringend Urlaub brauchte, sondern auch, wieso ich ihr seit meinem Besuch bei Herrn König aus dem Weg gegangen war.

Dann schwiegen wir eine Weile, und plötzlich brach es aus Becky heraus: «Herrgott nochmal, Cassie, *soo* schlimm kann es doch gar nicht sein! Außerdem hast du mir gestern Abend versprochen, dass du mir alles haarklein erzählst.»

Das war vermutlich der Einstieg, den ich brauchte. Sobald ich merkte, dass Becky glaubte, ich sei ihr böse, wusste ich, dass ich mit der Wahrheit herausrücken musste.

«Stimmt», begann ich und starrte dabei aufmerksam auf die Straßenböschung – als wären dort alle Wunder des Universums zu entdecken –, nur, um sie nicht ansehen zu müssen. «Also, du weißt ja, am Tag meiner Fahrt nach London ...»

«Das weiß ich doch alles schon, Cassie. Aber jetzt rück endlich mal mit den pikanten Details heraus. Komm schon, erzähl mir, wie er war ...»

Ich unterbrach sie, damit sie nicht noch mehr Fragen stellte.

«Tut mir leid, Becky, aber wenn du mir nicht einfach zuhörst, weiß ich nicht, wie ich das jemals über die Lippen bringen soll. Ich kann mir ja selbst kaum eingestehen, was da passiert ist. Becky, meine allerliebste Becky, bitte, kannst du jetzt einfach den Mund halten und mich reden lassen?»

«Tut mir leid, erzähl nur weiter. Ich sage jetzt bestimmt kein Wort mehr, bis du fertig bist. Versprochen.»

Ich wusste, dass das unmöglich war, begann aber trotzdem.

Ich erinnerte sie an das rote Seil und erzählte, was ich empfunden hatte, als ich das Päckchen öffnete, und wie ich mir vorgestellt hatte, die Fesseln um Arme und Beine zu spüren. Sie keuchte auf. Dann zitierte ich wortwörtlich aus dem Brief, den ich von Herrn König erhalten hatte, ohne ihr allerdings recht erklären zu können, warum mir sein herrischer Tonfall richtig und angemessen vorgekommen war. Mein Herz pochte schon bei der Erinnerung heftig. Ich fuhr fort und erzählte ihr all die pikanten, erregenden Einzelheiten, von dem Moment, als der Schlag der Standuhr mir einen Heidenschreck eingejagt hatte, über meine Empfindungen, als sein heißer Samen sich über mich ergoss, bis zu meinem Gefühl schrecklicher Enttäuschung, als er mich zum Abschluss nicht bat, ihn erneut zu besuchen. Ich erklärte Becky, dass ich mich seitdem mal wie eine unmögliche Schlampe und dann wieder prickelnd lebendig fühlte.

Ich brauchte etwa zwei Stunden, bis ich zum Ende kam. Als ich bei den letzten Einzelheiten anlangte, fuhren wir gerade von der A14 auf die M6 ab. Becky fuhr geschickt und flüssig, während ich vollkommen vergaß, dass es außer uns beiden sonst noch irgendjemanden auf der Straße gab. Ich versuchte, ihr verständlich zu machen, was ich an jenem langen Tag erlebt hatte, und ich kann Becky nur dafür loben, dass sie sich meine ganze Geschichte praktisch schweigend anhörte. Hin und wieder sah sie mich mit aufgerissenen Augen an, und da, wo es angebracht war, holte sie mehrmals schockiert Luft. Sie versuchte, sich mit beiden Augen auf den Verkehr zu konzentrieren, blickte mich aber dennoch immer wieder aufmerksam an. Als ich ihr erzählte, dass ich mich getreu seinem Befehl selbst gefesselt und dann darauf gewartet hatte, was er mit mir anstellen würde, sah es so aus, als suchte sie irgendetwas ganz Bestimmtes in meinem Gesicht. Sonderbar: Genau diese Selbstfesselung hatte ich neulich vor dem Spiegel an mir selbst vorgenommen. Es war, als suchte ich nach einer vollkommen von mir getrennten Persönlichkeit, die sich Herrn König bedingungslos hingab.

Als ich ihr die Unterrock-Geschichte in allen Einzelheiten berichtete, hörte ich Becky aufstöhnen, und daran, wie sie schluckte und auf ihrem Sitz herumrutschte, erkannte ich, dass meine Schilderung sie keineswegs kühl ließ. Ihre um das Lenkrad geklammerten Hände zuckten rhythmisch. Immer wieder warf sie mir vollkommen ungläubige Seitenblicke zu.

Bei besonders unheimlichen Szenen wie zum Beispiel meiner detaillierten Schilderung des Moments, als meine Ergebung durch den Knebel besiegelt war und ich plötzlich starr vor Schreck hörte, wie er das Streichholz anzündete, öffnete sie den Mund zu einer Bemerkung, die sie aber stumm herunterschluckte.

Ein paar Mal allerdings fuhr sie aus der Haut und unterbrach meinen Bericht mit so intelligenten Kommentaren wie: «Scheiße!», oder: «Das hast du wirklich gemacht?», oder: «Warum hast du das Glöckchen nicht fallen lassen?», aber es schien mir ratsam, einfach darüber hinwegzugehen.

Als wir schließlich Wales erreichten und ich auf jedes Detail, jedes Gefühl und alle Selbstzweifel und Selbstvorwürfe eingegangen war, die mich seither quälten, beendete ich meinen Bericht, holte tief Luft und atmete langsam aus.

«Okay, dann mal los. Sag mir, was für ein Dummkopf ich bin. Sag mir, wie abstoßend du mein Verhalten findest, und dann werde ich dir antworten, dass du vollkommen recht hast und ich wirklich ein Dummkopf bin und wahrscheinlich mehr Abscheu vor mir selbst empfinde, als du jemals begreifen könntest.»

Da machte Becky etwas, was mich fast ebenso sehr bestürzte wie mein eigenes Verhalten drei Wochen zuvor.

Sie fuhr ein paar Minuten schweigend weiter, hielt dann auf dem ersten Parkplatz, an dem wir vorbeikamen, stellte den Motor ab, drehte sich mir zu und betrachtete mich mit einem so merkwürdig intensiven Ausdruck im Gesicht, dass ich keine Ahnung hatte, was sie dachte.

«Das soll wohl ein Scherz sein! Ja, natürlich hast du eine Dummheit gemacht, aber glaub mir, ich empfinde etwas ganz anderes als Abscheu. Oder allenfalls Abscheu vor der unanständigen Reaktion meines eigenen Körpers», rief sie staunend aus. «Das ist wirklich eine absolut unglaubliche Geschichte. Ich bewundere, mit welcher Abenteuerlust du dich auf eine so unheimliche Sache eingelassen hast, und ich wünsche mir sehnlichst, ich hätte dich da auf dem Bett liegen sehen können. Bevor ich dich kennenlernte, habe ich mich meiner Phantasien immer ein bisschen geschämt, was sich erstaunlicherweise geändert hat, seitdem du in meiner derzeit häufigsten Phantasie die Hauptrolle spielst.» Das Herz hämmerte mir in der Brust. «Und sonderbarerweise kommt darin auch etwas vor, was Herr König mit dir angestellt hat. Schau mal, obwohl du mir jetzt alles über deinen verblüffenden Tag mit Herrn König berichtet hast, kann ich mich doch nur in Andeutungen ausdrücken. Ich bringe die Worte einfach nicht über die Lippen. Ich würde gerne alles, was ich während deiner Erzählung empfunden habe, vor dir ausbreiten, aber ich weiß einfach nicht wie.»

«Jetzt sei doch nicht albern, Becky», ermahnte ich sie. «Wenn ich dir eben all das erzählen konnte, glaubst du dann wirklich, dass irgendeine deiner Phantasien mich ernstlich schocken könnte?» Ich ergriff ihre Hand, die über die Rücklehne ihres Sitzes hing, und drückte sie ermutigend.

«Ach, zum Teufel damit! Also, dann hör zu, Cassie.

Zum Teil empfinde ich mich als eine ganz normale, heterosexuelle Frau. Was immer ‹normal› auch bedeuten mag! Einfach ausgedrückt steh ich genauso auf einen guten Fick wie Millionen andere Frauen, aber mit den Phantasien, die mir seit unserer ersten Begegnung immer wieder kommen, habe ich so meine Schwierigkeiten. Was wir in meiner Vorstellung miteinander machen, ist genauso ausschweifend wie das, was Herr König mit dir angestellt hat.»

Becky wurde rot und sah mich so eindringlich an, dass ich mich ganz verwirrt fühlte. Mir war klar, dass ich dieses Gespräch abbrechen musste, wenn wir irgendwann noch einmal beim Cottage eintreffen wollten. Daher schlug ich Becky vor, alles Weitere sollte bis zu unserer Auskunft warten, sodass wir es dann in Ruhe angehen lassen könnten. Die restliche Fahrt nach Llanberris dauerte nur noch eine Stunde.

Ich war ganz bezaubert von dem Häuschen. Es lag vielleicht eine Meile von den nächsten Häusern entfernt inmitten von Wiesen und Weiden an einem Berghang, zu dessen Füßen ein Wasserfall rauschte. Draußen im Garten weideten Schafe. Genau der richtige Ort, um mich von Herrn König abzulenken und mich auf die vielversprechenden Empfindungen zu konzentrieren, die zwischen Becky und mir brodelten.

In den ersten Stunden hatten wir genug damit zu tun, uns gemütlich einzurichten, und erst am Abend, als wir auf dem Kaminvorleger vor einem prasselnden Holzfeuer saßen, brachten wir das Thema wieder zur Sprache.

«Warst du denn nicht starr vor Schreck, Cassie?», fragte Becky mich schon zum dritten Mal.

«Doch, natürlich, aber hast du denn noch nie etwas Aufregendes gemacht, das sich dann zu einem geilen Abenteuer entwickelte?»

«Doch, ich habe auf eine Anzeige geantwortet und dich kennengelernt, aber dieser Mann hätte doch auch ein Verrückter sein können!»

Ich beugte mich vor, stocherte im Kamin, wandte mich dann um und betrachtete Becky im flackernden Feuerschein. Sie saß mit untergeschlagenen Beinen neben mir auf dem Schaffell, und da ihr das Nachthemd hochgerutscht war, waren ihre schlanken Beine fast völlig entblößt.

«Schau dich doch an», sagte ich. «Deine Augen leuchten geradezu vor Erregung, und nach dem, was du vorhin im Auto gesagt hast, gibt es keinen Zweifel, dass du mein Erlebnis ebenfalls sexuell erregend fandest, oder etwa nicht?»

«Doch, schon, aber ich kann noch immer kaum glauben, dass du einem vollkommen Fremden, der schließlich auch ein durchgedrehter Axtmörder hätte sein können, erlaubt hast, dich nackt auszuziehen, dir wie einem Kind den Arsch zu versohlen und dann heißes Wachs über dich zu kippen, während du hilflos gefesselt auf seinem Bett lagst. Du hast zugelassen, dass er dich knebelt, dir die Finger in die Möse steckt und dich bearbeitet, als wärst du sein persönlicher Besitz. Du musst den Verstand verloren haben. Was hattest du dir eigentlich dabei gedacht?»

«Was ich mir dabei *gedacht* habe? Genau das Gleiche, was du jetzt selbst überlegst, Becky. Was für ein Gefühl es wohl wäre, dich jemand anderem vollkommen auszuliefern und dich ihm sexuell in die Hände zu geben. Zuzulassen, dass er dich und deine Gefühle so lange als sein Eigentum betrachtet, wie es ihm beliebt. Du möchtest selbst gern wissen, wie es wäre, dich wenigstens einmal in deinem Leben ganz deiner Erregung zu überlassen und auf die Folgen zu scheißen. Und außerdem hatte ich ja das Glöckchen.

Du hast zugegeben, dass auch du selbst ein paar heiße Phantasien hast, genau wie ich», fuhr ich fort. «Willst du etwa behaupten, dass du die nicht gerne einmal ausleben würdest?» Bei dieser Frage sah ich ihr direkt in die Augen, was ein bisschen unfair war. Sie wusste bestimmt, dass ich mich auf das Gespräch im Auto bezog. Wie schon zuvor rutschte Becky verlegen auf ihrem Platz hin und her.

«Ja, aber ...»

«Kein Aber, Becky, Schluss mit dem Quatsch. Gib's zu, du wüsstest selbst gerne, was für ein Gefühl das ist. Sei wenigstens dir selbst gegenüber ehrlich, wenn schon nicht mir. Diesen Mist über meine angebliche Dummheit lässt du nur ab, weil du denkst, dass sich das so gehört. Aber ich wette, dass du mir für dein Leben gern noch ein paar Fragen stellen würdest. Hab ich recht?»

Becky schwieg eine ganze Weile, und ich nahm die Gelegenheit wahr, Wein nachzuschenken. Ich war inzwischen unbestreitbar ein bisschen angeheitert, und als ich Beckys Glas auffüllte und mich dabei über sie beugte, stellte ich fest, dass ihre Wangen gerötet waren. War das dem Wein oder mehr noch unserem Gespräch zuzuschreiben?

Ich schlenderte über den kalten Steinboden in die Küche. Ich wollte ein paar Knabbereien holen, um ihr Zeit zu geben, über meine Worte nachzudenken. Das erwies sich als richtig. Kaum hatte ich mir die Chips und die Cracker unter den Arm geklemmt, hörte ich auch schon ihre Stimme: «Komm wieder her, Cassie. Du hast recht: Ich wüsste gerne, was du dabei empfunden hast, was dir durch den Kopf ging und wie es jetzt weitergeht.»

Froh, dass ich sie so gut durchschaut hatte, kehrte ich zum warmen Feuer zurück. Jetzt setzte ich mich aber nicht mehr neben Becky, sondern wir saßen uns nun auf dem Kaminvorleger mit untergeschlagenen Beinen gegenüber, tranken Wein und knabberten beim Reden Leckereien.

«Auf prickelnde Abenteuer», rief ich lachend, als ich mit ihr anstieß. «Was willst du als Erstes wissen?»

«Ich will massenhaft Sachen wissen, aber ich weiß nicht, wie ich danach fragen soll», antwortete sie.

«Aber wir haben doch schon stundenlang über Sex geredet, und bisher hat es dir nie etwas ausgemacht, oder?»

«Nein, bisher nicht, aber das hier ist anders. Bisher haben wir mehr über normalen Sex geredet, sozusagen das, was alle machen, aber du hast gerade einen Riesenschritt getan. Du hast Erfahrungen gesammelt, an die die meisten von uns Normalsterblichen sich nicht einmal in ihren Phantasien heranwagen würden, und ich war ehrlich gesagt bisher immer der Meinung, dass man sich so etwas vielleicht ausdenkt, es aber niemals tatsächlich *tut*. Ich werde nie wieder eine brennende Kerze anschauen können, ohne an dich zu denken.»

«War das für dich der erregendste Teil meines Berichts: wie er mir langsam heißes Wachs auf meine armen, gequälten Titten tropfte?», neckte ich sie und strich mir dabei pantomimisch über die Brüste, vollkommen fasziniert, dass Becky meine Unterwerfungsphantasien teilte.

«Nein ... eher das, was gleich nach deiner Ankunft passiert ist», druckste Becky herum, noch immer unfähig, ihre eigenen abgründigen Gedanken in Worte zu fassen.

«Was denn, meinst du den Teil, als ich in der Eingangshalle auf ihn wartete?» Ich wusste genau, was sie meinte, doch es machte mich scharf, sie so zappeln zu lassen.

«Nein, das mit dem Unterrock.»

Die nächste Frage formulierte ich aufreizend umständlich: «Becky. Du möchtest also wissen, was für ein Gefühl es ist, vorgebeugt dazustehen, den nackten Hintern hochgereckt, und dann von einer kräftigen Männerhand erbarmungslos den Arsch versohlt zu kriegen?»

Bei dieser Frage beugte ich mich ganz nah zu ihrem rot angelaufenen Gesicht vor und hielt ihren Blick unverwandt fest. Von der Unterwürfigkeit, die ich gegenüber Herrn

König empfunden hatte, war jetzt nichts mehr zu spüren. Ich hätte Becky, die sonst ja eher mich herausforderte, tatsächlich liebend gerne gezeigt, wie man sich beim Spanking fühlt. Ihre Antwort schockierte mich trotzdem.

Sie senkte die Augen, rutschte herum, als säße sie mit dem Hintern auf einem Ameisenhaufen, und sagte kichernd: «Ich bin wohl ein bisschen beschwipst, aber meinetwegen muss es nicht unbedingt eine Männerhand sein.» Bei diesen Worten hob Becky den Blick und warf mir ein ganz schüchternes Kleinmädchenlächeln zu.

Wir sahen uns einfach nur an. Wir wussten beide, was wir wollten, hatten aber keine Ahnung, wie wir es in die Wege leiten sollten. Ich hätte gerne den Mut gehabt, einfach so loszulegen, packte es aber nicht. Mindestens zehn Minuten saßen wir uns vor jenem romantischen Kaminfeuer gegenüber, beinahe Knie an Knie, und plapperten über Nichtigkeiten. Wie lecker der Wein sei und wie der Wind draußen heule und wie gut, dass wir jetzt nicht durch den Sturm stapfen müssten. Nach jedem Satz kicherten wir albern los, bis ich meinte, gleich laut herausschreien zu müssen. Becky sah so aus, als fühlte sie sich genauso unwohl in ihrer Haut wie ich.

Sie griff nach der Weinflasche, füllte unsere Gläser bis zum Rand und forderte mich zu einem kleinen Trinkwettkampf heraus. Wir wussten natürlich, dass das nur ein Vorwand war. Wir setzten die Gläser zur gleichen Zeit an den Mund und kippten den Wein in einem Zug herunter. Dann sah sie mich an und hauchte: «Bitte, Cassie.»

Mehr Ermutigung war nicht nötig. Ich ergriff sie beim Handgelenk, stand auf, zog sie hinter mir her, setzte mich aufs Sofa und stellte sie vor mich hin. Ich wusste nicht genau, wie ihre persönliche Phantasie aussah, und so musste ich jener Vorstellung vertrauen, die seit unserem Gespräch auf dem Parkplatz meine Gedanken ausfüllte.

«Stell dich aufrecht hin, Becky. Ich erkläre dir jetzt, was ich von dir erwarte.»

Ohne einen Moment des Zögerns nahm Becky Haltung an und wartete. In ihrem kurzen, mit einem Bärchenmuster versehenen Nachthemd wirkte ihre soldatische Haltung ein wenig lächerlich, aber ich war so scharf, dass ich das zum Glück übersah.

«Ich möchte, dass du dich auf meinen Schoß legst und dabei mit Händen und Füßen den Boden berührst.» Ich versetzte mich in sie hinein, überlegte, wie sie sich als Befehlsempfängerin fühlen sollte, blickte ihr direkt in die Augen und fügte hinzu: «Dann liegt dein Arsch handlich für mich da. Also los, vorwärts.» Ich war dann etwas grausam zu ihr, weil ich ihr keinerlei Hilfestellung gab, aber das erschien mir richtig, weil ich selbst es ja auf eine merkwürdige Art genossen hatte, von Herrn König gedemütigt zu werden. Ich wusste natürlich, dass ich ein bisschen trickste, denn ich benutzte all die Befehle und Formulierungen, die mich nachts, wenn ich mit glühender Möse schlaflos dalag und mich meinen Phantasien hingab, am meisten anmachten.

Becky hampelte ein wenig herum, weil sie nicht wusste, wie herum sie sich über meinen Schoß legen sollte. Sie lief knallrot an, stieß sonderbare, kleine, wimmernde Lustseufzer aus und senkte die Augen. Ich war entzückt von ihrer Reaktion und verstand sogar allmählich, was Herr König bei seiner Begegnung mit mir genossen hatte.

Bis zu diesem Moment hatte ich niemals mit der Phantasie gespielt, selber einmal jemanden zu schlagen, doch schließlich gelang es Becky, meinen Befehl auszuführen und sich mit ihrem weichen, anschmiegsamen Körper meinen Anweisungen zu überlassen. Sie legte sich quer über meinen Schoß und berührte dabei, wie befohlen, den Boden mit Fingerspitzen und Zehen. Ihre Beine waren straff angespannt – ein sehr hübscher Anblick. Ihr Nachthemd war ein bisschen nach oben gerutscht, sodass der Ansatz ihrer Pobacken zu sehen war. Becky störte mein gedankenverlorener Blick, als sie die Hand nach hinten führte und versuchte, den Saum ihres Nachthemds tiefer zu ziehen.

Ich schlug ihre Hand mit einem missbilligenden Zungenschnalzen zur Seite, wobei ich daran dachte, wie versessen ich darauf gewesen war, von Herrn König scharf gezüchtigt zu werden. «Tss, tss, du unartiges Mädchen! Jetzt führst du bitte die Hände zum Boden und rührst sie nicht mehr vom Fleck. Hast du verstanden?»

Becky nickte schwach, und ihr hübsches Haar fiel auf beiden Seiten des Kopfes zu Boden und erinnerte mich an unser albernes Geplapper über einen Kurzhaarschnitt. Ich packte in die Haarfülle hinein und hielt ihren Kopf eine Weile so fest, wobei ich das Gefühl der Kontrolle genoss, das mir das verschaffte.

In den wenigen Büchern, die ich bisher über Spanking gelesen hatte, wurde die arme Person, die geschlagen wurde, immer von ihrer Zuchtmeisterin aufgefordert, irgendetwas Albernes wie zum Beispiel «Jawohl, Herrin» zu sagen. Aber ich war nicht Beckys Herrin: Ich war ihre Freundin und hoffentlich ihre Geliebte, und wie sie da so auf meinem Schoß lag, sah sie unglaublich sexy aus. Bei der Begegnung mit Herrn König waren ohnehin keinerlei alberne Titel nötig gewesen, um mich unglaublich geil zu machen.

Den weichen Stoff des Nachthemds unter den Fingern, streichelte ich jeden Zentimeter ihres Rückens und ihrer Oberschenkel, wobei ich ihre Pobacken absichtlich ausließ, um die Spannung von uns beiden zu steigern. Als Becky dann maßlos aufgegeilt auf meinem Schoß herumzappelte und ein ununterbrochenes Stöhnen von sich gab, während ihre Titten lose im Nachthemd nach unten baumelten, wusste ich, dass es Zeit zum Weitermachen war. Ich hielt es selbst nicht mehr länger aus.

Mit beiden Händen ergriff ich den Saum ihres Nachthemdes und krempelte den Stoff verführerisch langsam auf, bis er sich über ihren Schultern bauschte und Po und Rücken gänzlich entblößt waren.

Sie hatte einen wunderschönen Arsch. Die beiden vollkommen symmetrischen, rundlichen Hälften verjüngten sich nach unten und ließen im Delta der Schenkel einen Hauch von blondem Flaum erkennen. Ich legte ihr die rechte Hand flach auf die Pobacken und die Linke sanft, aber fest auf den Rücken. Wo sonst das Bikinihöschen saß, war der Teint ihrer Arschbacken ganz hell, und darum herum war die Haut leicht gebräunt. Dieser Kontrast ließ die weißen Flächen anstößiger wirken, als ich mir je hätte vorstellen können.

Becky stöhnte laut auf und hob eines ihrer Beine an – vermutlich, um ihre Scham zu verdecken –, doch ich versetzte ihr einen klatschenden Schlag, und sie stellte es gehorsam wieder zu Boden. Allmählich begann ich, die Sache richtig zu genießen. Ich sehnte mich nun nicht mehr danach, selbst in ihrer Lage zu sein, sondern geilte mich zunehmend daran auf, die Zügel in der Hand zu haben.

Ich war schockiert von der Erregung, die ich beim Anblick von Beckys nacktem Arsch empfand, den ich in all seiner Pracht unmittelbar vor Augen hatte. Becky empfand wohl etwas Ähnliches wie ich, denn als sie merkte, dass ich sie einfach nur anstarrte, wand und schlängelte sie sich und gab süße, kleine, kätzchenhafte Maunzlaute von sich, bis ich sie von ihrem Elend erlösen musste.

Als ich zum ersten Mal die Hand hob, schnappte Becky erschrocken nach Luft und presste in Erwartung des drohenden Schmerzes die Pobacken fest zusammen. Anfangs schlug ich sie nur spielerisch, und als ihre Pobacken glühten, konzentrierte ich mich auf ihre Oberschenkel, bis auch diese rot und heiß waren. Doch allmählich schlug ich immer kräftiger zu, bis Becky laut stöhnte und gelegentlich auch aufjaulte. Dieses Aufjaulen machte mich verdammt geil, und ich wünschte, ich trüge etwas Solideres als mein dünnes Nachthemd. Es hatte sich beim Hinsetzen nach oben geschoben, und so fühlte ich jeden Zentimeter von Beckys nacktem Oberkörper, was mich fast verrückt machte. Ich spürte die samtige Haut ihrer gegen meine Beine baumelnden Titten, und ihr weicher, nackter Bauch auf meinen Oberschenkeln erregte mich maßlos.

Anfangs wünschte ich mir in meiner Erregtheit, selbst berührt zu werden, und hatte unglaublich Lust zu masturbieren, aber dann geriet ich wieder in den Bann des Geschehens. Wie Herr König kürzlich über mich die totale Kontrolle gehabt hatte, hatte ich sie jetzt über Becky, und ich wollte wissen, wie viel Wollust ich meiner aufreizenden Freundin bereiten konnte.

Ich wusste nicht, ob Becky schon für ein eindeutig sexuelles Spiel bereit war, und beschloss, sie auf etwas Intimeres vorzubereiten, indem ich den Schmerz, den ich ihr zufügte, fast bis ins Unerträgliche steigerte. Dann würde sie hoffentlich auch das minimalste Zugeständnis an ihre Wollust begierig aufnehmen. Also machte ich einfach weiter. Ich schlug sie immer heftiger und ließ meine Hand auf ihre glühend heißen Arschbacken und ihre Oberschenkel klatschen, bis ihre Haut so heiß war, dass ich mir fast die Finger verbrannte, und die arme Becky mich tatsächlich anflehte aufzuhören. Ich hielt plötzlich inne und beugte mich dicht zu ihrem Ohr. «Mach die Beine für mich breit, Becky», redete ich ihr zu. Dass ich selbst am liebsten in ihrer Position gewesen wäre, berauschte mich zusätzlich und ermutigte mich weiterzumachen.

«Ich kann nicht», wimmerte sie. «Es ist einfach zu peinlich.»

Daraufhin verbläute ich sie richtiggehend, denn ich wusste aus Erfahrung, dass sie bald alles dafür tun würde, den Schmerz in jene Wollust zu verwandeln, die, wie Becky trotz aller Verwirrung genau spürte, schon längst im Verborgenen auf ihre Gelegenheit wartete.

Als ihre Schluchzer allmählich in lautes Geheul übergingen, kapitulierte sie schließlich. Ich fand es grausam von mir, sie so weit zu treiben, doch sie hatte ja die Möglichkeit, mir jederzeit Einhalt zu gebieten, und so machte ich weiter und nahm an, dass sie es – zumindest auf einer bestimmten Ebene – genoss.

Ganz vorsichtig machte sie die Beine breit, bis diese schließlich etwa fünfzehn Zentimeter geöffnet waren und ich auf dem blonden Flaumhaar zwischen ihren Schenkeln den Saft glänzen sah.

«Mehr, Becky, mach die Beine so breit, dass es richtig zieht und wehtut. Ich möchte dich weit offen sehen. Ich möchte dich fühlen können.»

Bei diesen Worten schrie Becky auf: «Verdammt nochmal, Cassie, was stellst du mit mir an?»

Sie schniefte und stöhnte, als ich sie mit ein paar weiteren Schlägen ermutigte, folgte meiner Aufforderung aber schließlich gehorsam. Sie machte die Beine so breit, dass die Sehnen an der Schenkelinnenseite wie Klavierseiten hervorstanden. In diesem aufreizenden Dreieck lag ihre blonde Möse rosig und feucht. Unter dem hellen Flaum lugten die kleinen inneren Mösenlippen offen und einladend hervor. Ich musste einfach einmal dort hinfassen.

Ich ließ die Rechte haltgebend auf ihrem Rücken liegen und fuhr mit der Linken zwischen ihre heißen Schenkel, bis ich den Saft ihrer Mösenlippen an den Fingern spürte. Ihre Möse kam mir vor wie eine Blüte, und als ich die

Blütenblätter ein wenig streichelte, öffnete sie sich noch weiter, als wollte sie mich auffordern, in das Allerheiligste einzutreten. So feucht und einladend war dieser Zugang, dass er mich unwiderstehlich anzog, wie die Venusfalle ihre Beute, doch ich widerstand der Versuchung und gab ihr mit den Fingern einen zärtlichen Klaps auf die Fotze, um ihre Reaktion zu testen. Natürlich fuhr sie voll darauf ab, genau wie ich, und so langte ich fester zu. Das kehlige Stöhnen, das sich bei diesen Schlägen Beckys hübschem Mund entrang, bestürzte allerdings sogar mich.

Ihre Empfindungen wurden offensichtlich unglaublich intensiv, denn sie versuchte zappelnd, sich jedem Schlag bestmöglich zu entziehen. Ich hielt sie fest im Griff und machte weiter, bis sie keuchend nach Luft rang und ihr der Lustsaft von der geschwollenen Klitoris auf den Kaminvorleger tropfte, wo er eine unübersehbare Pfütze bildete.

Herr König hatte mich mit dem Tier in meinem Inneren bekannt gemacht, als er mir siedend heißes Wachs auf die nackte Klitoris tropfte. Jetzt tat ich für Becky dasselbe. Ich schlug sie auf diese intime Stelle, bis sie dort tropfnass und offensichtlich extrem empfindsam war. Ich dachte, ich könnte sie zum Orgasmus bringen, und so veränderte ich meine Taktik ein wenig und streichelte und schlug sie abwechselnd, bis es den Anschein hatte, als würde Becky jeden Moment den Verstand verlieren.

Um sie aufzureizen, tauchte ich nur einen einzigen Finger in ihren Eingang und drehte ihn leicht hin und her, wobei mir klar war, dass ihr das den letzten Rest von Fassung rauben würde. Tatsächlich stieß sie sich nun verzweifelt meiner Hand entgegen, doch wieder ließ ich sie zappeln. Jedes Mal, wenn ich den Finger herauszog, drängte sie das Becken nach oben, und dann ließ ich meinen saftfeuchten Finger sanft über ihre Klitoris streifen.

«Cassie, bitte», bettelte sie.

Ich gab nach und fügte einen weiteren Finger hinzu. Die beiden glitten so mühelos in ihre Fotze, als wären sie für nichts anderes geschaffen. Von einer so heißen, seidenweichen Feuchtigkeit hatte ich bisher nicht einmal zu träumen gewagt. Es war, als saugte ihre Möse flehend an meinen Fingern. Becky drückte keuchend den Rücken durch und stieß mir ihren schweißnassen Arsch entgegen, um mehr zu bekommen, und dabei war es ihr vollkommen gleichgültig, wie nuttig und verkommen sie aussah.

«Ach, bitte, Cassie, bitte, oh, fick mich, bitte!», bettelte sie.

Ich war noch nicht bereit, sie zum Höhepunkt kommen zu lassen, und so überhörte ich ihr Flehen und nahm mir wieder ihr hochrot leuchtendes Hinterteil vor. Ich schlug auf ihre Arschbacken ein, bis mir der Arm wehtat, wohl wissend, dass Becky sich ihrer Schmerzgrenze näherte, als ihr nächster Aufschrei mich wieder in die Realität zurückholte.

Meine reizende Gefangene schluchzte unkontrollierbar und versuchte zappelnd, sich meinem Angriff zu entwinden. Sie kehrte mir flehend das Gesicht zu, und ich sah entsetzt, was ich angerichtet hatte. Die arme Becky! Sie hatte die Augen fest zusammengepresst, und Tränen strömten ihr übers Gesicht. Ich war entsetzt über meinen Mangel an Einfühlungsvermögen. Dabei war ich doch überzeugt gewesen, ihre Wünsche richtig zu erraten.

Ich ließ sie vorsichtig auf das dicke Schaffell gleiten, das als Kaminvorleger diente, fest davon überzeugt, dass ich es zu weit getrieben hatte. Ich hockte mich auf allen vieren über sie, die Knie neben ihren Hüften und die Arme neben ihrem Kopf aufstützend, blickte auf ihr tränenüberströmtes Gesicht hinunter und bat um Verzeihung.

«Becky, es tut mir schrecklich leid. Schau mich doch an», flehte ich.

Sie schlug langsam die Augen auf und sah mich völlig überrascht an. Dann fragte sie mich schniefend: «Warum hast du aufgehört, Cassie? Ich bin so geil, ich kann mich überhaupt nicht mehr halten.» Mit diesen Worten reckte sie sich hoch und biss mich in einen meiner Nippel, die steifgeschwollen gegen den Stoff meines Nachthemds stießen. Sie biss richtig fest zu, und sie erreichte ihren Zweck.

«Du Luder!», schrie ich und drehte sie sofort wieder auf den Bauch. Ich schnappte mir ein Kissen vom Sofa hinter uns, schob es ihr unters Becken und brachte so ihren Arsch in Stellung für die Bestrafung, die sie nun wirklich verdient hatte. Dann drosch ich sie richtig durch.

Diesmal saß ich rittlings auf ihren Beinen, vor mir der hochgeschobene Arsch, und als ich auf ihre tiefroten Hinterbacken einprügelte, kapierte sie wohl, dass es diesmal wirklich zur Sache ging. Sie ertrug die Schmerzen, solange sie konnte, doch schließlich schrie sie: «Schon gut, tut mir leid», entwand sich mir und drehte sich auf den Rücken.

Ich wusste sofort, was ich als Nächstes tun wollte: Ich war absolut scharf darauf, die arme, misshandelte Stelle zwischen Beckys bebenden Schenkeln zu kosten. Becky hatte meine Absicht offensichtlich erraten, denn sie versuchte ausgesprochen halbherzig, die Beine zusammenzupressen, und wimmerte leise: «Cassie.» Doch ich musste sie nur mit hochgezogenen Augenbrauen anlächeln, da öffnete sie sofort wieder ihre Schenkel.

Sie stöhnte aus tiefer Kehle, als ich mich vor ihr niederkniete und mir das Nachthemd vom Leib streifte.

Ich war wie hypnotisiert von dem magischen Ort zwischen ihren Beinen, und als ich mich hinabbeugte, um die Stelle genauer zu untersuchen, von der ich in unserer ersten gemeinsamen Nacht schon gekostet hatte, hielt ich inne und blickte ihr tief in die Augen, in denen das Begehren glomm.

«Ich werde es dir mit dem Mund besorgen, Becky. Ich blase all deine Schmerzen fort und werde dich necken und locken, bis du mich um einen Orgasmus anflehst. Wenn du es dann keinen Moment länger aushältst, wirst du meinen Mund mit deinen Säften füllen.»

Becky stöhnte einfach nur zur Antwort und nickte.

Ihr Moschusduft machte mich verrückt, und ich vergrub das Gesicht tief in ihrer Möse. Ich knabberte an ihren geilen Mösenlippen, die vor Erregung geschwollen waren, und tauchte die Zunge in ihre Feuchtigkeit, bis Becky sich haltlos auf dem Boden wand, sich in meinem Haar verkrallte und mich noch enger an sich zog. Sie umschlang meinen Kopf mit den Beinen, bis ich nichts anderes mehr sah, hörte und roch als ihre Möse, während ich meine heftig mit dem Becken stoßende Freundin mit der Zunge fickte.

Vom Klammergriff ihrer Schenkel gehalten, erforschte ich das Terrain weiter, bis die harte Knospe ihrer Klitoris gegen meine Lippen stieß. Ich zwang sie, die Beine ganz breit zu machen, und stieß mit allen fünf Fingern einer Hand tief in sie hinein. Mit der anderen Hand entblößte ich die glänzend rosige, feste Knospe der Klitoris und lutschte sie mit heißem Mund, bis Becky, die noch immer um mehr flehte, geradezu tierisch heulte. Ich spreizte die Finger in ihrer Möse, um sie vollständig auszufüllen, umfing ihren Kitzler fest mit den Lippen, sog ihn tief in den Mund und bearbeitete die Knospe dann erbarmungslos mit der Zunge.

«Jetzt, Cassie! Ich komm *jetzt*!», schrie Becky gellend. Ihre Arschbacken schlugen hämmernd gegen den Boden, und ihre Schenkel erbebten krampfartig, als ihre Möse ganz nach meiner Pfeife tanzte und ein Schwall köstlicher Säfte sich wie versprochen in meinen Mund ergoss. Ich leckte sie trocken, bis die Klitoris sich unter ihr sicheres

Häubchen zwischen den schlanken, wohlgeformten Beinen zurückzog.

Lange lag Becky in meinen Armen und hielt mich leise schluchzend umklammert, als hätte sie Angst, mich je wieder loszulassen. Ich betrachtete sie erstaunt.

Acht

Kurzzeitig empfand ich Verlegenheit und eine gewisse Scham. Das war wohl eine automatische Reaktion, denn als ich später über dieses Gefühl nachdachte, wurde mir klar, dass ich mich nicht darum scherte, was andere Leute denken mochten: Die Sache ging niemanden etwas an, und ich hatte jeden Moment genossen.

Stundenlang, so kam es mir vor, lagen wir eng umschlungen auf dem Kaminvorleger vor dem knisternden, prasselnden Feuer. Becky schmiegte sich an mich wie ein kleines Kind, und ihre schweißgebadete Haut glühte im flackernden Feuerschein. Schließlich versuchte ich, mich wegzuschlängeln, um noch etwas Wein zu holen, doch Becky sah mich so schlaftrunken an, dass ich sie die Treppe hinaufführte. Wir kuschelten noch zwei Minuten, dann schliefen wir ein.

Früh am nächsten Morgen ließ die kalte Bergluft uns zitternd und mit Gänsehaut erwachen, doch Becky ließ sich nicht abschrecken. Sie sprang aus dem Bett und forderte mich auf, liegen zu bleiben. Sie brachte uns Frühstück ans Bett und verwöhnte mich ungemein. Als wir fertig waren, schlug sie einen Ausflug ins Dorf vor. Sie wirkte ein wenig gedämpft, und so fragte ich sie, ob sie den Vorabend bereue.

«Nein, Cassie, ganz im Gegenteil. Ich bin … na ja, eher ein bisschen überwältigt von meinen intensiven Gefühlen für dich. Hoffentlich bringt ein Tagesausflug mich wieder in normalere Bahnen. Wahrscheinlich ist der Wein daran schuld. Komm, auf geht's.» Sie warf mir meine Jeans zu.

Das Dorf war richtig schnuckelig, wie es mit seinen winzigen, total süßen, aus hellem Bruchstein errichteten Häuschen zwischen den Berggipfeln lag. Zunächst fanden wir keinen Parkplatz, doch dann entdeckten wir ein Hinweisschild. Die Straße, in die es uns führte, war so schmal, dass wir beim Hindurchfahren vor Spannung die Luft anhielten. Die Einheimischen waren offensichtlich an die Enge gewöhnt, denn sie fuhren an Stellen, an denen man sich mühelos durchs Wagenfenster die Hände hätte schütteln können, anstandslos an uns vorbei. Die winzigen Straßen waren voller Spaziergänger und Wanderer, von denen einige einfach Shorts und Rucksack trugen, andere aber mit allem Drum und Dran für die Ersteigung des verschneiten Snowdon-Gipfels ausgestattet waren.

«Ich wollte schon immer einmal in die Berge», erzählte ich Becky, «und hatte noch nie Gelegenheit dazu.» Die majestätische Landschaft, die uns umgab, erfüllte mich mit Ehrfurcht. «Könnten wir nicht eine kleine Wanderung machen, bevor wir abfahren?»

«Der Höhepunkt von gestern Abend reicht mir vollkommen», erwiderte sie lachend. «Sorry, war nur ein Scherz. Ja, natürlich. Ganz in der Nähe unseres Häuschens gibt es einen sehr schönen Weg. Ich zeig ihn dir, vielleicht morgen. Aber wenn es dir hier so gut gefällt, würde ich dich gerne noch an eine ganz besondere Stelle führen. Einen magischeren Ort habe ich nie erlebt. Seit meiner Kindheit komme ich immer wieder dorthin zurück, und ich wollte schon längst einmal gerne jemanden mitnehmen, aber irgendwie ergab sich nie die richtige Gelegenheit dazu. Los geht's», fügte sie hinzu, als sie aus der Parklücke setzte.

Nur ein oder zwei Meilen weiter parkte sie am Rand eines Waldweges, und wir stiegen aus. Dann folgten wir einem schmalen Pfad, der mit einem Wegweiser zur «Fairy Glen», zur Elfenschlucht, gekennzeichnet war. Ich konnte kaum glauben, dass es wirklich einen Ort mit einem so hübschen Namen gab, doch als wir schließlich das Ende des Felsenpfades erreichten, genossen wir einen atemberaubenden Ausblick. Wir befanden uns in einer Felsschlucht, deren nackte Wände über uns emporragten. Ein gischtweißer Wasserfall stürzte zwischen den zerklüfteten Felsen nach unten. Die Sonne gab sich alle Mühe, das geheimnisvolle Dunkel der Schlucht zu durchdringen, blieb aber auf einen Streifen beschränkt, der dafür umso strahlender leuchtete. Dort drangen ihre Strahlen durch das Gezweig der Bäume und glitzerten auf dem Wasser, das von den Farnen, die die Felsen bewuchsen, abspritzte und dabei so diamantklar funkelte, dass es mir die Sprache verschlug. Ich verliebte mich sofort in die Fairy Glen und in diesem Moment vielleicht auch ein bisschen in Becky.

Bestimmt eine Stunde saßen wir auf einem Stein und genossen den Frieden und die Schönheit dieses Ortes. Becky ergriff meine Hand und besiegelte damit das Band, das wir am Vorabend vor dem Kaminfeuer geknüpft hatten.

Den Rest des Tages schlenderten wir im Dorf herum und krönten unseren Ausflug mit einem großartigen Essen in einem walisisch-indischen Restaurant. Klang absurd, schmeckte aber köstlich!

Als wir in stockdunkler Finsternis zum Haus zurückkehrten, war es eiskalt, und so zündeten wir ein Feuer an und setzten uns auf dem Sofa so nah wie möglich an die Flammen, bis der Raum sich ein wenig erwärmt hatte.

Becky stand auf, stellte sich unmittelbar vor mich, auf Zehenspitzen wegen des kalten Bodens, zog sich im flackernden Licht des Feuers aus und stand schließlich wie eine von Gänsehaut überzogene Marmorstatue da. Ich betrachtete sie wie hypnotisiert.

«Komm schon, zieh dich aus, ich will spielen», forderte sie mich kichernd auf.

Während ich gehorchte – das wurde allmählich zur Gewohnheit –, sprang Becky splitterfasernackt durch den Raum wie ein Kobold.

Erst hüpfte sie in die Küche und setzte Teewasser auf, und ohne sich zu verschnaufen, legte sie gleich darauf Feuerholz nach. Ich sah ihr zu, belustigt und erfreut von ihrem Eifer, mir zu Gefallen zu sein. Als sie sich vor mir übers Feuer beugte, bemerkte ich unwillkürlich einen blauen Fleck auf ihren Pobacken.

Ich streichelte das Mal zärtlich. «Habe ich es zu wüst getrieben?», fragte ich und ließ dabei die Hand zwischen ihre Schenkel gleiten.

Sie ergriff meine Hand und zog sie tief in ihre Spalte, wo schon die heißen Säfte strömten. «Was denkst du?», fragte sie mich, trat dann plötzlich zurück und schoss die Treppe hinauf.

Nach der vorangegangenen Nacht war mir jetzt unglaublich behaglich zumute. Da war nichts von der Fremdheit, die ich Herrn König gegenüber empfunden hatte. Meine Verlegenheit war vollkommen verschwunden und hatte nur ein sehr angenehmes Gefühl der Zufriedenheit und eine unleugbare Lüsternheit zwischen meinen Schenkeln zurückgelassen. Mir fiel ein, dass ich am Vorabend nicht zum Orgasmus gekommen war. Deshalb war ich also immer noch so scharf.

Ich musste lachen, als ich oben ein ungeheures Getöse hörte. Darin konnte ich Becky ausmachen, die schnaufte, schimpfte und fluchte, während gleichzeitig der Teekessel zu pfeifen begann. «Was ist nur mit der ländlichen Stille passiert?», rief ich nach oben, während ich in die Küche eilte, um den Tee aufzugießen.

«Aaah! Schnell, Cassie. Hilf mir!», hörte ich gedämpfte Rufe aus dem Treppenhaus.

Ich öffnete die dorthin führende Tür und stieß auf Becky, die in ein sehr großes Federbett verwickelt als lächerlicher Haufen am Fuß der Treppe lag. Das Haus war alt und klein, und das Flürchen, das von der Treppe zur Wohnzimmertür führte, war so winzig, dass die völlig ins Federbett verwurschtelte Becky sich nicht mehr rühren konnte. Eines ihrer Beine stand in einem ausgesprochen albernen Winkel heraus, und ihr Po ragte aus den Falten des Federbettes, als gehörte er gar nicht zu den Armen und Beinen, die an anderer Stelle hervorlugten. Ihren Kopf konnte ich überhaupt nicht sehen – der war irgendwo unter diesem Haufen begraben.

«Oh, was haben wir denn da? Das ist ja wirklich ein ausgesprochen hübscher Arsch», zog ich sie auf und fuhr ihr prüfend in die schamlos emporgereckte Spalte. Sie wand sich zappelnd und versuchte, auf die Beine zu kommen, doch ich drückte sie wieder nach unten und berührte die kleine Rosette des Afters.

Eigentlich hatte ich mich vor meiner Begegnung mit Herrn König nie besonders um Ärsche geschert, doch seit jenem Tag nahm mein eigener Po einen wichtigen Raum in meinen Phantasien ein. Nachdem ich gezwungen worden war, mich nach vorne zu beugen und ihm den nackten Arsch hinzuhalten, stellte ich mir oft vor, Herr König erforschte meine Arschbacken und das, was zwischen ihnen lag. Erst, wenn mein Schamgefühl empört Sturm lief, hörte ich auf. Ich konnte mir nicht vorstellen, dass auch noch andere Menschen derart abstoßende Phantasien hatten. Wie naiv ich doch damals noch war!

Während Becky lauthals protestierte und sich nach

Kräften bemühte, auf die Beine zu kommen, spielte ich mit ihr, untersuchte sie sanft und forschend und sah dabei zu, wie ihre Fotze sich anspannte und wieder öffnete. Ich klemmte Beckys Arsch zwischen den Beinen ein und neckte die winzige Rosette gnadenlos. Es faszinierte mich, wie ihr Arschloch auf meine Aktivitäten reagierte, denn anfangs zog es sich bei jeder Berührung automatisch zusammen, um potenzielle Eindringlinge abwehren zu können. Doch je länger ich es quälte, desto mehr öffnete und entspannte es sich.

Es gelang mir, mich umzudrehen und auf die unterste Treppenstufe zu setzen. So konnte ich die Tür zum Wohnzimmer schließen. Da der Raum jetzt noch enger war, steckte Becky in ihrer exponierten Lage wirklich in der Falle. Dann tat ich etwas, wovon ich noch einen Monat zuvor nicht einmal zu träumen gewagt hätte. Ich drückte ihre Arschbacken mit einer Hand auseinander, wodurch der enge Schließmuskel sich ein wenig entspannte. Anschließend befeuchtete ich den Zeigefinger der anderen Hand, drückte ihn auf die winzige, enge Öffnung und versuchte, ihn mit kleinen, geschickten Drehbewegungen in das Loch hineinzumanövrieren.

«*Untersteh* dich, Cassie! Das meine ich ernst! Lass das, du Ekel! Cassie, hör auf!» Das alles sagte sie mit einer atemlosen, vor Geilheit heiseren Stimme, die ihre Worte Lügen straften. Zwischen den zusammengepressten Schenkeln tropfte ihre Möse vom Lustsaft, was ganz klar bewies, dass sie erregt war, sich dessen aber schämte. Daher machte ich weiter. Ich neckte sie mit dem Finger und drang ganz vorsichtig in ihr Arschloch ein, bis ihr Atem rau wurde und ich hin und wieder ein vertrautes Stöhnen vernahm.

Ich beobachtete gebannt, wie der enge Ring sich ein wenig entspannte und auf meine Liebkosungen reagierte.

Der Mösensaft rann Becky schon die Schenkel hinunter, und ich nahm ein wenig davon als Gleitmittel, um mir das Eindringen zu erleichtern. Ich drückte ihre Arschbacken, die noch immer vom Vorabend gezeichnet waren, weiter auseinander, und ihr Arschloch war bald nicht mehr eng und hart, sondern wurde immer weicher und einladender und ließ meinen Finger hinein.

Anfangs hatte ich Angst und beließ es bei einem kurzen Eintauchen, doch die Hitze und Enge in ihrem Loch erregten mich, sodass ich immer kühner wurde. In diesem Stadium wehrte Becky sich jammernd, genau wie am Vorabend.

«O nein, hör auf, bitte hör auf. Ich ertrage es nicht mehr», nuschelte sie ins Federbett.

Doch als ich ihrer Bitte nachkommen und aufhören wollte, stieß sie mir den Po entgegen und schrie: «Nicht aufhören. Bitte!» Dieser Aufforderung kam ich natürlich gerne nach.

Der Lustsaft, den ich ihrem anderen Loch entlockt hatte, machte mir das Eindringen leicht, und mein Finger glitt so tief in sie hinein, dass die geballte Faust zwischen ihren Arschbacken klemmte. Das erregte sie sogar noch stärker, wenn das überhaupt möglich war, und sie drehte fast vor Geilheit durch. Zu meiner Überraschung schrie und stöhnte sie jetzt etwas Neues heraus:

«Mehr, Cassie. Ich brauch mehr. Fick mich mit der Hand.»

Ich neckte sie noch ein paar Minuten lang, stieß den Finger bis zum Anschlag in sie hinein, zog ihn mit einer leichten Drehbewegung wieder heraus und ließ nur die Fingerspitze in ihrem Arschloch, damit es offen blieb. Doch bald stellte ich fest, dass ich den Finger gar nicht dort lassen musste, denn Beckys Anus war aufgeblüht und wartete sehnsüchtig und weitgeöffnet auf das Kommende.

Eine sanfte Neckerei genügte jetzt nicht mehr. Ich ballte die Hand zur besten Penisform, die mir möglich war, den Daumen gut verborgen, und stieß damit ganz sanft gegen den offenen Eingang. Anfangs war ich überzeugt, dass ich zu viel erwartete, doch ich hatte den unerklärlichen Wunsch, bei ihr eine Grenze zu überschreiten. Genau wie gestern Nacht wollte ich ihr das Maximum an Lust entlocken. Ich wollte, dass sie brüllte, zitterte und schluchzte, genau wie ich es bei Herrn König getan hatte.

Becky befriedigte alle meine Wünsche. Als ich den improvisierten Penis tiefer in sie hineindrängte, weitete ihr Eingang sich, und ebenjene Muskeln, die noch vor zehn Minuten dem einen, tastenden Finger den Eingang verwehrt hatten, saugten meine Faust nun nach innen. Ich sah, dass ihre zierliche Hand sich zwischen die Schenkel schlängelte und dass sie wie wild an ihrer Klitoris rubbelte, und unmittelbar danach spürte ich ihren Orgasmus als ein köstliches Zucken rund um meine Hand, das mich umklammerte und tiefer zog, während ihrem Mund Obszönitäten entfuhren.

In den Minuten nach unserer gemeinsamen Einführung in diese irrsinnigen analen Freuden befreite ich Becky aus den weichen Fesseln des Federbettes und barg sie in meinen Armen. Wir hockten noch immer im Halbdunkeln auf der untersten Treppenstufe, doch das spielte keine Rolle. Wieder lag mir Becky wie ein Kind in den Armen, und ich genoss die tröstende Geste. Unsere gemeinsamen Erfahrungen in den letzten zwölf Stunden hatten uns bestürzt, und wir waren schweigsam geworden, weil keine von uns beiden wusste, wie wir das, was geschehen war, in Worte fassen sollten.

Schließlich halfen wir einander auf die Beine und trugen das Federbett in das kleine Kaminzimmer, in dem es inzwischen angenehm warm war.

Ich machte für jede von uns eine große Tasse Tee, während Becky uns vor dem Feuer ein gemütliches Lager herrichtete. Uns beiden war nicht danach zumute, unsere Erkundungen nun einzustellen.

«Ich kann gar nicht glauben, was du da eben gemacht hast, Cassie», flüsterte Becky, während wir dasaßen, ins Feuer blickten und unseren Tee tranken.

«Ich weiß. Mir geht es ebenso, aber ich habe es genossen, und wenn du ehrlich mit dir bist, du doch bestimmt auch.»

«Doch, irgendwie schon», räumte sie ein und fügte dann hinzu: «Es hatte so etwas aufreizend Verdorbenes.» Sie warf mir einen verlegenen Seitenblick zu.

«Seit jenem Tag mit Herrn König möchte ich meine Sexualität gründlicher erforschen. Wir sind schließlich keine Teenies mehr, Becky. Wir sind erwachsen, und solange wir niemandem Schaden zufügen, können wir doch alles ausprobieren, was uns Spaß macht, oder?» Ich hoffte, dass sie mir zustimmen würde. Seit gestern Abend glühte und loderte es zwischen meinen Beinen, und außer im Schlaf hatte ich überhaupt keine Ruhe mehr. Die Erinnerung an Beckys zwischen meinen Knien eingeklemmten Arsch und das flehentlich geöffnete Arschloch ließ mich nicht mehr los.

«Ich wünschte, du hättest dich eben im Flur sehen können, Becky. Etwas Schöneres als dein Po vorhin ist mir noch nicht unter die Augen gekommen. Dein Arschloch stand so weit offen wie ein Fischmaul und hat geradezu darum gebettelt, gefüllt zu werden.» Ich wusste, dass sie sich jetzt schämen würde, und schaute, ob sie rot wurde.

Becky nahm ein Kissen zur Hand und schlug damit auf meinen Kopf ein. «Du Schlampe! Wie konntest du nur? Das war einfach schändlich», kreischte sie.

Damit leiteten wir auf unserem improvisierten Lager

eine klassische Kissenschlacht ein. Wir droschen mit den Kissen aufeinander los und gingen dann, nackt, wie wir waren, zum Ringkampf über, bis ich plötzlich auf dem Rücken lag und Beckys weichen Haarschopf zwischen den Beinen spürte. Ich blickte erstaunt nach unten und keuchte auf, als sie meine Möse mit ihrer heißen, feuchten Zunge anstupste. Zu meinem Entsetzen benahm ich mich schon wieder wie eine Schlampe und stieß ihr das Becken entgegen. Das schien Becky auf den Geschmack zu bringen, denn sie drückte mir die Hüften nach unten und liebte mich mit dem Mund. Sie leckte und saugte nach Herzenslust, sog so kräftig an meinen Mösenlippen, dass ich es bis in den Bauch spürte, und beknabberte dann zärtlich meine Klitoris. Während ich mich lustvoll wand, fuhr sie mit den Händen nach oben, umfing meine Brüste und zwirbelte die Nippel zwischen Daumen und Zeigefinger.

Die Liebe mit Becky war unbeschreiblich, ganz anders als alles, was ich bisher kennengelernt hatte. Ungeheuer sanft und zärtlich erforschte sie jede Ritze und jede Falte mit ihrer hin- und herzuckenden Zunge. Dann spreizte sie meine Mösenlippen mit den Zähnen, öffnete mich weit und erkundete mich bis ins tiefste Innere. Fast hätte ich weinen müssen, so tief rührte sie mich an, während ich auf dem Rücken lag und mich von ihr lieben ließ. Als ich spürte, wie ihre Zunge in mich hineinglitt, war ich so überwältigt von der Wärme der Empfindung, dass ich Becky zwischen meinen Schenkeln sehen wollte, und so stopfte ich mir ein Kissen hinter den Kopf und sah zu, wie sie mich befriedigte.

Manchmal prüfte sie, wie feucht ich schon war, blickte dann mit einem Lächeln zu mir auf, leckte sich lüstern über die Lippen und tauchte wieder unter. Sie sah dann unglaublich schön aus mit ihren roten, geschwollenen, von meinen Säften glänzenden Lippen, den funkelnden Augen und dem zerzausten Blondhaar, das auf meiner Haut geradezu golden glänzte. Ich spürte, wie die Erregung sich in mir aufbaute, bis ich mich in ihr Haar verkrallte, damit sie keinen Moment innehielt. Genau wie Becky zuvor flehte ich sie an, mich zum Höhepunkt zu bringen.

Es war mir scheißegal, ob sich so etwas gehört, und nicht ein einziges Mal dachte ich an Herrn König, als Becky das tat, worum ich stöhnend bat: Sie ließ ihre Bisse stärker werden und wechselte ihren süßen Schmerz mit der reinen Wollust ab, die sie mir mit ihrem weichen Mund bereitete. Mit den Fingern drückte und zwirbelte sie meine Nippel so kräftig, dass ich das Becken erneut nach oben stieß. Diesmal ließ sie zu, dass ich mich wand und zappelte, umfing meine Möse mit dem ganzen Mund und saugte so gierig an mir, dass ich die Schwelle überschritt. Von Lustwellen durchbrandet, hielt ich Becky mit beiden Schenkeln eng umklammert.

Neun

Wir schwelgten noch drei weitere Tage in unseren zügellosen Vergnügungen und machten alberne Schulmädchen- oder Doktorspiele, nur um irgendeinen Anlass zum Spanking zu finden und der Leidenschaft, die wir in jener ersten Nacht entdeckt hatten, weiter nachzugehen.

Am Tag vor der Abreise machten wir die Wanderung, die wir uns gleich zu Anfang vorgenommen hatten. Mittags breiteten wir unsere Picknickdecke an einer ganz abgelegenen Stelle aus, wo nur Schafe und vielleicht einmal ein Raubvogel uns sehen konnten. Wir gingen inzwischen sehr offen miteinander um, und es machte mich nicht mehr verlegen, über unsere Beziehung oder das, was wir miteinander anstellen wollten, zu reden.

«Ich möchte dich noch einmal lieben, hier oben in den Bergen», sagte Becky, als sie unser Picknick auf der Decke ausbreitete, und ich musste zugeben, dass ich genau dasselbe gedacht hatte.

Als wir satt waren, standen wir auf, schauten uns gründlich um und stellten fest, dass weit und breit wirklich keine Menschenseele zu sehen war. Dann rissen wir uns, kichernd wie Schulmädchen, die Kleider vom Leib. So nackt in der freien Natur zu sein war prickelnd und brachte uns richtig in Fahrt.

«Wer als Erste beim Baum dort ist», rief ich und rannte so schnell ich konnte los, um die Erste zu sein. Als ich schnaufend und keuchend ankam, drehte ich mich um und beobachtete Becky, die mit wild fliegenden Haaren hinter mir herrannte, während ihre Titten im Takt zu ihren Schritten tanzten. Die Sonne schien auf den blonden Flaum zwischen ihren Beinen und verwandelte ihn in einen goldenen Glorienschein, der ihre Möse umloderte. Sie war atemberaubend schön. Einen Moment lang schien die Zeit stillzustehen. Es war ein erlesener Anblick, Becky über den Hang auf mich zurennen zu sehen. Die klare Gebirgsluft, die Sonne und die Erinnerung an jene wenigen Tage, die diesem Moment vorangegangen waren und in ihm kulminierten, all das war überwältigend, und ich weiß, dass ich es niemals vergessen werde.

Als sie bei mir ankam, war der Zauber gebrochen, und wir beugten uns beide vor, die Hände auf die Knie gelegt, und schnappten nach Luft. Unsere Brüste wogten, und die frische Luft machte unsere Nippel hart.

«Das war ein großartiger Anblick, Cassie, wie du eben gerannt bist. Ich konnte gar nicht den Blick von deinen tanzenden, hüpfenden Arschbacken wenden.» Eine Woche früher wäre ich bei einer solchen Bemerkung vor Scham gestorben, doch jetzt lachte ich nur und grinste sie dann an. Sie streckte die Hand nach mir aus, ergriff meine baumelnden Brüste und zupfte mich an den Nippeln. Ich reagierte mit einem Stöhnen.

Becky wusste inzwischen ganz genau – viel zu genau –, was mich erregte, und ich umgekehrt vermutlich auch. Ich wusste zum Beispiel, dass sie genau wie ich gerne Befehle entgegennahm, aber noch lieber welche erteilte. Sie mochte es, wenn es ein bisschen wehtat, was sich aber fast nur aufs Spanking beschränkte, und sie stand nicht besonders darauf, gefesselt zu werden. Mein einziger Versuch, ihr Fesseln anzulegen, hatte in einem Desaster geendet, aber das störte uns nicht. Hätte ich mich etwa beschweren sollen? In den letzten Tagen hatten unsere Rollen sich nahezu unmerklich umgekehrt, und schließlich – nachdem sie mich einmal schändlich gezüchtigt hatte – gingen wir dazu über, dass sie regelmäßig dominant und ich devot war. Ich fuhr voll darauf ab.

Ich richtete mich auf und wollte sie umarmen, doch sie zwickte mich fester in die Nippel und schimpfte: «O nein, untersteh dich. Schauen wir mal, ob wir dich zurück zur Decke befördern können.» Mit diesen Worten hob sie einen Zweig auf und klatschte ihn mir auf den Po. Ich jaulte auf und rannte zur Decke zurück, während Becky, die mir tüchtig den Arsch vertrimmte, mir dicht auf den Fersen war.

Dort angekommen ließ ich mich nach Luft schnappend auf alle viere fallen, doch Becky hatte etwas anderes im Sinn.

Sie schob sich mit den Füßen voran unter mich, bis ich ihre köstliche blonde Möse unter der Nase hatte und ihr Mund ganz dicht bei meinem Schritt angelangt war. Schon jetzt rann mir der Lustsaft die Schenkel hinunter. Becky fiel das natürlich sofort auf, und sie beschimpfte mich als Flittchen. Was für eine aufreizende Demütigung.

Wir fielen übereinander her und wälzten uns hin und her, jede mit dem Mund an der anderen festgesaugt, als hätten wir die Neunundsechziger-Stellung persönlich erfunden. Ich packte ihre Arschbacken und presste mir ihre Möse ins Gesicht, sie stellte mit mir dasselbe an, und es dauerte nicht lange, da versuchten wir, uns gegenseitig anzustacheln und an Raffinessen zu überbieten. Erst machte sie sich von mir frei und biss mich in den Arsch, was ich ihr mit einem Biss in die Möse heimzahlte. Sie schlug mich auf den Arsch, und auch das zahlte ich ihr heim. Wir trieben es immer wilder, bis der Schweiß sich mit unseren reichlich fließenden Säften vermischte und wir am ganzen Körper so nass waren, dass wir auf die Decke tropften.

Dabei wurden unsere Einfälle bizarrer und verwandelten sich allmählich in einen Wettkampf. Wir wälzten uns in einem Ringkampf verschlungen auf dem Boden, nach Kräften bemüht, die andere zur Unterwerfung zu zwingen.

Einmal hätte ich Becky fast mit einem kleinen Trick zum Aufgeben gebracht. Als sie gerade über mir war, schlang ich ihr die Arme fest um den Leib, zog sie zu mir herunter, vergrub die Zunge so tief ich nur konnte in ihrer Möse und bearbeitete sie mit raschen Zungenstößen. Beckys Atem ging stoßweise, sie schien dahinzuschmelzen, und ihre Knie wurden weich. Doch dann überrumpelte sie mich mit einem ganz unvermittelten Rückzug, und da verstand ich, dass sie ihre Unterwerfung nur gespielt hatte. Na gut, dachte ich. Ich bekam Beckys Mösenlippen mit dem Mund zu fassen und saugte mich so kräftig ich konnte an ihnen fest. Ich spürte, wie sich Fleisch langzog, ließ aber nicht los, sondern saugte noch fester. Ich dachte, dass Becky sich jetzt geschlagen geben würde, weil sie sich nicht befreien konnte, ohne sich zu verletzen, doch sie machte einfach dasselbe mit mir – und zwar mit den Zähnen! Wenn ich den Saugnapf meiner Lippen löste, um sie ebenfalls mit den Zähnen zu packen, würde sie mir entkommen, und so musste ich aufgeben. Ich ließ sie los und führte die Hände an meine eigenen Möse, um Becky wegzuschieben, doch sie wehrte sich standhaft.

«Au, au, lass los!», jammerte ich. «Ich gebe auf, du hast gewonnen.»

Da war sie zufrieden und leckte mich wieder, ich setzte meine Erkundungen zwischen ihren Schenkeln fort, und schon waren wir versöhnt. Wir kamen gleichzeitig, wogend ineinander verschlungen und mit gedämpftem Gelächter.

Dann lagen wir im blassen Sonnenlicht des Spätfrühjahrs erschöpft und keuchend nebeneinander auf der feuchten Decke. Für die Turmfalken, die über uns in den Himmel stiegen, müssen wir ein hübsches Bild abgegeben haben. Becky mit ihrem geschmeidigen Körper, ihrem rosigen Teint, dem blonden Haar und der ebenfalls blonden Möse, aus deren Spalte die etwas dunkleren, rötlichen Fotzenlippen ganz leicht herausspähten. Und ich mit meiner sinnlichen, Kurven und Rundungen aufweisenden Figur, den großen Titten und der langen, dunkelroten Lockenmähne. Als ich neben ihr liegend an uns hinunterblickte, war der Unterschied zwischen ihrer Möse und meiner unverkennbar: meine mit ihrem dichten Gestrüpp dunklen Haars, aus dem die dunkelvioletten kleinen Schamlippen nicht etwa hervorlugten, sondern geradezu hervorzubersten schienen.

Fast eine Woche lang erfuhren wir in dem Häuschen Tag und Nacht eine vertrauliche Intimität. Wir schliefen miteinander und erwachten im strahlenden Licht der Morgensonne, die das Federbett beschien, mit dem alles angefangen hatte. Wir hatten uns spielerisch gebalgt wie Kinder und radikalen Erwachsenensex genossen. Wir hatten unaussprechliche Dinge miteinander angestellt und jeden Moment in vollen Zügen genossen, doch nun war es an der Zeit, wieder in die Realität zurückzukehren.

Während der ganzen Heimfahrt wusste ich, dass ich mich Becky gegenüber unfair verhielt. Ich saß einfach nur still da, obwohl ich ein solches Durcheinander im Kopf hatte, dass ich am liebsten laut geschrien hätte. Bis kurz vor der Ankunft taten wir so, als ob alles ganz normal sei, doch dann sah Becky mich mit verwirrter, gekränkter Miene an und stellte die Frage, die ich schon seit Stunden mit mir herumschleppte.

«Und jetzt, Cassie? Wie geht es jetzt weiter? Tun wir einfach so, als wäre all das nicht passiert und hätte uns beiden nicht das Geringste bedeutet?» Ihre Stimme klang ein bisschen brüchig.

Ich hätte sie gerne in den Arm genommen und den Schmerz in ihrer Stimme mit Liebkosungen vertrieben, doch ich wusste, dass ich ihr eine ehrliche Antwort schuldig war. Gewiss, da war ein wichtiger Teil meiner selbst, der sich nichts anderes wünschte, als mit Becky zusammenzuleben und das lustvolle sexuelle Abenteuer fortzuführen, auf das wir uns eingelassen hatten. Doch ich konnte mich noch immer nicht von meinen Gedanken an Herrn König freimachen.

Ich kam einfach nicht dahinter, warum ich noch immer wie besessen von ihm war. Ich wusste, dass der Sex, den ich mit Becky genossen hatte, nicht nur befriedigender war, sondern dass ich Becky zu lieben begann und dass, rein pragmatisch gesehen, die Beziehung zu Becky die sinnvollere war.

Dennoch ließ meine Phantasie mir keine Ruhe, und ich musste mir immer wieder einen zweiten Besuch bei Herrn König vorstellen. Vielleicht war es ja das Unbekannte, was die Vorstellung so reizvoll machte. Doch wie es auch sei, mein Kopf war voller Gedanken an Herrn König, die meine Möse zum Prickeln brachten.

«Ach, Becky, es tut mir wirklich schrecklich leid, aber ich weiß selbst nicht, was ich will. Hättest du mir diese Frage vorhin im Haus gestellt, hätte ich zu allem ja und amen gesagt. Da hätte ich mir nichts Schöneres vorstellen können, als so weiterzumachen und zusammenzuziehen, aber jetzt ist der Bann gebrochen, und ich muss wieder an Herrn König denken.» Ich kam mir richtig gemein vor, doch da war noch mehr zu sagen: «Irgendetwas an der Tatsache, dass ich ihn nicht kenne und bisher nicht einmal gesehen habe, hat diesem Erlebnis einen derart perversen Touch gegeben, dass ich jedes Mal, wenn ich daran denke, maßlos erregt bin. Es wäre darum nicht fair von mir, wenn ich unter diesen Umständen eine feste Beziehung mit dir eingehen würde.»

«Also, ich weiß gar nicht, warum du automatisch denkst, ich wollte bei dir einziehen und einen auf glückliche Familie machen», gab Becky scharf zurück. Anscheinend fand sie diese Idee reichlich anmaßend von mir.

Ich legte ihr die Hand auf den Schenkel. «Entschuldige, Becky. Dann erzähl mir doch am besten, wie du es gerne hättest, und dann sehen wir weiter.» Ich spürte die Muskeln ihres Oberschenkels, und unter dem weichen Stoff ihres Kleides war ihr Körper ganz warm. Da Becky fuhr, saß sie mit leicht geöffneten Beinen da, und so ließ ich die Hand zwischen ihre Schenkel gleiten und näherte mich langsam ihrem Schritt.

Wie wankelmütig ich doch war. Vom einen Moment zum nächsten war Herr König vergessen, und ich konnte nur noch an die schöne Frau denken, die neben mir saß und die im Schritt immer feuchter wurde. Sie streifte mich mit einem Blick voller widerstreitender Emotionen. Sie versuchte, die Schenkel zusammenzupressen, doch ich ließ die Hand einfach auf ihrer Möse liegen und drückte das Lustorgan sanft und rhythmisch.

«Du Schlampe!», zischte sie mit zusammengebissenen Zähnen, doch ihre Beine gehorchten mir, öffneten sich und gewährten mir Zugang. Ihr Höschen war im Schritt schon ganz klebrig, ich musste sie also nicht erst in Fahrt bringen. Genau wie ich war sie seit jener ersten Nacht auf dem Federbett in einem Zustand ständiger Erregung.

Ich nahm die Hand einen Moment lang von ihrem Schoß fort, zog mir schnell das Höschen aus, schob den Rock zur Hüfte hoch und machte die Beine genauso breit wie sie.

Die ganze Situation kam mir wahnsinnig geil und unanständig vor. Da brausten wir also über die Schnellstraße, ich halb nackt, was jeder vorbeikommende Autofahrer sehen konnte, und Becky – die sich durchaus bemühte, normal auszusehen – mit so weit hochgeschobenem Rock, dass man einen Blick auf ihr scharlachrotes Höschen mit dem einladend feuchten Fleck erhaschen konnte.

«Hübsche Wahl, Becky», gurrte ich, als ich ihr die Hand wieder auf die Möse legte. «Du wusstest wohl schon, dass du heute die Betrügerin für mich sein würdest in deinem scharlachroten Kleid?»

Aufstöhnend rutschte sie ein wenig nach unten, um die Schenkel weiter zu öffnen. Ich zupfte den Zwickel zur Seite und schlüpfte mit der Hand in das geile, feuchte Täschchen ihres Schrittes.

Es war unmöglich, an ihr rumzufummeln und es mir gleichzeitig mit der Linken selbst zu besorgen, und so wandte ich mich ihr vermehrt zu und versuchte, richtig an sie heranzukommen. Ich war gefrustet. Ich hätte eigentlich nur zugreifen müssen, aber ihr Höschen war im Weg. Ich kramte in meiner Handtasche und fand schließlich das gesuchte Nagelscherchen.

«Keine Angst», sagte ich, als Beckys Augen sich erschrocken weiteten. Die Hand schützend unter den Stoff gelegt, schnitt ich quer über die Vorderseite des Slips, bis er flach auf den Sitz fiel.

Becky war entsetzt. «Das ist einfach unglaublich, Cassie. Ich hab das extra deinetwegen angezogen, und du weißt genau, dass es mein Lieblingshöschen ist.»

«Halt den Mund, Becky, und den Po hoch, sonst stopf ich dir den Lappen als Knebel in den Mund.»

«Oh, na, das ist eine Idee», meinte sie kichernd und lüpfte verlegen den Hintern. Ich zog den roten Seidenfummel unter ihr hervor, hielt ihn mir an die Nase und atmete den Moschusduft tief ein.

«Cassandra, Herrgott nochmal, hör auf», sagte sie, schnappte sich den anstößigen Fummel und warf ihn auf den Rücksitz, wo er sich wunderbar entfaltete und genau wie ein feuchtes, scharlachrotes Höschen aussah, das auf dem Rücksitz gelandet ist, weil es einem erotischen Abenteuer im Weg stand.

Ich wandte mich ihr wieder zu, strich ihr das wunderschöne honigblonde Haar aus dem Gesicht und küsste sie auf den Hals. Dann schob ich die Hand zwischen den Knöpfen ihres Kleides hindurch, umfasste ihre Titten, wog sie prüfend und strich über die vor Erregung geschwollenen Nippel. Sie fühlten sich unter meinen Fingern hart und schartig an, und ich hätte sie gerne gelutscht und es richtig mit Becky getrieben, doch ich wusste, dass ich mich mit dem begnügen musste, was unter den gegebenen Umständen möglich war.

Ich nahm die Hand von ihren Titten, legte sie ihr wieder aufs Bein und ließ die Finger erneut nach oben wandern. Weil sie gerade schaltete, spürte ich die Bewegung ihrer straffen Muskeln.

Ich weiß nicht, wie es mit ihr stand: Ich jedenfalls konnte nicht länger warten, und so schob ich ihr die Finger zwischen die Schenkel. Ein Rinnsal von Saft, der bisher in der heißfeuchten Möse gefangen gewesen war, rann in ihre Arschspalte und verschwand. Ich fuhr mit dem Zeigefinger durch die feuchte Furche und ließ ihn dann ganz langsam vom Arsch zur Mösenöffnung zurückgleiten, die ich aufreizend umkreiste.

Als sie es nicht länger aushielt und das Becken hob, damit ich eindringen konnte, bewegte ich den Finger bis zu ihrem kleinen Pipiloch und bearbeitete dieses winzige Empfindungszentrum. Ich wusste genau, dass ich ihr damit ein prickelndes Gefühl verursachte, das gleichzeitig reizvoll und irritierend war. Damit lag ich wohl richtig, denn Becky zappelte leise stöhnend auf ihrem Sitz herum. Ihre Schenkel waren feucht, und meine Finger klebten von ihrem cremigen Lustsaft. Die geschwollene Spalte war ganz schlüpfrig, und so glitt mein Finger wie von allein zu ihrer Klitoris weiter.

Ich umkreiste die harte Knospe, die sich aus ihrem schützenden Häubchen hervorgeschoben hatte, mit den Fingerspitzen. Dann beugte ich mich vor, um einen Blick zu erhaschen, doch die Enge des Wagens erlaubte ein solches Manöver nicht.

«Fahr an den Rand, Becky. Ich möchte richtig an dich rankommen», redete ich ihr zu und kitzelte dabei mit der Fingerspitze ihre entblößte Klitoris.

«Ich kann nicht!», rief sie aus. «Dafür ist es zu spät. Besorg es mir jetzt.»

Ich vergaß vollkommen, dass wir mit hundert Sachen über eine Schnellstraße bretterten, und drehte und wand mich, bis ich mit der Rechten an ihrer Klitoris herumfummeln und zwei Finger der Linken in ihrer Möse vergraben konnte. So kräftig wie möglich stieß ich immer wieder in sie hinein.

Becky hielt das Lenkrad verzweifelt umklammert, drängte sich mit dem ganzen Körper gegen meine Finger und stieß und mahlte mit dem Becken, bis ich Angst bekam, sie könnte entweder die Kontrolle über das Fahrzeug verlieren oder mir die Finger brechen.

Die Augen hielt sie starr geradeaus auf die Straße geheftet, doch ihr Unterleib war der reinste Hexenkessel. Sich windend, suchte sie unablässig die richtige Stellung, um zum Orgasmus zu kommen, doch der schien sich nicht einstellen zu wollen. Ich stieß so tief wie möglich in sie hinein und rubbelte ihre steife Klitoris, um ihr zu helfen. Doch erst, als ich den Kitzler leicht mit Daumen und Zeigefinger kniff, ritt sie aufstöhnend dem Höhepunkt entgegen. Mit breitem Lächeln riss sie den Mund auf und schrie gellend: «*Jaaaa! Ja, oh, ja, oh, oh!*», wobei sie allmählich immer leiser wurde, bis sie schließlich still dasaß und nur der hochgeschobene Rock und das Keuchen noch erahnen ließen, wie zügellos sie sich eben hatte gehenlassen. Ach ja, und da waren natürlich noch ihr verräterisch breites Grinsen und das scharlachrote Höschen auf dem Rücksitz.

Ich hielt es nicht mehr aus, fuhr mir mit der Hand in den Schritt und rieb mich wie verrückt, weil ich nach dieser Fummelei so aufgegeilt war, dass meine Möse zu lodern schien. Becky war inzwischen wieder vollkommen gefasst. Eine Hand am Steuer, schlug sie meine Hand mit der anderen fort und klapste mich leicht auf den Venushügel. Mit dieser zärtlichen Folter fuhr sie fort, bis wir eine Raststätte erreichten und sie den Wagen zum Parkplatz lenkte. Ich war inzwischen so geil und fickerig, dass ich sie nur halbherzig daran zu hindern versuchte.

Becky war wohl auch ziemlich aufgelöst, denn sie stellte den Wagen in der abgelegensten Ecke des Parkplatzes unter ein paar Bäumen ab.

Dort waren wir zwar nicht völlig vor Blicken geschützt, aber doch so weit abgeschirmt, dass das gewisse Risiko uns einen zusätzlichen Kick verschaffte. Ich rutschte im Sitz so weit nach unten, dass ich nur noch die Köpfe der Vorübergehenden sah, und hoffte, dass es in ihren Augen so wirkte, als würde ich ein Nickerchen machen. Mein Arsch ragte nun über den Sitz hinaus, und mit weitgeöffneten Beinen war ich noch zugänglicher und verwundbarer als zuvor.

Becky ließ sich kaum genug Zeit, um die Handbremse anzuziehen, und schon ging das Spanking gnadenlos weiter. Ich geriet in eine fiebrige Erregung, als sie leichte Klapse auf meinen erregten Kitzler mit kräftigeren Schlägen auf die ganze Möse abwechselte, bis ich zu bersten meinte. Ich ächzte und stöhnte vor Erregung. Immer, wenn sie kräftiger zuschlug, rutschte ich auf dem Sitz nach hinten. Doch wenn ich mich ihr so entziehen wollte, befahl Becky energisch: «Zeig dich mir, Cassandra.» Mit noch immer weitgeöffneten Beinen reckte ich dann erneut das Becken zu ihr hoch. So spielte sie mit mir, bis die äußeren Mösenlippen heiß pochten und die inneren Lippen wie verrückt kribbelten.

Wie bei Herrn König führte der Schmerz mich zu einer neuen Empfindungsintensität, und Becky erfasste das wohl richtig, denn ihre Schläge wurden immer härter, bis ich laut keuchte und mehrmals fast nach ihrer Hand griff, um ihr Einhalt zu gebieten.

«Leg die Hände hinter den Rücken, Cassandra. Mach die Beine so weit wie möglich auf und schieb das Becken vor. Wenn du dich zurückziehst, schlage ich nur fester.»

Wieder brachten mich der Verzicht auf die Koseform meines Namens und die Selbstgewissheit ihrer Stimme zum Gehorsam, und ich verfiel in dieselbe fast tranceartige, devote Verfassung, in die ich bei Herrn König gelangt war.

«Du denkst also, es geht nicht ohne deinen Herrn König? Na, wollen wir doch mal sehen, ob sich daran nichts ändern lässt.» Damit schlug sie auf meine Möse ein und unterstrich jeden Schlag mit einem Wort: «Bin ... ich ... dir ... jetzt ... gut ... genug ... Cassandra? ... Na? ... Na?»

Ich begriff nicht, dass sie eine Antwort erwartete, und reagierte mit dem üblichen Stöhnen.

«Antworte», fuhr sie mich an und schlug mich direkt auf meine empfindliche, gequälte Klitoris. Ich antwortete schnell: «O ja.» Das schien sie vorläufig zufriedenzustellen.

«Zieh dich aus, Cassandra», befahl sie, ohne im Geringsten an die Scharen von Raststättenbesuchern zu denken, die kaum einen Steinwurf von uns entfernt den Platz überquerten. Dass ich nicht einmal einen Moment lang zögerte, zeigt das Maß meiner Unterwerfung. Ich rutschte allerdings noch ein Stück weiter im Sitz nach unten, zog mir rasch das Kleid über den Kopf und zog mir das Höschen von den Beinen. Ich öffnete das Häkchen meines BHs und warf ihn auf den Boden des Fußraums.

«Die Hände, Cassandra.»

Inzwischen konnte sie nach Gutdünken über mich verfügen. Wenn sie mit dieser geilen, selbstsicheren Stimme gesagt hätte: «Cassandra, ich möchte, dass du über den Parkplatz läufst», wäre ich sofort aus dem Auto gesprungen und splitterfasernackt draußen herumgehüpft. Zum Glück ließ sie das bleiben. Sie sagte einfach nur: «Die Hände, Cassandra.» Und sofort schob ich die Hände hinter den Rücken.

Ich lag da wie die liederliche Schlampe, die ich bin, nackt, verschwitzt und, weil ich die Hände auf dem Rücken verschränkt hielt, mit vorgereckten Titten. Meine Schenkel waren weit geöffnet und gaben meine misshandelte Fotze den Elementen preis. Obgleich die Bestrafung richtig wehgetan hatte, wollte ich, dass Becky wieder von vorn anfing. Vielleicht hatte ich zum Teil auch das echte Bedürfnis nach einer Strafe, und ich bin mir sicher, dass Becky mich zu diesem Zeitpunkt wirklich quälen wollte. Ich hatte sie verletzt, und sie rächte sich dafür.

Ich reckte ihr meinen Oberkörper entgegen. Becky legte mir den Arm um die Schulter, ließ die Hand von dort aus zu einer Titte herunterbaumeln und spielte mit dem Nippel. Mit der anderen Hand machte sie sich wieder an die Arbeit. Auch diesmal begann sie langsam und schlug und tätschelte mich, bis ich erneut laut stöhnte und am liebsten die Oberschenkel zusammengekniffen hätte, um den intensiven Empfindungen Einhalt zu gebieten. Aber wollte ich denn wirklich, dass sie aufhörte? Nein, und so ließ ich die Schenkel weit gespreizt. Als ich meinte, es wirklich nicht mehr lange ertragen zu können, erteilte sie mir einen letzten vernichtenden Befehl.

«Cassandra, ich werde dir jetzt zehn Schläge auf deine dreckige kleine Fotze versetzen. Jeder Schlag wird härter sein, und du wirst sie laut mitzählen. Beim zehnten Schlag lässt du es dir kommen. Ist das klar?»

Ich konnte kaum glauben, wie unglaublich dominant sie geworden war. Mit welchem erregten Hitzeschwall meine «dreckige kleine Fotze» reagierte, als sie so bezeichnet wurde, kann nur eine wirklich unterwürfige Natur verstehen. Ich schmolz innerlich dahin und ertrank geradezu in Beckys Autorität.

«Ja, Becky, natürlich», antwortete ich krächzend. Ich hatte keine Ahnung, ob ich auf Kommando kommen konnte, bezweifelte es aber. Ich nahm an, dass mir im Fall des Versagens eine noch schlimmere Züchtigung bevorstand, doch das war mir egal.

Schon beim ersten Schlag schossen mir Tränen in die Augen, doch ich begann gehorsam zu zählen und machte während der nächsten sechs Schläge, die immer härter wurden, brav weiter. Die Erregung baute sich genau wie der Schmerz gleichmäßig und gnadenlos immer stärker auf. Beim achten Schlag jaulte ich laut auf. Ich war wirklich maßlos erregt. Becky packte einen meiner Nippel und quetschte ihn. Ein elektrischer Stromstoß schoss mir vom Nippel zur Klitoris. Die nächsten beiden Schläge waren schrecklich, und weil sie sehr schnell fielen, überrumpelten sie mich so vollständig, dass ich keuchend aufjapste. Beckys ganze Kränkung und ihr ganzer Zorn entluden sich darin, doch zusammengenommen waren die Schläge ein Katalysator, der mich fast gegen meinen Willen in den Orgasmus trieb.

Schlaff und erschöpft lag ich danach im Autositz und musste erst einmal wieder Kraft sammeln. Ich war vollkommen von Becky in den Bann geschlagen und konnte kaum glauben, dass nicht nur sie so dominant sein konnte, sondern ich auch so stark darauf reagierte. Mit Leib und Seele.

Sie streichelte meine arme Möse mit einer Zärtlichkeit, die das Vorangegangene Lügen zu strafen schien. Ich schnurrte geradezu vor Behagen und schlängelte mich lustvoll, um ihr meine Dankbarkeit zu zeigen.

Zehn

Während der restlichen Heimfahrt unterhielten wir uns darüber, welche Möglichkeiten uns offenstanden. Wir beschlossen, dass zunächst jede zu sich nach Hause fahren würde, um ein oder zwei Tage über alles nachzudenken. Dann würden wir uns wieder treffen, Vorschläge machen und die Lage noch einmal besprechen.

Ich war vollkommen überrumpelt, als ich zu Hause einen zweiten Brief von Herrn König vorfand. Ich hatte wirklich die Hoffnung aufgegeben, je wieder von ihm zu hören. Obwohl es mir gegenüber Becky ein bisschen unfair vorkam, hielt ich es für richtig, mir Klarheit darüber zu verschaffen, was ich eigentlich für ihn empfand. Daher beschloss ich, seiner Aufforderung Folge zu leisten.

Cassandra,

ich treffe Donnerstag, den Zehnten, um 19.00 Uhr bei dir zu Hause ein. Wenn du möchtest, dass ich deine Bereitschaft zur Unterwerfung weiter auslote, ist deine Haustür zu diesem Zeitpunkt unverschlossen. Ich möchte, dass du auf einem Stuhl mit ungepolsterter Rücklehne unmittelbar hinter der Haustür sitzt. Du wirst nackt sein.
Du trägst eine Augenbinde, und deine Beine sind mit dem roten Strick, den ich dir schickte, an die Stuhlbeine gefesselt.

Dies ist eine Prüfung, Cassandra. Wenn du sie bestehst, ist das hier nur der Anfang. Solltest du versagen, wird dies unsere letzte Begegnung sein.

Enttäusche mich nicht, Cassandra.

Herr König

Ich las die Worte wieder und wieder. Wie beim letzten Mal jagte mir ein Adrenalinstoß durch die Adern, und ich rang keuchend um Atem. Genau nach diesem Moment hatte ich mich gesehnt – doch das war vor der Reise mit Becky gewesen. Jetzt war ich vollkommen hin- und hergerissen. Für einen Moment war ich fest entschlossen, Herrn Königs Befehl zu ignorieren, und im nächsten konnte ich den Donnerstag – der noch einige Tage entfernt war – gar nicht abwarten.

Natürlich wird es niemanden überraschen, was ich schließlich tat: Es war mir ein innerer Zwang.

Ich spielte mit dem Gedanken, Becky nicht einmal davon zu erzählen, aber das wäre ein schrecklicher Beginn für unsere Beziehung gewesen. Daher rief ich sie an, um ihr alles zu erklären, wobei ich mir standhaft einredete, dass ich Herrn Königs nächste Lektion ablehnen würde, falls meine Freundin dagegen wäre. Doch typisch Becky war sie genauso aufgeregt wie ich und drängte mich zuzusagen. Sie erklärte, je mehr Erfahrungen ich sammelte, desto mehr hätte ich ihr zu erzählen. «Und außerdem», fuhr sie fort, «habe ich dann einen guten Grund, dich zu züchtigen. Was ich allerdings ohnehin tun werde.»

Endlich war es Donnerstagabend, und ich saß um sieben Uhr splitterfasernackt in der Diele auf einem Küchenstuhl mit ungepolsterter Lehne. Die Tür war unverschlossen, und ich hoffte, dass niemand ausgerechnet jetzt zu

Besuch kommen würde. Im leichten Luftzug, der durch den Briefkastenschlitz kam, richteten sich meine Körperhärchen auf, und meine Nippel wurden steif. Nachdem ich das geschmeidige rote Seil in zwei Teile zerschnitten hatte, konnte ich beide Beine an den Stuhl fesseln. Mit zitternden Händen band ich mir den roten Seidenschal vor die Augen, damit ich nichts sehen konnte. Allerdings konnte ich schattenhafte Umrisse durch den dünnen Stoff hindurch erkennen, doch das würde ich nicht zugeben.

Ich war halbwegs entspannt, wohlwissend, dass er mir kaum etwas Grässlicheres antun konnte als beim letzten Mal. Die Erinnerung daran haute mich noch immer jedes Mal um, wenn ich mir gestattete, bei ihr zu verweilen. Und so saß ich nun da und wartete, genau wie zuvor.

Diesmal musste ich mich nicht ganz solange gedulden, und bald schon hörte ich, wie die Türklinke betätigt wurde. Ich blickte starr geradeaus und versuchte, nicht zu zucken, als er die Tür mindestens zwanzig Sekunden offen hielt. Ich wusste, dass man mich von der Straße aus sehen konnte, doch das war mir, ehrlich gesagt, in diesem Moment vollkommen gleichgültig.

Ich nahm ihn schattenhaft wahr: eine hochgewachsene Silhouette vor dem Licht der Straße. Dann erblickte ich plötzlich einen zweiten Schatten, der ihm in die Diele folgte, und keuchte laut auf. Ich beugte mich instinktiv vor und hielt die Hände vor meine Möse, die zwischen den weitgeöffneten Beinen den Blicken preisgegeben war.

Der erste Schatten kam näher und stand schließlich so dicht vor mir, dass seine Beine die meinen berührten. Herr König legte mir den Finger unters Kinn und schob es nach oben, bis ich den Kopf stolz erhoben hielt, genau wie beim letzten Mal in seiner Eingangshalle. Inzwischen war ich bereit, alles, wirklich alles, für ihn zu tun. Den zweiten Schatten hatte ich bereits vergessen.

Herr König trat hinter meinen Stuhl und hob ihn mit Hilfe des zweiten Besuchers hoch. Als der geheimnisvolle Zweite sich über mich beugte, erkannte ich an seinem moschusartigen Duft, dass es sich ebenfalls um einen Mann handelte.

Sie trugen mich ins Wohnzimmer, stellten mich in der Raummitte ab und gingen um mich herum. Herr König – der wieder hinter mir stand – ergriff meine Hände, zog sie hinter die Rücklehne und fesselte sie. Ich war hilflos. Ich war vollkommen verwirrt und bereit, alles zu tun, was von mir verlangt wurde.

Herr Königs Partner stand vor mir, doch als er näher kam und sich zwischen meine Schenkel schob, wusste ich, dass gleich etwas geschehen würde. Herr König hielt meinen Kopf umfasst und schob mir zwei Finger in den Mund, genau wie damals, als er mich an sein Bett gefesselt hatte. Diesmal war ich auf einen Trick gefasst. Ich lutschte an seinen Fingern, die er mir spielerisch in den Mund steckte. Als er mir mehr Finger in den Mund schob und diesen weit öffnete, machte ich immer noch mit. Bevor ich mich versah, schob er mir einen Ring hinter die Zähne, und plötzlich war mein Mund weiter aufgesperrt, als ich es jemals für möglich gehalten hätte. Ohne einen Moment des Innehaltens wurde mir ein Riemen um den Kopf geschnallt, der den Ring festhielt. Ich fühlte mich ungeheuer offen und verletzlich. Ich stöhnte in den Ring hinein, doch es war nur ein Lallen zu hören.

Ich wusste, dass ich sabberte, doch allmählich lernte ich, solche kleinen Demütigungen zu genießen. Wieder hielt Herr König meinen Kopf fest, diesmal mit einem Griff ins Haar. Der Duft meiner Erregung schwängerte die Luft, als ein steifer Schwanz den Rand des Ringes berührte. Ich machte lockende Zungenbewegungen, damit man ihn mir in den Mund steckte, doch kam ich nicht an das

Prachtstück heran. Es war schrecklich frustrierend, ihn nicht lutschen zu können und nur dazusitzen, mit offenem Mund wie ein leerer Behälter. Ich fühlte mich vollkommen wertlos – einfach nur ein Loch, das man nach Belieben gebraucht. Meine Güte, bei diesem Gedanken zog sich alles in mir wohlig zusammen, und ich reckte mich wie wild dem Schwanz entgegen.

Herr König ließ nicht zu, dass sein Freund mich richtig in den Mund fickte. Er hatte etwas viel Erniedrigenderes geplant. Der Schwanz am Mundring blieb, wo er war, und Herr König, der mit der Hand in meinem Haar jede meiner Bewegungen kontrollierte, benutzte meinen Mund, um seinem Freund einen runterzuholen. Das machte sie wohl beide enorm an, denn es dauerte nur ein oder zwei Minuten, da schoss der Schwanz mir seine Ladung tief in die Kehle. Dass ich immer tiefer in der Unterwerfung versank, merkte ich, als ich dankbar aufstöhnte. Ich schluckte rasch.

Herr Königs Freund trat zur Seite, und Herr König nahm seinen Platz ein. Ohne jede Einleitung hockte er sich vor mich nieder, schob einen Finger in das klaffende Loch meines Mundes und die andere Hand zwischen meine weit geöffneten Beine. Ich sah seine breiten Schultern schemenhaft zwischen meinen Knien und zappelte einladend. Herr König hatte Erbarmen und stopfte mir die Hand in die Fotze. Er drückte kräftig, bis seine Knöchel mich wundrieben und der Stuhl beinahe umkippte. Sein Partner fing den Stuhl auf und hielt ihn in der Schwebe, sodass ich ständig das Gefühl hatte, gleich zu Boden zu krachen.

Ich kämpfte darum, die Situation in den Griff zu bekommen, doch ich war so straff gefesselt, dass ich einfach alles hinnehmen musste, was er mit mir anstellte. Mit Sicherheit war das die Lektion, die er mich lehren wollte. Er nahm den Finger aus meinem Mund und griff nach einer Brustwarze, die er recht sanft zwickte und zwirbelte, während er mit den Fingern der anderen Hand meine tropfnasse Möse erforschte – nur, um mir klarzumachen, dass mein Schicksal ganz in seiner Hand lag. Wie schon das letzte Mal spielte er mich wie ein Musikinstrument, bis ich nur noch ein schwitzendes, mich windendes Etwas war. Ein- oder zweimal wäre ich fast mit dem Stuhl umgekippt, wäre ich nicht festgehalten worden. Herr Königs Helfer kippelte den Stuhl ständig vor und zurück, bis ich gänzlich die Orientierung verlor und mit meinem weitgeöffneten Mund lallend um Erlösung flehte.

Die beiden verschwanden ebenso schnell, wie sie gekommen waren, und ließen mich mit aufgesperrtem Mund und weitgeöffneten Beinen an den Stuhl gefesselt zurück. Ich wollte es erst nicht glauben. Ein Weilchen saß ich vollkommen benommen da und hoffte, dass Herr König mich endlich zum Höhepunkt bringen würde. Es kam mir wie Stunden vor, bevor ich bereit war, mir einzugestehen, dass sie nicht zurückkommen würden. Ich verfluchte sie stöhnend und stampfte mit dem Fuß auf wie ein Kind.

Nachdem ich mich halbwegs beruhigt hatte, untersuchte ich meine Fesseln und stellte fest, dass das Seil um mein Handgelenk sehr lose saß. Ich brauchte zwar trotzdem eine Weile, um mich zu befreien, aber wenigstens hatten sie mich nicht gänzlich hilflos zurückgelassen. Kaum befreit, flogen meine Hände zur Klitoris, um das zu Ende zu bringen, was die beiden begonnen hatten. Ich brauchte wohl nur zehn Sekunden, dann war ich so weit, doch der Schluss dieser unglaublich geilen Erfahrung war und blieb gänzlich unbefriedigend. Wieder hatte Herr König mich vollkommen verwirrt zurückgelassen, und wieder wollte ich mehr – viel mehr.

Auf dem Tisch lag ein Zettel mit einigen wenigen Worten:

Bald, Cassandra, kannst du mehr bekommen.

Ich rief Becky an, um ihr zu erzählen, was vorgefallen war, und ich merkte, dass die ganze Sache sie genauso scharf machte wie mich. Ich wünschte verzweifelt, dass sie da wäre. Ich brauchte unbedingt jemanden, der sich meiner gründlich annahm.

Nach ein oder zwei Tagen hatte ich mein Gleichgewicht beinahe wiedererlangt. Zwar dachte ich noch oft an Herrn König, doch gleich darauf kehrten meine Gedanken wieder zu den Episoden mit Becky zurück, zum Beispiel zum Geschehen am Fuß der Cottagetreppe, als ich ihren Arsch erforschte, oder zu meiner sehr intensiven Züchtigung auf der Rückfahrt von Wales. Ich sagte mir, dass ich mit Becky alles hatte, was ich brauchte, und konnte nur hoffen, dass es ihr mit mir genauso ging. Ich dachte oft über sie und ihre Wünsche nach.

Sie war offensichtlich ebenso gerne devot wie dominant, und ich rief mir in Erinnerung, dass ich sie bitten wollte, mir ihre Vorlieben offen mitzuteilen. Ich rief Ruth an und erzählte ihr alles. Nun ja, beinahe alles! Sie freute sich sehr für mich. Als ich erzählte, ich würde Becky gerne bitten, bei mir einzuziehen, gab sie mir ohne jedes Zögern ihren Segen und sagte, sie würde meine neue Freundin gerne kennenlernen. Ich wusste, dass ich das Richtige tat.

«Und, wie siehst du die Sache, Cassie?», fragte Becky, als wir uns endlich wieder trafen. Wir waren beide dafür, den Versuch zu wagen: zusammenleben, das Zusammensein genießen und uns um die Meinung der anderen einen feuchten Kehricht scheren.

«Bei mir stehen zwei Zimmer leer. Wir haben massenhaft Platz, um in diesem Haus alles zu tun, wonach uns der

Sinn steht. Zieh doch einfach bei mir ein. Du hast deine Wohnung sowieso nur gemietet, und wenn wir uns hier die Kosten teilen, bleibt eine Menge Geld übrig, um uns nach Herzenslust Spielzeug anzuschaffen. Bitte sag ja, Becky. Ich weiß, dass ich ein bisschen unfair zu dir war, aber ich möchte wirklich gerne mit dir zusammenwohnen. Falls wir nicht gleich mit der Tür ins Haus fallen wollen, können wir den anderen Leuten einfach sagen, dass wir zusammenziehen, um Kosten zu sparen. So hätten wir Zeit, noch ein bisschen zu experimentieren, bevor wir grundlegendere Entscheidungen treffen», fügte ich hinzu und sah ihr mit einem verschwörerischen Lächeln in die Augen.

«Das mit dem Experimentieren gefällt mir», erwiderte sie lachend. «Okay, gebongt. Wann?»

Beide gingen wir über meine zweite Begegnung mit Herrn König und den Schatten, den er über unsere Beziehung warf, wortlos hinweg.

«Also, am liebsten sofort. Kannst du vielleicht noch ein paar Tage Urlaub bekommen?», fragte ich. Doch Becky war schon aufgesprungen, um sich Stift und Papier zu holen.

Wir erstellten eine Liste dessen, was zu erledigen war. Sie lautete ungefähr folgendermaßen:

Mietvertrag kündigen
Spielen
Beckys Umzug organisieren
Sexspielzeug kaufen
Den Speicher als Playroom gestalten
Es ausprobieren

Na ja, jetzt sollte so ungefähr klar sein, wie es in den nächsten Tagen bei uns weiterging. Ende der Woche zog Becky bei mir ein, und obwohl sie ihr eigenes Schlafzimmer hatte, schlief sie jede Nacht bei mir und suchte nun eine neue Stelle in meiner Gegend. Wir hatten nicht viel über unsere jeweiligen Bedürfnisse und Vorstellungen geredet, weil es uns solchen Spaß machte, Hausgemeinschaft zu spielen.

Wir wollten unbedingt so schnell wie möglich einen geeigneten Raum für unsere sexuellen Abenteuer haben, und so kümmerten wir uns erst einmal um den Speicher. Mit dem hohen Giebeldach, das zu den Seiten mansardenartig abfiel, war er wie zum Playroom geschaffen. Er war groß genug für alles, was uns an Spielzeug und Spielgeräten nur einfallen mochte.

Da der Speicher kein Fenster hatte, statteten wir die beiden Mansardenwände mit Kerzenhaltern aus und beklebten die Giebelwände komplett mit Spiegelkacheln. Decke und Wände strichen wir schwarz und bemalten sie mit roten Verzierungen. Nicht gerade originell, ich weiß, aber sehr wirkungsvoll und sehr atmosphärisch.

«Womit richten wir den Playroom ein, jetzt, wo er fertig ist?», fragte Becky, als wir uns in dem großen Raum mit seinen dunklen Winkeln umsahen.

Wir beschlossen, unser Geld zusammenzulegen und Shops in London aufzusuchen, deren Werbung wir gesehen hatten. Früher hatte keine von uns beiden sich für Sexmagazine interessiert, doch in den letzten Tagen hatten wir einen ganzen Stapel Pornozeitschriften und Fetischmagazine erworben. Wir gierten beide nach Informationen über die neuentdeckte Seite unserer Sexualität, und die Anregungen und Vorschläge, die wir dort entdeckten, hätten ausgereicht, uns dreißig Jahre lang in Atem zu halten.

Wir konnten beide kaum glauben, dass offensichtlich sehr viele Menschen, die bei einer Begegnung auf der Straße ganz normal wirkten, ihre Abende mit erotischen Spielen zubrachten, bei denen es sehr wild und aufregend zuging – und zum Teil auch ziemlich beängstigend. Anfangs hielten wir uns mit eigenen Vorschlägen sehr zurück, weil wir ja nicht wussten, ob wir in dieser Hinsicht auf derselben Wellenlänge lagen, doch bald wurden wir entspannter.

Das einzige Problem bestand darin, dass wir jedes Mal, wenn eine von uns der anderen eine sexy Idee vorlas, sofort nach oben ins Schlafzimmer stürmten und uns dort übereinander hermachten. Immer wieder aber saßen wir einander am Küchentisch gegenüber, jede eine Tasse Kaffee vor sich, und blätterten lüstern in den Zeitschriften, wobei uns ständig Ausrufe wie: «O Gott, hör dir das mal an», oder: «Ja, das müssen wir ausprobieren», entfuhren.

In den Zeitschriften sahen wir wirklich erstaunliche Bilder von hilflosen Frauen, die in den schändlichsten Positionen gefesselt waren, mit weitgeöffneten, allen Blicken und Manipulationen schutzlos preisgegebenen Geschlechtsteilen. Diese Frauen waren keine Models, sondern ganz normale Leute wie Becky und ich, die Spaß am Spielen hatten.

Ehepaare schickten Bildergeschichten ihrer eigenen Sexspiele ein. Manchmal waren es harte Züchtigungsspiele, aber es geschah nichts ohne das Einverständnis beider Beteiligten. Die glückseligen Gefangenen hingen wie Dekorationsgegenstände an Wänden oder von Decken herab, und ihre gefesselten Körper trugen den schönsten «Schmuck», den man sich denken kann: Klammern, Clips, Gewichte, Riemen und Ketten.

Eine sehr hübsche, dunkelhaarige junge Frau mit festen, kecken Brüsten und sehr langen Beinen war sogar wie ein Pony aufgezäumt worden. Sie trug ein Ledergeschirr in Schwarz und Purpurrot mit glänzenden Schnallen, die ihre Schönheit noch unterstrichen. Das Kopfgeschirr hatte Scheuklappen und ein Mundstück, und oben war ein pur-

purroter Federbusch befestigt, dessen langer Flaum vom Wind nach hinten geweht wurde. Ich war von ihrem Hochmut gefesselt. Wie konnte eine Frau, die so unterwürfig war, dass sie sich von ihrer Herrin auf diese Weise ausstaffieren ließ, gleichzeitig dermaßen arrogant wirken?

Die Frontalaufnahmen von ihr, die sie vor einen kleinen Wagen gespannt zeigten, auf dem stolz eine dominant wirkende Dame thronte, während sie über eine ländliche Straße trabte, schlugen mich vollkommen in Bann. Beim Lesen des Artikels über das Pony-Girl stieß ich auch auf eine Seitenansicht und bemerkte, dass sie einen wunderschönen, langen, geschmeidigen Ponyschweif trug, der zwischen ihren Pobacken herauszuwachsen schien. Ich war sprachlos. Ich las den Artikel in rasender Eile, extrem gespannt, warum sie so etwas machte und wie um Himmels willen der Schwanz an ihr befestigt wurde.

Ungläubig las ich, dass sie ihr Leben als Pony-Girl und die gemeinsamen Spiele genoss. Dass der Schweif zu einem Dildo gehörte, der tief in ihrem Arschloch steckte, schockierte und entzückte mich gleichermaßen. Die Birnenform des Dildos sorgte dafür, dass er nicht herausrutschte – Analplug hieß das. Allein schon bei der Vorstellung, was die junge Frau empfinden musste, presste ich die Pobacken zusammen.

Ihre Herrin, die Dame im Wagen, exerzierte offensichtlich so oft wie möglich alle Gangarten mit ihr durch und trieb sie an die Grenze dessen, was sie an Erschöpfung und Schmerz ertragen konnte. Nackt bis auf das Zuggeschirr, trabte das Pony-Girl über die ländlichen Straßen, den Kopf hoch erhoben, den Schweif vom Wind wehend, und ihre unglaublich langen Beine legten unverdrossen Meile um Meile zurück. Ihre Füße steckten in einem aufreizenden Paar sehr hochhackiger, geschnürter Halbstiefel, die sie nicht im Mindesten zu behindern schienen.

Ich wusste seit Jahren, dass ich von solchen gemeinen Spielchen fasziniert und eindeutig angezogen war, hatte aber immer geglaubt, mit diesem Bedürfnis praktisch allein dazustehen. Wenn ich einmal ein Buch oder einen Zeitschriftenartikel über Fesselungen oder SM gelesen hatte, waren die Unterwürfigen immer Gefangene gewesen, die mit Gewalt in ein Leben als Sexsklavinnen gezwungen wurden, irgendwo in einem dunklen, scheußlichen Kerker hausten und alle fünf Minuten ausgepeitscht wurden. Nun möge man mich bitte nicht falsch verstehen: Diese Geschichten hatten mich immer irgendwie erregt und schließlich ja auch zu meinem Besuch bei Herrn König geführt. Aber sie hatten nicht wirklich mit mir zu tun und entsprachen nicht dem, was ich mir insgeheim wünschte.

Becky und ich waren uns einig, dass es uns beide enorm anmachte, über die Spiele anderer Leute zu lesen. Wir fühlten uns dadurch freier, unsere eigenen Empfindungen und Bedürfnisse weiter zu erforschen.

Becky fand innerhalb einer Woche eine Stelle in unserem örtlichen Krankenhaus, und wir waren beide von ihrer neuen blau-weißen Uniform begeistert. Ich nahm an, dass wir sie schon bald für unsere Spiele verwenden würden.

Eines Abends vor dem Zubettgehen, als wir wieder einmal in unsere Zeitschriften vertieft waren, stand Becky plötzlich wortlos auf und ging ins Schlafzimmer hinauf. Als sie zurückkam, hielt sie ein paar Tücher und Schals in Händen. Ich sah mit offenem Mund zu, wie sie den Küchentisch leer räumte. Dann erklärte sie mir, was sie vorhatte. «Leg dich hier auf den Tisch, Cassie. Ich muss dich unbedingt einmal richtig fesseln. Schon seit Wales bin ich ganz wild darauf, und jetzt kann ich einfach nicht mehr länger warten.» Na ja, da konnte ich nicht widersprechen.

Es kam mir vor, als würde mein Kopf vor Spannung und Vorfreude platzen; mit einem Pochen im Schädel und zitternden Händen stieg ich auf den Tisch.

Becky drehte mich sanft auf den Rücken und schlang das erste Tuch um mein Handgelenk. Mein Kopf brummte so sehr, dass ich kaum bemerkte, wie sie mir die anderen Tücher um die verbleibenden Hand- und Fußgelenke band. Mein Kopf hing halb in der Luft, und am anderen Ende der Tischplatte baumelten meine Schenkel herab, die sie an die Tischbeine fesselte. Die Erinnerungen, wie Herr König mich ans Bett gefesselt hatte, stiegen in mir auf, und ich wusste, dass ich dieses Experiment genießen würde.

Ich lag recht ungemütlich da, doch das spielte keine Rolle mehr, als Becky über die Vorderpartie meiner Bluse strich und dabei die Knöpfe öffnete. Von ihrer sonst üblichen Zärtlichkeit war nichts mehr zu spüren, als sie meine Möpse einzeln aus den Cups befreite und mir den BH über die Titten schob.

Sie zog und zwirbelte meine Nippel, bis sie ganz steif und hart waren, und fuhr dann mit der Hand nach unten. Am Saum beginnend krempelte sie meinen Rock hoch, bis der Stoff sich um meine Hüften bauschte. Das alles geschah vollkommen rücksichtslos, sie legte einfach die Körperteile frei, an die sie heranwollte, und bei dieser Art von Aufmerksamkeit wand ich mich vor Lust.

Wieder wirkte das Gefühl der Hilflosigkeit wahre Wunder, als Becky mir über die weitgespreizten Schenkel strich und durch den Schritt des Höschens hindurch meine Möse neckte, bis ich meinte, gleich laut herausschreien zu müssen. Sie spannte mich weiter auf die Folter, schnippte mit den Fingern gegen meine Nippel, rieb meine Klitoris durch den Stoff des Höschens hindurch und schob mir die Finger mitsamt dem durchweichten Höschenstoff in die Fotze.

Es dauerte keine zwei oder drei Minuten, da flehte ich sie an, mich zum Höhepunkt zu bringen. Ich stieß ihr das Becken entgegen und bettelte mit Schlangenbewegungen um Aufmerksamkeit, doch sie neckte mich weiter, eine Ewigkeit, wie mir schien, bis ich laut schrie: «Bitte, Becky, bitte, mach, dass es mir kommt.»

Sie beugte sich vor, und ich spürte ihren Mund, der sich an meiner Möse verankerte, während sie mich zärtlich biss. Dann zog sie sich zurück. Die Empfindungen waren so intensiv, dass ich versuchte, die Beine zu schließen, doch die Tücher hinderten mich daran.

Der vereitelte Versuch, mich selbst zu beschützen, erregte uns beide noch mehr, und Becky zog mein Höschen im Schritt zur Seite und legte meine nasse Möse frei. «Das gehört alles mir», erklärte sie, während die kühle Luft über meinen Mösenhügel strich. Es kam mir vor wie ein elektrisches Kribbeln, das durch meinen ganzen Körper lief, und dann kam ein Moment sengender Hitze, als sie mit der Zungenspitze meine abgekühlte Klitoris vorn anstupste. Da konnte ich meine Erregung nicht mehr zügeln und bettelte laut um mehr.

Als ich kurz vor dem Höhepunkt stand und alles zur Entladung drängte, hielt Becky plötzlich inne und ließ den Schritt meines Höschens wieder über die Möse gleiten. Sie trat zum Kopfende des Tisches, legte die Hand unter meinen Kopf und küsste mich.

Zum ersten Mal liebte ihr weicher Mund wirklich den meinigen. Ich roch meinen Mösensaft auf ihrem Gesicht, als sie meine Lippen, wie zuvor meine Möse, mit dem Mund umfasste und daran saugte. Sie knabberte zärtlich an meiner Unterlippe und erforschte meinen Mund, wobei sie die Zunge in mich hineinschnellen ließ und damit die meinige zum Spielen herausforderte. Als ich diesem Locken nachgab, verschlangen unsere Münder sich gierig.

Es war das erste Mal, dass wir uns richtig küssten, und es war eher ein Liebesakt als nur ein Kuss. Während ich ganz im Bann ihres Mundes stand, kehrte sie mit der Hand wieder zu meinem Schritt zurück.

Sie legte die Finger flach auf den elastischen, von Säften triefenden Stoff meines Höschens und begann, ganz leichte Kreise um meine Möse zu ziehen. Dabei umzirkelte sie mit dem Handballen sanft meinen teilweise entblößten Kitzler. Wann immer sie mit der Zunge in meinen Mund eintauchte, drückte sie gleichzeitig den Mittelfinger in mein Mösenloch. Unterdessen setzte sie mit dem Handballen die rhythmische, kreisförmige Massage meiner Klitoris fort.

Die Spannung baute sich in einem köstlichen, vollendeten Rhythmus auf, und unwillkürlich hielt ich in meinen Bewegungen inne, um in der Berührung ihrer Hände zu schwelgen. Ich lag einfach nur da, die Kleider verrutscht und die gespreizten Beine gefesselt. Ich hatte nicht mehr das Bedürfnis, mich zu revanchieren, und selbst wenn ich gelegentlich gegen die Fesseln ankämpfte, um die Arme um Becky zu schlingen, nahm ich meine Niederlage jedes Mal rasch hin und entspannte mich wieder. Als ich mich beruhigt hatte und ihre Zärtlichkeit mich wie ein sanftes Beben durchlief, lockte sie meine Zunge ein weiteres Mal in ihren Mund. Im Moment meines Nachgebens packte sie diese plötzlich mit ihren scharfen Zähnen und hielt sie fest. Was für eine köstliche Art von Fesselung! Mit einer einzigen, winzigen Bewegung war es ihr gelungen, mich vollkommen lahmzulegen. Aus Angst, meine Zunge könnte verletzt werden, durfte ich mich nicht mehr rühren. Und protestieren konnte ich auch nicht, denn ich brachte nur noch Nuscheln und Lallen hervor. Doch bei diesem neuen Spiel erreichte meine Erregung ungekannte Höhen.

Als mein Orgasmus dann kam, breitete er sich in Wellenkreisen vom Bauch her aus, durchbebte meine Brüste und explodierte im Kopf. Es war einer der süßesten, verheerendsten Orgasmen, die ich je erlebt hatte. Die Lustwellen schlugen über Körper und Seele zusammen und zogen mich völlig in Beckys Bann.

Elf

Nach diesem Experiment beschlossen wir, den Playroom so bald wie möglich bezugsfertig zu machen, und besprachen, dass wir in London gemeinsam die Einrichtung aussuchen und dann jede für sich noch ein paar Spielsachen und Kleidungsstücke besorgen würden, um uns gegenseitig zu überraschen. Ich hatte keine Ahnung, was ich kaufen sollte, war mir aber sicher, dass mir die Inspiration im richtigen Moment schon kommen würde.

Am Tag vor dem besprochenen Termin schleppten wir ein paar Sitzkissen in den Playroom, um uns schon einmal innerlich auf die künftigen Spiele vorzubereiten und ein Gefühl für den Raum zu bekommen; schließlich wollten wir hier ja eine Menge Zeit verbringen. Wir setzten uns auf den Boden, ließen eine Flasche Wein hin- und herwandern und unterhielten uns im Schein der Kerzen. Wir hatten schwarze Kerzen in die Kerzenhalter gesteckt, und ihr flackerndes Licht machte den Raum warm und lebendig und scheuchte die Schatten in die Ecken zurück. Der ganze Raum wirkte aufreizend, aber auch ein wenig unheimlich, und der Gedanke, dort solche Spiele zu spielen wie bisher mit Herrn König, nun aber unter Beckys Kontrolle, ließ mich erschauern.

«Hast du Lust auf ‹Wahrheit oder Pflicht›?», fragte Becky, als die erste Flasche Wein leer war. Ihrem Blick entnahm ich, dass sie mir auf diese Weise etwas mitteilen wollte, und so spielte ich neugierig mit.

«Einverstanden.»

«Ich fang an», flüsterte sie. «Hättest du gerne, dass ich dein Hinterteil so traktiere wie du meines in Wales?»

«Das weißt du doch genau, Becky.»

«Ich wollte nur nochmal nachfragen. Gibt es irgendetwas, womit du nicht gerne experimentieren möchtest?»

«Na ja, ich weiß, dass ich ein bisschen heftig mit deinem Arsch umgesprungen bin, und das hat mich richtig scharf gemacht, aber ich weiß nicht recht, ob ich es anders herum auch gut fände. Ich meine, wenn du mit mir genauso ruppig umgehen würdest. Ich war schon immer ein bisschen empfindlich, was meinen Po angeht.»

Beckys Augen funkelten fast bedrohlich, als sie antwortete.

«Aber wenn wir den Spieß einmal umdrehen, würdest du mir dann vertrauen, dass ich aufhöre, sobald irgendetwas dich wirklich abstößt? Wir könnten sogar das Glöckchen verwenden, dass Herr König dir gegeben hat. Du erlaubst mir, mit dir alles zu machen, was mir in den Sinn kommt, aber dafür verspreche ich dir, dass ich sofort aufhöre, wenn du das Glöckchen fallen lässt. Wie klingt das?»

«Ja, okay. Das könnte gehen.» Ich hatte den Verdacht, dass ich gerade einem von Becky im Kopf fertig arrangierten Spiel zugestimmt hatte, und ich muss gestehen, dass dieser Gedanke mich zutiefst erregte.

«Noch eine letzte Frage, Cassie: Wie wichtig ist es für dich, mich zu dominieren? Denn die Sache ist die: Immer, wenn du mit mir so deliziös teuflisch umgesprungen bist und ich das nur zu willig hingenommen habe, hatte ich nur einen einzigen Gedanken: dasselbe mit dir zu machen. Ich bin zur Zeit unglaublich scharf darauf, dich gründlich auszutesten, sozusagen. Ich möchte jede Facette deiner Sexualität erkunden und deine Grenzen ausloten und erweitern. Einige dieser Zeitschriftenartikel und das, was du mit Herrn König getrieben hast, müssen mir wohl zu Kopf gestiegen sein. Was hältst du davon?»

Ihre Augen hielten die meinen fest, und selbst im flackernden Kerzenlicht konnten ihr meine geweiteten Pupillen und geblähten Nasenflügel nicht entgangen sein. Mein Herz hämmerte bei diesen verlockenden Worten und Vorstellungen heftig in der Brust.

«O Gott, Becky, das wäre genau das Richtige für mich. Ich habe wirklich gerne mit dir gespielt, aber ehrlich gesagt habe ich mich fast die ganze Zeit danach gesehnt, in deiner Rolle zu sein. Am liebsten hätte ich es, wenn wir auf immer und ewig die Rollen tauschten, aber das würde meine wildesten Hoffnungen übersteigen. Ich kann es gar nicht erwarten, meine Rolle als deine submissive Partnerin bis an die Grenzen auszuloten. Allerdings muss das alles im Playroom bleiben, weil ich weiß, dass meine unterwürfige Seite rein sexuell ist. Wäre das für dich so in Ordnung?»

«Das ist wirklich zu schön, um wahr zu sein. Das wäre absolut perfekt für mich. Es wäre mir unerträglich, wenn du dein dominantes Naturell verlieren würdest. Es ist ja genau diese herrische Person, die ich unterwerfen möchte. Gerade wenn du wirklich stark bist, möchte ich dich keuchend und zappelnd vor mir liegen sehen. Ich möchte, dass du nur noch ein winselndes, flehendes Etwas bist, das allein für meine Berührungen lebt. Und das, weil es niemals weiß, ob die nächste Berührung Schmerz oder Lust bringen wird, beides verzweifelt erfleht.»

«Oohhhh», stöhnte ich. «Kneif mich, damit ich weiß, ob ich träume. Das ist zu gut, um wahr zu sein.»

Sie kniff mich tatsächlich. Und zwar in meine Nippelspitze, was eine köstliche Schmerzwelle durch meinen Körper sandte. Ich sprang mit einem Quietscher auf, ein wenig schwankend wegen des Weins, warf die Arme in die Höhe und vollführte eine Art Freudentanz. Meine betrunkene Version eines Freudentanzes, wobei ich immer wieder rief: «Fick dich ins Knie, Herr König!»

Becky brach den Bann, indem sie mich zur Tür schleppte. «Genug jetzt, morgen haben wir einen langen Tag in London vor uns.»

«Aber ich hatte gar keine Gelegenheit, dir meine Fragen zu stellen», jammerte ich mit weinschwerer Zunge. Becky eilte lachend vor mir die Treppe hinunter. «Ich weiß», rief sie zurück, «aber so läuft das, wenn einer die Verantwortung hat.»

Der Tag in London war eine Offenbarung. Wir gingen in Latex-Shops, SM- und Bondage-Shops, Fetisch-Shops, auf Märkte und in ein großes Warenhaus mit SM-Möbeln und -Geräten, in dem alles zu haben war, was einem je in den Sinn gekommen war – und kommen könnte.

Wir hatten stundenlang über den Zeitschriften gebrütet und beschlossen, dass wir uns als Erstes ein Bondage-Bett anschaffen würden. Uns schwebte eine Art hohe Liege mit gepolsterter Liegefläche und Riemen, Haken und Schnallen für Fesselspiele vor, wie wir sie in einer der Zeitschriften gesehen hatten.

Pete, der Verkäufer, erklärte, für ein bescheidenes Honorar könne man einen «Folterkeller» eigens für uns planen, einschließlich Lieferung und gegebenenfalls Hilfestellung. Bei «Hilfestellung» wechselten wir alle drei Blicke und kicherten. Wie kindisch!

Becky und ich gingen einen Kaffee trinken, um Petes Vorschlag zu überdenken, und kamen überein, dass wir uns angesichts unserer Ersparnisse bei Miete und Lebenshaltungskosten problemlos alles leisten konnten, was für den Anfang nötig war. Schließlich würden wir künftig viel Zeit im Playroom verbringen.

Wir kehrten mit einem breiten Lächeln in den Shop zurück, und als wir nach zwei Stunden des Planens und Entscheidens den Preis hörten, grinste Pete mindestens ebenso breit.

Wir vereinbarten die Anlieferung für die kommende Woche. Die Ausstattung, auf die wir uns schließlich festgelegt hatten, umfasste das bereits erwähnte Bondage-Bett sowie einen Rahmen mit Ringen und Schraubvorrichtungen, der als Streckbank und für andere Züchtigungen diente. Pete versicherte uns, ein solches Gerät sei absolut unabdingbar, auch wenn wir uns zu diesem Zeitpunkt noch nicht vorstellen konnten, wie wichtig es für unsere Spiele werden sollte. Der Rahmen hatte abnehmbare Querbalken, war sehr stabil und wirkte eindrucksvoll – ein wenig wie ein Galgen, fand ich später.

Danach suchten wir nur noch einen einzigen größeren Einrichtungsgegenstand aus, einen Stuhl. Ein massives, altväterlich wirkendes Möbelstück aus schwarzem Holz. Anfangs dachte ich, er wäre als eine Art Thron für den dominanten Partner gedacht, doch als wir ihn näher betrachteten, handelte es sich um etwas ganz anderes. Vollkommen erstaunt stellte ich fest, dass die Sitzfläche hochklappbar war und sich darunter eine eingelassene Schüssel befand.

«Wozu um Himmels willen braucht man denn so was?», fragte ich in aller Unschuld, doch plötzlich war es mir sonnenklar.

Pete lachte laut über meine naive Frage, legte mir den Arm um die Schultern und flüsterte: «Wie ich sehe, seid ihr Neulinge. Macht euch nichts draus, Mädels, bald habt ihr den Dreh raus, das verspreche ich euch.»

Wie alle anderen Möbelstücke war auch dieser Stuhl mit Schraubvorrichtungen, Ringen und Haken gespickt.

Die Röte stieg mir ins Gesicht, und ich war sehr froh,

dass Pete, dem die Sache allmählich richtig Spaß machte, sich abgewandt hatte.

Als wir den Shop verließen, hielt er uns die Tür auf und sagte: «Also, Mädels, wenn ihr sonst noch irgendwie Hilfe benötigt, lasst es mich wissen.» Becky und ich tauschten einen Blick und wussten genau, dass wir niemanden brauchten.

Von dort gingen wir in einen Laden mit Fetischkleidung, in dem Becky darauf bestand, mir einen Catsuit aus Latex zu kaufen. Er saß hauteng wie eine Art glatter, glänzender Überzug, hatte Reißverschlüsse an den Brüsten und einen Reißverschluss im Schritt, der auf der Vorderseite auf Taillenhöhe begann und auf der Rückseite dort endete, der mich also geradezu zweiteilte. Becky befahl mir, aus der Umkleidekabine zu treten, um mich ihr zu zeigen; schon jetzt gehorchte ich ihren Befehlen.

Becky ging in eine andere Abteilung des Ladens und trug mir auf, unterdessen in der Umkleidekabine ein paar Sachen anzuprobieren – ich sollte mir eine Überraschung für sie aussuchen, wie sie sagte, aber ich wusste, dass sie derweil irgendetwas im Schilde führte.

Während ich ein Kleidungsstück nach dem anderen anprobierte, musste ich ständig darüber nachgrübeln, was Becky wohl kaufen würde. Wir hatten SM-Artikel für Titten, Schwänze und Mösen gesehen. Klammern mit Gewichten daran und Augenbinden oder Masken, damit der arme Mensch, der mit diesen Dingen traktiert wurde, nichts sehen konnte.

Der Gedanke, Becky könnte so etwas an mir ausprobieren, erschreckte mich zutiefst, aber diese Folterwerkzeuge gingen mir einfach nicht mehr aus dem Kopf. Am meisten dachte ich an die Peitschenauslage und versuchte mir auszumalen, wie es wohl wäre, auf den Rahmen gefesselt zu sein, den wir gerade erworben hatten, und ausgepeitscht zu werden. Ich konnte es mir nicht einmal ansatzweise vorstellen. Ja, Herr König hatte mich mit seinem Gürtel geschlagen, aber nur ein einziges Mal, und kurz darauf hatte er mich zum Orgasmus gebracht. Das war also gewiss nicht dasselbe.

Ich entschied mich für ein schnuckeliges Zofenkleid mit riesigem Ausschnitt, in dem die Titten fast vollständig frei lagen, und wenn ich mich auch nur einen Zentimeter vorbeugte, war gleich der halbe Arsch nackt. Es war ein Taftkleid, das mit seinem frechen, kleinen, weißen Unterrock, der gerade so unter dem Saum hervorlugte, und der um die Taille gebundenen, steifen, weißen Schürze bei jeder Bewegung aufreizend raschelte.

Für ein anderes Kleidungsstück brauchte ich die Hilfe der Verkäuferin. Nachdem ich mich vergewissert hatte, dass Becky nicht in Sicht war, bat ich die junge Frau, die mit ihrem orangerot gefärbten Haar und dem Nasenring fast wie ein Punk aussah, mir einige Korsetts zu zeigen. Es sollte eine richtige Überraschung für Becky werden. Ich hatte schon immer so ein altmodisches Korsett besitzen wollen, mit einer Fischbeinverstärkung vorn und hinten, einer Verschnürung von oben bis unten und Ösen im Rücken, um das Schnürband straff zu ziehen. Ich sah mich selbst als eine Art Scarlett O'Hara, die sich wie im Film am Bettpfosten festhielt, während Becky das Schnürband unglaublich fest zog und dann vorne zu einer hübschen Schleife band.

Ich entschied mich für ein kohlrabenschwarzes Satinkorsett. Es reichte gerade bis zu den Brüsten, die es mit einer Andeutung von Spitzenkörbchen stützte. An der Taille war es eng geschnürt, weitete sich dann äußerst aufreizend um die Hüften und setzte mit einem Spitzensaum auf den Pobacken auf, die dadurch raffiniert betont wurden. Es erinnerte an Bilder aus einer längst vergangenen Zeit, als man von solchen Ideen, wie Becky und ich sie hegten, nicht einmal zu träumen gewagt hätte. Oder, wer weiß?

«Jesus, das steht Ihnen, das ist total groovy. Schauen Sie nur, wie es Ihre Titten hebt», sagte das Mädchen und drehte mich hin und her, damit ich das Ergebnis begutachten konnte. «Sie haben die perfekte Figur dafür, mit Ihrem runden Hinterteil und der schlanken Taille. Ich glaube, mit ein bisschen Übung könnten Sie auf eine Taille von einundsechzig Zentimetern kommen.»

Ich war überrascht, dass sie es wagte, so mit mir zu reden, doch wenn ich mich sexuell dominiert fühle, ist es, als sei ich ein anderer Mensch, und dann habe ich Mühe, klar zu denken. Sie sagte es so, dass ich plötzlich ganz unterwürfig wurde. «Wirklich? Vielen Dank», hauchte ich.

Das genügte ihr als Stichwort. Sie fuhr mir mit den Handrücken über die Brüste, die in ihren Körbchen erbebten. Als ich ihr keinen Einhalt gebot, begutachtete sie meine Nippel und streifte mit den Daumen über deren Spitzen, sodass mir ein Schauder den Rücken hinunterlief und meine Möse zuckte. Ihren Händen ausgeliefert, lehnte ich kraftlos an der Kabinenwand. Vom Kopf her wusste ich zwar, dass ich das eigentlich nicht zulassen durfte, aber meine Möse, die in letzter Zeit unausgesetzt nach Aufmerksamkeit gierte, sprach eine ganz andere Sprache.

Ich gurrte vor Wollust, als sie mir ein Knie zwischen die Schenkel rammte und mich damit kräftig im Schritt rieb. Ich hatte den Kopf mit geschlossenen Augen an die Wand gelehnt, und das deutete sie wohl als Zustimmung, denn sie beugte sich vor, nahm meine Brüste fest in die Hand, führte sie zum Mund und verschlang mich geradezu. Sie biss, kniff und drückte mich ziemlich brutal, zupfte mit ihren scharfen, kleinen Zähnen an meinen Nippeln und rieb mich gleichzeitig weiterhin mit dem Knie zwischen den Beinen. Sie geriet ganz außer sich vor Erregung, doch plötzlich wurden wir schlagartig in die Wirklichkeit zurückgeholt.

«Cassandra, bist du allmählich fertig?», rief Becky durch den Laden, und das Mädchen trat von mir zurück, zog scheinbar gleichmütig einen Lippenstift aus der Jackentasche und erneuerte ihre Kriegsbemalung. Ich warf einen Blick auf meine Brüste und fand die Nippel mit grauem, schmuddeligem Lippenstift verschmiert und mit Bissspuren übersät. Ich versuchte verzweifelt, sie sauber zu reiben, und gemeinsam befreiten wir mich aus dem Korsett.

Beide waren wir beim Verlassen der Umkleidekabine ein wenig durcheinander, und als ich mit Becky wegging, während die Verkäuferin meine Einkäufe einpackte, ergriff meine Freundin mich am Arm und zerrte mich zu sich: «Ich will nur hoffen, dass du dich da drinnen nicht wie eine dreckige kleine Schlampe benommen hast, Cassandra. Ich glaube, du hast mir etwas zu beichten, wenn wir nach Hause kommen. Nicht wahr?»

Bei dieser Vorstellung hämmerte mein Herz laut los.

Wir hatten vereinbart, bis zur Fertigstellung unseres Playrooms die Finger von allen ungehörigen Spielen zu lassen, und daran hielten wir uns auch, obwohl es uns sehr schwer fiel. Mit Ausnahme jenes einen Versprechens, das Becky durchaus nicht vergessen wollte. Wir saßen wie üblich zusammen, unterhielten uns über die Erlebnisse des Tages, lachten über Petes Eifer und fragten uns, wie viel wir dort wohl hätten ausgeben können, wenn es uns aufs Geld überhaupt nicht angekommen wäre. Doch als ich mich gerade entspannt hatte und der Zwischenfall in der Umkleidekabine völlig vergessen war, riss Becky mich aus meiner gelösten Stimmung.

«Ach ja, du durchtriebenes kleines Luder. Jetzt erzählst

du mir besser mal, was da mit dieser Gothic-Tussi im Kleidershop abgegangen ist. Raus mit der Sprache.»

Kaum dass mein Puls wieder normal schlug, hatte ich den Vorfall zutiefst bereut, und ich hoffte verzweifelt, dass Becky ihn mir nicht allzu sehr verübeln würde. Ich erzählte, was geschehen war, ohne das Korsett zu erwähnen, und gab mir wenig überzeugend Mühe, gelassen zu klingen.

«Es war eigentlich ziemlich scheußlich», versuchte ich zu erklären. «Sie ist richtig brutal mit mir umgesprungen. Sie hat meine Brüste grob begrabscht und mich überall gebissen.»

«Ach, tatsächlich? Vielleicht solltest du mir das einmal zeigen, Cassandra.»

Weil sie die offizielle Version meines Vornamens verwendete, wusste ich, dass es ernst wurde, und so stand ich auf und zog das T-Shirt über den Kopf. Als ich nach hinten griff, um den Verschluss meines BHs zu öffnen, blickte ich auf die Enthüllungen und hoffte, alle Spuren meiner Untreue verwischt zu finden, wurde aber enttäuscht.

«Schau dir das an, du abscheuliches Ding!», schimpfte Becky beim Anblick der winzigen roten Male, die sich noch immer überdeutlich auf meiner hellen Haut abzeichneten. «Ich muss dich nur fünf Minuten allein lassen, und schon lässt du jede dumme Trine, die dich haben will, hemmungslos an dich ran. Jetzt sag mir, Cassandra, wenn es eigentlich scheußlich war, was hat dich denn dann veranlasst, so etwas zuzulassen?»

«Ach, ich weiß nicht, Becky», jammerte ich. «Anscheinend gebe ich sofort nach, wenn jemand, der energisch genug auftritt, versucht, mich unter Kontrolle zu bringen. Es erschreckt mich selbst, aber es gehört anscheinend zu jenem unterwürfigen Persönlichkeitsanteil in mir, den ich gerade erst entdecke, dass ich jede Grenzüberschreitung dulde. Wenn die Unverschämtheit nur dominant genug daherkommt, genügt allein die Tatsache, dass ich mich dem Willen eines anderen Menschen fügen muss, um mich scharf zu machen. Sie hat meine Brüste Titten genannt. So einfach war es.»

«So ist das also? Sie hat deine Brüste Titten genannt, und sie war dominant, da hast du sie sofort rangelassen. Das kommt mir ein bisschen jämmerlich vor. Dir nicht?»

Sonderbar, wie Becky es schaffte, geradezu gönnerhaft zu klingen und gleichzeitig wie eine Mutter, eine Vorgesetzte, eine Geliebte und sogar – darf ich das Wort wagen? – wie eine Herrin.

«Ich möchte, dass du diesen Stuhl mitten in den Raum stellst und dich verkehrt herum auf die Sitzfläche kniest», befahl sie. «Leg die Hände auf den Kopf und warte so auf mich.»

Mein Herz pochte wie verrückt los, als ich den Küchenstuhl mit der ungepolsterten Rückenlehne wie befohlen in die Raummitte stellte und mich auf den Sitz kniete. Becky hatte das Zimmer verlassen. Es dauerte ein oder zwei Minuten, bevor sie zurückkehrte, und allmählich taten mir die Knie weh. Ich rutschte ein wenig herum, um den Druck zu mildern, doch da kam Becky mit einem Riemen und schnallte mich mit den Unterschenkeln auf der Sitzfläche fest. Als sie den Riemen ganz straff zog, fast, als wäre sie zornig, zuckte ich zusammen, aber sie achtete nicht darauf.

«Siehst du ein, Cassandra, dass du eine Bestrafung verdient hast?»

Ich wusste nicht, was ich antworten sollte. Sagte ich ja, würde sie mich züchtigen, sagte ich nein, würde sie mich ebenfalls züchtigen. Also schwieg ich.

«Wird dir das nicht allmählich ungemütlich? Wenn du mir nicht antwortest, bleiben wir hier, bis ich deine Antwort gehört habe.» Damit setzte sie sich wieder an den Tisch und trank ihren Tee.

«Okay, doch, ja, ich habe eine Bestrafung verdient.» Kaum waren die Worte heraus, da wollte ich, dass sie mich züchtigte. Ich fand es furchtbar von mir, dass ich mich von der jungen Punkerin hatte begrabschen lassen, und ich hatte Schuldgefühle, weil meine Unterwerfung so leicht zu haben war. Und ich war natürlich unglaublich erregt und geil.

Sie stand auf, ging zur Küchenschublade, holte einen Bratenwender heraus, drehte ihn verkehrt herum und trat langsam auf mich zu. Sie stellte sich hinter mich, krempelte mir den Rock bis zur Taille hoch und stopfte ihn in den Bund, zog mir den Schlüpfer herunter und entblößte meinen Po. Ich fühlte mich wie ein ungezogenes Schulmädchen. Wunderbar.

«Nun, Cassandra, ich werde dich lehren, dass in Zukunft *ich allein* entscheide, wer mit deinem Körper spielen darf. Ist das klar?»

Mein Herz schlug einen Purzelbaum. Dann ... hatte sie also gar nichts dagegen, dass ich mit anderen Leuten spielte, solange sie bestimmte, mit wem. Die Aussicht, dass sie mich einem anderen zum Spielen «geben» würde, entzückte mich zutiefst, und so kniete ich mich noch aufrechter hin und nickte.

Sie begann mit meinen ohnehin schon gezeichneten Titten.

Bei jedem Schlag mit dem Bratenwender durchschoss mich ein heftiger Schmerz, doch die Litanei, die Becky bei dieser Züchtigung herunterrasselte, nahm dem Schmerz die Schärfe und erfüllte mich von Kopf bis Fuß mit einer sengenden Wärme.

«Dann wollen wir doch einmal sehen, wie viel die Titten dieser Schlampe aushalten.

Deine Titten sind schon ganz rot, Cassandra. Tut es weh?

Komm schon, Cassandra, du Nutte, halt mir deine Titten hin.

Ist es nicht ein Glück, Cassandra, dass du so große Titten hast? Sonst müsste ich mich auf eine viel kleinere Fläche konzentrieren, und entsprechend weher würde es tun, oder?»

Becky lief sich allmählich warm und unterstrich jeden Satz mit einem kräftigen Hieb des Bratenwenders auf die Brüste, die inzwischen feuerrot waren. Systematisch vorgehend hob sie jede Brust am Nippel hoch, bearbeitete die zarte Unterseite und ließ keinen einzigen Quadratzentimeter aus, bis beide Brüste glühten und pulsierten.

Ich reagierte wie erwartet. Ich kniff die Schenkel zusammen und versuchte, meine Klitoris während dieser Züchtigung meiner «Titten» bestmöglich durch Reibung zu stimulieren. Ich ächzte jedes Mal, wenn der Bratenwender auf mir niederklatschte, und stöhnte bei jeder köstlichen Beschimpfung, die sie mir entgegenschleuderte, hilflos auf.

Als ich fieberhaft erregt war, hielt sie inne und ging hinter mich. Mit meinen Arschbacken sprang sie sogar noch härter um und schlug auf sie ein, bis das erotische Glühen in meinen Brüsten verschwand und meine ganze Aufmerksamkeit nur noch den Schlägen galt, die auf meinen Arsch niederprasselten. Schließlich empfand ich auch diesen Schmerz als etwas, das mich wärmte und aufgeilte, und wand mich erneut vor Wollust, doch sie war noch nicht mit mir fertig.

Sie stellte sich wieder vor mich und betrachtete beide Brüste abwechselnd, als müsste sie eine Entscheidung treffen. Sie wählte die rechte und schlug mit dem Bratenwender unmittelbar auf meinen erregt aufgerichteten Nippel, sanft zunächst, dann fester, bis ich mich vor Schmerz krümmte und die Arme vor der Brust verschränkte.

«O nein, das tust du nicht. Knie dich aufrecht hin, sonst nehme ich dich noch härter ran.» Sie holte drohend aus, und so richtete ich mich bestmöglichst auf und zwang mich, die Arme nach hinten zu nehmen, um ihr meine Brüste wie befohlen zur weiteren Behandlung zu präsentieren.

Sie begann erneut mit den langsamen, stetigen Kläpsen, doch diesmal hatte sie Erbarmen, schob die Hand zwischen meine Schenkel, forschte zwischen meinem nassen, klebrigen Mösenhaar nach dem heißen Eingang meiner Fotze und ertastete schließlich die harte Knospe meiner Klitoris. Sie rieb sie allerdings nicht so kräftig, dass ich zum Höhepunkt kam, sondern reizte sie nur mit der Fingerspitze, während die Schläge mit dem Bratenwender immer kräftiger und schneller fielen und kein einziges Mal den Nippel ausließen. Der unausgesetzte Angriff wühlte etwas tief in meinem Innern auf und verwandelte sich dort in etwas vollkommen Neues. Bald schon hatte ich die Schmerzschwelle hinter mir gelassen und wurde von dem intensiven Lusterlebnis geradezu verschlungen. Ich kann die Empfindung nur als Euphorie beschreiben – eine durch Schmerz hervorgerufene Euphorie.

Die riesigen, vibrierenden Lustwogen, die mich unter sich begruben, stillten jeden Zweifel, den ich noch über meine Unterwerfung hegen mochte. Dies war wirklich ich! Für das hier war ich geboren, für diesen köstlichen Moment vollkommener Unterwerfung.

Hatte ich meine Lektion gelernt? Vermutlich, aber ich wollte sie unbedingt wiederholen.

Beinahe täglich trafen nun in braunes Packpapier eingeschlagene, an Becky adressierte Päckchen ein. Ich hatte nicht gewusst, dass sie so viele Sachen gekauft hatte, wurde aber immer aufgeregter. Ich wollte ihre Erwerbungen nicht nur unbedingt sehen, sondern auch am eigenen Leib fühlen. Ich stellte mir alle möglichen köstlichen Qualen und Folterungen vor. Meine Nippel waren ständig steif, und meine Höschen wurden gar nicht mehr trocken.

Als schließlich der Lieferwagen mit unserer Ausstattung kam, waren wir beide total heiß. Becky ging mit den beiden Männern, die zum Aufbauen gekommen waren, nach oben und ließ mich nicht einmal in die Nähe des Speichers. Die Arbeiten nahmen einen kompletten Tag in Anspruch, und ich stapfte so nervös herum wie ein werdender Vater vor dem Kreissaal. Ich wollte unsere Neuerwerbungen unbedingt ausprobieren, und als wir endlich allein waren, gingen wir nach oben und sahen uns ehrfürchtig in unserem fertigen Playroom um.

Ich hätte niemals erwartet, dass es mich dermaßen umwerfen würde, einfach nur in diesem Raum zu stehen. Ich fühlte, wie mir der Schweiß den Rücken hinunterlief und gleichzeitig meine Möse zu reagieren begann. Vor dem Hintergrund der schwarzen Wände wirkten die Möbel unglaublich beeindruckend, und all die glänzenden Schraubvorrichtungen und Schnallen reflektierten das Licht der Kerzen, die wir angezündet hatten. Es dauerte eine Weile, bis ich meine Stimme wiederfand, und selbst dann kam sie nur als ein Piepsen heraus.

«Wow, Becky, das ist ja unglaublich! Ich hatte ja keine Ahnung, was das hier mit mir anstellen würde. Mir ist danach, etwas unglaublich Unterwürfiges zu tun, aber ich habe keine Ahnung, was.»

«Oh, prima. Ich weiß es genau, Cassandra. Zieh dich aus!»

Ohne einen Moment des Zögerns oder Hinterfragens gehorchte ich ihrem Befehl. Ich stand vor Becky und zog mich, wie befohlen, splitterfasernackt aus, wobei ich noch immer nicht die Augen von dem Raum abwenden konnte.

«Jetzt legst du die Hände auf den Kopf, Cassandra, und kommst hierher.»

Mit diesen Worten durchquerte Becky das Zimmer und rückte ein Möbelstück vor, das ich bisher nicht gesehen hatte und das gewiss nicht zu unserer Bestellung gehörte. Es war ein hoher, eindrucksvoller, königlich wirkender Stuhl mit einem Rahmen aus dicken, steifen, silberfarbenen Kettengliedern. Er hatte eine hohe Rücklehne, keine Armlehnen und einen tiefroten Samtsitz. Becky stellte ihn mitten in den Raum und setzte sich darauf, ganz die Herrin, die sie war. Ich stand verunsichert da und wartete auf einen Befehl, als sie mir direkt in die Augen sah und mich mit dem Finger zu sich winkte.

«Ein paar Regeln, Cassandra. Wenn wir hier in diesem Raum sind, habe allein ich das Kommando», erklärte sie in einem Tonfall, den ich für gespielten Ernst hielt. «Du wirst meinen Befehlen jederzeit gehorchen und sie ohne jedes Zögern ausführen, wie sie auch lauten mögen. Bist du damit einverstanden?»

«Ja, ich bin einverstanden», erklärte ich und stimmte mich auf das Spiel ein, musste aber beinahe kichern.

«Gut. Jetzt erhältst du deine erste Anweisung. Wenn ich dir sage, dass du in den Playroom gehen und dich für mich bereit machen sollst, ziehst du dich aus, faltest deine Kleider ordentlich und legst sie draußen neben der Tür auf den Boden. Dann möchte ich, dass du hereinkommst, dich mitten in den Raum begibst, so wie jetzt, und folgende Position einnimmst.» Was sie dann sagte, haute mich vollkommen um. «Du kniest dich auf den Boden, mit mindestens sechzig Zentimeter Abstand zwischen den Knien, damit deine geile Möse mir immer zur Verfügung steht.

Dann legst du die Hände so auf den Kopf wie jetzt, und kniest dich aufrecht hin. Ist das klar?»

«Ähm, ja, ich denke schon.»

Obgleich es mich bei ihrer Bemerkung, meine Möse müsse ihr immer zur Verfügung stehen, heiß und kalt überlief, geriet ich doch ins Stottern, ein wenig verwirrt von ihrem Verhalten. Okay, wir hatten uns darauf geeinigt, dass sie die dominante Partnerin war, aber für den Einstieg war das vielleicht doch ein bisschen übertrieben.

«Ich weiß, dass du es im Moment noch nicht verstehst, Cassandra, und auch ich bin mir vielleicht nicht über alles vollkommen im Klaren», erklärte sie, nun mit ein wenig sanfterer Stimme. «Aber ich verspreche, dass ich dir, wenn du mir in diesem Raum vollkommen gehorchst, eine Seite deiner Persönlichkeit zeigen werde, eine Seite *unserer* Persönlichkeiten, die wir bisher noch nicht einmal berührt haben. Bevor ich deine Brüste züchtigte, hatte ich keine Ahnung, wie weit deine Devotheit geht. Du bist in eine Art tranceartigen Subspace eingetreten, und den möchte ich nun erforschen. Bis dahin war ich mir nicht bewusst, in welchem Maße deine Unterwürfigkeit den dominanten Teil meiner Persönlichkeit hervorlocken würde.

Als du dann in Wales in mein Arschloch eingedrungen bist und ich mich vor Verlegenheit wand, wollte ich, dass auch du diese köstliche Demütigung und Hinnahme kennenlernst. Ich bin überzeugt, dass ich dich zu Höhen der Wollust führen kann, von denen du bisher allenfalls geträumt hast. Ich weiß, dass ich dich dazu bringen kann, Dinge hinzunehmen und zu tun, an die vermutlich nicht einmal Herr König gedacht hat. Jedes Mal, wenn ich dich auch nur anfasse, kommen mir Tausende abstoßende, unflätige und absolut widerliche Handlungen in den Sinn, die ich an deinem geilen Körper ausführen möchte. Seit du mir damals erzählt hast, wie es für dich war, als Herr

König dich vollkommen in der Gewalt hatte, wollte ich frei über deine Sexualität verfügen, um deine Grenzen auszuloten, für Tage am Stück, wenn du mich lässt.»

Ich dachte ein Weilchen über ihre Worte nach, hatte aber das Gefühl, dass meine Antwort ihr nicht behagen würde.

«Aber was ist, wenn ich etwas, was du mir befiehlst, nicht machen möchte? Wie zum Beispiel Analsex? Irgendwie habe ich nicht das Gefühl, dass ich diesbezüglich sonderlich experimentierfreudig bin. Wie schon gesagt, ich hab das, was ich mit deinem Arsch angestellt habe, neulich sehr genossen, aber ich konnte mich bislang nie dafür begeistern, dass irgendjemand an meinem Po rummacht. Und ich hab ja nicht die geringste Ahnung, was du sonst noch so für perverse Ideen auf Lager hast, oder?»

«Du liebst das Unbekannte. Denk doch an Herrn König. Gib mir eine Woche Zeit, Cassandra, und wenn ich dich bis dahin nicht dazu bringen kann, dich jeder meiner Launen zu unterwerfen, überlegen wir noch einmal neu. Und vergiss nicht, zum Schutz hast du ja immer das Glöckchen. Ich verspreche dir, dass ich niemals ein härteres Spiel inszenieren werde, ohne dir vorher das Glöckchen zu geben. Bist du wenigstens unter diesen Bedingungen einverstanden?»

Ich ließ es mir durch den Kopf gehen und merkte plötzlich, dass ich noch immer aufrecht auf dem Boden kniete, die Hände auf den Kopf gelegt. Meine Brüste waren herausfordernd herausgedrückt, und die Knie hatten die vorgeschriebenen sechzig Zentimeter Abstand. Meine Möse stand, wie Becky das ausgedrückt hatte, ihr zur Verfügung. Ich wollte unbedingt spielen, aber das, was sie von mir verlangte, war ziemlich schwerer Tobak. Dann dachte ich jedoch an Herrn König. Ich war seiner Einladung gefolgt, ohne ihn im Geringsten zu kennen. Becky dagegen liebte ich und hätte ihr mein Leben anvertraut. Ich rief mir die Situation in Erinnerung, als ich auf dem Küchenstuhl gekniet hatte. Ja, ich wollte wieder eine solche Hingabe empfinden. Außerdem schrie meine Möse nach Aufmerksamkeit. Schließlich gab mein unmittelbarstes Bedürfnis den Ausschlag.

«Okay, du hast gewonnen, aber nur in diesem Raum hier, ja?»

«Braves Mädchen. Jetzt hab ich erst mal ein Geschenk für dich.»

Mit diesen Worten ging sie zum Schrank und holte eine schwarze Tragetasche heraus. Bevor sie die Schranktür schloss, erhaschte ich einen Blick auf riesige schwarze Stapel. Ich versuchte, irgendetwas zu erkennen, doch das war unmöglich: Der Schrank war die reinste Büchse der Pandora.

In der Tasche kramend, trat sie hinter mich, und erst, als sie meinen Hals umfasste, merkte ich, dass sie mir ein schwarzes Lederhalsband anlegte. Es war etwa fünfzehn Zentimeter breit, und das weiche Leder verdeckte feste Streben, die meinem Kopf eine sehr stolze Haltung verliehen und außerdem bewirkten, dass ich nicht nach unten blicken konnte.

Gleich darauf hörte ich ein leises Klingeln und verstand plötzlich, dass das Glöckchen von nun an zwei vollkommen unterschiedlichen Zwecken dienen würde. Ja, es würde mich beschützen, wenn ich ein Spiel beenden wollte und aus irgendeinem Grund nicht sprechen konnte, aber es kündigte auch an, dass Becky ein neues oder besonders hartes Spiel im Sinn hatte. Mein Puls schlug schneller.

«Mehr als alles möchte ich dir den Mund stopfen, damit du nicht ständig meckern und mir sagen kannst, dass es dir reicht. Hältst du das Glöckchen fest, lasse ich dich über deine Grenzen hinauswachsen, lässt du es fallen, löse ich dir, wie besprochen, sofort die Fesseln. Okay? Wenn wir die Glocke nicht brauchen, hängt sie hier, zur Erinnerung.» Mit diesen Worten befestigte sie das Glöckchen mit einer Klammer an einem Ring, der vorn an meinem neuen Halsband hing.

Ich nickte, und das Glöckchen klingelte. Becky kramte wieder in der Tasche und holte einen schwarzen Lederknebel hervor, und zwar von der Sorte, die wir einmal kichernd in einer Zeitschrift entdeckt hatten, fest davon überzeugt, dass das riesige Ding jeden normalen Mund sprengte. Wie bei dem Knebel, den Herr König verwendet hatte, wurde ein Latexdildo in den Mund eingeführt, nur dass der Penisteil des Knebels hier doppelt so lang wirkte wie damals. Ich wollte gerade protestieren, da stand Becky schon über mir, schob mir ohne jedes Federlesen den Knebel in den Mund und schnallte den Riemen hinter meinem Kopf fest. Als der Gummi meinen Gaumen berührte, spürte ich einen Würgereiz. Becky nahm das Glöckchen von meinem Halsband, legte es mir in die Hand, schloss meine Finger darum und sah mir dabei fest in die Augen, die ganze Zeit sanft auf mich einredend: «Komm schon, Baby. Atme tief durch und stell dir vor, das wäre der größte Schwanz, den du jemals lutschen durftest. Und dann stell dir vor, es wäre meiner und du lutschst ihn mir zuliebe.»

Sie streichelte mein Haar, und ich beruhigte mich ein wenig. Sie hatte recht. Wenn ich mir einredete, ihr den Schwanz zu lutschen, fühlte es sich eigentlich gut an. Ich versuchte, ihr das zu sagen, und stellte prompt fest, wie wirkungsvoll der Knebel war. Meine Kiefer klafften so weit auseinander, dass ich nicht einmal richtig stöhnen konnte. Bei dem Gedanken, dass nur das Glöckchen zwischen mir und Beckys diabolischen Plänen stand, wurde mir schwindelig.

Mit hin und her schießenden Blicken verfolgte ich jede

ihrer Bewegungen wie ein verängstigtes Kaninchen. Da ich keine Ahnung hatte, was für Sexspielzeug sie gekauft hatte, stellte ich mir all die Folterwerkzeuge vor, die wir in den Zeitschriften amüsiert studiert hatten, und dazu die ausgeklügelten, für Schmerz und Demütigung geschaffenen Werkzeuge, über die wir in den Sex-Shops von Soho gestaunt hatten.

Becky trat hinter mich, und nun raste mein Puls vor Angst und Spannung. Mindestens fünf Minuten lang hörte ich sie hinter mir herumgehen. Packpapier raschelte, was meine Phantasie auf Hochtouren brachte.

Die sexuelle Unterwürfigkeit ist ein ganz sonderbarer, unerklärlicher Zustand. Mein stärkstes Gefühl war Angst, und als die Sekunden verstrichen, wollte ich wirklich aufspringen und vor dem weglaufen, was mir bevorstand. Ich hatte nicht die geringsten Zweifel, dass Beckys Erklärung, meine Grenzen ausloten zu wollen, ernst gemeint war. Ich brauchte ja nur an die Heimfahrt vom Cottage und das Erlebnis auf dem Parkplatz zu denken oder an die Bestrafung neulich nach meinem kleinen Spiel mit der Verkäuferin. Aber – und das ist ein sehr wichtiges Aber – parallel zu dieser überwältigenden Angst empfand ich eine atemberaubende Spannung und Vorfreude. Becky hatte mich noch nicht einmal berührt, und doch hob und senkte sich meine Brust vor Erregung, meine Schenkel bebten, und meine Möse verströmte wie immer ungeniert ihre reichlich fließenden Säfte.

Becky kam zurück und stellte sich vor mich. Ich keuchte auf. Oder gab beim Anblick von Beckys Outfit zumindest die geknebelte Entsprechung eines Keuchens von mir. Obwohl ich sie inzwischen nackt doch so gut kannte, hatte ich keine Ahnung gehabt, wie sexy sie tatsächlich war.

Sie trug hautenge, schwarze PVC-Hosen, die Po und Hüften wie eine zweite Haut umschlossen. Sie endeten auf

Wadenhöhe und hatten dort seitlich je einen kurzen, etwa zwei Zentimeter tiefen Schlitz. Dann folgten etwa fünfzehn Zentimeter nacktes Bein, die ihre schwarzen Lack-Highheels perfekt zur Geltung brachten. Die Schuhe waren mindestens so hochhackig wie jene, die ich bei Herrn König getragen hatte, und wurden von zwei schmalen, seitlich geschnallten Riemchen am Fußgelenk festgehalten. Sie schwankte kein bisschen, trotz der hohen Absätze, sondern schien geradezu dahinzugleiten, als wäre ihr solches Schuhwerk seit jeher vertraut. Na ja, vielleicht war das ja so.

Mein Blick wanderte bewundernd nach oben. Der Bauch war frei, und darüber trug sie ein PVC-Bustier, das ihre wunderschönen Brüste vollkommen bedeckte und sehr eindrucksvoll formte. Das Top hatte einen hohen Polokragen, der ihr etwas Arrogantes und sehr Dominantes verlieh, und gekrönt wurde dieses Ensemble von einer großartigen Gesichtsmaske. Der Kopf war schwarz umschlossen, und von meiner wunderschönen Becky sah ich nichts als die weichen, vollen Lippen und die marineblauen Augen, die aus den Augenlöchern schauten. Ganz oben war ein weiteres Loch, und durch dieses hatte Becky offensichtlich ihr Haar nach draußen gezogen, sodass es in einem üppigen Schwanz über ihren Rücken fiel, oben auf dem Kopf aber bei jeder Bewegung in einem arroganten Schwung mitwippte. Genau wie die Feder auf dem Kopf des Pony-Girls.

«Okay. Für den Einstieg werde ich ausnahmsweise einmal sanft mit dir umspringen und nur deine Lustgrenzen austesten. Für Schmerzen und Demütigungen gibt es noch genug andere Tage, oder?»

Becky freute sich offensichtlich über meine verblüffte Reaktion auf ihr Outfit und erwartete keine Antwort, und so nickte ich nur ehrfürchtig. Damals hatte ich noch keine

Ahnung, wie peinvoll ein endlos hinausgezögertes Lusterlebnis werden kann.

Sie ließ mich weiter nackt und verwundbar auf dem Boden knien und ging wieder hin und her, diesmal aber vor mir. Sie wusste wohl, welchen Eindruck sie auf mich machte, denn sie wirbelte immer wieder herum, sodass ihr das Haar in einem goldglänzenden Bogen um den Kopf flog, und beugte sich dann vor, als müsste sie die Riemchen ihrer Schuhe befestigen.

Ich war entzückt, so von ihr in Versuchung geführt zu werden. Damals spürte ich immer noch manchmal den Impuls meines dominanten Persönlichkeitsanteils, aufs erniedrigendste über sie herzufallen. Doch nicht tun zu können, was man gerne tun würde, ist für den unterwürfigen Partner ja gerade einer der Reize. Frage mich keiner, warum.

Mein Gemütszustand veränderte sich schlagartig, als sie ein kleines Tischchen herbeitrug und neben den Bondage-Rahmen stellte. Darauf legte sie feierlich eine weiche Gummipeitsche mit etwa sechzig Zentimeter langen Peitschenriemen. Die schwarzen Riemen hingen über die Tischkante und quälten mich mit ihrem Anblick.

Daneben legte sie ein Paar Nippelklammern – im Shop hatten wir nicht einmal gewusst, worum es sich dabei handelte, doch der Verkäufer hatte es uns erklärt, als habe er jeden Tag Anfänger im Laden.

Mein Herzschlag beschleunigte sich. Neben den Klammern, ganz ordentlich in einer Reihe, lag ein Satz schwarzer, sehr bedrohlich wirkender Gewichte. Becky hatte mir doch für heute reine Wollust versprochen, schrie ich innerlich auf. Schon jetzt hatte ich die Hand fest um das Goldglöckchen geballt.

«Komm hierher, Cassandra», lockte Becky mich. Als ich bei ihr war, schob sie mich mit dem Rücken gegen den kalten Rahmen. Sie hockte sich auf den Boden und drückte mir die Beine auseinander, bis die Sehnen in meinen Oberschenkeln bis zum Äußersten angespannt hervortraten. Dann schnallte sie mich mit den Riemen des Bondage-Rahmens fest, erst die Fußgelenke, dann die Beine, oberhalb der Knie, und zum Schluss die Oberschenkel. Beim Schließen der letzten Schnalle fuhr sie sanft mit dem Fingernagel über die Innenseite meiner Schenkel bis hin zu den Mösenlippen, nur, um mich aufzureizen. Ich stöhnte vor Wollust.

Als Nächstes wurden meine ausgebreiteten Arme am Querbalken festgeschnallt, dreifach, genau wie die Beine, und schließlich war ich straff gefesselt, weit offen und hilflos.

Als Nächstes suchte Becky zwei lange Riemen und setzte meine Fesselung fort. Einen Riemen führte sie unmittelbar oberhalb des Schamhaars um meine Hüften herum und dann um den senkrechten Pfosten des Rahmens, der andere verlief unmittelbar unter meinen Brüsten und umschloss ebenfalls den Pfosten. Ich zuckte und zappelte, um mich zu vergewissern, wie viel Bewegungsspielraum ich noch hatte, und war sonderbar beglückt, als ich feststellte, dass mehr als ein Muskelzucken nicht mehr drin war. Davon abgesehen war ich bewegungsunfähig. Ich versuchte, auf meine Fesseln hinunterzuschauen, doch das steife Halsband machte das unmöglich. Ich konnte nur geradeaus sehen.

«Ursprünglich wollte ich dir die Augen verbinden», sagte Becky, als sie in all ihrer Pracht vor mir stand. «Aber ich glaube, ich will dich lieber sehen lassen, was ich mit dir vorhabe. Das steigert die Spannung, findest du nicht, Cassandra?» Ich nickte so gut ich konnte.

Sie trat so dicht an mich heran, dass ich ihr Parfüm roch, vermischt mit dem Geruch des hautengen PVCs, den Düften unserer Erregung und dem Ledergeruch der Möbel. Was für eine berauschende Mixtur. Ich konnte nur geradeaus starren, als sie sich zu meinen Brüsten hinunterbeugte, die sich ihr hingebungsvoll entgegenwölbten, einen Nippel nach dem anderen in den Mund nahm und kräftig daran saugte. Ich reagierte mit einem Wimmern, das sie noch mehr in Fahrt brachte. Als meine Nippel hart waren, nahm Becky die ziemlich tückisch wirkenden Klammern und ließ sie vor meinen Augen baumeln. Ich schnaubte durch die Nase und spürte, wie meine Nasenflügel sich weiteten, während die Angst mir fast die Brust sprengte.

Sie rieb nacheinander meine beiden Nippel an den scharfen Klammern, vermutlich, um sie auf das Kommende vorzubereiten. Dann spürte ich plötzlich ein schmerzhaftes Kneifen, erst in der einen Brust und dann in der anderen. Ich keuchte laut auf, doch dann beugte Becky sich erneut über mich und bedeckte meine Brüste rund um die gequetschten Nippel mit Küssen und Liebkosungen. Der Schmerz, den die Klammern erzeugten, und Beckys wunderbare Liebkosungen ergaben zusammen jene köstliche Mischung, die mein Untergang ist.

Meine Hand um das Glöckchen entspannte sich.

Nach wenigen Sekunden klang der Schmerz in den Nippeln ab, und Becky, die meine Stimmung richtig einschätzte, nahm das erste Gewicht zur Hand und zeigte es mir. Es pendelte verführerisch zwischen ihren Fingern. Kaum hing das Gewicht an der Klammer, zog es meinen Nippel kräftig nach unten, und dann beschwerte sie den zweiten Nippel genauso. Wieder verfiel ich in einen Zustand der Unterwürfigkeit und empfand die Last an der Brust als etwas Köstliches.

Becky verschwand erneut aus meinem Gesichtsfeld, und auch jetzt überfiel mich die Angst vor dem Unbekannten. Dann zog etwas an meinen geschwollenen äußeren

Mösenlippen. Unglaublicherweise hatte sie dort wirklich Klammern angebracht, doch ich musste mir eingestehen, dass dieses sanfte Ziehen eine unvergleichliche Empfindung hervorrief. Erneut hielt sie mir zwei Gewichte vor die Augen und blickte dabei auf meine Möse hinunter. Mit einem Ruck wurde mir klar, was sie vorhatte, und ich schüttelte energisch und mit ablehnendem Stöhnen den Kopf. Wieder stand ich kurz davor, mich von dem Glöckchen zu trennen.

Als die Gewichte mit den Klammern an den Mösenlippen befestigt waren, genau wie schon an den Nippeln, zog die Last das Häubchen meiner Klitoris über deren pulsierendes Köpfchen. Es war eine unglaubliche Empfindung. Wie ein elektrischer Funkenregen fuhr es mir von der Möse mitten durch den Bauch bis zur Brust hinauf, wo meine Titten zu vibrieren begannen. Vergeblich versuchte ich, die zitternden Schenkel zusammenzupressen, um die Intensität der Empfindung zu mildern. Ich hatte mit Schmerzen gerechnet und war bereit gewesen, so viel davon hinzunehmen, wie Becky mir zumuten wollte, doch dies hier war vollendete Lust. Es war nicht die übliche Art von Lust, die man beim normalen Sex empfindet, nicht das köstliche, süße Flattern beim Eindringen eines Steifen oder einer zärtlich gestreichelten Brust. Wenn man einen guten Film sieht, ist es ein Vergnügen, aber wenn man sich mit einem Fallschirm aus einem Flugzeug stürzt, handelt es sich um eine andere Art von Spaß. Diese Art von Unterschied meine ich. Zwar bereitet beides Vergnügen oder Lust, aber Fallschirmspringen ist eben eine unglaubliche, bewusstseinssprengende Erfahrung.

Becky brachte die Gewichte, die an meiner Möse hingen, langsam zum Schwingen. Sie dehnten meine Mösenlippen und meine Klitoris und zogen und zerrten daran, bis ich atemlos nach Luft schnappte. Becky schob einen

Finger zwischen meine Mösenlippen und fuhr damit hin und her, was mich ganz rasend machte. Bei jedem Vorschieben des Fingers stieß sie gegen die überreizte Knospe meiner Klitoris und drückte gegen die Klammern an meinen Mösenlippen. In jenem Moment hatte ich keine Ahnung mehr, was ich eigentlich fühlte: Ich wusste nur, dass es das war, was ich mir immer ersehnt hatte, eine Verwirklichung meiner Phantasien. Beckys köstlicher Finger auf meiner Klitoris und der Schmerz, der inzwischen zu einem dumpfen Pochen abgeflaut war, führten meine Erregung in eine neue Dimension. Sie stieß den forschenden Finger so tief wie möglich in meinen Eingang, und ich schob mich gegen ihre Hand, um das Pulsieren in der Klitoris erneut zu wecken. Ächzend und stöhnend wand ich mich in meinen Fesseln und saugte wie wild am Knebel. Becky ließ den Finger tief in mir drin und fuhr nur ganz leicht mit dem Daumen über die harte Knospe meines Kitzlers. Mein Orgasmus hörte gar nicht mehr auf und überflutete ihre Hand mit Säften. Meine Muskeln zogen sich wieder und wieder um ihren Finger zusammen, als gälte es das Leben. In hilflosen Krämpfen wand ich mich zuckend und bebend in den Riemen und staunte benommen über die Macht, mit der mein Körper gebeutelt wurde.

O ja, das hier war meine Phantasie.

Zwölf

Ich kann nicht behaupten, dass ich Herrn König nach dem ersten Spiel in unserem Playroom vollkommen vergaß, denn tatsächlich verglich ich ihn oft mit Becky. Ich wägte meine Liebe für Becky einschließlich unserer wundervollen Spiele gegen die bewusstseinssprengende Erfahrung ab, die ich in Herrn Königs Händen «erlitten» hatte. Manchmal sehnte ich mich sogar nach einfachem, normalem Sex mit einem Mann. Der Penisknebel, mit dem Becky mich überrascht hatte, rief mir in Erinnerung, wie sehr ein knallharter Steifer mich immer anmachte.

Unser Leben war so aufregend, dass ich täglich viel zu viel über unsere Spiele nachdachte. Ich wusste, dass ich Becky und unsere unglaublich dynamische Beziehung auf keinen Fall aufgeben wollte, aber andererseits hätte ich gerne mal wieder einen richtig guten Fick gehabt. Wie üblich erzählte ich Becky davon, und wir kamen überein, dass ich meinem Gefühl folgen solle. Wir wussten inzwischen, dass wir eine langfristige Partnerschaft vor uns hatten, die nicht nur von unserer sexuellen Beziehung, sondern auch von Liebe und Freundschaft getragen wurde. Wir stimmten überein, dass es etwas ganz Besonderes ist, in der Sexpartnerin gleichzeitig die beste Freundin zu haben.

Auf Beckys Vorschlag hin rief ich Ruth an. Bei allem Verständnis kam es für Becky damals noch nicht in Frage, mich zu begleiten, wenn ich auf Männerfang ging. Jedenfalls hatte ich ohnehin ein etwas schlechtes Gewissen, weil ich Ruth als Freundin fast fallengelassen hatte. Diese Entfremdung war überhaupt nicht beabsichtigt gewesen, aber Becky hatte meine ganze Zeit in Anspruch genommen. Ruth freute sich ebenso, von mir zu hören, wie ich froh war, mit ihr zu reden. Sie hatte mir wirklich gefehlt.

Ich schlug ihr vor, einen Abend mit mir draufzumachen, und sie war sofort einverstanden. Wir kamen überein, gleich am nächsten Abend in unsere Lieblingsweinstube zu gehen. Becky und ich wussten beide, dass ich auf einen Fick aus war, und indem sie mir ein Outfit vorschlug und mir beim Zurechtmachen half, gelang es ihr sogar, das Ganze in ein Spiel zwischen uns beiden zu verwandeln.

Ich duschte, während Becky mir angemessen erscheinende Kleidung aussuchte, und als ich ins Schlafzimmer trat, stellte ich fest, dass die Unterwäsche fehlte. Außer einem sehr kurzen Lederrock, der in meinen Augen normalerweise nur für den Playroom in Frage kam, und einem roten, glitzernden rückenfreien Oberteil mit Nackenband, das meine Brüste betonte, lag nichts für mich da. Neben dem Bett standen meine ausgesprochen provozierenden, hohen, schwarzen Lederstiefel.

«So etwas kann ich doch nicht tragen, wenn ich mit Ruth ausgehe», bettelte ich.

«O doch, das kannst du. Wenn ich dich schon gehen lasse, will ich wenigstens bestimmen, wie es läuft. Ich möchte, dass jeder Mann, der dich sieht, dich mit Augen verschlingt. Ich möchte, dass du den geilsten Bock nimmst, der dort zu finden ist, und ihn bis zum Umfallen vögelst. Aber nicht, dass du mir irgendetwas von deinem Abenteuer vergisst, denn bevor du heute Abend schlafen gehst, möchte ich alles bis in die letzte schmuddelige Einzelheit haarklein von dir berichtet haben.» An ihrer Stimme erkannte ich, dass sie genauso erregt war wie ich.

«Ach, und übrigens, ich möchte, dass du meine Anweisungen wortwörtlich befolgst. Sollte ich irgendwelche Abweichungen feststellen, wirst du hier dein blaues Wunder erleben.»

Ich kam mir ein bisschen vor wie Aschenputtel vor dem Ball, aber es war aufregend. Ich fragte, wie ihre Anweisungen lauteten.

«Ich möchte, dass du es darauf anlegst, irgendeinen Mann so schnell wie möglich zum Vögeln nach draußen zu locken. Und zwar an einen öffentlich zugänglichen Ort, zum Beispiel einen Parkplatz oder dergleichen. Sobald du fertig bist, rufst du mich an und sprichst mir auf Anrufbeantworter, dass du deinen Auftrag ausgeführt hast. Einverstanden?»

«Aber natürlich. Du weißt doch, wie sehr ich deine Spiele liebe. Ich brenne darauf.»

«Tja, dann solltest du dich wohl erst einmal anziehen. Auch wenn ich dir nicht allzu viel Kleidung zugestehe, kannst du dir zumindest Mühe geben, deinen schamlosen Körper einigermaßen zu bedecken», sagte sie mit einem breiten Lächeln. Sie gab mir einen Klaps auf den Po und verfolgte jede meiner Bewegungen, als ich mich in den Rock zwängte und das Oberteil überstreifte. Während ich auf der Bettkante saß und die Stiefel anzog, ließ ihr Blick meinen Schritt keine Sekunde los. Sie leckte sich vieldeutig über die Lippen, denn beim Hantieren mit den Stiefeln war meine Möse deutlich zu sehen.

In diesem Moment wäre ich wirklich am liebsten zu Hause geblieben, doch Ruth rettete den Abend und klingelte genau in dem Moment an der Tür, als ich meine gestiefelten Beine herausfordernd breit machte.

Ruth wirkte ein bisschen geschockt von meiner neuen Aufmachung, sagte aber nichts dazu. Ich wusste nicht recht, wie ich ihr beibringen sollte, was ich für heute Abend geplant hatte. Zum Glück trug sie selbst ein ziemlich provokatives Outfit, sodass ich mich nicht allzu unmöglich fühlte.

Als wir in die Kneipe traten, drehte sich buchstäblich jeder einzelne Mann im Raum nach uns um. Auf der Fahrt im Taxi war ich zu dem Schluss gelangt, dass Ruth meinem Geständnis nicht gewachsen wäre, und so hatte ich nun nicht die geringste Ahnung, wie ich es anstellen sollte, mit einem Mann nach draußen zu entschlüpfen.

Doch ich hatte schon den perfekten Bewerber entdeckt. Er stand an der Theke und starrte auf meine Stiefel, als würde er jeden Moment anfangen, sich einen runterzuholen. Er grinste mich an wie blöd und leckte sich die Lippen, als ich vorsichtig zurücklächelte. Ich wollte unbedingt zur Toilette und dort im hohen Spiegel überprüfen, wie kurz mein Rock nun wirklich war. Becky hatte mir vor dem Abschied keinen Blick in den Spiegel gestattet, und ich war sehr befangen. Ich war sexuell aufgeladen, hatte zum Teil aber auch schrecklich Angst, es könnte zu sehen sein, dass ich kein Höschen trug, und die Leute starrten mich nur deshalb so an. Das andere Problem dabei war, dass ich umso feuchter wurde, je mehr ich darüber nachdachte, und je feuchter ich wurde, umso mehr Angst bekam ich, dass man meine Säfte rinnen sehen könnte.

Ich bat Ruth, etwas zu trinken zu besorgen. Sie war gerne dazu bereit, da sie an der Theke einen Bekannten entdeckt hatte. Ich ging an dem Typ mit dem Steifen vorbei zur Toilette. Der stand lässig an die Theke gelehnt da und starrte mich aufdringlich an. Ich blickte ebenso unverschämt an ihm auf und nieder und verweilte lange bei seinem Schritt. Ich registrierte seine enge, ausgewaschene Jeans, unter der sich eine Ausbeulung abzeichnete, und das weiße T-Shirt, das nicht nur seine Muskeln, sondern auch seine sehr attraktiven, kräftigen Unterarme zur Geltung brachte. Er hatte etwas von einem Tier. Ein schwarzer

Ledergürtel hielt seine Jeans fest, und ich stellte mir vor, damit gepeitscht zu werden. Dabei dachte ich an Becky. Was für ein perfekter Gegensatz zwischen diesem harten, sexy Mann und meiner weichen, schönen Geliebten! Ich nahm mir vor, mich mit ihm zu befassen, wenn ich von der Toilette kam.

Ich passierte den Korridor zur Damentoilette. Meine hohen Absätze klackten auf dem gefliesten Boden. Ich stieß die Tür auf und stellte mit einem erleichterten Seufzer fest, dass die Toilette leer war. Doch als ich vor dem Spiegel stand und meinen Rocksaum begutachtete, öffnete sich die Tür. Meine suchenden Augen begegneten dem Blick des Typs mit dem Steifen. Ohne ein Wort der Entschuldigung trat er hinter mich und flüsterte mir ins Ohr:

«Du bist die schärfste Nummer, die mir hier jemals begegnet ist. Ich weiß genau, was deine Aufmachung sagt. Du willst gefickt werden, oder?»

Mir blieb nichts anderes übrig, als hilflos zu nicken.

Mit seinen etwas ungeschlachten Händen griff er nach dem Saum meines Rockes und zog ihn mir über die Hüften bis zur Taille hoch, was meine feuchte Möse zum Vorschein brachte. Ich seufzte hingebungsvoll, doch sein entzücktes Aufstöhnen, als er mich in meiner Nacktheit ungläubig betrachtete, übertönte mich noch:

«Fuck … du dreckiges kleines Flittchen. Du kannst es gar nicht erwarten, stimmt's?»

Ich war zutiefst schockiert von seinen Worten, fuhr aber zu meiner Schande voll darauf ab. Er hatte recht. In diesem Moment war ich wirklich ein richtiges Flittchen und schwelgte geradezu in diesem Gefühl.

Ohne noch ein Wort zu verlieren, riss er mich in seine Arme und presste den Mund hart auf meinen. Er stieß mir die lange Zunge brutal zwischen die Lippen und erstickte mich beinahe in seiner Begeisterung. Er trat mit mir in die nächste Kabine und schloss die Tür mit einem Tritt. Abgesehen von dem Kuss gab es keinerlei Vorspiel. Während er seinen Hosenschlitz aufmachte und den Schwanz herausholte, kam ich kurz zum Stehen, dann ergriff er mich wieder und drängte mich gegen die gekachelte Wand. Ich hielt mich an ihm fest, während er meine Beine mit den Füßen auseinanderhebelte und gleich darauf seinen knallharten Steifen in meine tropfnasse Muschi rammte.

Es war wohl ziemlich unbequem für ihn, weil er in die Knie gehen musste, um in mich hineinzukommen. Daher hob er mich, auf seinen Schwanz gespießt, hoch, drehte mich um und ließ sich dann, mit mir auf dem Schoß, krachend auf den Toilettensitz fallen. Mein Gott, ich war erstaunlich geil. Dabei konnte ich ihn nicht einmal sehen. Es war, als säße ich einfach nur auf einem Schwanz, und genau das hatte ich ja gewollt. Er hatte die kräftigen, behaarten Arme um meinen Oberkörper geschlungen und tastete nach meinen Titten. Ich packte mein T-Shirt am Saum und riss es mir über den Kopf. Danach fand er sein Ziel sofort. Ohne jede Raffinesse drückte er kräftig zu, eine dicke, runde Brust in jeder Hand.

«Jesus, du hast klasse Titten, Mädel. Sind die echt?», grunzte er, während er mir die Möpse in den Brustkorb malmte.

Ich merkte, dass ich mich, wenn ich mich ganz weit vorbeugte, an der Tür abstemmen und dann selbst aktiver werden und mir mehr Befriedigung verschaffen konnte – doch er sah die Sache anders.

Wir rammelten schweißüberströmt, als ihm offensichtlich der Gedanke kam, dass da noch etwas fehlte. Er hantierte mit mir wie mit einer Puppe und drehte mich wieder so, dass ich ihn ansah. Sein Schwanz glitt von neuem in mich hinein, als wäre er niemals draußen gewesen, und so sehr ich Becky und unsere Spiele auch liebte, dieses Gefühl hier war einfach wundervoll. Sehen wir den Tatsachen ins Gesicht, alle Dildos und Vibratoren der Welt können es nicht mit einem heißen, harten Steifen aufnehmen, und der Lendendruck eines Mannes, der sich den Weg nach innen bahnt, ist unvergleichlich. Vor allem, wenn er sich so in dich hineinpresst, dass er deine Fotze fast zermalmt und deine Mösenlippen und die Klitoris halb zerquetscht.

Sein Steifer dehnte und weitete mich von innen, während ich die nackten Beine um seinen Rücken geschlungen hatte. Er stand auf und rammte mich erneut gegen die Wand. Diesmal drang sein Schwanz noch tiefer in mich ein, und ich stemmte mich mit den Stiefeln an der Wand ab. Er fickte mich genau so, wie ich es mir in meinen Phantasien vorgestellt hatte: hart und tief.

Mein instinktiver erster Eindruck hatte mich nicht getrogen – er war ein Tier. Und er hatte recht: Ich war ein Flittchen. Für diese wenigen Minuten passten wir perfekt zusammen. Die schiere Gewalt seiner Stöße nagelte mich gegen die Wand. Ich umklammerte ihn mit den Beinen und rammte mich so hart ich konnte auf seinen Schwanz. Ich wollte seine ganze Männlichkeit verschlingen. Er zerquetschte mir mit seinen Pranken die arg mitgenommenen Titten, während ich mich in seinem Haar verkrallte und ihn zwang, mich anzusehen.

Wir fielen übereinander her, ohne einen einzigen Gedanken an die Lust des anderen zu verschwenden – wir dachten beide nur an uns selbst. Der Duft unserer wilden Rammelei erfüllte die Kabine. Wir waren jeder für sich gänzlich eigennützig, doch in dieser absoluten Selbstbezogenheit erfüllten wir uns gegenseitig unser Bedürfnis nach vollkommener Lust. Es war gänzlich primitiver, obszöner, urtümlicher Sex!

Irgendwie schafften wir es trotz unserer Selbstbezogenheit sogar, ungefähr gleichzeitig zum Orgasmus zu gelangen, obgleich seit unserer ersten Begegnung erst ein paar Minuten vergangen waren. Die Klimax hatte für mich keinerlei Ähnlichkeit mit den köstlichen, langgezogenen, beinahe schmerzhaften Höhepunkten, die Becky aus mir herauskitzelte, doch in ihrer Schlichtheit war sie großartig. Der Typ mit dem Steifen hatte mir genau das gegeben, was ich brauchte, und als ich ihm das sagte, lachte er sehr nett. Er saß auf dem Klositz, keuchend, während sein weiterhin steifer Schwanz klebrig und nass aus dem Hosenschlitz ragte, und sah zu, wie ich mir das Haar richtete, den Rock gerade zog und wieder in mein Top schlüpfte. Ich zog meine kribbelnden Lippen mit Lippenstift nach und ließ ihn sitzen. Ich hatte einen Anruf zu tätigen.

«Becky, gerade hatte ich den größten Schwanz und den härtesten, schmuddeligsten Fick meines Lebens. Ich muss dir unbedingt davon erzählen.»

Als ich zur Theke zurückkehrte, sah Ruth mich ein wenig sonderbar an, und ich merkte, dass ich ihr unmöglich von meinem neuen Leben erzählen konnte. Wir hatten zwar einen wunderbaren Abend und unterhielten uns angeregt, doch ich wusste, dass wir uns auf eine fast unmerkliche Art auseinanderentwickelt hatten. Als ich aus der Kneipe trat und meinen Bumspartner mit schamhaft gerötetem Gesicht anlächelte, war ich ein bisschen traurig. Er hatte sich mit dem Rücken gegen die Theke gelehnt, die Ellbogen hinter sich aufgestützt und schob mir den Schritt entgegen, und das erinnerte mich an den zurückliegenden Vorfall. Er zwinkerte mir verschwörerisch zu, beugte sich vor und sagte kichernd: «Danke fürs Kommen, Schätzchen.»

Daheim angekommen, erzählte ich alles haarklein Becky, und sie fuhr voll darauf ab. Dann wurde *sie* zum sexgeilen Flittchen und manövrierte uns in die klassische neunundsechziger Stellung, sodass ich den Kopf zwischen ihren Schenkeln vergrub, während sie meinen kribbelnden Kitzler bearbeitete.

Im Laufe der Wochen kehrten meine Phantasien immer öfter zu Herrn König zurück. Meine Eskapade in der Kneipe hatte Spaß gemacht, mich aber nicht wirklich ablenken können, und ich dachte, offen gestanden, niemals an den Typ mit dem Steifen zurück. Im Rückblick weiß ich, dass Becky merkte, wie sehr es mir wieder in den Fingern juckte, doch damals hatte ich nicht die geringste Ahnung von ihren abscheulichen Plänen.

Becky und ich verbrachten weiterhin jede freie Minute im Playroom, experimentierten mit unseren neuen Sachen und erfanden Spiele, bei denen anderen Leuten das kalte Grausen käme, und so hätte ich eigentlich imstande sein müssen, mir Herrn König aus dem Kopf zu schlagen. Doch mit seiner raffinierten Spanking-Technik und seinen Kerzen war er meinen Phantasien nie wirklich fern. Gelegentlich spürte Becky meine Rastlosigkeit und reagierte meistens bewundernswert geschickt.

Eines Tages, als ich im Garten auf Beckys Heimkehr von der Arbeit wartete und dabei über unsere Beziehung nachgrübelte und mich fragte, ob Becky allein mir langfristig genügen würde, läutete das Telefon. Ich eilte nach drinnen und schaffte es abzuheben, bevor der Anrufbeantworter ansprang.

«Hi, Cassie. Ich bin's, Becky.»

«Hallo, Liebste», antwortete ich, aber sehr entmutigt, weil ich wusste, dass sie normalerweise nur anrief, wenn sie auf der Station aufgehalten wurde.

«Tut mir leid, es ist mal wieder das Übliche. Wir haben einen australischen Arzt zu Besuch, und ich habe das zweifelhafte Vergnügen, ihn ein wenig herumzuführen. Ich muss ihn abends zumindest noch auf ein Glas Wein oder Bier einladen. Er haust in einem Loch, da wäre es ein bisschen unhöflich, ihn einfach so stehen zu lassen und nach Hause zu fahren. Tut mir leid, Schatz. Ich hatte für heute Abend etwas richtig Aufregendes geplant.»

«Ach je», jammerte ich. «Aber wenn es sein muss, kann man nichts machen. Ich wünschte nur, du würdest nicht eine so verdammt geile Uniform tragen. Lass wenigstens die Hände von ihm.»

«Sei nicht albern, Cassie. Wir sehen uns später, hoffentlich hält er mich nicht allzu lange auf. Bis dann.»

«Bis dann.»

Sie warf mir einen Kuss durch die Leitung zu und legte dann auf. Ich war enttäuscht. Genau wie Becky hatte ich mich schon auf ein Spiel nach dem Essen gefreut. Ich dachte über ihre Stelle und die Unannehmlichkeiten nach, die ihr Beruf als Krankenschwester mit sich brachte. Da ich oft bis spätabends arbeitete und sie wechselnde Schichten hatte, waren uns die seltenen Abende, an denen keine von uns beiden am nächsten Morgen früh aufstehen musste, sehr kostbar.

Ich nahm ein Buch zur Hand, machte es mir auf dem Sofa gemütlich und verlor mich im Wettlauf zwischen der Polizei und einem Serienmörder, der seine Opfer vorher stets fesselte und vergewaltigte. Die Beschreibungen der Morde begannen immer sehr erregend, doch kaum hatte ich mich auf die sexuelle Seite der Angelegenheit eingelassen, wurde ich jedes Mal von der Schilderung abgestoßen, wie er seine Opfer Glied um Glied auseinanderriss. Ich mochte vielleicht schon eine Stunde ganz vertieft gelesen haben, da klingelte das Telefon, das unmittelbar neben mir stand, erneut. Ich nahm geistesabwesend ab, ohne meine Lektüre zu unterbrechen, und meldete mich gelassen: «Hallo?»

«Hi, spreche ich mit Cassandra?»

Die erotische männliche Stimme, die mir rau und gedehnt ins Ohr flüsterte, ließ mich sofort hellwach werden. Meine Nackenhaare sträubten sich, und ich hatte ein schamloses Prickeln in der Möse.

«Am Apparat. Was kann ich für Sie tun?»

«Rebecca bat mich, Sie anzurufen, weil sie länger als erwartet aufgehalten wurde und sich überlegt hat, dass Sie bis zu ihrem Eintreffen vielleicht gerne ein wenig Gesellschaft hätten. Dieser Überfall ist mir ein bisschen peinlich, aber Rebecca hat mich zum Abendessen eingeladen und mich gebeten, vor ihr einzutreffen und Ihnen bei den Vorbereitungen zu helfen. Was halten Sie davon? Ist das in Ordnung?»

Wovon, zum Teufel, redete er eigentlich? Vorbereitungen? Was um Himmels willen sollte denn vorbereitet werden?

Als ich ihm genau diese Frage stellte und seine Antwort lautete, Becky habe ihm vorgeschlagen, bei den Vorbereitungen fürs Abendessen zu helfen, wusste ich nicht recht, ob ich erleichtert oder enttäuscht sein sollte.

«Wie in drei Teufels Namen soll ich eigentlich wissen, ob das alles stimmt, was Sie sagen?», fragte ich, obwohl ich im Grunde wusste, dass das keine Rolle mehr spielte, weil meine Möse allein schon beim Klang seiner Stimme von Säften überströmte.

«Ach, entschuldigen Sie. Ich habe Rebecca darauf aufmerksam gemacht, dass Sie mir bestimmt nicht glauben würden, und da meinte sie, ich solle das Glöckchen erwähnen.»

Ich war wie vor den Kopf geschlagen. Vollkommen sprachlos!

Hatte ich etwas Anzügliches in seiner Stimme entdeckt? Ich stammelte und musste kräftig schlucken, um mich wieder in den Griff zu bekommen. Was um Himmels willen hatte Becky im Sinn? Sicher, wir trieben es manchmal ganz schön wild, aber ich hatte nicht die geringste Ahnung, ob das hier mit dazugehörte.

«Cassie, ich habe mich recht ausführlich mit Rebecca unterhalten, und sie versicherte mir, dass Sie meine Gesellschaft genießen würden. Rebecca hat mir interessante Dinge von Ihrem ausgebauten Speicher erzählt. Ich finde, Sie sollten mir die Tür aufmachen. Ich sitze in einem Taxi vor ihrem Haus.»

Ich nuschelte etwas in den Hörer, zitternd vor Spannung, weil seine Stimme so sinnlich und aufregend klang. Schon hatte ich Becky vergessen und zweifelte einen Moment lang, dass ich das Richtige tat. «Einverstanden.»

Die Verbindung brach ab, doch erst, als ich ein leichtes Klopfen an der Haustür hörte, merkte ich, dass ich noch immer wie erstarrt dasaß, den Hörer an die schweißnasse Wange gepresst und den Kopf von einem Tumult widerstreitender Gedanken erfüllt.

Ich legte den Hörer auf, marschierte wie ein Roboter durchs Wohnzimmer in die Diele und trat zur Haustür. Ich konnte mich jedoch nicht überwinden, sie zu öffnen. Da überkam mich die Erinnerung, wie ich vor Herrn Königs Haustür gestanden hatte, und durchzuckte meinen Bauch mit lustvollen Blitzen. Ich trat vor und entriegelte die Tür.

«Hallo, Cassie. Ich bin Greg, ein Freund Rebeccas. Ich freue mich, dich unter so interessanten Umständen kennenzulernen. Ich denke doch, dass unsere Begegnung sehr interessant verlaufen wird, oder?»

Er stand in einem tadellosen, dunklen Business-Anzug vor mir, hochgewachsen und braungebrannt, mit sonnengebleichtem Haar und einem Lächeln, das alle Vorbehalte dahinschmelzen ließ – nicht, dass das zu diesem Zeitpunkt wirklich nötig gewesen wäre: Ich war vollkommen überrumpelt. Er hatte etwas von einem sonnengebräunten Raubtier, als er mich mit Blicken verschlang.

Mit etwas ernsthafterer Stimme fügte er hinzu: «Ich habe dir eine Frage gestellt, Cassandra. Bist du auch der Meinung, dass unsere Begegnung interessant verlaufen wird? Bitte antworte mir, wenn ich dir eine Frage stelle, dann werden wir bestimmt wunderbar miteinander auskommen.»

«J-ja», stammelte ich, vernichtet von der Verwendung der offiziellen Form meines Vornamens. Er war so dominant und hatte die Situation so vollkommen im Griff, dass mir die Knie weich wurden. Ich folgte ihm demütig ins Wohnzimmer, in das er mir voranging, als wäre er schon viele Male hier gewesen.

Er übernahm sofort die Kontrolle. Als er mich sanft auf die weichen Sofakissen niederdrückte, kam er mir riesengroß vor. Ich war wie hypnotisiert von seinem guten Aussehen, und sein Blick schien sich direkt in meine Seele zu versenken, als kenne er meine innersten Gedanken.

Ich beobachtete staunend und ehrfürchtig, wie Greg sich ganz lässig durch den Raum bewegte, als wäre er hier zu Hause, sein Jackett über die Stuhllehne hängte und die dunkle Krawatte lockerte. Langsam und ruhig entfernte er die Manschettenknöpfe und rollte die Ärmel seines weißen Hemdes so exakt nach oben, dass keiner länger war als der andere. Er nahm seine Armbanduhr ab, legte sie über die Armlehne des Sofas und wandte sich mir dann zum ersten Mal, seit ich mich gesetzt hatte, richtig zu.

«Ich denke, wir sollten zuerst einmal etwas klären, und danach wirst du hoffentlich keine Zweifel mehr hegen, dass ich nichts mit dir vorhabe, was nicht mit Rebecca abgestimmt ist.» Mit diesen Worten hockte er sich vor mich, griff in seine Hosentasche und holte etwas heraus, das er vor meinen Augen baumeln ließ: mein kleines Glöckchen.

Da wusste ich, dass Becky alles so geplant hatte. Dieser Gedanke war erstaunlich erregend. Sollte ich bis dahin noch nicht in seinem Bann gestanden haben, war es spätestens in diesem Moment um mich geschehen. Ich war butterweich und bestand nur noch aus Ehrfurcht vor ihm und der Macht, die er über all meine Sinne auszuüben schien.

Ich stöhnte laut auf. Meine Unterwerfung kannte keine Grenzen. Dies hier war nicht mit dem unheimlichen, nie zu sehenden Herrn König oder meinen Spielen mit Becky zu vergleichen, sondern es war Macht und Kontrolle in reinster Form. Ich hätte alles getan, was er von mir verlangte, und das wusste er instinktiv. Einen Moment lang ließ ich mich von der Verwunderung ablenken, dass ich so leicht zu durchschauen war, doch gleich darauf war ich wieder ganz im Hier und Jetzt und hielt das Glöckchen fest umklammert.

«Wenn du mir vertraust, Cassandra, würde ich gerne ohne das Glöckchen auskommen. Würdest du das für mich tun?»

Ich nickte wie wild, stumm.

Greg musste meine Faust gewaltsam öffnen, um mir das Glöckchen wegzunehmen, nicht, weil ich es nicht hergeben wollte, sondern weil ich vollkommen bewegungsunfähig war. Widerstrebend ließ ich los und versuchte, mich zu entspannen. Ich war außerstande, die Augen von ihm zu wenden. Ich verfolgte jede seiner Bewegungen mit ängstlichen Blicken wie ein Kaninchen in Todesangst, das weiß, dass gleich ein Angriff erfolgt, aber keine Ahnung hat, woher dieser kommen wird.

Ich presste die Schenkel zusammen und versuchte, das Zittern zu unterdrücken, das meinen ganzen Körper ergreifen wollte, als er mit ruhiger, kontrollierter Stimme flüsterte: «Hast du ein Höschen an, Cassandra?» Ich nickte. «Würdest du es bitte ausziehen und mir geben?»

Ich fuhr mit der Hand unter den Rock und bemühte mich mit Schlängelbewegungen, meinen peinlich feuchten Slip auszuziehen, ohne die Beine auch nur einen Zentimeter zu öffnen. Er lächelte, offensichtlich entweder von meiner Verlegenheit oder meinen Verrenkungen belustigt, nahm mir dann den Schlüpfer aus der Hand, hielt ihn sich unter die Nase und atmete tief ein.

«O Gott», stöhnte ich ganz leise, von Wogen süßer Demütigung überflutet.

«Du riechst sehr erregt, Cassandra. Ist das so?» Ich nickte, das Kinn auf die Brust gepresst. «Schau mich bitte an, wenn ich mit dir rede.»

Ich hob den Kopf und begegnete seinem Blick. Sofort vergoss meine Möse Ströme von Saft. Ich wusste, dass sich jetzt ein sehr feuchter Fleck unter mir auf dem Sofa bildete.

«Jetzt hör mir einmal genau zu, Cassandra. Ich möchte, dass du den Rock bis zu den Hüften hochziehst, aber ohne den Blick von mir zu wenden. Jetzt, Cassandra.»

Ich folgte seiner Anweisung, noch immer mit fest zusammengepressten Beinen. Ich ertrank in seinem Blick und konnte gar nichts anderes tun, als zu gehorchen. Seine Pupillen waren geweitet, und es glomm etwas darin, was ich nur als Belustigung deuten konnte. Wie hilflos ich mich doch fühlte. Mit seinen tiefbraunen Augen schlug er mich in Fesseln, die stärker waren als jedes Seil, und ich konnte nur noch hilflos zappeln.

Er steckte sich meinen Schlüpfer in die Hosentasche und legte seine kühlen Hände auf meine nackten Knie. Seine Augen brannten sich in meine und ermahnten mich, nicht ungehorsam zu sein und den Kontakt abzubrechen. Meine Brust hob und senkte sich dramatisch, und meine Haut prickelte und kribbelte, als er mir ganz langsam die Knie auseinanderdrückte. Für den Bruchteil einer Sekunde dachte ich an das schamlose Spiel mit meiner Zugbekanntschaft, das ja tatsächlich alle weiteren Entwicklungen ausgelöst hatte. Doch dieser Gedanke währte nur kurz, denn schon öffneten sich meine Knie.

Ich begann zu schwitzen, und bei jedem Blinzeln regte sich das wilde Verlangen in mir, mich von seinem Blick frei zu machen. Doch immer, wenn ich die Augen aufschlug, brannte sein Blick sich erneut in meine Seele ein. Mit einer gewissen Scham muss ich gestehen, dass ich Becky, kaum war die Haustür hinter uns geschlossen, vollkommen vergessen hatte: Es gab nur noch ihn und mich, seinen Blick in meiner Seele, seine Macht in meinem Kopf und seine Hände auf meinen Knien. O ja, und meine Möse, die von Sekunde zu Sekunde ungeschützter dalag. Nicht ein einziges Mal löste er den Blick von meinen Augen, um sich dem Geschehen weiter unten zuzuwenden. Er interessierte sich ausschließlich für seine Wirkung auf meine Persönlichkeit – und, o Gott, er haute mich richtig um!

In diesen Minuten erfüllte mich eine wilde Mischung widersprüchlichster Emotionen. Seine Art, meine Schenkel bewusst langsam auseinanderzudrücken, war demütigend und beschämend, machte mich aber unglaublich geil. Sein Blick sagte mir genau, was in ihm vorging. Dem Glühen tief in seinen Augen war anzusehen, dass es ihn enorm erregte, die Situation so vollständig zu kontrollieren. Es belustigte ihn offensichtlich, wie liebestoll ich war, aber das gehörte zu seinem Psycho-Spiel.

Ich spürte, wie meine feuchten Mösenlippen, die erst noch zusammenhafteten, sich auf äußerst peinliche Weise öffneten und Teile von mir freilegten, die ich lieber verborgen gehalten hätte. Vorläufig hatte ich jedoch kein Problem damit, weil er gar nicht hinschaute.

Als meine Schenkel nicht mehr weiter zu öffnen waren, lächelte Greg wissend, und mir war klar: Was immer als

Nächstes kam, es würde ebenso vernichtend sein wie das Vorhergehende.

«Ich werde dich jetzt ansehen, Cassandra. Ich werde mir deine Fotze ansehen, und danach wirst du etwas für mich tun. Ist das klar?»

Wir beide wussten in diesem Stadium, dass ich wirklich alles für ihn tun würde. Ich nickte. Ich war mehr als einverstanden!

Sobald ich wusste, dass er mich dort anschaute, spürte ich, wie ein Rinnsal meiner Säfte aus den geöffneten Mösenlippen sickerte und mir in die Arschspalte rann. Mein Magen zog sich vor Erregung zusammen. Ich wagte es, auf seinen gesenkten Kopf hinunterzuschauen, während er mich fast mit Blicken verschlang, und ich sehnte mich danach, dass er sich tiefer hinunterbeugte und mich kostete, doch dafür arbeitete er viel zu subtil. Noch fickte er mich nur im Kopf.

«Ich möchte in dich hineinschauen, Cassandra. Verstehst du, gleich werde ich dich ficken, und ich möchte sehen, wo ich meinen Steifen reinstecke. Ich möchte mich vergewissern, dass du auch bereit für mich bist, vollkommen offen. Ich habe einen lustgeilen Schwanz und muss sichergehen, dass du ihm auch genug Platz bietest. Denkst du, du kannst meine große, harte, geile Latte bei dir unterbringen, Cassandra? Nun?»

Ein Stöhnen stieg aus meiner Kehle auf und erfüllte den Raum; meine Hände ballten und öffneten sich, und meine Möse war so weit wie ein Fischmaul aufgesperrt, vollkommen auf seinen Schwanz versessen.

«Dann los, Cassandra. Nimm deine hübschen Muschiflügel in die Hand und spreize sie. Ich möchte dich sehen.»

Es gelang mir nicht. Das war einfach zu demütigend. Sosehr ich mich auch danach sehnte, von ihm gefickt zu werden, zu dieser Geste war ich nicht imstande, und so schüttelte ich den Kopf.

«Ich ka-ann nicht», wimmerte ich. «Bitte nicht. Das ist zu abstoßend. Ich kann wirklich nicht.»

«Du weißt, worum es bei Dominanz und Unterwerfung geht, Cassandra. Je stärker du dich von etwas abgestoßen und gedemütigt fühlst, desto mehr wünsche ich mir seine Ausführung von dir. Und je mehr ich es mir von dir wünsche, desto dringlicher möchtest du mir den Gefallen tun. Wirst du es tun, nur für mich?»

Sein Blick bohrte sich wieder glühend in meinen; es war, als setzte er mit seiner Erregung ein Zeichen, in dem meine Entschlussfähigkeit und Schamhaftigkeit untergingen.

In diesem Moment hörte ich rechts hinter mir ein Geräusch in der Diele und wollte mich schon umdrehen, doch Greg wies mich freundlich zurecht: «O nein, das lässt du schön bleiben. Du behältst die Augen da, wo sie sind, mein Fräulein. Wenn du meinen Blick auch nur eine Sekunde loslässt, höre ich auf und lasse dich für den Rest des Abends genau so sitzen, wie du jetzt dasitzt: Die Schenkel unanständig weit gespreizt, während deine freche Möse ganz unverfroren zur Schau stellt, was für ein schamloses Flittchen du bist.»

Ich wusste sofort, dass es Becky war, weil ich ihr Parfüm roch. Ich hörte das Knarren ihres Schaukelstuhls in der Ecke beim Fenster und erhaschte aus den Augenwinkeln ihren dunklen Umriss. Meine Möse reagierte mit einem Zucken auf ihre Anwesenheit.

«Mach, was ich dir gesagt habe, Cassandra.»

Ich fuhr mir mit den Händen zwischen die Beine, zitterte aber so sehr, dass ich zu ungeschickt war, um meine Schamlippen zu erwischen. Schließlich spornte sein ermutigender Blick mich jedoch an. Ich fasste zu und hielt die rechte und die linke innere Schamlippe vorsichtig geöffnet, wobei ich spürte, dass ich durch meine Unterwerfung zur echten, vollkommen verdorbenen Schlampe wurde. Es war mir unglaublich peinlich, und gleichzeitig war ich rauschhaft erregt.

Greg lachte glucksend. «Das kannst du besser, Cassandra. So kann ich dir meinen riesigen Steifen wirklich nicht reinstecken. Oder begnügst du dich jetzt schon so lange mit Weibersex, dass du einfach vergessen hast, wie groß eine Latte ist?»

Mein Ächzen und Stöhnen unterstrichen jeden seiner Sätze, und wieder war Becky vergessen.

«Ich will dir zeigen, warum ich viel mehr von dir brauche, Cassandra.» Mit diesen Worten stand er auf, stellte sich dicht vor meiner nackten Möse zwischen meine gespreizten Beine und zog langsam den Reißverschluss seines Hosenschlitzes auf, wobei er meine Augen noch immer mit dem Blick festhielt. Er zog Hose und Schuhe aus, knöpfte sein Hemd auf und streifte es ebenfalls ab. Ich hätte ihn mir schrecklich gerne angeschaut, hatte aber Angst, die Augen von seinem Blick zu lösen und den Bann sexueller Begierde zu brechen, der uns alle drei fest im Griff hatte.

«Jetzt öffne mir deinen Eingang weiter, Cassandra.»

Das musste er mir kein zweites Mal sagen. Ich packte die Zipfel meiner kleinen Schamlippen kräftiger; sie waren schlüpfrig feucht, und ich zog sie so weit auseinander, wie es nur ging. Jetzt war es mir egal, wie widerlich ich aussehen mochte, denn es erregte mich unheimlich, ihm mein Innerstes zu entblößen. Natürlich half mir dabei das Wissen, dass Becky zusah, umso mehr, als ich hörte, wie ihr ein leises, beinahe unhörbares Stöhnen entfuhr.

Er blickte einen Moment lang nach unten und hielt den Atem an. Seine nächsten Worte waren ein Krächzen.

«Wunderbar, Baby. Ganz ausgezeichnet! So schwer war

es doch gar nicht, oder? Jetzt kann ich sehen, wie sehr du mich willst. Als Nächstes möchte ich von dir, dass du mit dem Arsch bis zur Sofakante vorrutschst, damit ich besser an dich herankomme, nicht wahr?»

Ich gehorchte sofort und schob mich ohne Hilfe der Hände mit einer Schlängelbewegung vorwärts. Ich hatte einfach Angst, dass er mir den versprochenen Schwanz vorenthalten würde, wenn ich nicht sofort zugriff.

«Jetzt bleibst du genau so liegen, wie du bist, Cassie, und machst den Mund ganz weit auf. Ich brauche noch ein bisschen Gleitmittel.»

Stöhnen.

Er trat vor, stützte sich auf der Rücklehne des Sofas ab und beugte sich über meinen Kopf. Ich riskierte einen Blick auf seinen Steifen. O Gott, der war wirklich prachtvoll. Zur Melodie unregelmäßiger Pulsschläge vibrierte und tanzte er nur wenige Zentimeter vor meinen Augen. Anfangs neckte er nur meine Lippen mit der samtigen, heißen Spitze, bis ich mich mit offenem Mund, schamlos sabbernd, nach ihm reckte wie ein Vögelchen im Nest. Endlich gelang es mir, die Eichel zu lecken, und da hatte ich ihn am Haken. Aufstöhnend stieß er mir seinen wunderbaren Schwanz zwischen die Lippen, füllte meinen Mund und weitete ihn aufs Äußerste. Ich hätte ihn gerne angefasst, vernahm aber trotz meiner lüsternen Benommenheit seine Mahnung, ihn ja nur mit den Lippen festzuhalten. Er fickte meinen Mund, als wäre er eine empfindsame Möse, drang vorsichtig ein und zog seinen Steifen dann wieder zurück, bis nur noch die glänzende Eichel zwischen meinen feuchten Lippen steckte. Plötzlich hatte ich zahllose erogene Zonen im Mund, als er mich mit seiner samtigen Rute zu Höhen des Begehrens führte, die ich so nie erlebt hatte. Ich wollte unbedingt gefickt werden und vergoss aus beiden Körperöffnungen Ströme von Speichel und

Säften, wobei es mir inzwischen vollkommen gleichgültig war, wie ich aussah.

Ich bemerkte, dass Becky hinter das Sofa getreten war, und fragte mich einen Moment lang, was sie vorhatte. Gerade als ich kurz vor meinem Orgasmus stand, zog er seinen großartigen Rammbock heraus und ließ meinen Mund, der sich gequetscht und geschwollen anfühlte, leer und weit geöffnet zurück.

«Hilf mir rein», sagte er mit rauer Stimme.

Doch als der schlüpfrige Schwanz gegen mein Loch stieß, war Hilfe nicht mehr nötig. Er fand den Weg auf der Flut meiner Säfte und rammte ihn in einer einzigen gleitenden Bewegung bis zum Anschlag in mich hinein.

«O ja, fick mich, bitte. Härter.»

Ich befreite meine Hände, die zwischen unseren Beinen eingeklemmt waren, um ihn zu streicheln, doch von ihrem Platz hinter dem Sofa ergriff Becky meine Arme und schob sie unter meinen Körper, sodass ich, genau, wie ich es am meisten liebte, praktisch gefesselt war.

Rasch zog sie mir das T-Shirt hoch und ebenso den BH, und dann packte sie mit einem schraubstockartigen Griff meine Titten.

Greg bumste mich weiter, füllte mich gänzlich aus und donnerte bei jedem seiner intensiven Stöße gegen meinen Venushügel. Sein riesiger Schwanz tat mir auf eine köstliche Weise weh, und in Verbindung mit Beckys Händen, die meine Titten umklammerten, entstand eine großartige Mischung aus Schmerz und Lust. Die auserlesene Verbindung von Mann und Frau trieb mich fast in den Wahnsinn. Becky veränderte ihre Technik, umfing meine Brüste nun mit den Händen und drückte sie, bis Greg die Botschaft verstand und die Zähne erst in die eine und dann in die andere Titte schlug, in meine harten Nippel biss, sie quälte und neckte, bis ich laut jammerte:

«Bitte, mach, dass es mir kommt. Ich will unbedingt kommen. Jetzt. *Bi-itte!*»

Anscheinend verstanden sie, wie es um mich stand, denn Becky beugte sich über die Sofalehne und küsste mich lang und heftig. Sie bearbeitete mich dort mit den Lippen, wo mich noch kurz zuvor die Stöße eines warmen Steifen ausgefüllt hatten. Greg biss mich fester in die Nippel und ging zu einer Art Schaukelbewegung in meiner Möse über, die mich bis zum Bersten füllte und meine wildhämmernde Klitoris noch weiter reizte.

Dann kam es mir explosionsartig, und ich schrie dabei wüste Obszönitäten heraus. Oder war es eher eine *Implosion?* Ich weiß es nicht. Was soll's, es war verdammt gut.

Sekunden später zog Greg sich aus mir zurück und legte mich auf den Boden. Becky übernahm die Führung und wählte ihre Lieblingsstellung, bei der sie sich über mein Gesicht kniete, während mein Kopf zwischen ihren Schenkeln vergraben war. Greg setzte sich aufs Sofa und sah uns zu. Ich weiß nicht, wann Becky sich ausgezogen hatte, aber sie war nackt, und ihre geile, duftende Möse füllte meinen gierigen Mund und ersetzte Gregs Steifen. Ich schlang die Arme um sie und zog sie zu mir herunter, bis sie mein Gesicht ganz verdeckte. Während ich schmatzend an ihrer Klitoris lutschte und sie sanft meine erschöpfte Möse streichelte, stieß Greg die Finger in sie hinein. Gemeinsam brachten wir sie zu einem gigantischen Orgasmus, bei dem sie zuckend und erschauernd mein Gesicht mit ihren Säften benetzte.

Greg bat Becky, sich nicht zu bewegen, kniete sich hinter sie und fickte sie genauso heftig durch wie nur Minuten zuvor mich. Ich lag auf dem Boden, in Bann geschlagen von Beckys hüpfenden Titten, die über meinem Bauch nach unten hingen, und dem magischen Anblick von Gregs mächtigem Steifen, der sich unmittelbar vor meinen Augen immer wieder in ihren Körper rammte. Seine Eier schaukelten über meinem Mund hin und her, und so reckte ich mich danach, erwischte sie mit den Lippen und lutschte sie. Beinahe unmittelbar darauf fühlte ich, wie seine Hoden hart wurden und er seinen Saft tief in meine schöne, ränkeschmiedende Geliebte schoss.

«Du warst viel zu sehr in deiner eigenen Gedankenwelt abgetaucht, Cassie», erklärte Becky mir später. Etwas in Greg habe sie auf den Gedanken gebracht, dass er auf dieselben Spiele stehe wie wir. Sie kenne ihn schon seit Monaten, habe ihn aber erst vor kurzem daraufhin abgeklopft, ob er für solch ein arrangiertes Szenario in Frage komme. Greg hatte noch eine Flasche Wein mit uns vernichtet und war dann in seine eigenen vier Wände zurückgekehrt, sich vorher höflich bei mir bedankend, dass ich es mit ihm «gemacht» hätte. Beide lachten, als ich rot wurde, und scherzten, zum Verlegenwerden sei es jetzt ein bisschen zu spät.

Am nächsten Morgen sah Becky mich beim Frühstück immer wieder an, bis ich fragte: «Was ist denn?»

«Ich weiß, dass wir einkaufen gehen müssen, aber sobald wir wieder hier sind, schicke ich dich in den Playroom, und da werde ich dich lehren, was mit dreckigen kleinen Flittchen passiert, die sich von jedem dahergelaufenen Fremden durchficken lassen.»

Den Einkauf im Supermarkt brachten wir so schnell wie möglich hinter uns und warfen einfach alles Mögliche aufs Geratewohl in den Einkaufswagen. Dann stapelten wir, noch immer über den Vorabend lachend, genug Nahrungsmittel für einen ganzen Monat auf dem Rücksitz des Wagens. Anschließend bummelten wir durch die Läden der Hauptstraße und genossen es dabei so sehr, zusammen zu sein, dass es sich wie eine warme Glut im Bauch anfühlte.

Mindestens zwei Stunden lang probierten wir Kleider an, dann waren wir müde und hungrig.

«Komm, ich lade dich zum Lunch in dieses neue Pub in der Princess Street ein. Wer weiß, vielleicht gabeln wir ja einen Spielgefährten für heute Abend auf», witzelte Becky.

Wir wählten einen Tisch draußen in der Sonne und aßen köstliche heiße Baguettes, aus denen der geschmolzene Käse auf die Teller tropfte, und sahen den Passanten zu, glücklich in unsere Gedanken versunken. Meine waren wie üblich äußerst unanständig.

«Hi, Girls, was dagegen, wenn wir uns zu euch setzen?», hörten wir plötzlich eine Stimme hinter uns. Ich drehte mich um und erblickte zwei recht gutaussehende junge Männer, die damit zu rechnen schienen, dass wir uns über Gesellschaft beim Essen freuen würden. Doch Becky antwortete mit der allerunschuldigsten Stimme: «Tut mir leid, Jungs, aber wir sind zusammen, wenn ihr wisst, was ich meine.» Damit ergriff sie meine Hand, die auf der Tischplatte lag, und starrte die beiden herausfordernd an, bis diese sich brummend abwendeten und uns in Ruhe ließen.

«Becky, wie konntest du? Der in der Lederjacke hat sich richtig über dich geärgert. Hast du sein Gesicht gesehen? Die hatten sich echte Chancen ausgerechnet.» Insgeheim freute ich mich aber, dass sie sich zu unserer Beziehung bekannt hatte und diese nicht allein auf den Playroom beschränkte. Ich drückte ihre Hand, und dabei fiel mir wieder ein, was sie vor unserem Aufbruch angekündigt hatte. Ich freute mich auf ein gutes Spiel.

«Du solltest jetzt eigentlich erst mal genug Schwänze gehabt haben. Du unersättliche kleine Schlampe. Da wirst du dich wohl einfach mit mir begnügen müssen, nicht wahr?»

Wir saßen noch eine Weile da und beobachteten, wie dieselben beiden Männer ihr Glück an einem anderen Tisch versuchten. Amüsiert sahen wir, dass sie sich zu zwei nichtsahnenden Frauen setzten und sofort das Gespräch an sich rissen.

Als Nächstes durchstöberten wir die Antiquitätengeschäfte und stießen in einer staubigen Ecke ganz entzückt auf eine alte, lederne Reitgerte. Becky befahl mir, mich in die Nähe der Verkäuferin zu stellen und die Hand auszustrecken, damit sie die Schlagkraft an mir prüfen könne. Sie bat mich, sie auf einer Skala von eins bis zehn zu bewerten, und ich flüsterte «drei», wobei ich hoffte, dass die junge Verkäuferin uns nicht hörte. Diese stieß ein lautes Schnaufen aus und machte sich auf der anderen Seite des Ladens zu schaffen.

Wir kicherten beim Verlassen des Ladens wie zwei Teenager, wohl wissend, dass wir beim Preis über den Tisch gezogen worden waren. Genau wie die Verkäuferin wussten wir aber auch, dass wir für unser neues Spielzeug beinahe jeden Preis bezahlt hätten. Die Gerte war nicht eingepackt, und so schlug Becky sich auf dem Nachhauseweg die ganze Zeit damit in die Handfläche, was mir Schauder über den Rücken trieb.

Ich kniete vorschriftsgemäß nackt in der Mitte des Zimmers, die Hände auf den Kopf gelegt, und wartete auf Becky. Die Erinnerungen an Herrn König und Greg lösten sich in nichts auf, als ich mir vorzustellen versuchte, welche neuen Schrecken sie für mich geplant haben mochte. Ich hoffte auf ein paar richtig üble Tricks, denn damit würde sie ihr Ziel erreichen und das Gleichgewicht wiederherstellen.

Als Erstes legte sie mir das Halsband um, löste das Glöckchen ab und reichte es mir. Mein Magen war in wildem Aufruhr. Sie half mir auf die Beine und holte den in London gekauften Latex-Catsuit hervor. Wir mussten zu zweit eine Weile hantieren, bis ich ihn anhatte, aber es war die Mühe wert. Ich betrachtete mich von allen Seiten im Spiegel und bewunderte die geschmeidige schwarze Gestalt, die vor mir hin- und herstolzierte. Der Catsuit saß wie angegossen, und wir waren beide begeistert. Mir wurde sofort heiß darin, und der Schweiß rann mir zwischen den Schulterblättern hinunter.

Becky half mir auf die Beine, führte mich zum Bondage-Rahmen, ging zum Schrank und kehrte mit einem langen Pfahl zurück, der mich vollkommen verwirrte. Sie schraubte den Pfahl auf einem kleinen, quadratischen Sockel fest, setzte einen ziemlich großen, schwarzen Latex-Dildo darauf und schraubte diesen ebenfalls fest.

«Okay, Sweetheart, ich möchte, dass du dich hier draufstellst», erklärte sie, auf den Sockel deutend, «aber erst musst du die Beine breit machen.» Ich gehorchte ihr zögernd, und sie öffnete den Reißverschluss des Catsuits, der vom obersten Bereich der Arschspalte unterm Schritt hindurch bis zum Schamhaar führte.

«Oh, das ist geil», flüsterte sie und streichelte meine Möse, die aus dem Schlitz hervorquoll. «Und jetzt stell dich drauf.»

Ich stellte mich, über den Sinn des Geräts nachgrübelnd, mit den Füßen links und rechts des Pfahls hin, und plötzlich fiel es mir wie Schuppen von den Augen. Becky packte den Pfahl in der Mitte und drehte ihn nach oben. Langsam rückte der Dildo meiner entblößten und gleichzeitig eingeschnürten Möse näher und näher. Als er schließlich meine Mösenlippen streichelte, die sich aus dem Schlitz im Catsuit herausdrängten, ging ich in die Knie, weil ich ihn endlich haben wollte. Mit ein wenig Nachhilfe von Becky, die meine schlüpfrigen Mösenlippen auseinanderzog und mich nach und nach weit öffnete, glitt er in mich hinein. Kurz darauf war er so tief in mir drin, dass ich auf Zehenspitzen stehen musste. Als nur noch die Fußballen und die Zehen den Boden berührten, hielt Becky inne und trat zurück.

«Mmm, sehr schön. Bist du jetzt ganz ausgefüllt, Cassandra?»

Ich wand mich ein wenig, um den Dildo so tief wie möglich in mir drin zu spüren, und stöhnte vor Lust. Becky ergriff meine Handgelenke, legte mir Handschellen an, zog meine Arme zum Querbalken über mir empor und machte sie dort fest. Dann drehte sie sich um und ging zur der Tür.

Beim Hinausgehen blickte sie sich noch einmal um und grinste mich an.

«In einer halben Stunde komme ich wieder und befreie dich, Cassandra. Du solltest unterdessen nicht zu viel an irgendwelche Männer denken, einverstanden?»

Ich brauchte eine ganze Weile, bis ich kapierte, was für ein teuflisches Szenario sie sich ausgedacht hatte. Wegen des Dildos konnte ich nicht vom Sockel heruntersteigen, und weil er zu tief in mir drinsteckte, konnte ich auch die Beine nicht entspannen. Mir blieb nichts anderes übrig, als von einem Bein aufs andere tretend zu warten und dabei möglichst Muskelkrämpfe zu vermeiden, die mich in ein schluchzendes Häufchen Elend verwandelt hätten.

«Na schön, Cassandra, schauen wir doch mal, was sich aus der Situation machen lässt», munterte ich mich schließlich auf. Ich schloss die Scheidenmuskulatur um den Dildo und versuchte, mich so zu bewegen, dass die Vorrichtung meine Klitoris rieb. Es funktionierte. Es war zwar nur ein ganz leichter Druck, doch er reichte, um mich auf einen Orgasmus scharf zu machen. Dass ich auf dem richtigen Weg war, spürte ich, als in meiner engen

Latex-Hülle die ersten Tropfen meines Safts am Schenkel hinunterrannen.

Ich klapperte im Kopf alle Sexspiele ab, die wir seit Beckys Einzug gemacht hatten, und versuchte, jede Berührung und jede Demütigung, die ich durch Becky erfahren hatte, noch einmal zu erleben. Langsam, aber sicher wurde ich immer erregter, bis ich stöhnend vor Anstrengung den Dildo ritt. Schenkel und Waden taten vom langen Stehen auf Zehenspitzen grauenhaft weh; meine Beine zitterten vor Anspannung. Das sonderbare Empfindungsgemisch – der Dildo, das enge Latex-Gewand, das inzwischen von Schweiß und Säften ganz schlüpfrig war, meine Hilflosigkeit und natürlich meine Unterwerfung – verband sich zu der Art von Katalysator, die ich brauchte. Ein winziger Orgasmus durchlief mich und ließ mich atemlos zurück, noch immer vollkommen unbefriedigt und voller Sehnsucht nach mehr.

Als Becky zurückkam, waren die Wadenkrämpfe schon ziemlich schmerzhaft, und so hatte sie Mitleid und machte mich sofort frei. Sie half mir auf das Bondage-Bett und tat alles, was sie so gut konnte. Sie streichelte, lutschte, leckte und beknabberte meine heiße, geile, schweißnasse Möse, die sich immer stärker aus dem Spalt im Anzug wölbte, und führte mich zu einem atemberaubenden Höhepunkt.

Dreizehn

Becky gewöhnte sich an, mich im Büro anzurufen. Sie machte sich nie die Mühe, sich zu vergewissern, ob ich allein war, sondern kam sofort zur Sache, mit Anweisungen wie: «Ich komme heute um sechs Uhr heim und möchte, dass du dich im Playroom für mich bereithältst.» Der Gedanke, dass ich in ein oder zwei Stunden auf dem Boden des Playrooms knien würde, die Titten ein einziger Schrei nach Aufmerksamkeit und die Schenkel weitgespreizt, damit Becky freien Zugang hatte, genügte, um mich für den Rest meiner Arbeitszeit außer Gefecht zu setzen. Ich musste dann alle Termine absagen und saß manchmal stundenlang da und sann verträumt darüber nach, was für tückische Pläne Becky wohl für diese Nacht ausgeheckt haben mochte.

Ich weiß, dass man mich im Büro durchgängig als unabhängige, durchsetzungsfähige Karrierefrau sah, doch ich selbst kannte inzwischen die wahre Cassandra. Genau wie in der Zeit, bevor Becky und ich uns zusammentaten, ertappte ich mich immer wieder dabei, bei endlos langen Konferenzen einen Teilnehmer nach dem anderen zu mustern und angestrengt zu überlegen, welche Spiele er vielleicht bei sich zu Hause spielen mochte.

Es war ein unmöglicher Zustand. Schließlich konnte keiner wissen, dass Cassandra Paige, die Powerfrau im Business-Dress, sich in Wirklichkeit viel lieber als Zofe gekleidet herumkommandieren ließ. Zur Arbeit trug ich immer strenge Kostüme in dunklen Farben und kombinierte sie mit schlichten Blusen, Nylonstrümpfen und Pumps. Das Haar band ich zu einem strengen Knoten zurück, und zumindest die mir unterstellten Mitarbeiter nahmen mir mein Image ab.

Auf Beckys Drängen hatte ich mir angewöhnt, entweder sehr aufreizende Unterwäsche zu tragen oder gar keine, und ich genoss es sehr, mich darin wie ein ganz schlimmes Luder zu fühlen, insbesondere, wenn sie mich anrief und nach meinen Dessous fragte.

«Komm schon, Baby, sag mir, wie du deine dreckige kleine Fotze heute für mich verpackt hast», forderte sie mich auf, jede Silbe betonend, um maximale Wirkung zu erzielen. Vor Entzücken bebend erklärte ich ihr dann ausführlich und in allen Einzelheiten, dass ich zum Beispiel einen Latexschlüpfer mit offenem Schritt oder einen winzigen Spitzentanga trug. Dann fiel sie immer einen Moment lang aus ihrer dominanten Rolle und verriet sich mit Bemerkungen wie: «O ja, Baby! Ich wünschte, ich wäre jetzt bei dir.»

Einmal, als ich den Spieß umdrehen wollte, sie auf ihrer Station im Krankenhaus anrief und ihr mitteilte, ich hätte an diesem Abend eine Überraschung für sie, tauchte sie eine Stunde später bei mir im Büro auf. Sie ließ sich von Amanda, meiner Sekretärin, nicht daran hindern, so lange auf mich zu warten, bis ich von meiner Besprechung zurückkam. Ich trat in mein Büro und ließ die Aktentasche auf den Boden und mich selbst in meinen Bürosessel fallen, doch noch bevor ich Atem holen konnte, stand sie schon hinter mir. Sie packte mich am Haar, zerrte mich über den Schreibtisch, bis mein Gesicht auf der Tischplatte lag, und riss mir mit der anderen Hand den Rock hoch.

«Ich an deiner Stelle würde mich jetzt gut am Schreibtisch festhalten, Cassie, denn du kannst es dir nicht leisten, hier laut zu schreien, oder? Ich werde dich an Ort und Stelle dafür bestrafen, dass du es gewagt hast, mich zu necken. Ich werde dir dein unanständiges Hinterteil versohlen, bis du mir sagst, was für eine Überraschung du für mich parat hast.»

«Aber ich wollte doch nur, dass du dich auf heute Abend freust», nuschelte ich in meinen Terminkalender.

Der Schlag hallte wie ein Schuss durch das ganze Büro. Ich war mir sicher, dass man bis in den Korridor hörte, was hier vor sich ging.

«Um Himmels willen, Becky, hör auf. Sonst kommt noch jemand herein», flüsterte ich. Im selben Moment vernahmen wir ein leises Klopfen an der Tür und die Stimme meiner Sekretärin: «Alles in Ordnung da drinnen, Frau Paige?»

Ich versuchte, mich aufzurichten, doch Becky presste mich auf die Tischplatte, beugte sich über mich und flüsterte mir ins Ohr: «Sag ihr, sie soll weggehen, Cassandra, sonst haue ich dich nochmal, während sie da draußen steht und alles hört. Ich zähle bis drei. Eins … zwei …»

«Alles bestens, danke, Amanda. Ich rufe Sie, wenn ich Sie brauche», krächzte ich.

Ich war unglaublich wütend, dass Becky mich in eine so verfängliche Situation gebracht hatte, merkte aber, dass ich sexuell sofort darauf reagierte. Wimmernd machte ich die Beine breit, als sie ein Knie zwischen meine Schenkel schob. Sie rammte mir das Knie in den Schritt und hob mich damit fast vom Boden hoch. Mein Kopf wurde schmerzhaft auf die Schreibtischplatte gepresst. Auch meine Brüste wurden von Beckys Gewicht platt gedrückt. Trotzdem stieß ich mich so fest ich konnte nach hinten gegen ihr Knie, rieb mich an ihr und erwiderte ihren Druck. Ich stöhnte aus tiefster Kehle auf.

«Und jetzt sag's mir, Cassie.» Mit diesen Worten nahm

sie mein Lineal vom Schreibtisch und versetzte mir einen deftigen Schlag auf den Übergang von Pobacken und Oberschenkeln. Tränen traten mir in die Augen, und ich keuchte empört auf, wagte aber nicht, sie zu einer Wiederholung herauszufordern, und gab nach.

«Na gut, ich sag's dir. Neulich in London hab ich mir ein Kostüm gekauft und wollte dich heute Abend mit einem Rollenspiel überraschen. Es sollte eine Überraschung für dich werden, aber wenn du wirklich alle Einzelheiten wissen willst ...» In der Hoffnung, dass sie ihre Meinung ändern und sich überraschen lassen würde, zog ich den Satz in die Länge.

Sekundenschnell nahm Becky das Knie herunter und ging weg, während ich verwirrt, frustriert und höllisch geil zurückblieb. Beim Hinausgehen zog sie den Rock ihrer Schwesterntracht gerade und rief mir über die Schulter zu: «Gib dir Mühe.»

Als Becky an diesem Abend nach Hause kam, hatte ich ein Dinner zubereitet und den Tisch mit Kerzen, Blumen und Servietten gedeckt. Der Wein war kühl gestellt, und Bratenduft zog durch das Haus.

Sobald Becky durch die Haustür trat, hatte ich meinen Auftritt. Ich trug das Zofenkleid aus Taft, das ich in London gekauft hatte, dazu schwarze Fischnetzstrümpfe mit Naht und die Highheels von meinem Besuch bei Herrn König. Die Verkäuferin, die mir damals fast den Kopf verdreht hätte, hatte mich genötigt, noch einen weißen Rüschenschlüpfer zum Darunterziehen zu kaufen. Ich kam mir damit schrecklich albern vor, aber als ich die Wirkung sah, die der Fummel auf Becky hatte, musste ich dem Mädchen im Nachhinein recht geben.

Becky starrte mich einfach nur an. Sie stand mit offenem Mund da und sah auf meine Brüste. Das Kleid war so geschnitten, dass diese nach oben gedrückt wurden und schließlich in ihrer ganzen Pracht aus dem Ausschnitt quollen. Ich kam mir wie eine richtig schlimme Hure vor und fand es toll. Ich lüpfte die hübsche Spitzenschürze mit den Händen und machte einen Knicks. «Guten Abend, Madame Rebecca. Darf ich Ihnen den Mantel abnehmen?», fragte ich, so unschuldsvoll ich konnte. «Ich bin heute Abend Ihre Zofe, und Sie dürfen mir nach Belieben befehlen. Alles, was Sie wollen, gehört Ihnen. Ich werde Ihnen in allem gehorchen.»

Becky war wie hypnotisiert. Sie streckte die Hand aus, zwickte mich in die Nippel und zog diese aus dem Ausschnitt hervor, und als ich dabei nicht einmal zusammenzuckte, schob sie mir die Hand in den Schritt und streichelte mich, bis ich kleine, schnüffelnde Seufzer von mir gab, doch dann riss ich mich wieder zusammen. Sie befahl mir, mich umzudrehen und vorzubeugen, und als ich ihr gehorchte, hob sie den Rocksaum und tätschelte meinen rüschenbedeckten Hintern.

Sie nahm die Gerte, die wir gekauft hatten, von der Garderobe und versetzte mir einen Schlag aufs Hinterteil.

«Welche Bewertung auf der Skala von eins bis zehn, Cassandra?», fragte sie lockend.

«Fünf», quietschte ich.

Sie schlug mich härter, und ich schrie: «Zehn, zehn, Becky.»

«Oh, gut, sehr schön. Du hattest also gesagt, du wirst mir in allem gehorchen, Zofe?»

«Ja, Madam», antwortete ich. Schon jetzt liefen meine Hormone Amok, und ich fragte mich zitternd, was sie mir aufgeben würde. Ich wünschte mir etwas Schönes, aber gleichzeitig wollte ich, dass sie etwas Grässliches mit mir anstellte und mich zwang, es hinzunehmen.

Das Spiel, das sie sich ausdachte, war, gelinde gesagt,

skurril. Zehn Minuten später saß ich mit weitgespreizten Beinen auf dem Esstisch. Zwischen meinen Schenkeln stand Beckys Teller, und sie saß auf einem Stuhl davor. Sie hatte mir befohlen, den hübschen Schlüpfer auszuziehen, und so war ich im Schritt ihrem Blick vollkommen preisgegeben. Ich fütterte sie und spürte dabei den Dampf, der von ihrem Essen aufstieg, als ein Prickeln an den Schamlippen. Während ich sie fütterte, quälte sie mich unablässig. Jedes Mal, wenn ich mich vorbeugte, um ihr eine Gabel voll Essen in den Mund zu schieben, zwickte sie mich in einen meiner Nippel und hielt mich fest, wenn ich versuchte, mich wieder aufzurichten. Während ich das Essen auf die Gabel häufte, schob sie mir den Finger zwischen die Lippen, fuhr mir tief im Loch herum und machte mich damit wahnsinnig scharf.

Doch das war noch gar nicht das Spiel. Das Spiel ging so: Wenn ich auch nur einen einzigen Tropfen Soße auf ihre oder meine Kleidung oder das Tischtuch kleckerte, würde sie mich bestrafen, aber je mehr ich meine Hände zur Ruhe zu zwingen versuchte, desto schlimmer neckte und kitzelte sie mich. Ich wurde ziemlich nervös, als sie nach dem sechsten Mal Kleckern Bemerkungen darüber machte, wie schön die Kerzen doch leuchteten. Becky war ein hinterhältiges Weibsbild. Ich dachte an Herrn Königs hirnsprengendes Kerzenspiel und kam richtig ins Zittern.

Schließlich war sie mit dem Essen fertig, und als sie genüsslich die Flecken auf dem Tischtuch zählte und sogar noch einen hinzuerfand, bis sie bei zehn anlangte, wusste ich, dass mir etwas Schlimmes bevorstand.

«Nun gut, Zofe, jetzt zu deiner Bestrafung. Wenn du den Tisch abgeräumt und den Abwasch gemacht hast, möchte ich, dass du wieder hierherkommst.»

Beim Spülen wurde ich immer nervöser. Ich erinnerte

mich nur zu genau, wie weh das heiße Wachs auf Nippeln und Möse getan hatte, und diesmal sollte ich sehenden Auges in diese Sache hineingehen. Damals hatte ich wenigstens nicht gewusst, was mir bevorstand. Becky hatte inzwischen eine allzu große Vorliebe dafür entwickelt, mich mit neuen, immer raffinierteren Methoden zu bestrafen und an meine Grenzen zu treiben.

Als ich zu ihr zurückkehrte, war ich schon ziemlich aus der Fassung, und sobald ich das Zimmer betrat, wusste ich auch, warum. Die Mitte des Raums war freigeräumt worden, und dort stand nun ein Stuhl. An seinen vier Beinen waren Seile befestigt.

«Okay, jetzt möchte ich, dass du dich hinter die Lehne stellst, dich über den Stuhl beugst und dich mit beiden Händen am Sitz festhältst.» Ich hatte angenommen, dass ich mich auf den Stuhl setzen sollte, und daher haute mich ihre Anweisung ganz schön um, doch ich trat hinter die Rücklehne und tat wie geheißen.

Becky und ich hatten uns oft über Analsex unterhalten, und obwohl sie darauf abfuhr, hatte ich mich immer mit beiden Händen dagegen gewehrt, was sie bisher respektiert hatte. Vermutlich hatte ich gewusst, dass sie eines Tages ihre Macht über mich ausnutzen würde, um mir diese letzte und tiefste Demütigung aufzuzwingen, doch ich hatte eigentlich erwartet, dass wir zumindest erst darüber reden würden.

Ich blickte Becky zögernd an und erwartete, in ihrem Blick Verständnis für meine Angst zu lesen, doch dem war nicht so.

«Komm schon, Zofe, los geht's. Ich dachte, du hättest gesagt, dass du alles tust, was ich will, und ich will jetzt, dass du dich über diesen Stuhl beugst. Und zwar sofort!»

Sie will mir bestimmt den Hintern versohlen, dachte ich, als ich ihr gehorchte. Schließlich hatte ich ihr versprochen, jeden Befehl zu befolgen, und Versprechen muss man halten.

Die Stuhllehne war ein bisschen zu hoch, und ich musste mich auf die Zehenspitzen stellen, um mich darüberbeugen zu können. Ich schwankte einen Moment lang, fand aber dann am Sitz Halt. Becky band meine Hände auf der Sitzfläche und meine Füße an den Hinterbeinen des Stuhls fest. Mein Kopf hing fast bis aufs Sitzpolster hinab, und mein Arsch war in die Höhe gereckt. Ich fühlte mich so ausgeliefert und verletzlich wie nur möglich.

Obgleich ich spürte, wie meine Arschbacken sich öffneten, als sie mich mit gespreizten Beinen an die Stuhlbeine fesselte – und auch da hatte ich Angst, sie könnte irgendetwas Schlimmes mit meinem Arsch im Sinn haben –, war ich noch immer unheimlich geil. Meine Libido ist eine Verräterin. Ich wusste ja, dass der Anblick meiner nackten, hochgereckten Arschbacken Becky in Versuchung führen würde, mich zu quälen.

Zuerst fuhr sie mir mit den Fingernägeln über die aufklaffenden Pobacken, und zusammenzuckend bemühte ich mich vergebens, den Po zusammenzukneifen. Schlimm genug, dass sie meine intimste Stelle sehen konnte, aber beim Gedanken, dass sie diese vielleicht berühren wollte, lief es mir vor Scham kalt über den Rücken.

«Nein, lass das», schrie ich auf, als sie mir mit dem Finger durch die offene Arschspalte fuhr, über den zusammengekniffenen Schließmuskel hinweg in die feuchte Möse hinein.

Becky ging um den Stuhl herum, zerrte meine Brüste aus dem Oberteil des Zofenkleides und setzte sehr scharfe Klammern auf die Nippel. An diesen befestigte sie feine Kettchen, die sie an den vorderen Stuhlbeinen festmachte. Meine armen Titten wurden in die Länge gezogen, und falls ich mich entspannte, würde der Schmerz, den die Klammern mir verursachten, stärker und köstlicher werden.

Ihre nächste Erfindung war noch teuflischer. Sie befestigte nun auch Klammern an meinen Mösenlippen und band diese ebenfalls mit straffen Ketten an den Stuhlbeinen fest. Ich wusste, dass meine Möse nun ein klaffendes Loch war, und spürte die kalte Luft auf der Innenseite meiner empfindlich gedehnten Schamlippen.

In meinem Kopf jagte eine schreckliche Befürchtung die nächste, doch meine Möse vergoss ihren Honig und sang ein ganz anderes Lied. Ich konnte nicht einmal mit der Wimper zucken, ohne dass die entsprechenden Klammern mich ziepten, und so stand ich stocksteif da und wartete auf die nächste Maßnahme.

Dann verstand ich, warum Becky mich vollkommen lahmgelegt hatte. Sie schob eine Hand in meine Arschspalte und drückte mit der Fingerspitze auf mein eng zusammengezogenes Arschloch. Ich versuchte, mich ihr zu entziehen, doch bei der kleinsten Bewegung zerrten die Klammern an meinen empfindsamsten Körperpartien. Ich befand mich vollkommen in Beckys Hand.

Ich fragte mich, was eigentlich mit der schüchternen Becky passiert war, die noch vor wenigen Wochen genauso wenig Ahnung von SM-Spielen gehabt hatte wie ich. Dieselbe Frau trat nun vor mich und stellte einen großen, schwarzen Latexdildo auf den Teppich.

«Bitte, Becky», flehte ich sie an. «Ich weiß, dass ich dir vollkommen freie Hand gegeben habe, aber bitte, nicht das. Bitte, tu mir das nicht an.»

Da verließ Becky den Raum, kam kurz darauf mit dem winzigen Goldglöckchen zurück und drückte es mir in die Hand. Ich stöhnte auf, denn ich wusste, dass die Entscheidung von diesem Moment an bei mir lag und nicht mehr bei ihr. Unsere Spiele wurden dadurch für mich schwieriger, denn es fällt mir leichter, darauf zu vertrauen, dass Becky meine Grenzen von sich aus erkennt und mich, wenn sie es möchte, zwingt, sie zu überschreiten. Genau dieses Sondieren meiner Grenzen genieße ich nämlich am meisten. Wenn aber *ich* die Entscheidung fällen muss, wann sie aufhören soll, scheine ich dazu vollständig außerstande zu sein. Ich könnte mir nicht vorstellen, dass ich das Glöckchen jemals freiwillig fallen lasse und damit meine Niederlage eingestehe.

Sie ging über mein Flehen hinweg, trat hinter mich und warnte mich: Spräche ich noch ein einziges Widerwort oder protestierte gegen irgendetwas, was sie in der nächsten halben Stunde tue, dann werde sie mir den Dildo so tief in den Arsch stopfen, dass ich daran ersticke, und wenn mir das nicht passe, solle ich doch gefälligst das Glöckchen fallen lassen. Ich war geschockt, dass meine schöne Geliebte eine solche Ausdrucksweise verwendete, muss aber gestehen, dass mich das verteufelt scharf machte. Ich musste nur ganz leicht den Kopf heben, um den Dildo sehen zu können, und ich schwöre, dass er mindestens zwanzig Zentimeter lang war und so dick wie eine Gurke. Eine lange, dicke Salatgurke!

Zu diesem Zeitpunkt war ich aufgrund der Angst, der Fesseln und des erschreckenden Anblick, des monströsen Dildos unheimlich erregt. Der Schweiß rann mir über den Rücken, und meine Augen tränten von der Anstrengung, mir diesen grässlichen Dildo genau anzusehen.

Wieder machte sich ihr neugieriger Finger an die Arbeit. Sie schob ihn ganz leicht in mein Arschloch hinein, und wenn ich Schließmuskel und Arschbacken zusammenpresste – was sie übrigens an gar nichts hinderte –, zog sie ihn wieder zurück.

Das Gefühl der Hilflosigkeit, wenn meine weitgespreizten Beine meine Möse vollkommen preisgeben, ist wundervoll, aber die derzeitige Art von Verfügbarkeit war grässlich. Ich konnte nicht einmal richtig die Arschbacken zusammenkneifen, und bei ihren nächsten Worten war es dann mit meiner Selbstbeherrschung – so ich noch einen Rest davon gehabt hatte – endgültig vorbei.

«Das ist deine Bestrafung, meine süße kleine Zofe. Du sagtest, du tust alles für mich, aber ich gebe dir jetzt eine Gelegenheit, dich dieser Herausforderung zu verweigern. Ist das nicht die perfekte Folter? Entweder du nimmst diese schreckliche Bestrafung hin, oder aber du gehst das Risiko ein, mich zu enttäuschen. Das Beste daran ist, dass ich dir nicht einmal sage, wie deine Bestrafung aussehen wird, nur dass ich deine Grenzen bis aufs äußerste ausloten werde. Was soll geschehen, Cassandra? Wirst du deine Bestrafung zehnmal hinnehmen, einmal für jeden verkleckerten Tropfen, oder soll ich dir die Fesseln lösen, und dann gehen wir zu Bett und verlieren kein Wort mehr darüber? Aber wenn du mir das hier verweigerst, werde ich von dir als Zofe ungemein enttäuscht sein, und am besten schmeißen wir dein Zofenkleid dann gleich in den Müll. Nun, was soll geschehen?»

Ich starrte den Dildo an und versuchte, mir vorzustellen, wie er sich tief in meinem Anus anfühlen würde. Zweifellos schrecklich, aber war das schlimmer, als all unsere künftigen Spiele in Gefahr zu bringen?

Ich nickte nahezu unmerklich, doch dieser strengsten aller Herrinnen reichte das nicht. «Soll das ein Ja sein, Fräulein?», fragte sie.

«Ja!» Ich schrie jetzt fast.

Sie gab mir einen derben Schlag auf den Arsch, und als ich zusammenzuckte, ruckte es schmerzhaft an meinen Nippeln und meinen gedehnten Mösenlippen. Ich bedauerte meinen Gefühlsausbruch sofort und erwartete das Weitere nun vollkommen reglos.

Becky spritzte etwas Eiskaltes auf meinen Schließmuskel, und wieder zuckte ich unwillkürlich heftig zusammen. Ich zitterte unkontrollierbar und bekam am ganzen Körper Gänsehaut. Doch dann massierte Becky mir warm und sinnlich den ganzen Arsch, und das Kältegefühl verschwand. Die Creme, oder was auch immer, war nun auf beiden Pobacken verteilt und rann mir in die Arschspalte, was mich wohlig erschauern ließ. Als Becky mir mit ihrer cremigen Hand die Pobacken massierte, entspannte meine Rosette sich ein wenig, und genau darauf hatte Becky es abgesehen.

Sobald ich auf ihren Trick reagierte und mein Schließmuskel sich bei ihren Liebkosungen ein wenig entspannt hatte, schob sie mir die Fingerkuppe ins Arschloch und zog sie wieder heraus, und das machte sie wieder und wieder, bis ich unwillkürlich mitmachte. Bei jedem Zurückziehen drängte ich nun den Arsch so weit wie möglich nach hinten, aber sie kümmerte sich nicht um meine lockenden Bewegungen und erkundete weiterhin nur den Rand meines Lochs. Nachdem das ein paar Minuten so gegangen war, wollte ich wirklich mehr und stöhnte meine Bereitschaft heraus, das Experiment fortzusetzen. Sie kam meinem Wunsch nach, führte die Fingerspitze ein und ließ sie diesmal drinnen, und wieder geriet ich in Panik und verspannte mich zunächst sogar noch mehr. Doch sie nahm den Finger erst wieder heraus, als ich erneut begann, mich lustvoll zu winden.

Es war eine Art sexuelles Katz-und-Maus-Spiel. Sie quälte mich so lange, bis ich mehr wollte, und dann verweigerte sie es mir.

«Wir müssen ein klein bisschen nachhelfen, damit ich eindringen kann», säuselte sie, als ginge es um irgendetwas ganz Normales und nicht um ihr Vordringen an diesen peinlichsten aller Orte. Sie zeigte mir, was sie vorhatte, und ich schluckte entsetzt. Sie hatte eine große Tube mit kalter Creme in der Hand, von der sie den Deckel abschraubte, während sie sich aus meinem Gesichtsfeld entfernte und hinter meine aufgespreizten Arschbacken zurückkehrte. «Das hier sollte es tun.»

Wieder führte sie die Fingerspitze ein, und wieder zog ich den Schließmuskel zusammen, um ihr Vordringen zu behindern.

«Entspann dich, Süße. Du musst mir einfach nur vertrauen und deine kleinen, hübschen, arg verkrampften Muskeln locker lassen, dann wirst du das, was ich mit dir mache, wunderbar finden, das verspreche ich dir. Komm schon, tu es für mich. Drück nach außen, als wolltest du versuchen, meinen Finger rauszudrücken. Los, Cassandra. Mach es, und ich verspreche dir, dass ich dir ein wundervolles Erlebnis bereite», redete sie mir zu, fuhr dabei mit ihrer Liebkosung meiner Arschspalte fort und ließ die Finger ganz sanft in der empfindsamen Senke kreisen.

Ich beschloss, es hinter mich zu bringen, und so folgte ich ihrem Wunsch und drückte nach außen. Ihr schlüpfriger Finger glitt hinaus und wurde durch etwas ersetzt, das, wie sich herausstellte, eine Tubenöffnung war. Ich presste den Schließmuskel hastig zusammen, doch es war zu spät: Ich spürte, wie die kühle Creme tief in mein heißes Loch strömte und mich langsam, ganz langsam, bis zum Bersten ausfüllt.

«O … O … O nein, Becky, genug. Mehr ertrage ich nicht, gleich spritzt alles wieder raus. Bitte, hör auf. Bitte.» Ich schrie vor Entsetzen, doch das schien sie nur noch stärker anzuspornen. Sie drückte die Tube so lange, bis ich das widerliche, an Durchfall erinnernde Geräusch hörte, das Tuben von sich geben, wenn sie sich leeren. Mein Bauch spannte und tat weh, doch offensichtlich waren auch meine erogenen Zonen betroffen, denn insgesamt war es ein sehr erotisches Gefühl. Das Geräusch der Tube erinnerte mich an das Malheur, das mir jeden Moment zustoßen konnte, und ich verkrampfte mich noch mehr, was das Druckgefühl und die Schmerzen wieder verstärkte.

Der Druck wurde so stark, dass mich das dringende Bedürfnis überkam, alles sofort auszuscheiden, und wieder jammerte ich laut:

«Becky, hör auf! Bitte hör auf, sonst versaue ich noch den ganzen Teppich. Ich flehe dich an, Becky. *Hör auf!*»

Becky ging um den Stuhl herum, beugte sich zu meinem Ohr herunter und flüsterte: «Dann lass doch das Glöckchen fallen, Süße. Du musst einfach nur das Glöckchen fallen lassen, und ich höre sofort auf.» Das Problem dabei war nur, dass sie unterdessen meine Titten reizte und so verführerisch an den Ketten zupfte, dass sie mich vollkommen von meinem Hinterteil ablenkte.

Sie hob den Dildo vom Boden auf, und ich erstickte fast vor Schreck; dafür war ich noch nicht bereit.

Wieder kniff ich die Pobacken zusammen, doch ihr Finger und die Creme, die sie mir eingespritzt hatte, hatten ihr sozusagen den Weg gebahnt. Bevor ich recht wusste, wie mir geschah, drückte der Dildo unerbittlich gegen mein Loch, und da die Creme wie ein Gleitmittel wirkte, drang er gegen meinen Willen ein.

Ich war viel zu verängstigt, um mich zu entspannen. Ich hatte Angst davor, diesen monströsen Knüppel in mir drin zu haben, aber noch größer war meine Angst, was mit der ganzen Creme passieren würde, die Becky in mich hineingespritzt hatte. Würde ich sie gleich nicht mehr halten können und damit alles versauen?

Aber ich mochte es, wenn Becky mich überredete, mich ihrem Willen zu fügen. Und genau das tat sie. Sie beschwichtigte mich mit demselben Mantra, das schon bei ihrem Finger funktioniert hatte, und natürlich klappte es auch diesmal wieder. Ich bin ihr gerne zu Gefallen!

Als ich lockerer wurde, schob sie den Knüppel tiefer, und ich spürte, wie der riesige Latex-Schwanz nach und nach meinen ganzen Arsch ausfüllte.

Keuchend versuchte ich, mich innerlich so klein zu machen, dass die schreckliche Angst, die mich erfüllte, mir nichts mehr anhaben konnte. Mein Unterleib zog sich krampfhaft zuckend um den Eindringling zusammen, doch der blieb an Ort und Stelle. Ich konnte ihm nicht entkommen. Ich versuchte, mich zu entziehen, doch die Klammern hielten mich fest, und ich wagte nicht, sie abzureißen. Das Ding, das Becky in mich hineingepresst hatte, kam mir vor wie ein Baumstamm, und ich fühlte Tränen in den Augen und schluckte kräftig, um nicht zu weinen. Ich wollte meiner Herrin so gerne gefallen.

Eine Zeit lang verengte meine Wahrnehmung sich vollkommen auf den eingedrungenen Dildo und das überwältigende Bedürfnis, zur Toilette zu gehen, doch allmählich drang Beckys Stimme wieder durch den Nebel.

«Oh, mein Liebling, du hast es geschafft. Was für ein kluges Mädchen. Ich wusste doch, dass du das für mich fertigbringst. Ich wünschte, du könntest sehen, wie geil du aussiehst mit dem Dildo im Arsch und dieser weißen, schaumigen Creme, die dir an dem schwarzen Latex vorbei aus der Arschspalte sickert und an deinen Schenkeln hinunterrinnt. Demnächst werde ich mir einen Dildo zum Anschnallen kaufen, und dann ficke ich dich damit so kräftig in deinen wunderschönen jungfräulichen Arsch, dass du nie wieder einen Mann willst.»

Mit diesen Worten stemmte sie sich gegen den Dildo und presste ihn noch tiefer in mich hinein. Ich schrie auf, weil die Empfindung so eindringlich war, merkte aber, dass ich nicht mehr ausschließlich Schmerz fühlte. Es war etwas so Intensives, wie ich es nie zuvor erlebt hatte, und allmählich erwärmte ich mich dafür. Als der Dildo tiefstmöglich eingedrungen war, verging meine Angst. Ich versuchte, mich diesen angenehmen Empfindungen zu überlassen – und es funktionierte.

Als ich rein reflexhaft den Arsch zusammenkneifen wollte, erfüllte mich das Gefühl, offen gehalten zu werden und mich aus dieser Position nicht befreien zu können, mit Wellen süßer Demütigung.

Becky streichelte mir Rücken und Oberschenkel und redete noch immer beschwichtigend auf mich ein, wie phantastisch ich das machte und was für einen reizvoll unanständigen Anblick ich böte. Ich weiß nicht, welches Kompliment mir besser gefiel.

Sobald Becky sich überzeugt hatte, dass ich mich willig und lustvoll in die Umstände gefügt hatte, ließ sie die Bombe platzen. Aus irgendeinem Grund hatte ich vergessen, dass mir eine zehnfache Strafe bevorstand, und als sie mir erklärte, sie werde nun zehn heiße Wachstropfen auf meinen zwangsgeöffneten Arsch fallen lassen, vergaß ich unsere Abmachung vollkommen und schrie sie an: «Nein, das kannst du nicht machen. Das geht wirklich nicht, Becky. Auch wenn ich dich dadurch verärgere, Becky, kann ich einfach nicht zulassen, dass du mir das antust.»

Ich hatte nun wirklich Angst, und es entmutigte mich zusätzlich, dass ich mich nicht aufrichten konnte. Man kann schlecht überzeugend argumentieren, wenn man gründlich festgezurrt ist, mit einem riesigen Dildo im Arsch. Ich flehte Becky weiter an, mich loszumachen, konnte mich aber nicht überwinden, das Glöckchen fallen zu lassen.

«Unsere Beziehung soll wachsen, Cassie. Ich möchte dich vollständig beherrschen. Du weißt, dass du nur umso geiler wirst, wenn ich dich über deine Grenzen hinaustreibe. Du magst Schmerzen. Du hattest einen Orgasmus, als Herr König dich mit Wachs beträufelte, und das war auf die Klitoris, Herrgott nochmal.»

Während sie auf mich einredete, spielte sie mit meinen überdehnten Schamlippen, benetzte ihre Finger mit der heraustropfenden Mischung aus Säften und Creme und massierte diese um den Dildo herum in mein prallgefülltes Arschloch ein.

Ich protestierte noch immer, nun aber leiser und weniger überzeugend. Becky verstand genau, was in mir vorging, und stimulierte mich weiter. Als sie mir dann den Finger in die Möse steckte und mich damit sanft rieb, verstummte mein Protest völlig. Auch mit der anderen Hand fuhr sie mir nun zwischen die Schenkel und streichelte meine erblühende Klitoris. Mir war gar nicht bewusst gewesen, wie rattenscharf die inzwischen war. Pulsierend und tanzend zerrte sie an den Klammern, die meine empfindsamsten, verwundbarsten Körperbereiche weitgeöffnet hielten.

«Also, du bist ja eine von der ganz üblen Sorte, Cassandra. Du tropfst mir die Hände nass, und ich sehe genau, wie deine Rosette sich um den Knüppel zusammenzieht, den du im Arsch stecken hast. Was wohl passiert, wenn ich den Dildo rausziehe?» Becky wusste, dass schon die Andeutung, ich könnte hier alles versauen, mich grauenhaft demütigte und mich gleichzeitig aus irgendeinem mir vollkommen unbekannten Grund in meiner Erregung nochmals eine Stufe weiter führte: zu jenem wunderbaren Zustand, wo Schmerz zu Lust wird und die Demütigung mich überflutet wie ein Strom von heißem, süßem Sirup.

«Und jetzt ist es so weit, Cassandra, meine kleine geile Arschhure.» Sie nahm die Kerze vom Tisch, und der beißende Geruch des brennenden Wachses versengte mir die Nase und befeuerte meine Angst. Die ersten Tropfen waren eine köstliche Folter. Sie fielen auf meine weitgeöffneten Pobacken, versengten einen winzigen Moment lang die Haut und führten mich zu neuen Höhen der Erregung. Ich saugte mit zusammengebissenen Zähnen die Luft ein, und die Tropfen näherten sich der empfindsamen, bis zum Äußersten gespreizten Furche.

Ein oder zwei Tropfen verfehlten ihr Ziel und fielen auf meine Möse. Der Schmerz schoss mir die Beine hinunter, während ich versuchte, die Schenkel zu schließen, um der sengenden Hitze zu entkommen.

Ich bin mir sicher, dass Becky irgendwann nicht mehr mitzählte. Ich jedenfalls gab es auf. Nach dem zwanzigsten Tropfen schenkte ich mir die Mühe: Ich schwebte geradezu auf dem süßen Schmerz und ließ ihn ganz in meinen Körper dringen. Bei jedem Tropfen stellten sich mir die Haare auf, und mein Schließmuskel kämpfte verzweifelt um den Rückzug, doch der war unmöglich. Mein unterwürfiger Teil gewann endgültig die Oberhand.

Ich spürte, wie der Dildo immer wieder in mich hineinglitt. Das lenkte mich vom Wachs ab, das weiter gnadenlos auf mich herabtropfte, doch ich war noch immer so aufgegeilt, dass ich den Dildo auf keinen Fall verlieren wollte – ich genoss es, durch diesen Stellvertreter gefickt zu werden. Ich ritt den Schwanz ohne die geringste Rücksicht auf das Zerren der an Mösenlippen und Nippeln festgeklammerten Ketten und verzehrte mich vor Verlangen nach dem nächsten Wachstropfen.

«Mehr, Becky», schrie ich gellend. «Gib mir mehr.»

Da ließ sie sich vollkommen gehen, fickte mich hemmungslos mit dem Knüppel und bearbeitete mein Loch, bis der enge Eingang wund war. Bei jedem Herausziehen ließ sie einen einzigen Tropfen Wachs auf den überdehnten, den Dildo umklammernden Schließmuskel fallen, und dann rammte sie mir das Rohr wieder rein. Inzwischen flehte ich sie schreiend um den Orgasmus an. Die Kombination aus Klammern, Klemmen, Ketten und dem Dildo erzeugte ein unglaublich mächtiges Gefühl im Bauch, das den durch das siedende Wachs ausgelösten Schmerz übertönte, bis alle Empfindungen sich vereinigten, mich mit schrecklicher Wucht durchschossen und in eine alles überwältigende Sinnesexplosion mündeten. Diese verlief sich in krampfhaften Schaudern der Erleichterung, die meinen ganzen Körper durchzuckten.

Als mein Orgasmus begonnen hatte, befreite Becky sehr vorsichtig Nippel und Mösenlippen von den Klammern. Nach der absoluten Befriedigung des Höhepunkts erzeugte das in die abgeschnürten Gefäße zurückfließende Blut mir grauenhafte Schmerzen. Sobald Becky mir die Fesseln abnahm, brach ich auf dem Boden zusammen, hielt aber den Dildo mit aller Gewalt im Arsch fest, da ich die unvermeidliche Sauerei fürchtete. Becky half mir auf die Beine, und ich wankte mit fest zusammengepressten Knien zum Klo, den Dildo weiterhin krampfhaft festhaltend, damit er nicht herausrutschte. Ich war fix und fertig, doch als ich das Zimmer verließ, rief Becky mir nach: «Nächstes Mal setzt du dich auf den Nachtstuhl, und ich zieh dir den Dildo eigenhändig heraus.»

Da überlief mich ein köstlicher Schauder des Entsetzens.

«Ich kann gar nicht glauben, was wir da gerade gemacht haben», sagte ich, als ich hinterher in ihren Armen lag und kuschelte. Mein Bedürfnis nach Misshandlung und Bestrafung verwirrte und ängstigte mich inzwischen ein wenig. Die Gier nach neuen und härteren Bestrafungen wuchs beinahe täglich. Mehr als einmal grübelte ich darüber nach, warum es mich erregte, in schmerzhafte und demütigende Spiele getrieben zu werden.

«Spielt das denn eine Rolle? Ich verletze dich ja nicht wirklich», sagte Becky. «Schlimmstenfalls bleibt auf deiner Haut oder Möse für ein, zwei Stunden eine rote Stelle zurück. Wenn du Mountainbike führest oder Fußball spieltest, wären die blauen Flecken schlimmer. Steck doch nicht alles, was du empfindest, in Schubladen, sondern genieße es einfach. Außerdem, Zofe, wird es allmählich Zeit, dass du deiner Herrin zeigst, wie sehr du deine Kleckerei mit der Soße bereust, umso mehr, als du auch noch daran schuld bist, dass ich das Zählen vergessen habe.»

Meine Sorgen wanderten in den Hinterkopf zurück, und kichernd schob ich mich in ihren Armen nach unten, bis mein Kopf zwischen ihren Beinen lag. Ich konnte kaum glauben, dass meine wunderschöne Becky nach all den Anstrengungen noch immer ihre Schwesterntracht trug und vollkommen unberührt wirkte: Ihre Frisur saß perfekt, und selbst der rote Lippenstift war vom Abendessen nur ganz leicht verschmiert.

Ich dagegen hatte an Hand- und Fußgelenken rote Druckstellen von den Fesseln, und mein wunder Po war mit erstarrtem Wachs bedeckt, das in der Region um die Rosette an den Härchen ziepte. Meine Schenkel waren mit einer Mischung aus Liebessaft, kaltem Wachs und Creme verschmiert. Dass ich absolut verheerend aussah, wurde mir klar, als Becky mein Gesicht zwischen die Hände nahm, mir zärtlich in die Augen blickte und stöhnte: «Mein Gott, sind wir nicht widerlich?»

«Mhm», antwortete ich, während meine Lippen sich an ihren Strümpfen entlang auf den Streifen nackter Haut zuarbeiteten, der zu einem ganz besonderen, von Düften geschwängerten Ort führte: der Möse meiner Geliebten.

Die Hände noch immer um meinen Kopf gelegt, manövrierte sie mein Gesicht in ihren Schritt. Als ich die feuchten, seidenweichen Härchen auf ihrem Venushügel leckte, lehnte sie sich wimmernd im Stuhl zurück und entspannte sich selig. Ich zog ihr das Höschen herunter und öffnete ihre Schenkel. Ihre Mösenlippen gingen auf wie eine Blüte, weich und von Feuchtigkeit glänzend. Die kleine, rosige Knospe ihrer Klitoris lugte stolz unter ihrem schützenden Häubchen hervor.

Ich verschlang Becky mit Blicken und bearbeitete sie mit Mund und Händen, reizte und neckte sie, steckte die Zunge in ihre Tiefen und lutschte schmatzend an ihrer harten Klitoris, bis sie sich selig wand. Ihre rosige Öffnung war wie ein Leuchtzeichen, das mich immer tiefer lockte, alle meine Sinne reizte und mich tief im Bauch mit einer pulsierenden Glut erfüllte.

In diesem Moment wurde ich von Gefühlen überwältigt, die an Anbetung grenzten. Ich wollte dieser großartigen Frau, die mich über meine Grenzen hinausgeführt hatte, huldigen. Sie hatte mir gezeigt, dass meine Sehnsucht nach Unterwerfung, die schon so lange zu meinem Leben gehörte, vollkommen in Ordnung war. Es war in Ordnung, dass ich mich nach Schmerz und Demütigung sehnte – schließlich spielten wir ja nur.

Ich stieß das Gesicht so tief ich konnte in ihre Möse, trank von ihren Säften, dankte ihr für meine Bestrafung, atmete ihren berauschenden Duft ein und schwelgte in ihrer Schönheit. Ihre Schenkel hielten meinen Kopf schraubstockartig umklammert, bis ich meinte, in ihren Tiefen zu ertrinken, doch das war mir gleichgültig: Ich war von ihrem Körper und seinen Düften verzaubert. Ich blies kalte Luft auf ihren feuchten Eingang, öffnete den Mund so weit, dass er ihre Möse fast bedeckte, und umschloss sie mit meinen heißen, brennenden Lippen. Becky stieß sich mir gespannt wie ein Flitzebogen gierig entgegen, und ihrer Kehle entrang sich ein sinnliches Stöhnen. Ich fuhr mit den Zähnen sanft über ihren Kitzler, knabberte an den fleischigen äußeren Mösenlippen und leckte dann mit der Zunge von der Klitoris bis zur Arschspalte.

Ein Begehren ergriff mich, das dem ihren gleichkam. Ich hätte sie am liebsten mit Haut und Haar verschlungen. Ich legte sie flach auf den Boden und drückte ihre Beine so hoch, dass ihre enge, rosige Rosette mich ebenfalls ansah. Und dann verschlang ich sie wirklich, zwängte die Zunge in ihr Arschloch und fickte sie mit kräftigen Zungenschlägen, bis sie es kaum mehr ertrug. Noch immer vom Gefühl der Anbetung und meiner Demütigung erfüllt, war ich wie von Sinnen, besessen davon, sie vollständig in Besitz zu nehmen. Ich eröffnete ein Sperrfeuer auf ihre Möse, ihr Arschloch und ihren Kitzler, die ich pausenlos belutschte, biss und fickte, vollkommen von meiner Anbetung erfüllt.

Als sie zum Höhepunkt kam, füllte sie meinen Mund, und es war, als vergösse ihre vibrierende, bebende Möse Tränen.

Vierzehn

Es war ein Freitagmorgen, als sein Brief eintraf und unsere Welt aus den Fugen brachte. Becky und ich lebten inzwischen drei Monate zusammen, vollkommen mühelos und harmonisch.

> Cassandra,
> unsere letzte Begegnung liegt nun drei Monate zurück. Bei deinem ersten Besuch versuchte ich dir zu zeigen, dass dein sexuelles Schicksal die Unterordnung ist. Du hast diese Lektion gut gelernt und bist von hier aufgebrochen, als hättest du klarer verstanden, was du brauchst und welche Lust dir das Gehorchen bereitet. Als ich dich zu Hause besuchte, versuchte ich dir zu zeigen, dass ich dich in jeder Situation vollständig beherrsche. Dies hat dir hoffentlich auch demonstriert, wie sehr du danach verlangst, beherrscht zu werden. Du hast inzwischen genug Zeit gehabt, über deine erste und zweite Lektion nachzudenken, und solltest zur dritten Lektion bereit sein.
> Ich beabsichtige, dir zu zeigen, dass es dein Los als Unterwürfige ist, alle Erfahrungen hinzunehmen, die dein dominanter Partner dir auferlegt. Ich bin nicht so anmaßend, mich deinen Herrn zu nennen, doch ich halte mich für den Richtigen, deine Unterwürfigkeit weiter zu erforschen und somit Aussicht auf diese besondere Stellung zu haben.

Schicke mir die übliche Postkarte, dann werde ich dir Anweisungen senden.

Unterwerfe dich mir, Cassandra.
Herr König

Der Brief änderte all unsere Pläne. Ich öffnete ihn, las ihn schweigend, und meine Phantasie ging abermals mit mir durch. Erst als ich bemerkte, dass Becky ihre Tätigkeit unterbrochen hatte und mich mit Argusaugen beobachtete, riss ich mit wildhämmerndem Herzen die Augen von dem Blatt.

«Der Brief ist von ihm, nicht wahr?», fragte Becky mit einer Andeutung von Verletztheit in der Stimme.

«Ja, aber er schreibt Unsinn. Du weißt, dass ich kein Interesse mehr an ihm habe. Was könnte ich mir denn noch wünschen?», fragte ich matt. «Ich habe die schönste, reizvollste Geliebte der Welt. Sie ist meine beste Freundin, und besser noch, sie teilt meine Phantasien und meine Vorliebe für sexuelle Spiele.»

«Lass mich mal sehen, Cassie.»

Wie ich las sie den Brief schweigend. Ich hatte schreckliche Angst, dass Beckys und meine Beziehung leiden könnte, doch ich wusste auch, dass es etwas in mir gab – jenen Teil meiner selbst, der die sexuelle Gefahr liebte und der mich schon einmal zu Herrn König geführt hatte –, das mich bereits überlegen ließ, wo der Stapel leerer Postkarten abgeblieben war.

«Nun, was denkst du?», fragte ich so beiläufig wie mögliche, als sie den Brief zwischen uns auf den Tisch legte.

Dann nahm sie ihn wieder in die Hand und las ihn laut und langsam vor, wobei sie nach jedem Satz eine Pause machte, um meine Reaktion zu überprüfen. Sie blickte immer wieder vom Blatt auf, sprach mir den Brief

Zeile für Zeile vor und behielt mich dabei ganz genau im Auge.

Ich konnte meine Erregung unmöglich verbergen, und als sie bei dem Satz ankam, ich müsse alle Erfahrungen hinnehmen, die mein dominanter Partner mir auferlege, wusste ich, dass ich mich verraten hatte. Meine Nasenflügel bebten, meine Pupillen waren geweitet, und von einem regelmäßigen Atem konnte nicht mehr die Rede sein.

So, wie Becky mir den Brief vorlas, erregte er mich enorm, doch tief in meinem Inneren wusste ich, dass die verzweifelte Sehnsucht, die mich überkam, mit dem Unbekannten zu tun hatte. Wie hätte ich diesen köstlichen Schauder, der mich von innen verzehrte, jemals bei Becky empfinden können? Dieses Gefühl, das von dem Wissen ausgelöst wurde, einem unbekannten Menschen auf Gedeih und Verderben ausgeliefert zu sein? Das war unmöglich.

«Liebst du mich, Cassie?»

«Natürlich liebe ich dich. Was hat das denn damit zu tun?»

«Also, ich liebe dich auch, und unsere Spiele liebe ich ebenfalls. Ich bin aber nicht der Typ, der meint, ich müsse dich ganz für mich haben. Vielleicht wäre es ja aufregend, dich eine Nacht lang mit jemand anderem zu teilen. Bei Greg hat das schließlich gut geklappt, nicht wahr? Und … ich muss dir ganz ehrlich gestehen, dass es eines der geilsten Erlebnisse meines Lebens war, deinem Bericht über dein Abenteuer mit Herrn König zuzuhören. Das alles von dir zu erfahren und dabei zu wissen, dass ich dich später bekommen würde, war einfach unglaublich. Die ganze Zeit über spürte ich, wie meine Säfte durch mein Höschen auf den Wagensitz sickerten. Es war gleichzeitig grässlich und wunderschön, und ich war richtig von dir in Bann geschlagen. Damals habe ich mich in dich verliebt. Ich mochte dich auch schon vorher schrecklich gerne, aber nach dieser Fahrt war es um mich geschehen.»

«Was willst du damit sagen? Willst du, dass ich ihn besuche?»

«So platt ausgedrückt, würde ich sagen, nein, aber wenn wir das Pferd andersherum aufzäumen, könnte es vielleicht ein enorm reizvolles Spiel für uns werden. Allerdings nur, wenn wir uns sicher sein können, dass sich dadurch zwischen uns nichts verändert.»

Ich war ein wenig besorgt, sie sage das nur, um mir das Eingeständnis zu entlocken, dass ich Herrn König tatsächlich wiedersehen wollte, und so blieb ich noch eine Weile in Deckung und überließ es ihr, Vorschläge zu machen.

«Hm?», fragte ich unverbindlich.

«Was, wenn wir sein Angebot in eines unserer Spiele integrieren?» Ich merkte, dass sie schon die ersten Pläne schmiedete und dass diese sie erregten. Ihre steifen Nippel zeichneten sich deutlich unter dem weißen T-Shirt ab. «Wenn ich einverstanden wäre, würdest du dann gehen?» Mit einem schalkhaften Blitzen in den Augen fügte sie hinzu: «Würdest du das für mich tun, Cassandra?»

Ich beugte mich über den Tisch, nahm ihr Gesicht in die Hände und pflanzte ihr einen Kuss auf die Nase. «Du bist unbezahlbar, Becky. Ja, ja, ja, liebend gerne.»

«Gut, dann hol doch mal die Postkarten her. Am besten schicken wir die Antwort auf der Stelle los, bevor wir es uns wieder anders überlegen.»

Bestimmt nicht, dachte ich, als ich auf der Suche nach den Postkarten die Schublade aufzog. Beim Durchwühlen der Blätterstapel, die darin lagen, fragte ich Becky, wie wir dieses Abenteuer in unsere Spiele integrieren würden. Ihre Antwort verblüffte mich. In gerade einmal drei Monaten hatte sie meine komplexe Sexualität vollkommen verstanden.

«Darüber zerbrich dir mal nicht dein Köpfchen. Das hier ist mein Spiel, und du weißt ja, wie gerne du es spannend magst. Ohnehin wirst du ja die unterwürfige Rolle übernehmen. Denk an die Lektion, die Herr König dich gelehrt hat: Du bist die Unterwürfige, und dein Schicksal ist es, alle Erfahrungen hinzunehmen, die dein dominanter Partner dir auferlegt», zitierte sie ihn mit einem Glucksen in der Stimme. «Welche Spiele auch immer Herr König mit dir spielen darf, bestimme letztlich ich. Du musst gar nicht wissen, was wir austüfteln, denn die Pläne kommen von mir; du verabredest dich mit ihm, das ist alles. Genieße die Spannung, Cassandra, denn das kannst du am besten.»

Herr König musste unser vorheriges Treffen ebenso sehr genossen haben wie ich, denn er war ein klein wenig ungeduldig. Nur vier Tage später erhielten wir die Karte mit den Anweisungen, und der Termin war für die kommende Woche festgesetzt. Ich war sehr glücklich darüber, denn das Warten war mir unerträglich. Becky weigerte sich, über ihre Pläne zu reden, und so blieb ich meinen eigenen grässlichen Phantasien überlassen. Ich war unablässig erregt, und Becky nutzte das natürlich aus. Praktisch jedes Mal, wenn sie an mir vorbeiging, grabschte sie durch die Jeans hindurch nach meiner Möse oder langte mir plötzlich unter den Rock, um mich auf das «Flittchensyndrom» zu testen, wie sie das nannte. In anderen Worten: Ich war geil.

In dieser Woche musste Becky für ein paar Tage beruflich zu einer Fortbildung, und ich weiß nicht, was schlimmer war: ihre ständigen Neckereien, wenn sie zu Hause war, oder ihre Abwesenheit.

«Hast du über unser neues Abenteuer nachgedacht, Cassie?», fragte sie bei ihrer Heimkehr. «Ich konnte an gar nichts anderes mehr denken. Ich weiß, dass wir anfangs ein bisschen besorgt waren, dein Wiedersehen mit Herrn König könnte unsere Beziehung belasten, aber inzwischen bin ich fest überzeugt, dass diese Erfahrung uns im Gegenteil wunderbare Anregungen für neue Experimente geben wird.»

«Was hat denn diesen Meinungsumschwung bewirkt?», fragte ich. Doch sie ließ sich nicht auf meine Frage ein und fügte nur hinzu, sie habe während ihrer Abwesenheit sehr viel nachgedacht. Ich wusste, dass sie über unsere Spiele reflektiert haben musste, denn sie war enorm aufgedreht und, wie ich später feststellte, ganz schön pervers drauf.

«Du kriegst bestimmt bald die Krise vom vielen Warten. Was würdest du von einem kleinen Spielchen halten, um uns die Zeit zu verkürzen?», beschwatzte sie mich am Küchentisch. Gerade hatte sie mich mit der Frage schockiert, ob es während meines Besuchs bei Herrn König irgendwelche Tabus für mich gebe. Ich wusste, dass sie üble Pläne hatte, und sie wusste, dass ich rattenscharf war. Ich ahnte, dass es einen Haken gab. Ihre Stimme war geradezu zuckersüß, und ich zitterte vor Angst und Spannung vor dem, was mich erwartete.

Ich bejahte die erste Frage – ich würde gerne mit ihr spielen – und verneinte die zweite: Zum Glück sei ich ohne Vorurteile groß geworden, und für mich gebe es keine Tabus, zumindest, seitdem ich auch anale Spiele genieße. Ich war schon vor langer Zeit zu dem Schluss gekommen, dass ein Spiel mich umso mehr erregte, je unanständiger und perverser es war. Ich war allmählich fast maßlos geworden: Je exzentrischer unsere Spiele waren, desto besser gefielen sie mir.

Sobald Becky mir ihre Frage gestellt hatte, überlegte ich krampfhaft, mit was für ekelerregenden Vorstellungen sie spielen mochte. Die Beiläufigkeit ihrer Frage führte mich nicht einen Moment in die Irre. Ich wusste, dass sie etwas ganz Bestimmtes im Sinn hatte und vor mir verbarg. Wenn ich nun aber wüsste, wie pervers ihre Pläne wirklich waren, wäre ich dann immer noch bereit, jetzt mit ihr in den Playroom zu gehen? Oder später mit Herrn König zu spielen?

Ja, wahrscheinlich schon, sagte ich mir.

Offensichtlich hatte sie sich meine Antwort so erhofft, und wahrscheinlich hatte sie genau den richtigen Zeitpunkt für ihre Frage ausgewählt – den Moment, in dem ich ungeduldig auf Sex wartete und nach Aufmerksamkeit gierte.

«Geh in den Playroom und erwarte mich dort, Cassandra. Ich komme in zehn Minuten, und ich möchte, dass du dir beim Warten vorzustellen versuchst, was dich erwartet. Bevor wir anfangen, musst du dich entscheiden, ob du wirklich bereit bist, alle Erfahrungen hinzunehmen, die deine dominante Partnerin dir auferlegt.»

Mit hämmerndem Herzen stieg ich die Speichertreppe hinauf. Ich hatte das Gefühl, dass dieses Spiel meine Unterwürfigkeit auf eine wirklich harte Probe stellen würde.

Als ich mitten im Zimmer auf dem Boden kniete, die Beine gespreizt und die Hände auf den Kopf gelegt, überkam mich ein Moment vollkommener Hingabe. So wie jetzt sollte es für immer und ewig bleiben; ich spielte nicht einfach nur die Unterwürfige; das hier war kein Spiel mehr. Es war meine Wirklichkeit.

Vollkommen von meinen Gedanken mitgerissen und vom Gefühl der Hilflosigkeit überschwemmt, verlor ich jedes Gefühl für die Zeit, und es kam mir so vor, als wären erst Sekunden vergangen, als Becky in den Raum trat und es mir erneut den Atem verschlug. Sie trug ein umwerfendes Latexkorsett, das ihre Brüste umfasste und auf der Vorderseite bis zur Hüfte mit Schnallen geschlossen wurde. Sechs breite Strumpfhalter spannten sich vom

Korsett über ihre Oberschenkel bis zum Bund der glänzend schwarzen Strümpfe, die im Kerzenlicht schimmerten. Beim Anblick ihrer Beine stöhnte ich auf. Von den Strümpfen war etwa eine Handbreit zu sehen, denn sie steckten im wundervollsten Paar schwarzer Überkniestiefel, das ich je gesehen hatte. Oder jedenfalls standen diese Stiefel Becky wahnsinnig gut. Sofort hatte meine Freundin allen Raum in meinen Phantasien zurückerobert. Wie eine mächtige Amazone stolzierte sie im Zimmer herum und tat dabei so, als machte sie sich hier und dort zu schaffen, stellte aber in Wirklichkeit nur ihren phantastischen Körper zur Schau. Unglaublich dominant und reizvoll stand meine Freundin mit gespreizten Beinen vor mir, und ihr String-Tanga aus Spitze befand sich genau auf meiner Augenhöhe. Ich roch ihren Moschusduft und hätte sie schrecklich gerne angefasst, wusste aber, dass das gegen die Regeln verstieß.

«Bist du bereit, Cassandra?»

Plötzlich wurde ich von einem so überwältigend starken Gefühl der Anbetung übermannt, dass ich mich vorwärtsstürzte und ihre Schenkel umarmte. Ich vergrub das Gesicht in ihrem Duft, doch sie stieß mich von sich und befahl mir mit einer sehr strengen, dem Playroom vorbehaltenen Stimme, aufzustehen und mich aufs Bondage-Bett zu setzen.

Sie ging zum Schrank, der mich immer mit Panik erfüllte – ich durfte niemals hineinsehen –, und wählte sorgsam eine Reihe von Gegenständen aus. Mit diesem Stapel, den sie zum Bett brachte, hatte sie offensichtlich etwas ganz Bestimmtes vor.

Was sie mir dann zeigte, war selbst für mich mit meiner neuentdeckten Sexualität ein Schock. Becky legte die Auswahl in ihrer glänzend schwarzen, sinnlichen Pracht vor mich aufs Bondage-Bett. Der erste Gegenstand, den ich in die Hand nahm, hatte eine äußerst merkwürdige Form. Anfangs hielt ich ihn für eine Art Schlüpfer oder etwas Vergleichbares, doch Becky nahm mir den Lappen glucksend aus der Hand und drehte ihn anders herum. Wie bei einer Handpuppe fuhr sie mit der Faust in die glänzende Latexhülle, und plötzlich war ein Gesicht zu erkennen. Es war eine Gesichtsmaske, und ihr Anblick und der Gedanke, sie aufzusetzen, erzeugten tief in meiner Möse eine pulsierende Hitze, aber gleichzeitig war ich außer mir vor Entsetzen.

Mit zitternden Händen nahm ich Becky die Maske ab, und sie sah mir mit leisem Lächeln zu, wie ich diese immer wieder in den Händen drehte und wendete, sie sogar zur Nase führte, um den berauschenden Geruch einzuatmen. Obwohl es ganz unverkennbar eine Maske war, gab es auf der Vorderseite keine Löcher für Augen und Nase, und statt einer Mundöffnung ragte an der entsprechenden Stelle ein etwa vier Zentimeter langes Schlauchstück heraus. Ich versuchte mir vorzustellen, was für ein Gefühl es wohl wäre, diese Maske zu tragen, und das Nächstliegende war das Halfter, das Herr König mir angelegt hatte.

Ich führte das Schlauchstück zum Mund, packte es mit den Zähnen und atmete tief ein und aus. Das ging überraschend mühelos.

Als Nächstes nahm Becky etwas zur Hand, das ich erst für ein Laken hielt, bis sie es ausschüttelte und ich erkannte, dass es Körperform hatte. Dieses Kleidungsstück war wie ein Latexsack, der einen Reißverschluss von unten bis oben besaß. Der obere Abschluss bestand aus einem Kragen, der mit einem Vorhängeschloss verschlossen wurde. Ich versuchte mir vorzustellen, wie es wohl wäre, in dem Sack wie in einem Kokon eingeschnürt zu werden, konnte diesen Gedanken aber mit keiner jemals gemachten Erfahrung in Verbindung bringen. Das weckte die Abenteurerin in mir. Jene Seite meiner selbst, mit der ich allen Ängsten mutig getrotzt hatte, als ich zu Herrn König ging, um meine Sexualität zu erkunden, machte sich erneut energisch bemerkbar.

«Ich habe beschlossen, dass es an der Zeit ist, Cassie, dich nun, nachdem du mich mit deinen geheimen Phantasien vertraut gemacht hast, auch in meine tiefsten Geheimnisse einzuweihen. Seit ich als kleines Kind eine Gummiunterlage im Bett hatte, bin ich wild auf Gummi und Latex. Wahrscheinlich habe ich als Kind viel länger ins Bett gemacht als nötig, nur, um diese Unterlage zu behalten, die Teil meiner Träume geworden ist. Ich hoffe, du lässt meine Phantasie ebenso vollständig zu einem Teil von dir werden wie ich die deinige.»

Bevor ich mir die anderen Sachen auf dem Bett anschauen konnte, nahm meine schöne Geliebte mich bei der Hand und zog mich hoch. Ich stand nackt und zitternd vor ihr, voller Angst vor dem, was mir bevorstand. Aber inzwischen war ich so weit, dass ich wirklich alles, was man als Mensch sexuell tun kann, am eigenen Leib erfahren wollte.

«Tu mir den Gefallen, Baby, und zieh das hier an», redete sie mir zu und hielt mir dabei das Mundstück vor die Lippen. «Du wirst weniger Angst empfinden, wenn du sie dir selbst aufsetzt. Danach helfe ich dir beim Zurechtziehen, bis die Maske bequem sitzt. Es ist mir sehr wichtig, dass du sie trägst, Cassandra. Ich möchte dich ganz und gar in hautengem Latex sehen, von mir beherrscht und zu meiner Wollust bestimmt. Damit meine ich wirklich alles, Arme und Beine, deinen ganzen Körper von Kopf bis Fuß, deinen Anblick, deine Stimme und deine Möse. Der Catsuit, den wir für dich gekauft haben, ist großartig, das hier aber ist die ultimative Latex-Fesselung.»

Die offizielle Verwendung meines Namens, ihre Bitte:

«Tu mir den Gefallen, Baby», und ihre sinnlich raue Stimme, das alles verband sich zu einer unwiderstehlichen Mischung. Meine Sinne wurden überflutet, und der letzte Rest von Widerstand schmolz dahin.

Ich nahm die Maske in die Hand, steckte mir das Mundstück zwischen die Lippen und atmete ein paar Mal ein und aus, um mich an das Gefühl zu gewöhnen. Die ganze Zeit über streichelte Becky mir die Brust und spornte mich zärtlich an. «Komm schon, Honey, du schaffst das. Das weiß ich. Du wirst wunderschön aussehen. Bitte, Baby, tu es für mich.»

Ich holte tief Luft, biss die Zähne zusammen, zog die Maske über und streifte sie nach unten, bis mein ganzer Kopf umschlossen war. Ein Weilchen atmete ich noch keuchend, doch Becky half mir beim Zurechtziehen und flüsterte mir weiterhin Zärtlichkeiten zu. Allmählich beruhigte ich mich und betastete die Maske vorsichtig: Sie fühlte sich fast wie eine zweite Haut an und war schon jetzt von meiner Körperwärme aufgeheizt. Meine von der Maske straff umschlossene Haarmähne ergoss sich aus der Halsöffnung und fiel mir weich über den Rücken hinab.

Ich spürte, wie Becky meinen eingeschnürten Kopf liebkoste und bei meinem Anblick beglückt aufatmete. Ich kam mir wunderschön vor, und das Wissen, dass ich nun die Verführerin aus Beckys tiefsten Phantasien war, machte mich erstaunlich heiter und gelassen.

Becky beugte sich dicht an mein latexbedecktes Ohr und fragte, ob ich für den Rest bereit sei. Ich nickte zustimmend.

Ich spürte, dass Becky versuchte, mein rechtes Bein anzuheben, und machte bereitwillig mit. Sie streifte etwas Kühles, Geschmeidiges über meinen Fuß, machte mit dem anderen Fuß dasselbe und zog das elastische Material, das sich bald als Latexschlüpfer entpuppte, nach oben. Das

Höschen war eng und klebte beim Hochziehen an meinen Schenkeln fest, doch Becky blieb beharrlich, und ich half durch Schlängelbewegungen so gut wie möglich mit. In letzter Zeit war ich sehr geschmeidig geworden.

Schließlich gelang es uns, das widerspenstige Kleidungsstück hochzubekommen. Mir war inzwischen vollkommen klar, dass dieser Schlüpfer unglaublich eng saß, und der Gedanke gefiel mir. Bevor Becky mir das Höschen über den Po zog, fuhr sie mit der Hand an seinem elastischen Bund vorbei in meinen schlüpfrig feuchten Schritt.

«Oho, was haben wir denn da für ein kleines, durchtriebenes Flittchen?», neckte sie mich, als sie die Anzeichen meiner Erregung spürte. Sie schob etwas, das sich wie ein schmaler Dildo anfühlte, in meine tropfnasse Möse. Ich umklammerte das Sexspielzeug dankbar und versuchte, seine Wirkung durch Schlängelbewegungen zu steigern, doch Becky zog es wieder heraus und lachte über meine Enttäuschung. «Sorry, Schätzchen, ich brauchte nur ein Gleitmittel. Und jetzt beug dich bitte vor, bis du die Zehenspitzen berührst.»

Angesichts dessen, was sie offensichtlich vorhatte, krampfte sich mir der Magen zusammen, doch natürlich gehorchte ich ihr. Ohne jedes Vorspiel drückte sie mir die Arschbacken auseinander und schob den Dildo in mein Loch, was erstaunlich mühelos ging. Ich stöhnte in das zwischen meinen Zähnen eingeklemmte Mundstück hinein und spürte zum ersten Mal, wie aus dem Mundstück ein kühler Tropfen Speichel nach unten fiel. Warum nur war das demütigender als das, was Becky mit meinem so verwundbaren Hinterausgang anstellte?

«Du kannst vorläufig gebückt bleiben, da kommt gleich noch was», sagte Becky, und ohne mir Zeit zu geben, mich an den Dildo zu gewöhnen, schob sie mir nun auch ein Sexspielzeug in die glühend heiße Möse. Damit waren beide Körperöffnungen vollgestopft, was ich absolut köstlich fand. Ich spannte die Muskeln an und entspannte sie wieder, um besser wahrnehmen zu können, wie rammelvoll ich war. Ich spürte das ganze Loch meiner Möse, und dazu kam noch der geile Druck gegen die Wände meines Arschlochs. Ich kann diese Empfindung nur annäherungsweise beschreiben. Es war, als wäre mein Unterleib in inwendige Fesseln geschlagen. Dieser Teil meines Körpers gehört mir nicht mehr. Er gehörte Becky; sie füllte ihn aus und beherrschte ihn.

Das Gefühl im Arsch war anders, weil mein Loch sich dort nicht angefüllt, sondern weitgeöffnet und den Elementen preisgegeben anfühlte. Sobald mir diese Vorstellung in den Sinn kam, erstarrte ich vor Angst. Der Gedanke, ich könnte die Kontrolle über meine Ausscheidungen verlieren, erfüllte mich mit Entsetzen. Tief in mir spürte ich Kälte aufsteigen. Ich brach leise jammernd auf dem Boden zusammen und versuchte angestrengt, Becky klarzumachen, wie grausam es von ihr war, mich so zu öffnen, doch mit der Maske über dem Kopf und dem Mundstück zwischen den Zähnen konnte ich weder sprechen noch verständlich nuscheln. Vielleicht bildete ich mir das Ganze nur ein und hatte in Wirklichkeit einen Dildo im Arsch, vielleicht ließ mich nur der Saft aus meiner Möse oder meine maßlose Erregung an einen Schlauch denken. Trotz dieser beruhigenden Gedanken konnte ich mich einfach nicht entspannen.

Becky setzte sich neben mich auf den Boden, nahm mich in die Arme und beruhigte mich mit leisen, gehauchten Zärtlichkeiten, bis ich für das nächste Stadium ihrer diabolischen Fesselung bereit war. Ich versuchte verzweifelt, die Arme aus ihrer Umarmung zu befreien, um zu ertasten, was sie in mich eingeführt hatte. Doch das ließ sie nicht zu. Sie hielt mir die Hände fest und flüsterte: «O nein, das lässt du schön bleiben. Deine Unkenntnis macht für dich doch gerade den Reiz aus, nicht wahr, Cassandra?»

Sie half mir wieder auf die Beine und zog mir das Höschen über die Pobacken, wo es die Dildos, die mich so köstlich folterten, an Ort und Stelle hielt. Sie ergriff nacheinander meine Hände, umschloss meine Handgelenke mit festen Ledermanschetten, führte sie hinter meinem Rücken zusammen und fesselte sie mit einer Schelle aneinander. Allmählich fühlte ich mich von allen Seiten eingeschnürt.

Als Nächstes zwickte Becky mich, die ich in hilfloser Erregung vor ihr stand, in die Nippel und zog und zupfte an ihnen, bis ich versuchte, mich vor ihrem Angriff in Sicherheit zu bringen. Aber sie wartete einfach nur ab, bis ich mich ein wenig entspannte, und machte dann weiter. Das Ziel war offensichtlich, mich für den nächsten Schritt in Fahrt zu bringen und meine armen Nippel empfindsamer zu machen, und wie üblich verrieten mich meine Titten und reagierten wie auf Knopfdruck.

Ich schnaufte vor Geilheit in die enge Gummimaske, und meine Säfte umströmten den Dildo in meiner Möse, der vom Latexhöschen festgehalten wurde. Mein Hinterausgang zog sich immer wieder in rhythmischen Zuckungen um den anderen Eindringling zusammen. Tatsächlich war inzwischen fast alles Latexmaterial, das irgendwie mit meinem Körper in Berührung kam, schlüpfrig nass von meinen verräterischen Körpersäften.

Schließlich genügte Becky die Schwellung meiner inzwischen hochempfindsam gewordenen Nippel, und sie drückte meinen Oberkörper nach unten und schnallte weiche Lederriemen um meine lose nach unten baumelnden Titten. Als ich mich wieder aufrichtete, wölbten sich diese stolz aus den Riemen, während meine Nippel schmerzhaft nach neuen Aufmerksamkeiten verlangten. Ich trat ein

Stück vor, bis ich Becky mit den Brüsten berührte, rieb die aufgeputschten, in Form geschnürten Titten an ihrem Körper und bettelte schamlos um mehr. Aber Becky trat mit missbilligendem Zungenschnalzen zurück.

«Komm schon, Cassandra. Das weißt du doch, oder? Ich entscheide, welche Teile deines Körpers wann Wollust empfinden dürfen, und nicht du.»

Ich stöhnte laut, doch Becky beachtete es nicht.

Als Nächstes führte sie mich zum Bondagebett und half mir, mich daraufzusetzen. Sie machte etwas mit meinen Füßen, und ich dachte, dass sie diese in den Latexsack steckte, doch dann bemerkte ich, dass sie mir nur Riemen um die Fußgelenke schnallte. Nachdem diese so gefesselt waren, dass mir kaum zwei Fingerbreit Bewegungsspielraum blieben, schnallte sie meine Knie mit einem weiteren Riemen zusammen, stellte mich noch einmal aufrecht hin und schloss den nächsten Riemen um meine Oberschenkel. Ich konnte mich immer noch minimal bewegen, gerade genug, um mich zappelnd zu winden, damit ich spüren konnte, wie die beiden Dildos sich tief in meinem Bauch aneinanderrieben.

Und dann folgte eine außergewöhnliche Erfahrung: Ich spürte, wie der kühle Latexsack über meinen brennenden, lustgeilen Körper glitt und sich, sobald er mich umschloss, in flüssige Hitze verwandelte.

Der moschusartige Duft des Latex, der jetzt schon meine Nase füllte, wurde immer stärker, als Becky den Sack weiter hinaufzog, über meine Brüste, meine gefesselten Arme und meine Schultern, bis er mich ganz umschloss. Inzwischen war das Duftgemisch, das der heiße Latex und meine Lustsäfte verströmten, ein zu Kopf steigendes Aphrodisiakum, und es kam mir vor, als müsste ich vor Geilheit bersten.

Becky zog langsam, ganz langsam, den Reißverschluss

zu, eine unausgesetzte Folter. Sie arbeitete sich meinen wogenden Brüsten entgegen, und ich spürte, wie erst die Beine und dann die Hüften eng umschlossen wurden. Die feste Latexhaut drückte meine Oberschenkel um die beiden Latexstöpsel zusammen, die mich ausfüllten und mich im schon jetzt schweißnassen Höschen von innen drückten und rieben. Dann wanderte der Reißverschluss nach oben, und der Sack umschloss meine Titten. Vor dem endgültigen Zuziehen zwickte Becky mich noch einmal in die Nippel und entlockte mir ein weiteres langgezogenes Stöhnen. Meine Brüste kamen mir riesig vor und meine Nippel ungeheuer, als sie am Reißverschluss zog und zerrte, um meine Möpse sicher in der Latexhülle unterzubringen.

Gerade als der Reißverschluss oben zuging, erschauerte ich, weil ein Rinnsal von eiskaltem Sabber vom Schlauch zwischen meinen Zähnen in den tiefen Spalt zwischen meinen steinharten Brüsten rieselte. Ich krümmte mich vor Scham über die peinlichen Körperflüssigkeiten, mit denen mein unanständiger Körper immer wieder meine Erregung verriet.

Ich stand auf unsicheren Beinen da und versuchte, mir vorzustellen, wie ich wohl aussehen mochte. Ich spürte, wie Beckys Hände von Kopf bis Fuß über meinen eingepackten Körper wanderten. Wieder und wieder streichelte und liebkoste sie mich in der inzwischen erhitzten Latexhülle, bis ich unter der engen Maske keuchte und wimmerte, überzeugt, dass ich umfallen würde, wenn sie nicht bald aufhörte. Als sie mit den Fingernägeln über meine latexbekleideten Nippel kratzte, kam ich einem Orgasmus so gefährlich nahe, dass ich taumelte. Becky hielt mich fest und hörte auf, mich zu quälen, was mich etwas ruhiger werden ließ, obwohl ich sogleich wieder nach der nächsten Berührung gierte. Als sie sich davon überzeugt hatte, dass ich unbedingt mehr wollte und dass jeder Nerv in meinem armen, gefangenen Körper vor Erregung schrillte, raffte sie die Maske unten am Hals eng zusammen. Dort zog meine geliebte Peinigerin den Latexsack mit einer Schnalle zusammen und prüfte durch Hin- und Herbewegen meines Kopfes, dass mir genug Platz blieb.

Ich wurde allmählich ein wenig ruhiger und fragte mich einen Moment lang, wie Becky jetzt, nachdem sie mich so raffiniert verschnürt hatte, an meine sexuell interessanten Partien herankommen wollte. Doch das war auch gar nicht ihre Absicht.

Sehr behutsam führte Becky mich rückwärts zum Bondagebett und setzte mich dort auf die Bettkante. Meine Beine von der Seite nach oben führend, legte sie mich vorsichtig auf den Rücken. Anfangs war mir das etwas unheimlich, und so nahm Becky mich wie zuvor in die Arme, streichelte mich und flüsterte mir zu, wie geil ich aussähe, wie sehr allein schon mein Anblick sie errege und wie großartig sie es fände, mich durch meinen Latex-Kokon zu berühren.

Ihre ausführliche Schilderung, wie schlüpfrig feucht ihre Möse sei und dass sie sich nur mit Mühe vom Masturbieren abhalten könne, war eine zusätzliche grausame Folter. Da geriet ich richtig außer mir und schrie sie an, so weit mir das möglich war, und zappelte herum, um ihr meine Missbilligung zu zeigen, doch all das stieß auf taube Ohren. Ich bekam ja auch nicht mehr als ein animalisches Grunzen und ganz, ganz schwache Bewegungen zustande, die wahrscheinlich von den Schlängelbewegungen, mit denen ich meine boshafte Peinigerin um Berührungen anflehte, gar nicht zu unterscheiden waren.

Ich spürte, dass Becky sich über mich beugte, und wand mich, damit sie mich streichelte, doch sie sagte einfach nur: «Ich lasse dich jetzt allein, Cassandra. Ich lasse dich eine ganze Stunde hier liegen. Du wirst nicht wissen, ob ich im

Zimmer bin oder nicht. Manchmal werde ich hier sitzen, dir zusehen und deinen Kampf beobachten und manchmal nicht. Ich hoffe, ich habe für genug Reize gesorgt, um dich sexuell unter Dampf zu halten. So, wie ich deine Titten umschnürt und deine Löcher vollgepackt habe, wirst du es vielleicht sogar schaffen, zum Orgasmus zu kommen. Ein- oder zweimal werde ich dir wahrscheinlich ein bisschen helfen, damit du unter Strom bleibst, und vielleicht biete ich dir sogar an, dich zu befreien; aber wenn du vor Ablauf der Stunde da raus bist, hast du am Ende nichts Schönes mehr von mir zu erwarten; die Entscheidung liegt also ganz bei dir.»

Sie vollendete meine Folterung, indem sie mich um Hüften und Brust am Bett festschnallte, wodurch ich mich, wie ich zugeben muss, etwas geborgener fühlte. Dann ging sie weg, und ich blieb allein und angestrengt auf jede Bewegung lauschend liegen. Aus irgendeinem Grund wollte ich unbedingt wissen, ob sie noch im Zimmer war, doch wie sehr ich auch die Ohren spitzte, die Maske sorgte buchstäblich dafür, dass ich im Dunkeln blieb. Ein paar Minuten lang lag ich einfach nur verunsichert da. Ich war vollkommen hilflos. Nicht einmal in Herrn Königs Gewalt hatte ich solche Entbehrungen durchlitten.

Für kurze Zeit überkam mich eine unbeschreibliche Woge der Liebe für Becky, aber ich weiß selbst nicht recht, warum. Natürlich liebte ich sie, aber dieses Mal war die überwältigende Empfindung unlöslich damit verbunden, dass sie alle Fäden in der Hand hielt und ich ihr, bis sie sich anders entschied, auf Gedeih und Verderb ausgeliefert war. Obwohl dieser Gedanke mir eine Höllenangst machte, überkam mich doch gleichzeitig eine solche Wollust, dass ich die Schenkel zusammenpresste, um in mir drin so viele Reize wie möglich zu erzeugen. Das einzige Problem dabei war, dass ich mit dem Zusammenpressen der Schenkel jedes Mal eine Kettenreaktion auslöste. Im ersten Moment überkam mich berauschende Lust, doch gleich darauf fühlte ich, wie sehr mein Arschloch aufklaffte. Dann ließ die schreckliche Angst, die Kontrolle über meinen Darm zu verlieren, ganz neue, peinigende Gefühle in mir aufsteigen. Die Angst, mich zu beschmutzen, bereitete allen Lustempfindungen ein Ende und überflutete mich mit einem Gefühl der Demütigung – also eine neue, erlesene Folter.

Innerhalb weniger Minuten – auch wenn sie mir wie Stunden erschienen – war ich mit den Nerven am Ende. Ich versuchte, die Titten an der Innenseite der schlüpfrigen Latexhülle zu reiben, und nutzte den winzigen Bewegungsspielraum meiner Oberschenkel aus, um die Dildos tiefer in meine Körperöffnungen zu bugsieren, doch das erregte mich einfach nur noch stärker. Das wiederum setzte die beschriebene, abscheuliche Kettenreaktion in Gang, und plötzlich fragte ich mich, ob ich es überhaupt *bemerken* würde, wenn ich die Kontrolle über meinen Darm verlor.

Ich wusste von anderen Gelegenheiten, dass ich Demütigungen als erregend empfand, auch wenn der Grund dafür mir unklar blieb. In nicht erregter Verfassung empfinde ich nicht das geringste Verlangen, gedemütigt zu werden, und vermeide solche Situationen um jeden Preis; wenn mir aber eine Demütigung aufgezwungen wird, bin ich plötzlich ein anderer Mensch.

Es ist, als würde etwas in meinem Innern sich entspannen und mir gestatten, mein Schicksal hinzunehmen und zu genießen. Ich verliere dann die Hemmungen, Dinge zu tun, die «man» nicht tut, und vertraue mich meinen eigenen Empfindungen an.

In dieser einzigartigen, vielschichtigen Gefühlsverfassung wand ich mich zappelnd auf dem Bett und überließ mich ganz meinen Gedanken. Je mehr ich mich in meine

Verfassung hineinsteigerte, umso schweißdurchtränkter und schlüpfriger wurde die enge Latexhülle, in der ich steckte. Ich versuchte, mir vorzustellen, womit Becky mich wohl nach Ablauf der Stunde zum Orgasmus bringen würde, doch schon bemächtigte sich meiner ein weiterer ungebetener Gedanke. Wenn sie nur gescherzt hatte und mich, wenn die Stunde vorüber war, noch länger auf die Folter spannte? Wenn sie mich für immer in der Latexhülle liegen ließ?

Gerade, als mir bei diesem Gedanken erneut Panik die Kehle zuschnürte, hörte ich neben dem Bett ein Geräusch und war sofort mucksmäuschenstill, um nach der Quelle zu lauschen. Die Panik war wie weggeblasen. Vor Erregung, dass ich nun wenigstens ein Minimum an Anregung erfahren würde, atmete ich so laut und keuchend, dass ich nur noch mich selbst hören konnte, und so fuhr ich erschreckt zusammen, als Becky mich schließlich berührte. Meine boshafte Peinigerin öffnete die Gurte, die mich am Bett festhielten, drehte mich auf die Seite und schnallte mich wieder fest.

Als ich dann mit fest umschnürten, bebenden Brüsten dalag, noch immer verzweifelt darum bemüht, durch das Zusammenpressen der Schenkel einen Orgasmus zu erreichen, der sich nicht einstellen wollte, versetzte Becky mir einen kräftigen Schlag auf den Arsch. Ich spürte, wie der Dildo mit einem Ruck tiefer in mich hineinfuhr, und keuchte gleichzeitig vor Verblüffung laut auf. Das hatte ich nicht erwartet, doch der scharfe Schmerz rüttelte mich auf, und von neuem zuckten und pulsierten alle meine erogenen Zonen. Danach ließ Becky mich wieder allein.

Diesmal achtete ich nicht darauf, ob sie den Raum verließ, weil ich mein Bestes tat, um mich selbst zum Orgasmus zu bringen. Ich warf mich hin und her, wand und schlängelte mich, bis unten im Latexsack, wo er meinen

Körper nicht unmittelbar berührte, kalte Schweißpfützen standen. Doch meine Bemühungen waren vergebens. So beruhigte ich mich wieder und überließ mich meinen Gedanken.

Ich war so komplett eingewickelt und verschnürt, dass ich vollkommen hilflos gewesen wäre, falls Becky mich in dieser Lage hätte belassen wollen. Würde ich es genießen, tagelang so gefangen gehalten zu werden? Wohl schon. Aber einen Moment später wusste ich plötzlich, dass ich tatsächlich wahnsinnig werden würde, wenn sie nicht bald käme und mich von meinem Elend erlöste.

Viele quälend langsam verstreichende Minuten später fühlte ich wieder ihre Hände. Sie öffnete die Schnalle am Hals und ein kleines Stück des Reißverschlusses, schob die Hände in die heiße, feuchte Hülle und ließ sie über meine bebenden Brüste gleiten. Auch diese winzige Geste brachte mich sofort wieder in Fahrt, und ich reagierte mit einem Stöhnen. Ich hoffte, dass sie sich meiner diesmal erbarmen und mich zum Orgasmus bringen würde, doch meine innere Uhr hatte mich betrogen, und ein weiteres Mal setzte sie mich nur unter Dampf, um den Reißverschluss wieder zu schließen und mich liegen zu lassen.

Diesmal ließ ich meine Gedanken schweifen. Ich dachte an unsere bisherigen Spiele und war noch immer erregt, als Becky sich wieder über mich beugte und mich samt meiner Latexhülle in den Arm nahm.

«Du siehst wundervoll aus, Cassandra», gurrte sie. «Du gehörst ganz und gar mir – so glänzend schwarz und glattverpackt, wie du bist. Nicht ein einziger Zentimeter deines Körpers befindet sich nicht unter meiner Kontrolle.» Dann beugte sie sich dicht an mein Ohr und flüsterte: «Mir gehört sogar dein Gedärm.»

Mein Magen verkrampfte sich, als ich die Muskeln meines Hinterausgangs zusammenpresste, damit alle Körperausscheidungen dort blieben, wo sie derzeit waren, doch gerade dadurch begannen all meine anderen erogenen Zonen heftig zu pulsieren. Ich kämpfte auf verlorenem Posten. Ich röchelte und stöhnte in meinen Atemschlauch, hoffend, sie würde verstehen, dass ich um Erlösung flehte, bevor mein Körper mir eine Niederlage bereitete. Doch sie beachtete mich nicht.

Becky löste die Gurte des Bondage-Betts erneut, legte mich auf den Rücken und führte mich in die Freuden ein, die ein Doppelreißverschluss zu bieten hat. Ich spürte kühlere Luft an den Beinen, als sie den Sack von unten aufmachte. Dann zwängte sie ihre Hand zwischen meine zusammengeschnürten Oberschenkel und schaffte es mit Mühe, meine Möse zu berühren. Mehr war nicht nötig.

Wie eine Schlange drängte ich mich gegen ihre Hand, um irgendetwas zu finden, das mich dem Höhepunkt näherbrachte, und endlich reagierte sie und presste den Handballen auf meinen Venushügel, wodurch der Dildo noch ein kleines Stück tiefer rutschte.

Wieder stöhnte ich auf und stieß mich mit dem Becken gegen sie, um dem Druck, der sich in mir aufbaute, ein Ventil zu verschaffen. Bei meinen Stößen, die Becky nun mit der Hand erwiderte, keuchte ich heftig durch das Mundstück, und der Schweiß lief mir in die Augen. Sie schob die Hand so weit wie möglich zwischen meine Oberschenkel und befreite die Hautfalte, die meine Klitoris barg, aus ihrer Latexverpackung. Dass ich dem Ziel ganz nahe war, wusste ich, als sie den Kitzler unter seinem Häubchen hervorschob und das Zentrum meiner Erregung freilegte. Im Kontakt mit der Außenwelt fühlte mein ungeschützter Kitzler sich wund an und zuckte, als wollte er unter seine Hautfalte zurückschlüpfen. Aber Becky kreiste mit Fingern, die von meinen Säften troffen, gnadenlos immer wieder über die Nervenendungen, bis ich mich hin- und herwälzte und meine Lenden ihrer Hand entgegenstieß.

Ich spürte, wie mir von der vergeblichen Anstrengung die Tränen in die Augen stiegen und sich mit dem Schweiß vermischten, von dem die Maske innen troff. Ich drückte die Augen fest zusammen und konzentrierte mich – auf den Schlauch in meinem zusammengekniffenen Arsch, auf den Stöpsel, der meine krampfhaft zuckende Möse bis zum Bersten füllte, auf die Riemen um meine schmerzenden Titten und auf den Latex, der meine übererregten Nippel umschloss. Ich verbiss mich mit den Zähnen in das Mundstück und gab mich mit dem ganzen Körper den Kreisbewegungen von Beckys schlüpfrigen Fingerspitzen hin, die mich energisch an meine Grenzen führten.

«Ich möchte, dass du jetzt kommst, Cassandra, aber vergiss nicht, den Arsch zusammenzukneifen – wir wollen ja nicht, dass dir ein Malheur passiert, oder?» Beckys Worte hallten wie Donner durch meinen Kopf, und ich spannte den Beckenboden so fest wie möglich an, von der Vision verfolgt, dass mein Inneres sich gleich nach außen ergießen würde. Die Wellen von Demütigung und Scham, die durch das ständige Fummeln an meiner Klitoris noch verstärkt wurden, lösten den Orgasmus aus, der mich in harten Stößen durchschoss. Ich ruckte und wand mich, bis die Zuckungen nachließen, doch noch immer war mein ganzer Körper rund um den Dildo im Aufruhr, während ich den Arsch in Panik zusammenkniff.

Fünfzehn

Cassandra,

mit Vergnügen habe ich vernommen, dass du zu deiner dritten Lektion bereit bist und sie hoffentlich ungeduldig erwartest. Diese Lektion wird dich einen großen Schritt voranbringen; ich hoffe, dass du innerlich darauf eingestellt bist.
Ich hole dich Freitag um 19 Uhr ab und bringe dich zu meinem Landhaus. Bitte erwarte mich mit verbundenen Augen abfahrtbereit hinter der Haustür. Du musst nichts mitnehmen. Alles, was du brauchst, ist vorhanden.

Herr König

Wir brüteten beim Frühstück über den Zeilen und versuchten, uns vorzustellen, was er im Sinn haben mochte. Ich kann mich nicht erinnern, jemals so aufgeregt gewesen zu sein, aber das habe ich wohl schon ziemlich oft gesagt. Becky war anfangs etwas still, aber nachdem wir darüber gesprochen hatten, erschien sie mir schließlich nicht weniger erregt als ich.

«Das Ganze klingt ein bisschen gewagt, Cassie. Bist du dir sicher, dass du es wirklich durchziehen willst? Was, wenn du dort eintriffst und er etwas mit dir anstellt, was dir zutiefst zuwider ist? Was machst du denn dann?»

«Ich möchte dich nicht schockieren, Becky, aber falls er versucht, mich in eine Situation zu manövrieren, in der ich mich unbehaglich fühle, würde gerade diese Tatsache es noch aufregender für mich machen. Wenn ich so darüber nachdenke, weiß ich gar nicht, wie ich es bis Freitag aushalten soll. Ich bin superscharf, Becky. Die Vorstellung, dass du weißt, was ich mache, und dass dich das in Stimmung bringt, ist dann noch das Sahnehäubchen für mich.»

«Wir sollten bei dir im Büro anrufen und dich krank melden, sonst muss ich dich noch entführen und schänden», bemerkte Becky. Ich nahm mir rasch eine Scheibe Toastbrot vom Tisch, vertröstete sie auf später und eilte zur Arbeit.

Es ist für eine submissive Frau etwas sehr Erregendes, im Büro die Chefin zu sein. Als ich den Wagen auf dem Firmenparkplatz abstellte, fiel mir auf, dass Kevin, ein junger Bursche aus der Firmenpoststelle, mein Eintreffen beobachtete. Damit er auch etwas zu sehen bekam, versäumte ich es, meinen Rock beim Herausschwingen der Beine nach unten zu ziehen. Ich rief ihn zu mir, doch der arme Kerl zitterte beim Näherkommen.

Ich betrachtete ihn von Kopf bis Fuß, strich mir den engen Rock glatt und bat ihn mit meiner erotischsten Stimme, mir Aktentasche und Notebook ins Büro hinaufzutragen.

«Jawohl, Frau Paige ... ähm, sofort, Frau Paige», stammelte er, nahm den Stapel, den ich ihm reichte, und ging mir voran ins Büro. Wie üblich summte es im Großraumbüro der anderen vor Aktivität. Die Angestellten hämmerten auf ihre Tastaturen ein, und meine eigene Sekretärin schenkte Kevin, meinem Packesel, ein wissendes Lächeln und warf mir dann einen fragenden Blick zu.

«Ich weiß», meinte ich achselzuckend, nachdem Kevin

die Sachen auf den Schreibtisch gestellt und sich scheu verdrückt hatte. «Ich kann der Versuchung einfach nicht widerstehen, ihn ein bisschen zu ködern. Sehen wir den Tatsachen ins Gesicht, Amanda, er fordert es aber auch wirklich heraus, oder?»

«Also, ich finde ihn ganz reizend. Wollen Sie ihn nicht einfach bemuttern?», fragte sie.

Als ich in mein Büro trat und mich an den Schreibtisch setzte, folgte Amanda mir mit der Tagespost und knallte sie vor mir auf den Tisch, blieb aber noch stehen.

Ich blickte zu ihr auf und dachte daran, wie Gregs Hoden gegen Beckys Schritt geklatscht hatten und wie er seinen Steifen immer wieder in meine Freundin gerammt hatte. Ich überlegte, wie sehr er sich doch von dem Jungen aus der Poststelle unterschied, und kam zu dem Schluss, dass ich noch nie das Bedürfnis empfunden hatte, irgendjemanden zu bemuttern.

«Gibt es sonst noch irgendwas?»

«Mhm, Ihre Freundin Becky hat gerade angerufen und Sie gebeten, heute Abend unverzüglich nach Hause zu kommen, weil sie Pläne habe. Sie sagte, Sie wüssten schon Bescheid.»

Ich bedankte mich errötend. Beim Weggehen drehte sie sich noch einmal kurz mit hochgezogenen Augenbrauen nach mir um.

Steck deine Nase nicht in fremde Angelegenheiten, Amanda, dachte ich, während ich die Unterlagen für meinen ersten Termin bereitlegte. Der Tag war im Grunde jetzt schon gelaufen. Sobald mir auch nur ein einziger unanständiger Gedanke in den Kopf kam, war es mit meiner Konzentration vorbei. Ich wusste, dass ich bis zum Feierabend, wenn Becky mich von meinem Elend erlöste, den ganzen Tag wie auf glühenden Kohlen sitzen würde.

Als ich an diesem Abend nach Hause kam, ließ Becky mir nicht einmal Zeit, ihr guten Tag zu sagen.

«Prima. Rauf in den Playroom», rief sie lachend, bevor ich auch nur meine Jacke ausziehen konnte.

Wir rannten kichernd und einander schubsend nach oben, bis wir durch die Tür stolperten und Becky wie üblich das Kommando übernahm.

«Ich hab ein Geschenk für dich. Mal sehen, wie es dir gefällt.»

Sie ging zum Schrank, ihrer persönlichen Pandora-Büchse, und holte etwas aus schwarzem Leder heraus. «Zieh dein Höschen aus, Cassie. Ich glaube, das hier wird dir gefallen.»

Während ich den Slip auszog, kam sie zu mir, stellte sich neben mich und hielt mir das Spielzeug zum Betrachten hin. Ich war sprachlos.

«Komm schon, Cassandra. Du wirst dich daran gewöhnen, und es ist ja nur für drei Tage.»

«Was?», rief ich, einen Schritt zurücktretend, aus.

Doch wie üblich kapitulierte ich, und sie legte mir sorgfältig den weichen, ledernen Keuschheitsgürtel um. Als Erstes schob sie einen recht beeindruckenden Dildo in meine Möse, der viel zu mühelos hineinglitt; wieder verriet mein unstillbarer Hunger nach Erfahrungen sich durch reichlich fließende, schlüpfrige Säfte.

Als der weiche, elastische Pfropf in mir Platz gefunden hatte, legte sie mir ein Spinnennetz von Riemen um Hüften und Taille. Es war verwirrend, doch wie die letzten Teile eines Puzzles fügte sie schließlich alles durch einen Haltebügel mit Vorhängeschloss zu einem Ganzen. Sie brachte das Schloss voller Begeisterung vor meinem Unterleib an und stieß dann einen zufriedenen Seufzer aus.

Ich betastete mein neues Bekleidungsstück mit den Händen und stellte zu meinem Entsetzen fest, dass nicht nur der Dildo so lange fest in mir drinsteckte, bis Becky bereit war, mich von ihm zu befreien, sondern dass ich auch nicht an meine Klitoris herankam. Ich versuchte, den Finger unter dem Leder hindurchzuschieben, doch das war unmöglich. Und wenn ich den Kitzler durch das Leder hindurch zu bearbeiten suchte, war die Empfindung so gedämpft, dass es die Mühe nicht lohnte. Es gab einen kleinen, ovalen Schlitz, durch den ich pinkeln konnte, aber der war so winzig, dass sich damit nichts anfangen ließ. Der breite Gurt, der den Plug in meiner Möse festhielt, führte vom Hüftgürtel über meinen Venushügel nach unten, drückte die Klitoris platt und öffnete sich dann leicht für den kleinen ovalen Schlitz. Unmittelbar hinter dem Dildo, den er in meine Möse presste, gabelte er sich auf, umschloss meine beiden Pobacken und vereinigte sich wieder am Hüftgürtel.

«Und jetzt? Wie sollen wir denn jetzt was machen?», jammerte ich, obwohl ich es insgeheim genoss, so gefesselt zu sein.

«Nur Geduld, Cassandra. Du bekommst deine Chance am Freitag. Bis dahin würde ich dich gerne in einer Verfassung hilfloser Erregung lassen. Und jetzt komm mit.»

Vom Gürtel umschlossen, wie ich war, führte sie mich an der Hand ins Schlafzimmer und legte sich mit nackten, weitgespreizten Beinen aufs Bett.

«Ich möchte, dass du mich befriedigst, Cassie. Leg dich zwischen meine Beine und zeig mir, wie brav und unterwürfig du bist. Von heute bis Freitag wirst du mich täglich mit der Zunge lieben, und bis dahin ist deine nichtsnutzige kleine Muschi so verzweifelt scharf, dass du verzweifelt um Aufmerksamkeit flehst.»

Aber so ist es doch jetzt schon, dachte ich.

Ich hätte mich gerne geweigert, weil ich wusste, wie schwer es mir fallen würde, Becky zum Orgasmus zu bringen, ohne selbst zum Höhepunkt zu kommen, doch der Anblick, wie sie so einladend auf dem Bett lag, verlockte mich zu dem Pakt. Ich schob mich zwischen ihre Beine und tat die beiden Dinge, die ich am besten kann: ihrem Befehl gehorchen und ihre Möse mit meinem gehorsamen und willigen Mund bearbeiten. Als Becky sich kurz vor der Klimax lustvoll auf dem Bett wand, meinte ich, vor Erregung bersten zu müssen. Ich wusste gar nicht, wie ich es bis Freitag aushalten sollte.

Jeden Morgen schloss Becky das Vorhängeschloss auf und gestattete mir, unter ihren Augen zu duschen, und dann legte sie mir den Keuschheitsgürtel sofort wieder an. Sie ließ mich tatsächlich so präpariert zur Arbeit gehen. Drei Tage lang saß ich in ständiger unbefriedigter Erregung auf dem Dildo. Er wurde geradezu ein Teil meiner selbst, und der Lustsaft sickerte unaufhörlich in mein Höschen. Wenn mir schon vor dieser Woche die Arbeit oft schwergefallen war, so war nun jede Art von Konzentration ein Ding der Unmöglichkeit. Wenn ich versuchen wollte, den strömenden Honig am Fließen zu hindern, musste ich die Muskeln anspannen, und das verstärkte die Wirkung des Plugs in meiner Möse und erregte mich nur noch zusätzlich, bis ich wirklich fürchtete, den Verstand zu verlieren.

Ich bildete mir ein, alle Leute starrten mich an, bemerkten mein gerötetes Gesicht und wüssten über meinen Zustand unausgesetzter sexueller Erregung Bescheid, aber keiner sagte irgendetwas, und so hielt ich mich einfach zurück und ließ mich so selten wie möglich im Büro blicken.

Schließlich rückte der Freitagmorgen heran, und da Becky und ich uns beide einen Urlaubstag genommen hatten, lagen wir bis mittags im Bett und unterhielten uns darüber, wie der Abend wohl verlaufen würde. Danach war Becky so geil, dass sie wieder einmal meine Finger und meine Zunge in Anspruch nahm, und ich erreichte ein Stadium, in dem ich praktisch senkrecht die Wände hochging. Sie reizte mich noch weiter auf, indem sie ständig mit meinen Titten herumspielte, wobei ich immer meinte, gleich den Orgasmus zu erreichen, es dann aber doch nie ganz schaffte. Es gefiel ihr, mich so zur Verzweiflung zu treiben, weil es mich noch abhängiger von ihr machte und sie sich umso sicherer sein konnte, dass das Erlebnis, das mir bei Herrn König bevorstand, unsere Beziehung nicht beeinträchtigen würde.

Als wir schließlich aufstanden, berieten wir uns stundenlang über mein Outfit. Wir wollten mein Bedürfnis, in Beckys Augen sexy auszusehen und mich selbst sexy zu fühlen, mit der anderen Notwendigkeit verbinden, angemessen vor Herrn König zu erscheinen. Als wir fast schon die Hoffnung aufgegeben hatten und das Bett mit Stapeln von mehr oder weniger perversen Kleidungsstücken bedeckt war, fiel mir das Korsett ein, das ich damals in London gekauft hatte. Ich hatte keine Gelegenheit gefunden, Becky damit zu überraschen, und schlug es jetzt vor. Von meiner Beschreibung offensichtlich erregt, drängte Becky mich, es hervorzuholen.

Wir fanden es beide genau richtig und beschlossen, dass ich darin für den Anlass perfekt gekleidet war, falls ich es mit den Überkniestiefeln kombinierte, die Becky im Playroom getragen hatte.

Gegen siebzehn Uhr sagte Becky, nun werde es Zeit für sie, mich fertig zu machen. Ich war entzückt, dass sie mir helfen wollte. Ich wusste, dass so das bevorstehende Abenteuer – falls überhaupt möglich – für mich noch aufregender werden würde.

Wir gingen in den Playroom, wo Becky mir behutsam den Keuschheitsgürtel abnahm, was mich mit einer klaffenden Leere in der Möse zurückließ. Meine Hand schoss instinktiv nach unten, doch Becky schlug sie unwirsch zur Seite und schleppte mich zum Bondage-Bett. Sie legte mich auf den Rücken und befahl mir, die Beine breit zu machen. Ich war dankbar, dass ich nun endlich Erleichterung finden würde, doch Becky überraschte mich erneut; das tat sie in letzter Zeit ziemlich oft.

Mit dem strengen Verbot, zwischenzeitlich an mir herumzufummeln, ging sie ins Bad und kehrte mit einer Schale voll warmem Wasser, Rasierseife und einem Rasiermesser zurück. Mein Magen zuckte, als ich sah, was sie vorhatte.

Sie öffnete mir die Schenkel, legte ein Handtuch unter mich und schäumte dann mein Mösenhaar mit viel warmem Seifenschaum ein, bis es weich und geschmeidig war. Dann legte sie mit dem Rasiermesser los.

Die massierende Berührung ihrer Hände, die kühle Seife und das Schaben der Rasierklinge gossen Öl ins Feuer meiner Erregung, doch ich reagierte so verhalten wie möglich, weil ich genau wusste, dass Becky aufhören würde, falls sie befürchten musste, dass ich auf diese Weise zum Höhepunkt kam.

Ich konnte aber nicht verhindern, dass sich mir hin und wieder ein leises Wimmern entrang und mir Schauder den Rücken hinunterliefen, wenn sie die Klitoris zur Seite drückte oder meine kleinen Mösenlippen zur Seite zog, um mich ganz glatt zu rasieren. Als sie dann mit feuchten, schlüpfrigen Fingern zwischen meine Mösenlippen fuhr und meine harte Klitoris streifte – versehentlich, wie sie mir versicherte –, stöhnte ich laut auf und hatte alle Gedanken an die vor mir liegende Nacht vergessen. Ich stieß ihr das Becken lüstern entgegen, doch sie drückte mich wieder hinunter und setzte ihre Arbeit fort. Richtig schlimm wurde es erst für mich, als sie beinahe fertig war und begann, zwischendurch immer wieder mit der Hand zu überprüfen, ob sie mich auch richtig glatt rasiert hatte.

Irgendetwas in meiner Konstitution ist so geartet, dass ich unheimlich geil werde, wenn mein Partner bei einem Spiel vollkommen ungerührt und gelassen auf meine Erregung reagiert, und genau das geschah hier. Becky nahm meine Rasur so emotionslos vor, als schälte sie einen Topf Kartoffeln, und ihre vollständige Missachtung meiner immer verzweifelteren Erregung verschärfte meine Verfassung so fatal, dass ich sie schließlich am liebsten weggestoßen und mich wütend und aufgebracht selbst befriedigt hätte.

Ich gab mir wirklich alle Mühe, mich zu beherrschen, doch dann fiel mir Herrn Königs Art ein, mich ebenfalls wie einen Gegenstand zu behandeln und wie das damals meine Leidenschaft angefacht hatte. Das brachte mich nur noch mehr aus der Fassung.

Mit ihrer nächsten Anweisung gelang es Becky erneut, mich zu verblüffen. «Okay, Cassandra, hier vorn bin ich fertig. Dreh dich um und stell dich auf alle viere.» Ich weiß nicht, warum ich, mein Hinterteil betreffend, immer noch so schüchtern war, aber ich kam ihrem Befehl nur sehr widerstrebend nach und atmete tief durch, als sie dieselbe Prozedur in meiner Arschspalte durchführte. Mein ganzer Körper lechzte nach Befriedigung, doch sie machte einfach weiter und entfernte jedes einzelne Härchen zwischen den Arschbacken, sogar den weichen Flaum unmittelbar um das enge, fest verschlossene Loch. Ich wurde gut auf meine Begegnung vorbereitet.

«Ich muss noch tiefer, Cassandra. Zieh bitte einmal deine Arschbacken auseinander.» Ihre Stimme klang unglaublich gelassen und beherrscht.

«Das kann ich nicht», flehte ich sie an. «Bitte, zwing mich nicht dazu. Es geht wirklich nicht.»

Sie unterbrach einfach ihre Arbeit und gab dem Wasser Zeit, auf meiner Haut abzukühlen. Sie wusste, dass ich irgendwann nachgeben würde. Sie sagte mir nicht, dass ich mich wieder umdrehen solle; sie reagierte weder verärgert, noch versuchte sie, mich zu überreden. Sie hielt einfach inne und wartete ab.

«Becky, bitte, du weißt doch, wie ich das hasse», hielt ich ihr entgegen. Doch diese Diskussion fand eigentlich in mir selbst statt. Becky hatte nichts mit den inneren Qualen zu tun, die ich in den Griff bekommen musste. Das Für und Wider lieferte sich eine Schlacht in meinem Kopf. Wenn ich nachgab, wurde es irgendwann lustvoll, doch zuvor musste ich die schreckliche Demütigung durchleiden. War es das wert?

Widerstrebend beugte ich mich vor, um meine Schultern auf dem Bett abzulegen und die Arme frei zu bekommen. Danach war ich aber erneut entmutigt, weil mein Hinterteil jetzt so schrecklich nach oben ragte. Mein Arsch krampfte sich wie wild zusammen, als ich die gespreizten Hände auf die Hinterbacken legte und versuchte, Beckys Befehl zu befolgen. Aber ich konnte es einfach nicht bis zum Ende durchziehen. Ich konnte mich nicht überwinden, die Arschbacken auseinanderzuzerren und mein tiefstes Inneres freiwillig ihrem Blick zu offenbaren.

Ich brach auf dem Bett zusammen und flehte sie an, nicht auf ihrem Befehl zu beharren, doch sie blieb hart. Sie wusste ja genau, wie sehr ich mich in Wirklichkeit danach sehnte, mich vor ihr zu erniedrigen.

Schließlich erbarmte sie sich meiner und gab mir mit einem strengeren Befehl die nächste Gelegenheit, zu gehorchen:

«Wenn du nicht einmal eine so simple Anweisung ausführen kannst, macht es eigentlich nicht viel Sinn, heute

Abend da hinzugehen, oder?» Ihre Verachtung war so kränkend, dass ich diesmal tat, was ich sollte.

Ich nahm wieder die geforderte Position ein und stählte mich. Erneut packte ich meine Arschbacken mit den Händen und zog sie diesmal schamlos auseinander, von Wellen der Demütigung überflutet.

Ich behielt die Arschbacken fest im Griff, während Becky ihre Arbeit fortsetzte und den störenden Flaum einseifte und entfernte, bis ich überall vollkommen glatt war. Dann versetzte sie mir einen spielerischen Klaps auf den Arsch, forderte mich auf, mich umzudrehen, und zog mich vor die Spiegelwand.

«Schau, ist das nicht wundervoll?», neckte sie mich. «So zart und rosig wie ein Baby. Schau nur deine Mösenlippen an, wie unverschämt sie vorstehen, und ich kann sogar deine Klitoris erkennen. Schau nur, Cassie, schau.»

Ich war erstaunt, wie nackt ich mich beim Anblick meines rasierten Geschlechts fühlte. Ein Geschlechtsteil konnte man meine Möse in diesem Zustand eigentlich gar nicht nennen. Sie wirkte unglaublich unverschämt und primitiv, zur Schau gestellt und mit dunklen kleinen Mösenlippen, die abstoßend vorstanden. Nichts war geheim oder verborgen: Alles war zu sehen und verfügbar und überließ nichts der Phantasie. Ich war begeistert. Meine neuentdeckte Unterwürfigkeit und meine sexuelle Bedürftigkeit waren damit wunderbar ausgedrückt.

Ich fuhr über die rasierte Haut und war angenehm überrascht, wie glatt und geschmeidig sie war. Verwundert, dass Becky diese Bewegung nicht unterbunden hatte, suchte ich ihren Blick im Spiegel und stellte zu meinem Entzücken fest, dass sie mich nun gewähren lassen würde. So ließ ich mich rückwärts in ihre Arme sinken und massierte mich – Mösenlippen, Schlitz und Klitoris – und ließ die Finger durch die reichlich fließenden Säfte gleiten, während Becky mir Schultern und Brüste liebkoste. Ich fürchtete, dass sie mich nur foppen wollte, doch als ich mich in rasender Geschwindigkeit meinem Ziel näherte, entspannte ich mich und genoss es, dass ich ihr einen so aufreizenden Anblick bot.

All der aufgestaute Sexfrust der vergangenen drei Tage sammelte sich tief in meiner Mitte und zerbarst in einer Explosion von Lust, die meine Hände mit Säften überströmte, während meine Möse zuckend nach dem Dildo suchte, der nicht mehr da war. Erschöpft und befriedigt sank ich zu Boden.

«Und was ist mit dir?», fragte ich, als Becky sich neben mich auf den Boden setzte und mich in die Arme nahm. «Darf ich dich jetzt befriedigen?»

«Ich kann warten, mein Liebling. Ich mag es sogar, mich tagelang in einem Zustand der Erregung zu befinden. Aber trotzdem danke.»

«Aber du musst vielleicht eine Ewigkeit warten!», bedrängte ich sie, weil ich sie so gerne gekostet und den Kopf zwischen ihre zupackenden Schenkel gebettet hätte.

«Lass das nur meine Sorge sein, Cassie. Ich werde es schon ertragen», fügte sie hinzu, belustigt, dass ich noch immer nicht genug hatte.

Ich ging duschen, und der Gedanke an eine masturbierende Becky löste ein ganz leises Zittern und Beben in meinem Bauch aus.

«Wollen wir doch mal sehen, wie hübsch wir dich für dein Abenteuer zurechtmachen können.»

Becky setzte mich vor den Frisiertisch und trug ein leichtes Augen-Make-up bei mir auf. Sie umrahmte meine Lippen mit einem hochroten Lippenstift, malte sie dann aus und machte mir so ein lüsternes Schmollmündchen.

«Das bringt mich auf einen Gedanken», bemerkte sie und färbte die Warzenhöfe meiner Nippel mit demselben tiefroten Stift. Der Vollständigkeit halber musste ich mich dann mit gespreizten Beinen auf den Boden setzen, woraufhin sie meine inneren Schamlippen mit derselben Farbe versah.

Genau wie in meiner Phantasie beförderte sie mich dann an den Bettpfosten, legte mir das hübsche Korsett um, schnürte es im Rücken zusammen und befahl mir, mich am Pfosten festzuhalten. Während sie die Schnüre immer enger zog und ich mich mit aller Kraft festklammerte und den Atem anhielt, schmeichelte sie mir unausgesetzt, wie gut mir das Korsett stehe und wie stolz sie auf mich sei.

Das Girl im Shop hatte recht gehabt. Am Ende dieses Tauziehens war ich bei einer Wespentaille von achtundfünfzig Zentimetern angelangt, und, genau wie vorhergesagt, ließ das Korsett meine Hüften noch üppiger wirken und betonte die weiblichen Rundungen meines Körpers.

Becky hieß mich wieder hinsetzen, bürstete mein langes Haar auf Hochglanz – ein rötlich funkelnder Wasserfall – und band es an den Schläfen, farblich passend zum Korsett, mit einem schwarzen Band nach hinten. Ich ging zur Tür und war schon beim ersten flüchtigen Blick in den Spiegel entzückt. Mein Haar hing in weichen Wellen auf das Korsett hinunter, und meine Figur erinnerte an ein viktorianisches Gemälde, das ich einmal gesehen hatte. Durch die enge Schnürung quollen meine nach oben gepressten Brüste aus ihren Spitzenkörbchen, und die Hüften rundeten sich zu sinnlichen Kurven. Die Taille war eng geschnürt, das Band dann vier- oder fünfmal darumgeschlungen und schließlich hinten zu einer Schleife gebunden worden, die mir verführerisch über den Hintern baumelte.

Meine Augen wanderten weiter nach unten, bis dahin, wo meine hochroten Mösenlippen unter dem Spitzensaum des Korsetts hervorlugten. Ich sah zum Anbeißen aus und war so gespannt auf mein Abenteuer, dass ich zur Uhr blickte und mir wünschte, dass es schon sieben wäre.

Die restlichen vierzig Minuten ging ich unruhig auf und ab, während Becky gelassen dasaß und meine Aufregung beobachtete. Wir hatten ein paar Minuten damit zugebracht, mir Strümpfe und Stiefel anzuziehen, die mein unterwürfiges Outfit vervollständigten, doch danach fand ich keine Ruhe mehr. Ich stolzierte herum, um mich an die hohen Stiefel zu gewöhnen, und dachte dabei an das Pony-Girl in dem Sexmagazin und daran, wie sehr diese Story mich damals erregt hatte.

Es gab nichts mehr, was mich beschwichtigen und die Angst bannen konnte, die sich am Rande meines Bewusstseins zusammenballte und darauf wartete, sich auf mich zu stürzen und mich zu vernichten.

Um Viertel vor sieben beschloss Becky in ihrer unendlichen Weisheit, dass ich mich endgültig für Herrn König bereit machen sollte. Sie holte die gemeinsam ausgesuchte lederne Augenbinde hervor, blickte mir aber noch ein letztes Mal in die Augen: «Bist du dir sicher, dass du das wirklich willst, Cassandra? Du machst das nicht nur mir zuliebe, oder?»

Ich holte tief und zitternd Atem, küsste sie heftig auf den Mund, nahm ihr die Augenbinde aus der Hand, streifte sie über den Kopf und rückte sie bequem zurecht.

Und das war's: Ich befand mich allein in der Diele und wartete darauf, dass Herr König mich holte. Ich wusste, dass Becky irgendwo hinter den Kulissen steckte, aber es war mir, als hätte ich meine Freundin schon hinter mir zurückgelassen. Dennoch würde alles, was mir in den nächsten Stunden widerfuhr, ein Teil unserer Beziehung sein, untrennbar mit Becky verbunden. Ich wusste, dass ich an sie denken würde, wenn Herr König mir all die Schändlichkeiten antat, die er mit Sicherheit geplant hatte, und dass ich mir alles haargenau einprägen würde, um ihr die ganze Geschichte bis ins schmuddeligste Detail haarklein zu berichten. Bei dieser Vorstellung fühlte ich eine brennende Wärme in mir aufsteigen.

Als ich schließlich hörte, wie die Haustür aufging, biss ich mir schon seit einer ganzen Weile angstvoll auf die Lippen. Meine Füße taten weh, und meine Beine waren verkrampft, doch das alles war wie weggeblasen, als ich seinen Atem dicht an meinem Ohr hörte und ein kühles Paar Hände auf den Schultern fühlte, die mich eilig zur Tür beförderten.

Sechzehn

In der kühlen Nachtluft wurde mein ganzer Körper von Schaudern überlaufen, doch auf dem Weg aus dem Haus und für die zwei oder drei Meter bis zu seinem Wagen lag seine Hand fest auf mir und fühlte sich bald schon angenehm warm an.

Ich war unheimlich froh, dass wir in einem einzeln stehenden Einfamilienhaus wohnten und man in der Nachbarschaft nur aus einem einzigen Haus unsere Zufahrt sehen konnte. Ich stellte mir vor, Susan, meine vollkommen normale Nachbarin, stehe mit ihrem absolut normalen Mann, einem Buchhalter, und ihren zwei ganz normalen Kindern am Küchenfenster und starre mich an.

Doch das spielte keine Rolle mehr. Ich war schon tief ins Reich vollkommener Hinnahme eingetreten.

Herr König löste eine Hand von meiner Schulter, legte sie sanft auf meinen Kopf, drückte mich nach unten und schob mich ins Auto. Ich gehorchte seinem wortlosen Befehl und setzte mich. Die Tür wurde fest hinter mir zugeschlagen. Gleich darauf hörte ich das Schlagen der Fahrertür, und der Wagen fuhr los.

Voller Angst vor dem Unbekannten, das mich erwartete, hätte ich gerne mit ihm gesprochen und ihn gefragt, wohin die Fahrt ginge und was er mit mir vorhabe, doch mir fiel gerade noch rechtzeitig ein, dass er es mit dem Gehorsam sehr genau nahm. Ich wusste, dass er es gar nicht schätzte, wenn ich irgendetwas eigenmächtig entschied, und von mir erwartete, dass ich mich ausschließlich nach seinen wortlos oder wie auch immer erteilten Anweisungen richtete. Ich war wirklich nicht in der Verfassung, um mit ihm zu diskutieren, und so saß ich schweigend da und wartete.

Unsere Fahrt kam mir wie Stunden vor. Im Wagen lief sehr beruhigende Musik. Zweimal machten wir halt, und ich dachte jedes Mal mit hämmerndem Herzen, wir wären angekommen. Doch Herr König beugte sich einfach nur zu mir herüber und schob mir einen Trinkhalm zwischen die Lippen. Ich trank in tiefen Zügen und stellte erfreut fest, dass er offensichtlich nicht vorhatte, mich auf Wasser und Brot zu setzen. Der Wein, der durch meine ausgedörrte Kehle rann, war berauschend und gut.

Als wir zum dritten Mal hielten, erwartete ich, erneut zum Trinken genötigt zu werden, doch diesmal öffnete er die Beifahrertür und half mir heraus. Ich schwankte ein wenig auf meinen hohen Absätzen, konnte mich aber rechtzeitig fangen und reckte mich, weil ich vom langen Sitzen ein wenig steif geworden war.

Irgendwo in der Ferne hörte ich ein Radio, aus dem Musik und leise Stimmen drangen, und versuchte, mich in diese Richtung zu drehen, verlor aber die Orientierung.

Noch im Freien stellte Herr König sich völlig ungeniert vor mich hin und zeigte mir sein Wohlgefallen an meinem Outfit, indem er mich vom Gesicht über die Arme bis zu den Oberschenkeln streichelte. In dieser Phase berührte er meine erogenen Zonen nicht, obwohl sie zahlreich sind und, wie inzwischen vermutlich klar sein sollte, sehr dicht beieinanderliegen.

Er beendete seine Inspektion, indem er mich umdrehte und über den Spitzenstoff und die Verschnürung des Korsetts strich. Dann drehte er mich wieder zu sich, nahm mein Gesicht in die Hände und küsste mich sanft auf den

Mund. Ich bat ihn mit leisem Stöhnen um mehr, aber er ging nicht darauf ein.

«Hör mir zu, Cassandra, hör mir jetzt gut zu», sagte er, noch immer mein Gesicht in seinen Händen. Seine Stimme war kultiviert und freundlich, genau, wie ich sie mir vorgestellt hatte, aber es war eigenartig, ihn nun zum ersten Mal sprechen zu hören. «Du bist freiwillig hier, doch sollte sich das während deines Aufenthaltes ändern, musst du nur dies hier fallen lassen.» Mit diesen Worten ergriff er meine fest zusammengeballte Faust, öffnete sie energisch, legte mir ein Glöckchen in die Hand und schloss meine Finger darum. Ich fragte mich plötzlich, wie viele von den kleinen Dingern er haben mochte und ob er sie seinen Eroberungen immer mit nach Hause gab.

«Pass aber auf, dass du das Glöckchen in deiner Erregung nicht versehentlich fallen lässt, denn jeder, mit dem du während deines Aufenthalts hier zu tun haben könntest, kennt seinen Klang und wird genau darauf achten. Du hast mein Wort, dass schon beim leisesten Klingeln alle Handlungen an dir eingestellt werden. Und dann noch etwas: Wir spielen hier ein Spiel, und alle Spiele haben Regeln. Läute das Glöckchen nur, wenn du dir wirklich sicher bist, dass du aufhören willst. Denn selbst, wenn das Glöckchen nur versehentlich klingelt, wird man dich sofort nach Hause schicken und nie wieder einladen.» Er lachte ein wenig verlegen und fügte hinzu: «Aber hoffentlich sind wir so raffiniert, dass du das Glöckchen einfach vergisst.»

Er hakte sich bei mir ein und führte mich sechs oder sieben Stufen einer Freitreppe hinauf in ein Gebäude, wobei er meine Faust, in der ich das Glöckchen umklammert hielt, mit der Hand umschloss.

Die Gerüche und Geräusche, die schon beim Betreten der Eingangshalle von allen Seiten auf mich eindrangen, erschreckten mich sehr. Ich schrie innerlich nach Becky und fragte mich, was sie im Moment wohl tat.

Ich hatte gar keine Stimmen aus dem Radio kommen hören, sondern Leute, die sich unterhielten. Ein kleines Stück von uns entfernt befand sich eine Gruppe von mindestens drei oder vier Männern, die miteinander redeten und lachten, als hätten sie nicht die geringsten Sorgen.

Der Geruch von altem Leder und Zigarrenrauch in Kombination mit den gedämpften Stimmen und einem gelegentlichen Gläserklingeln weckte in mir die Vorstellung eines alten Hauses, in dem die Männer Branntwein trinkend in der Bibliothek stehen, während die Frauen sich in den Salon zurückgezogen haben – so, wie man es in alten Filmen sieht. Am Widerhall der Stimmen erkannte ich, dass die Räume hohe Decken hatten und sehr luftig und geräumig waren.

Die Stimmen klangen jedenfalls fröhlich. Wenn die Männer gelegentlich in Lachen ausbrachen, sträubten sich meine Nackenhaare, weil ich fürchtete, das Objekt dieser Belustigung zu sein, und ich umklammerte mein Glöckchen noch fester.

Herr König beruhigte mich erneut, indem er mich fest bei den Schultern packte, wie schon die beiden Male zuvor einen Finger unter mein Kinn legte und meinen Kopf zu einer selbstbewussten Haltung anhob. Eine Wiederholung war diesmal nicht nötig: Ich hatte inzwischen viel gelernt und war stolz auf meine Unterwerfung.

Ich stellte mich so aufrecht wie möglich hin, drückte die Titten mit den rotbemalten Warzenhöfen heraus, holte tief Luft, signalisierte Herrn König mit einem Armdruck, dass ich bereit war, und ging mit ihm zusammen los.

Als wir in den Raum traten, herrschte plötzlich Totenstille. Man hätte eine Nadel fallen hören können, bis ein unterdrücktes, wohlgefälliges Aufseufzen durch die Menge ging, dem gleich darauf ein lautes Stimmengewirr folgte. Alle redeten gleichzeitig los.

«Oh, gute Wahl, König, sie ist prachtvoll.»

«Schau dir mal diese Titten an.»

«Und die Möse ist rasiert, perfekt.»

«Jesus, ich möchte sie auf der Stelle ficken. Kann ich sie zuerst haben, König?»

«Die schreit mit dem Arsch nach Prügel, wart nur, bis ich an der Reihe bin.»

Noch nie hatte ich mich so begehrenswert gefühlt und dabei gleichzeitig so distanziert. Soweit ich wusste, hatten sie keine Ahnung, wer ich war oder ob ich wenigstens freiwillig hier war, und doch hatten sie nichts anderes im Sinn, als sich auf mich zu stürzen. Ich zuckte innerlich vor diesen ständigen verbalen Übergriffen zurück, doch dann nahm Herr König mich wieder in seine festen Hände und führte mich zu einer anderen Stelle im Raum.

Es wurde wieder still, als Herr König mich mit dem Halfter knebelte, mit dem er mich vor Monaten vertraut gemacht hatte und das ich nun so willig entgegennahm wie ein Baby seinen Schnuller. Ich konnte mir inzwischen zugestehen, das alles zu genießen. Nun mussten sie mich nur noch fesseln, und meine Unterwerfung würde vollständig sein – schließlich, so redete ich mir ein, musste ich, wenn ich erst einmal gefesselt und geknebelt war, mein Schicksal einfach hinnehmen, oder?

Herr König führte mich tiefer in den Raum, dorthin, wo ich die Männerstimmen hörte, und ich spürte die Berührung zahlreicher Hände. Sie streichelten und erforschten, kniffen und drückten meine intimen Körperregionen, während ich mich vor Lust wand. Ich machte die Beine breit, damit sie besser an mich herankamen, und sie gingen auf mein Angebot ein, drückten meine Oberschenkel noch weiter auseinander und machten sich über meine Möse her. Schon jetzt spürte ich meine Knie weich werden, doch ein lauter Ruf, unterstrichen von einem Hammerschlag auf der anderen Seite des Raums, bereitete meiner Wollust ein Ende.

«Auf, auf, meine Herren. Wenn Sie alle durch sind, können wir dann anfangen? Lassen Sie uns Cassandra in Position bringen und dann die Karten austeilen.»

Wovon zum Teufel war die Rede? Bevor ich noch ernstlich über diese Frage nachdenken konnte, wurde ich von allen Seiten kräftig gepackt und mit dem Gesicht nach unten hingelegt, vermutlich auf einen Tisch. Ich spürte die kalte Tischplatte unter dem Bauch und roch das Holzwachs.

Alle schienen bei meiner Fesselung eine festgelegte Rolle zu übernehmen. Der eine hielt mir die Arme im Rücken fest, während ein anderer etwas, was sich wie ein riesiger Lederhandschuh anfühlte, über beide Arme gleichzeitig streifte und ihn mir mit einiger Anstrengung bis zu den Oberarmen hochzog. Ein anderer legte mir breite Manschetten um die Fußgelenke und schnallte diese dann zusammen. Zum Glück bin ich sehr gelenkig, denn der «Handschuh» um meine Arme wurde schließlich so eng zusammengezogen, dass meine Ellbogen sich beinahe berührten. Nur meine geballten Fäuste blieben unbedeckt. Meinen Schultern wurden mit straffgezogenen Gurten festgeschnallt. Durch meinen neuen «Ärmel» wurden die Schultern nach hinten gedrückt und die Brüste vorn aus den Körbchen des hübschen Korsetts gepresst. Es fühlte sich so an, als hätte ich überhaupt keine Arme mehr, und ich fühlte mich noch hilfloser als üblich.

Ich spürte, dass jemand neben mir und jemand anderes vor mir auf den Tisch sprangen, und bevor ich wusste, wie mir geschah, half man mir auf die Beine und zog das Futteral, das meine Arme umschloss, an den Handgelenken nach oben. Dadurch war ich gezwungen, mich vornüberzubeugen und mich in eine sehr unbequeme, halb hockende Haltung zu begeben. Jetzt fühlte ich mich schon nicht mehr ganz so begehrenswert. Vorbei war es mit dem Stolz auf mein erotisches Aussehen, denn jetzt wurde ich von dem Gefühl überwältigt, einfach nur als Objekt benutzt zu werden – ein Frauenkörper als Gegenstand, ein Spielzeug, mit dem sie tun und lassen konnten, was sie wollten.

Mein Kopf hing nach unten, und da ich zudem noch die lächerlich hochhackigen Stiefel trug, zog es ziemlich schmerzhaft hinten in den Beinen. Schon jetzt taten mir die Schultern weh, mein Arsch war nach hinten durchgedrückt, und die Arme fühlten sich so an, als sollten sie ausgekugelt werden.

Ich brummte missbilligend und versuchte, deutlich zu machen, wie unbehaglich ich mich fühlte, doch das war tatsächlich unmöglich.

Ich wollte mich schon meinem Selbstmitleid überlassen, da spürte ich, wie eine Hand mir warm und sanft hinten über den rechten Oberschenkel fuhr, kurz dort verweilte, sich dann zwischen meine Beine schob und sich den Weg in meine Möse bahnte.

«Teil jetzt die Karten aus, König. Ich halte es nicht mehr lange aus. Ich will Hand an dieses Mädel legen, und zwar sofort», vernahm ich eine tiefe, erotische Stimme zu meiner Linken.

Ich hörte, dass ein Kartenspiel in Gang kam, dass geboten wurde und Verlierer fluchend ausstiegen, konnte mich aber nur auf den Finger konzentrieren, der mich noch immer von innen erforschte. Ich bewegte mich so gut ich konnte, um ihn tiefer in mich hineinzumanövrieren, doch ich hatte es mit jemandem zu tun, der zu raffiniert für mich war. Immer, wenn ich mich so stark drehte, dass der Finger ein Stück weiter in mich hineinrutschen musste, zog er ihn weg, um mich zu necken.

Doch kaum hatte der Spaßvogel den Finger aus meiner Möse genommen, griff er nach meinen Brüsten, die aus dem Korsett herausgesprungen waren und gänzlich ungeschützt nach unten baumelten, liebkoste und streichelte sie und zog mich an den Nippeln, genau, wie Becky es immer machte.

Mit diesen Aufmerksamkeiten lenkte er mich von meinem Unbehagen und natürlich auch von dem Kartenspiel ab, bis ich einen Freudenschrei hörte und die tiefe Stimme, die mir schon vorher aufgefallen war, jemandem begeistert gratulierte.

«Herzlichen Glückwunsch, Läufer, der Bauer gehört dir. Wähle deine Eröffnung», hörte ich Herrn Königs Stimme. Wie es mir schien oder wie ich vielleicht nur glauben wollte, klang ein wenig Bedauern durch.

Ich hatte keine Ahnung, wovon er redete, wusste aber, dass der andere mich gewonnen hatte, und mit ängstlich pochendem Herzen fragte ich mich, welche Rechte er damit über mich besaß und welche Eröffnung er wählen würde. Außerdem fragte ich mich, warum ich als Bauer bezeichnet wurde und welche Eröffnungen überhaupt in Frage kamen.

Die Hand, die an meinen Nippeln herumgespielt hatte, entfernte sich, und eine Weile herrschte Schweigen, während alle auf etwas zu warten schienen. Ich spitzte die Ohren, um zu erfahren, was diese Verzögerung zu bedeuten hatte, doch dann riefen alle im Chor: «Ja.»

Ich saugte heftig am Knebel, um ein wenig Speichel zu erzeugen und mir die Kehle zu befeuchten, doch vor Angst war mein Mund wie ausgedörrt, und der Latexdildo klebte mir am Gaumen. Krampfhaft klammerte ich mich an dem Glöckchen in meiner Hand fest.

Die Atmosphäre im Raum war elektrisch aufgeladen. Andere Stimmen fragten den Gewinner, der vorhin so laut gejubelt hatte, was er mit seiner Spielfigur anstellen wolle, doch die Antwort ließ eine Ewigkeit auf sich warten. Dann, nach einer langen Denkpause, erklärte er sein Vorhaben mit vor Vorfreude übersprudelnder Stimme: «Offensichtlich wird sie gerne gedemütigt, und ich kann mir für sie nichts Demütigenderes vorstellen, als dass wir ihr alle beim Pinkeln zusehen.» Meine Stimmung verdüsterte sich. «Ich habe vor, sie mit Getränken zu traktieren, bis ihre Blase bis zum Platzen gefüllt ist, sie anschließend festzuhalten, bis sie die Kontrolle über sich verliert, und ihr dann beim Pissen zuzuschauen. Ich möchte sehen, wie die Demütigung sie vollkommen vernichtet. Ich möchte, dass es wie ein Wasserfall aus ihrer übervollen Blase hervorbricht.»

«Verdammt, Läufer, das ist eine glänzende Idee. Ich hätte mir zum Aufwärmen nichts Besseres vorstellen können. Dann mal los.»

Ich war schrecklich enttäuscht. Ich hatte mir so gewünscht, dass sie mir den Hintern versohlen oder wenigstens meine Grenzen ausloten würden. Aber das? Es war ausgeschlossen, dass ich für irgendjemanden pinkelte. Das hätte ich noch nicht einmal für meine Becky getan.

Ich hörte jemanden so leise kichern, dass ich mir nicht einmal sicher war, es wirklich gehört zu haben, und stellte mir vor, es wäre Becky, die meine Gedanken las. Meine Freundin wusste genau, wie absolut abscheulich ich diesen Vorgang fand, denn wenn ich zum Pinkeln ins Bad ging, ließ ich nicht einmal sie herein.

Ich wurde aus meiner halb hängenden Position befreit und auf die Tischkante gesetzt, das Halfter wurde abgenommen und der Dildo aus meinem Mund entfernt. Sofort spie ich einen Schwall von Beschimpfungen heraus.

«Das mache ich nicht. Ich weigere mich hundertprozentig. Keiner kann mich zum Trinken zwingen, wenn ich nicht will. Redet mit mir, ihr Schweine», schrie ich, als keiner mich beschwichtigte, dass ich es ja nicht tun müsse.

Ich wurde wieder von vielen Händen hochgehoben, mit dem Rücken auf den Tisch gelegt und festgehalten. Meine Arme wurden unter mir zusammengepresst und die noch immer gefesselten Beine nach unten gedrückt.

Ich hörte, dass Bewegung entstand und jemand den Raum verließ und wieder zurückkehrte. Unterdessen protestierte ich weiter, aber vergebens. Es war mehr als klar, dass ich mein Geschick in keiner Weise beeinflussen konnte. Allein das schon erfüllte mich mit einer Woge der Erregung, die sich bald darauf in heftige sexuelle Begierde verwandelte, als ein Händepaar meinen Kopf festhielt, während eine andere Hand versuchte, mir den Mund zu öffnen. Mit einer Grimasse des Abscheus presste ich die Lippen zusammen, doch davon ließen sich meine Peiniger nicht beeindrucken. Sie hielten mir einfach die Nase zu, und als ich nach Luft schnappen musste, zwängten sie mir einen Becher zwischen die Zähne.

Ich versuchte nach Kräften, ihn auszuspucken, doch das gelang mir nicht, sodass ich gleich darauf einen dünnen Wasserstrahl spürte, der kühl in meine Kehle rann.

Anfangs verschluckte ich mich und musste husten und würgen, doch sie ließen nicht locker. Es hieß entweder mitmachen oder ersticken, und so schluckte ich wütend, um den steten Strom zu bewältigen, der sich inzwischen in meine Kehle ergoss.

Ich dachte schon, sie würden niemals aufhören. Ich spürte, wie meine Blase immer voller und größer wurde, bis ich überzeugt war, gleich auf den Tisch zu pinkeln. Dann wären sie ja vielleicht zufrieden, dachte ich.

Eine Hand lag auf meinem Bauch und überprüfte mit leichtem Druck, wie voll er schon war. Als diese Hand verschwand, hörte die Zwangstränkung auf. Ich musste ganz dringend, aber als sie mich vom Tisch herunterhoben und die Fesseln von meinen Beinen lösten, ließ der Drang nach, und ich wurde einen Moment lang überheblich. Ich würde für gar niemanden pinkeln.

Sie stellten mich auf etwas, das sich wie ein Gummituch anfühlte, machten mir die Beine breit und bedrängten mich, mich zu entspannen und es einfach laufen zu lassen. Ich versuchte, zu tun, was sie wollten, aber es ging nicht. Mein Stolz ließ einfach nicht zu, dass ich freiwillig eine solch demütigende, abstoßende, intime Handlung vor all diesen unbekannten Männern ausführte.

Ich schluchzte verzweifelt: «Ich kann nicht. Was auch immer ihr mit mir anstellt, so entspannt, dass ich das tun könnte, werde ich niemals sein.» Und dann schrie ich in einem Moment puren Zorns: «Und sowieso *will* ich es auch gar nicht!»

«Das werden wir ja noch sehen, Mädel», erwiderte jemand. Damit wurde ich wieder auf den Tisch gehievt, und bevor ich noch Atem holen oder meine Gedanken sammeln konnte, hatte ich schon wieder den Becher an den Lippen.

«Diesmal hören wir erst auf, wenn du uns anflehst, dich loszulassen.»

Wieder ließ ich mich überwältigen und schluckte das Wasser, das meine hilflose Kehle überschwemmte. Allmählich war ich so randvoll angefüllt, dass ich immer wieder versuchte, den Kopf wegzudrehen, doch sie hielten mich fest und trichterten mir weiterhin Wasser ein.

Mindestens hundertmal hätte ich beinahe aufgegeben und das Glöckchen fallen lassen, aber schließlich legte sich auch der letzte Rest von Widerstand. Jetzt fühlte ich nur noch meine zum Bersten gefüllte Blase. Wenn sie nicht bald aufhörten, würde es ohnehin bald ganz von allein passieren. Noch zehn Sekunden, und ich würde auf den Tisch pinkeln, was sogar noch peinlicher wäre. Also nickte ich wütend, um ihnen zu signalisieren, dass ich genug hatte und nachgab. Ich dachte wirklich, ich hätte meine Grenzen erreicht und es bliebe mir gar nichts anderes mehr übrig, aber sobald sie mich aufrecht hinstellten, wurde der Harndrang wieder schwächer.

Erneut stellten sie mich auf die faltige Gummiunterlage, und abermals murmelte ich: «Ich kann nicht.»

Nun nahmen die Stimmen einen anderen Tonfall an. Sie klangen nicht mehr scherzhaft, sondern entschlossen und unerweichlich.

«Na gut, Mädel, du hast es nicht anders gewollt. Wir haben dir im Guten reichlich Gelegenheit gegeben. Jetzt aber bin ich an der Reihe. Und glaub mir, du wirst für mich pinkeln, ob du willst oder nicht.»

Ich war mit meiner Kraft am Ende und wollte gerade schreien, sie sollten mich nach Hause bringen, da wurde mir der Knebel wieder in den Mund gezwängt und sofort hinter meinem Kopf festgeschnallt.

Sie ließen mich so stehen, mit schmerzhaft geschwollenem Bauch, gingen weg und flüsterten miteinander. Ich versuchte zu verstehen, was sie mit mir vorhatten, doch die Stimmen verschmolzen, und ich konnte nur kleine Bruchstücke der Unterhaltung auffangen.

Ich versuchte, zur Tür zu gehen, zum Zeichen, dass ich mich in dieser Situation unwohl fühlte, doch sobald ich gegen den ersten Stuhl stieß, blieb ich schreckensstarr stehen.

Links und rechts wurde ich von zwei sehr kräftigen Händepaaren gepackt und wie eine Puppe in die Luft gehoben. Jeweils eine Hand lag in meinem Rücken und die andere in meiner Kniekehle, und meine Beine wurden dabei kräftig gespreizt. Mit weitgeöffneten Beinen wurde ich folglich von zwei Unbekannten mitten in der Luft festgehalten. Meine schamlose Möse war vollkommen ungeschützt den Blicken preisgegeben, und ich stellte mir vor, wie all diese Augenpaare sich an dem sanft gewölbten Venushügel und den leuchtend roten Mösenlippen weideten.

Ich spürte ein weiteres Händepaar, das ohne irgendeine Einleitung meine Schamlippen auseinanderzog und das rosig feuchte Innere zur Schau stellte, und wieder überschwemmte mich eine Welle von Begehren.

All meine Entschlossenheit war dahin, und ich wusste, dass sie mich schließlich weichkriegen würden. Als ich eben in meinem Zorn so selbstsicher gewesen war, hätte ich es ewig aushalten können, aber dieser eigenartige Mann, der mich Mädel genannt hatte und mich nun so zur Schau stellte, hatte meine Achillesferse gefunden.

«Dieses kleine Miststück will genauso wenig nach Hause gehen wie ich. Fühlt einmal diese süße kleine Möse, meine Herren. Meine Hände sind schon tropfnass.» Sein dröhnendes Gelächter hallte durch den Raum und steckte die anderen an, bis alle über meinen schwächlichen Widerstandsversuch lachten.

Ohne Vorwarnung schob er mir plötzlich zwei oder drei Finger in die Möse und rieb die Blase von innen durch die zarte Scheidenwand. Von diesem Moment an hatte ich keine Hoffnung mehr, das Wasser zu halten, und fürchtete, gleich schwallweise auf seine Hand zu pinkeln. Wieder stöhnte ich abwehrend, doch er wiederholte seinen gerade gesprochenen Urteilsspruch:

«Wie schon gesagt, Süße, du *wirst* pinkeln, das garantiere ich dir. Kippt sie mehr nach hinten, Jungs. Ich komme nicht an sie heran.» Sie senkten mich rückwärts ab, bis mein Schritt nach oben zeigte und ich ganz zu seiner

Verfügung stand. Er zog die Finger heraus, und meine Fotze entließ sie mit einem lauten, feuchten Schmatzlaut, der mir schrecklich peinlich war, seine Freunde aber zu Bravorufen anregte. Dann legte er meine Mösenlippen, die er mit einer Hand spreizte, vollständig frei, sogar die geschwollene Klitoris, und strich mit dem Finger durch die Spalte. Auf und ab fuhr sein suchender Finger, der alle empfindsamen Stellen fand, bis ich nur noch keuchte und mir über seine Absichten keine Gedanken mehr machte.

Als er das kleine, wohlverborgene Pipiloch entdeckte, stellte er seine Suche ein und rieb die winzige Öffnung mit der Fingerspitze. Auf meinem Sessel aus Männerarmen versuchte ich verzweifelt, den überwältigenden Harndrang zurückzukämpfen, doch mein Peiniger ließ nicht von mir ab. Seine Komplizen hielten mich fest, und er machte immer weiter, zwängte die Fingerspitze sogar leicht in das Löchlein und reizte dort alle Nervenendungen. Ich spürte, wie meine Blasenmuskeln sich entspannen wollten, und krampfte sie ein letztes Mal willentlich zusammen, verzweifelt darum bemüht, das Wasser zurückzuhalten und mir die Demütigung zu ersparen. Doch mein Peiniger ließ einfach nicht locker und setzte sich gnadenlos durch. Meine Blase entspannte sich, meine Entschlossenheit schwand, und der Urin, der die Blase zum Platzen füllte, drängte gegen die immer schwächeren Muskeln immer stärker nach draußen.

Als mir klar wurde, dass ich das Wasser nur noch ganz kurz bei mir halten konnte, geriet ich in Panik und kämpfte mit aller Kraft gegen den Drang an. Doch die Hände unter meinen Schenkeln packten noch fester zu und öffneten mich noch weiter, während ich um die Kontrolle meiner heißen, pochenden Blase kämpfte.

«Komm schon, Mädel, tu es für Papa», schmeichelte er, noch vor meiner endgültigen Niederlage fest von seinem

Sieg überzeugt, und dabei rieb er mein Pipiloch in kleinen, sanften Kreisen.

Da war es um mich geschehen. Mehr als dieses einschmeichelnde «Tu es für Papa» war nicht nötig gewesen, um meinen Entschluss zu brechen.

Meine Blase öffnete sich, und ein heißer Strom schoss aus meinem überreizten Löchlein und löste einen harten, kleinen Orgasmus aus, der durch meinen Bauch jagte. Ich hörte, dass auch «Papa» aufstöhnte, und spürte seine glühend heißen Spermaspritzer auf meinen Beinen, wo sie sich mit dem noch immer herabströmenden Wasserfall vermischten, der aus meinen geschwollenen Mösenlippen sprudelte und von dort durch die Arschspalte rann.

Ich wurde zum Ausruhen auf den Boden gelegt und fühlte erneut, wie weiche, warme Hände mich am ganzen Körper streichelten und mir das schweißnasse Haar aus den Augen strichen. Jemand wischte mit einem heißen, feuchten Tuch das Sperma und die Pisse weg, die mir noch am Bein heruntertröpfelten. Dann befreite dieselbe Hand sanft meine Arme aus ihrem Futteral. Herr König, wie ich annahm.

«Das war ja unglaublich.»

«Fuck, das war heftig.»

«Seit ich hier in den Club komme, habe ich noch nie so was Erregendes gesehen. Oder was meint ihr?» Rundum ertönte ein Chorus zustimmender Rufe, von dem mir in einem eigenartig erotischen Stolz die Brust schwoll.

Das zufriedene Gebrumm, das diesen Ausrufen folgte, erfüllte mich mit gemischten Gefühlen. Einerseits schämte ich mich halb tot, andererseits aber blühte der Teil meiner selbst, der diesen Männern gern gefällig war, bei ihren unflätigen Bemerkungen auf und verlangte nach dem nächsten Spiel.

Lange brauchte ich nicht zu warten: Die Männer waren genau so scharf darauf wie ich.

Diesmal wurde ich mit Stricken aufrecht an einen Pfosten gefesselt, während die Clubmitglieder erneut die Karten zückten und um mich spielten. Nach einem kurzen Geplänkel mit viel Gelächter hörte ich eine Stimme: «Na also, Turm, der Bauer gehört dir, und wir wissen auch schon, was für ein Spiel du dir wünschst. Aber wäre es nicht allmählich einmal Zeit für etwas Abwechslung?»

«Ihr kennt ja meine Devise: Keine Experimente», antwortete eine Stimme, die ein wenig ungehobelter klang als die bisher vernommenen, und alle lachten. Das heißt, alle außer mir. Meine Fesseln wurden gelöst, und ich wurde hochgehoben, als wöge ich gerade einmal ein oder zwei Kilo. Dann legte man mich mit dem Rücken auf den Tisch.

Ich wurde auf der langen Tischplatte so zurechtgeschoben, dass mein Kopf über die Kante hing, und gleichzeitig griffen viele unsichtbare Hände nach mir, legten mir Hand- und Fußschellen an und fesselten mich mit gespreizten Armen und Beinen an den Tischbeinen fest. Jemand hob meinen Kopf an und entfernte den großen Dildo-Knebel aus meinem Mund. Ich bewegte vorsichtig die Kiefermuskeln, damit das Gefühl wieder in den Kiefer zurückkehrte. Doch meine Erleichterung hielt nicht lange an. Noch bevor ich ein einziges Wort sagen konnte, wurde mir, kaum dass ich den Mund öffnete, um ihn zu lockern, ein neuer Knebel hineingestoßen. Dieser war jedoch anders: Er bestand aus einem harten Ring, der hinter meinen Zähnen so eingesetzt wurde, dass er mir den Mund aufsperrte, und der anschließend mit Riemen am Hinterkopf festgeschnallt wurde. Mit hilflos hin und her zuckender Zunge versuchte ich, die Mundhöhle so gut wie möglich zu befeuchten.

Der neue Knebel hatte etwas sehr Erregendes, da er den Männern, die jetzt schweigend um den Tisch saßen, eine weitere meiner Körperöffnungen aufsperrte, um sie zu bearbeiten oder nach Belieben von ihr Gebrauch zu machen.

Ich spürte mindestens sechs Hände über meinen ausgestreckten Körper wandern. Erst liebkosten sanfte Finger meine rechte Brust und kneteten die weiche Titte zärtlich. Eine raue, harte Hand ergriff unterdessen die andere Brust und zog und zerrte ohne alles Feingefühl an ihr herum, bis mir durch den Unterschied von links und rechts, von sanft und grob der Kopf schwirrte.

Meine glatte, nackte Möse wurde von einem sehr feinfühligen Händepaar untersucht, das tastend in mein tropfnasses Loch fuhr, die empfindsamen Schamlippen auseinanderzog, meine Klitoris sanft drückte und sie mit einer rhythmischen Bewegung rieb, die mich geradezu wahnsinnig machte.

Ich konnte mein Glück kaum fassen. Dieses Spiel kam ganz ohne Schmerz und Demütigungen aus und diente bisher ausschließlich meiner eigenen Wollust.

Die Empfindung des bis zum Zerreißen aufgesperrten Mundes übertrug sich merkwürdigerweise auf meinen Unterleib, der mir dadurch ebenfalls besonders offen und verfügbar vorkam.

Während all meine Lustzonen liebkost und gereizt wurden, gab ich mich der Erregung willig hin. Ich stöhnte vor Lust und wand und schlängelte mich, als ich die erste samtige Berührung auf der Zunge spürte. Ein Steifer drang in den vom Ringknebel geschaffenen Hohlraum ein und erforschte meinen aufgesperrten Mund. Ich hätte ihn gerne gelutscht, konnte aber die Kinnlade nicht einen Zentimeter bewegen, und so blieb mir nur die Berührung mit der Zunge. Ich sammelte in der Mundhöhle so viel Feuchtigkeit wie möglich, streckte dem heißen, samtigen Schwanz mein Leckorgan auffordernd entgegen und hieß ihn so freudig willkommen.

Doch plötzlich packten mich zwei Hände am Kopf, und der Schwanz rammte sich in meinen aufklaffenden Mund, schlug tief hinten gegen meinen Gaumen und brachte mich zum Würgen. So viel zu meinen Bemühungen, ihn subtil zu verführen. Tränen schossen mir in die Augen und machten das Innenfutter meiner Augenbinde feucht und kalt, aber was scherte ihn das? In rasender Gier stieß er mir seinen Steifen immer wieder in den Schlund und hielt dabei meinen rückwärts von der Tischkante hängenden Kopf in den Händen. Bei jedem Stoß klatschten mir seine warmen, behaarten Hoden gegen die Stirn, hämmerten gegen meine Nase und versperrten mir den Atemweg, bis ich verzweifelt nach Luft schnappte. Keuchend rang ich an seinem mächtigen Steifen vorbei um Atem.

Ein Finger schob sich beharrlich in meine Möse und bewegte sich dort unentwegt, bis ich mich von der Vergewaltigung meines Mundes ablenken ließ und wieder auf den Rest meines Körpers achtete. Mit kräftig zupackenden Scheidenmuskeln versuchte ich, meine Begeisterung zu zeigen, und gurgelte tief im Rachen, als der Finger weggezogen und durch etwas wesentlich Größeres ersetzt wurde. Es war warm und fühlte sich unregelmäßig an, weshalb ich annahm, dass es sich um mehrere Finger handelte, die nun gleichzeitig in mich hineingezwängt wurden. Ich versuchte, das Becken vom Tisch zu heben, konnte es aber nur wenige Zentimeter bewegen. Doch das reichte: Die Fingerspitzen schoben sich tief in mich hinein und jagten einen Lustschauder durch meinen Körper. Aber ich wollte mehr.

Wieder übertrug sich das Gefühl des weit Geöffnetseins vom Mund auf die Möse, und ich versuchte, dem Fummelkünstler zu zeigen, dass ich noch nicht genug hatte. Mit wilden Rucken stieß ich ihm das Becken so weit wie möglich entgegen, umklammerte seine Hand mit der Scheidenmuskulatur und versuchte, ihn mit den Oberschenkeln zu packen. Unterdessen rammte der Schwanz in meinem Mund sich unablässig in mich hinein.

Die Hand in meiner Möse wurde zurückgezogen, und dann fuhr ich erschrocken zusammen, als ich plötzlich eine kühle Flüssigkeit im Schritt spürte. Anfangs glaubte ich, jemand hätte mich vollgepinkelt, doch gleich darauf wurde etwas Öliges überall in meinem Schritt verrieben, von den Oberschenkeln bis zur Arschspalte über die ohnehin schon tropfnasse Möse.

Die Finger drangen tief in das vordere und in das hintere Loch, erforschten mich gründlich und rieben mich mit Öl ein, bis mein ganzer Unterleib troff und ich mehr und mehr davon wollte.

Wieder schob jemand mehrere Finger gleichzeitig in meine Möse, dehnte die Schamlippen und quetschte mir durch das gewaltsame Öffnen die Klitoris platt. Ich keuchte heftig auf und schluckte mühsam, als der pulsierende Schwanz in meinem Mund seinen unablässigen Angriff auf meine Rachenmandeln fortsetzte.

Der schlüpfrige Eindringling in meinem Unterleib wand und schlängelte sich langsam tiefer und zwängte meine ohnehin schon straffgespannten Mösenlippen immer weiter auseinander. Erst als ich die Knöchel einer ganzen Hand spürte, verstand ich voll Entsetzen, was mein Peiniger im Sinn hatte. Meine Möse krampfte sich vor Schreck zusammen, als er die Faust Zentimeter um Zentimeter in mich hineinschob, doch ich merkte, dass meine Angst dieses Vordringen behinderte und ihm das Vorwärtskommen unmöglich machte.

Dieselbe feinfühlige Hand, die mir schon zuvor geholfen hatte, streichelte meine gespreizten Oberschenkel, liebkoste meine geschändete Möse, fuhr sanft über die harte Klitoris und verschaffte meiner gequälten Scheidenwand mit einem Finger, den sie behutsam neben die gnadenlos eindringende Hand manövrierte, Erleichterung. Meine Möse reagierte wie erwartet, mein Körper entspannte sich, ließ einen Schwall Saft nach außen strömen und gestattete der Hand, weiter einzudringen. Mit einem Ruck rutschten die kräftigen Knöchel nun weiter und glitten mit Hilfe des Öls rasch tiefer in mich hinein. Dort verharrte die Hand, während ich erschrocken aufkeuchend versuchte, mich an die Größe des Eindringlings zu gewöhnen, der meine Scheidenwände schrecklich überdehnte und mich vollständig ausfüllte.

Ich spürte jede noch so winzige Bewegung, als er behutsam die Hand zur Faust ballte, die noch mächtiger war und mich von innen zu zersprengen drohte. Ich konnte meine Scheidenmuskulatur gar nicht mehr anspannen, und so blieb mir nichts anderes übrig, als so entspannt wie möglich auf den Wogen dieser Vergewaltigung dahinzutreiben, die meine Lust zehnfach steigerte.

Unsichtbare Hände lösten mir die Fußfesseln und winkelten meine Beine an, die dabei weiterhin gespreizt blieben. Die Faust in meiner Möse bewegte sich leicht zurück, als wollte sie sich, geballt, wie sie war, aus mir zurückziehen, drang dann aber mit sanften Fickstößen wieder tiefer in mich ein.

Ich wusste, dass der Schwanz in meinem Mund kurz vor dem Schuss stand, und weiter unten, wo meine Mösenöffnung ebenso überdehnt war wie mein Mund, fickte die Faust mich von Stoß zu Stoß heftiger. Wie oft würde diese Gruppe sexbesessener Männer es noch schaffen, mich so maßlos zu erregen?

Gleichzeitig gefistet und in den Mund gefickt zu werden musste die ultimative Perversion sein. Der Mann, der meinen Kopf gepackt hielt, brauchte keinerlei Mithilfe von meiner Seite: Ich war einfach nur ein Loch für seinen

Schwanz. Und die Faust, die ihre Botschaft in mich hineindonnerte, scherte sich nicht darum, ob ich meine Lage genoss. Ich war eine Spielfigur im Spiel dieser Männer, und meine Bedürfnisse und Lüste waren ihnen vollkommen gleichgültig.

Oder hatten sie mich in Wirklichkeit vollkommen durchschaut? War es denn nicht genau das, was ich wollte: eine Spielfigur für sie sein? War das nicht der Zustand der Hilflosigkeit, nach dem ich mich sehnte?

Als mir die Wahrheit dieses Gedankens schlagartig klar wurde, geriet ich in fiebrige Erregung, und in diesem Moment spritzte mir der Schwanz auch schon seine bittersüße Ladung tief in die Kehle. Ich würgte, verschluckte mich und versuchte verzweifelt, das Zeug herunterzubekommen, bevor mir die Luft ausging. Beim letzten Fickstoß waren die Hoden auf meinem Gesicht liegen geblieben, verstopften mir die Nase und lösten Panik in mir aus, bis ich ein Kribbeln im Kopf fühlte und der Schwindel mich zu übermannen drohte.

Während ich noch wild an der Ladung Samen schluckte, packte jemand meine Nippel mit den Fingern, quetschte sie rau und zwirbelte und zog sie, bis das Gefühl süßen Schmerzes sich mit der Empfindung des schlaff gewordenen, zuckenden Schwanzes in meinem Mund vereinigte. Dass dieser zwischen meinen Lippen verweilte, veranlasste mich unwillkürlich dazu, die Faust in meiner Möse fester zu umklammern. Bei jedem Fickstoß rieb ein Knöchel über meine Klitoris und trieb meine Erregung einem atemberaubenden Crescendo entgegen.

Ich kam, und es war wie eine Explosion, von der meine Brust verzweifelt erbebte, während meine von vielen Händen gehaltenen Beine zuckten und ruckten.

Schließlich rutschte der schlaff gewordene Schwanz aus meinem Mund, und man ließ zu, dass ich die Beine streckte. Die Faust in meiner Möse öffnete sich und zog sich, von meinem Seufzen und Stöhnen begleitet, aus meinen Tiefen zurück.

Mit vom Ringknebel weitgeöffnetem Mund hörte ich ehrfürchtig zu, wie wieder um meinen nackten Körper gepokert wurde.

Unterdessen griff ein Finger nach meiner Zunge und quälte sie spielerisch. Bei diesem neuen Übergriff, der mich noch unbeweglicher machte, zuckte es mir im Bauch vor Lust. An meiner Zunge wurde eine Art Klammer befestigt, was dazu führte, dass sie mir hilflos aus dem Mund hing. Das Prozedere war vollkommen schmerzfrei, verstärkte aber das Gefühl des Ausgeliefertseins. Ich war überrascht, dass diese zusätzliche Fessel mich wieder in Fahrt brachte und ich so kurz nach dem Orgasmus schon wieder Lustzuckungen verspürte.

Es dauerte nicht lange, da brachen die Spieler erneut in Jubel aus, und meine Zunge wurde befreit. Der nächste Gewinner beanspruchte seinen Preis für sich: mich!

Eine ziemlich tiefe, barsche Stimme erklärte, ich solle gehängt werden, und wieder applaudierten die anderen, doch ich selbst hatte einen Riesenschreck bekommen. Meine Kehle zog sich zusammen, und mein Herz hämmerte vor Angst.

Unglaublich, wie schnell dieses geile Spiel zum Schreckensszenario umgekippt war. Waren diese Männer denn Tiere? Ich krümmte mich in Embryonalhaltung zusammen, wiegte mich hin und her und schrie und wimmerte vor Qual.

Alle Gespräche verstummten, und jemand kam zu mir, nahm mich in seine starken Arme und brummte mir beruhigend ins Ohr: «Alles in Ordnung, Schätzchen, wir stellen nichts mit dir an, was du nicht willst.»

Ich wusste sofort, dass es Herr König war. Seine Stimme

war melodiös und einschmeichelnd, mit einem ganz leicht singenden regionalen Akzent, den ich nicht recht zuordnen konnte. Körperduft und Arme schienen mir vertraut, und dann bestätigte er meine Vermutung.

«Ich bin es, Cassandra, es ist alles in Ordnung. Er hat mit Hängen nicht das gemeint, was du denkst. Du weißt ja, das hier ist ein Spiel, und du bist freiwillig dabei. Es geht um Lust – und zwar für uns alle.»

Er stellte mich auf die Beine, und ich spürte, dass ich von Menschen umdrängt wurde. Sie streichelten und tätschelten mich beruhigend, um mir zu zeigen, dass ich außer meiner eigenen Begierde hier nichts zu fürchten brauchte.

Kaum hatte ich aufgehört, vor Angst zu keuchen, begann alles von vorn, aber diesmal handelte es sich schon um die Vorbereitung auf das nächste Spiel.

Man zog mir die Stiefel aus, und ich spürte, wie meine Füße in der ganzen Länge des Spans jeweils mit einem sehr breiten Gurt umschnallt wurden. Dann wurde ich von starken Armen hochgehoben, man schob mir etwas Kaltes, Stützendes unters Kreuz, und meine Füße wurden nach oben gezerrt. Plötzlich hing ich horizontal in der Luft. Ich hörte das leise Klicken einer Ratsche, mit der meine Beine langsam auseinandergezogen wurden. Ich bekam Handschellen angelegt, und meine herabbaumelnden Arme wurden ausgestreckt und ihre Länge gemessen. Alle wirkten zufrieden mit dem Ergebnis. Jemand nahm meine Arme und spreizte sie genau wie die Beine, fesselte sie mit Stricken und band sie derart in die Länge gestreckt fest.

Nun hing ich waagerecht in der Luft, mit sternartig gespreizten Armen und Beinen. Während mein Rücken im Kreuz unterstützt wurde, war mein Arsch von allen Seiten zugänglich. Ich hing vermutlich in einem Meter Höhe horizontal von der Decke herab, vollkommen hilflos, und wand mich zappelnd.

«Hast du jemals etwas Schärferes gesehen? Also, ich gewiss nicht. Es ist eine Schande, diese makellose Haut mit Striemen zu zeichnen, aber sie wird mir gewiss verzeihen – hinterher!»

Ich wand mich stöhnend und wurde immer erregter. Es sah so aus, als würde ich endlich Erfahrung mit der Peitsche machen, auf die ich von Anfang an so gespannt gewesen war. Ich war mir nicht sicher, ob es mir wirklich gefiel, dass meine gespreizten Beine meine Möse vollkommen preisgaben.

Es gab keinerlei Zuflucht für mich; ich war weit geöffnet, was auch immer sie mit mir anstellen wollten. Herr Königs Worte hatten meine Angst ein wenig gemildert, doch dann dachte ich an die schmerzhaften Schläge, die er mir damals mit dem Gürtel versetzt hatte, und erzitterte. Ich versuchte immer wieder, mich zusammenzurollen, konnte aber nur ganz leicht den Kopf heben. Was nicht sonderlich hilfreich war.

Ich war nun wirklich ausgeliefert. Meine Mösenlippen waren weit gespreizt, meine Brüste quollen aus dem Korsett hervor, und mein ganzer Körper schwebte weit geöffnet und von Fesseln gehalten flehend in der Luft.

Ich spürte, wie zwei Hände – es waren wohl jene sanften Hände, die mir vorher das Gesicht abgewischt hatten – die Bänder meines Korsetts lösten, die Häkchen öffneten und meinen Körper vollkommen freilegten. Beim Ausziehen wurde ich in meiner Tuchwiege von unsichtbaren Händen ein wenig angehoben. Jetzt konnte ich wenigstens wieder richtig atmen, aber ich wusste, dass sie mich nicht nur entblößt hatten, um mich anzuschauen, und mein Pulsschlag beschleunigte sich.

Als ich spürte, wie etwas Hartes, vermutlich ein Dildo,

in meine Möse geschoben wurde, versuchte ich mit aller Kraft, die Beine zusammenzupressen, doch je weiter der Dildo vorrückte, desto erregter wurde ich. Sie hatten also wenigstens vor, mich während der Folter sexuell zu stimulieren.

Dann, o Schande, taten sie dasselbe mit meinem Hinterausgang. Hätte ich es nicht besser gewusst, wäre ich überzeugt gewesen, dass sie mit Becky gesprochen hatten.

Ich spürte, wie meine Arschbacken auseinandergezogen und ein schmalerer Dildo in meinen Darm eingeführt wurde. Er hörte gar nicht mehr auf und schob und zwängte sich immer weiter in mich hinein, bis ich mich überwältigt und vergewaltigt fühlte. Ich wusste, dass er tiefer in mir steckte, als ich je für möglich gehalten hätte, und dieser Gedanke erfüllte mich ganz und führte mich zu neuen Lusthöhen.

Wieder versammelten die Männer sich um mich und tätschelten und streichelten mich, bis es mich vor lauter Geilheit fast in Stücke riss. Ich ruckte und zuckte, während die Dildos in meinen Öffnungen ständig manipuliert und in Bewegung gehalten wurden. Unsichtbare Hände zupften und zwirbelten heimtückisch an meinen Nippeln, und gleichzeitig half die sanfte Hand von zuvor mir noch immer und stimulierte behutsam meine Klitoris, um die Erregung aufrechtzuerhalten.

Als alle weggingen, keiner mich mehr berührte und sich Stille über den Raum senkte, wusste ich, dass meine Zeit gekommen war. Nun also würde ich das letzte und äußerste Spiel der Unterwerfung erleben.

Der erste Schlag der neunschwänzigen Katze brannte auf meinen Oberschenkeln, und dann wurde mein ganzer Körper nach und nach mit Hieben überzogen. Niemals fielen zwei Schläge auf dieselbe Stelle, doch sie lagen immer so dicht beieinander, dass die Glut nicht verging.

Die Hiebe wanderten meine hilflos gefesselten Arme und Beine entlang und zuckten auch gelegentlich über die zarten Innenseiten der Oberschenkel – gerade so, dass ich erschreckt aufkeuchte. Das Tempo wurde schneller, bis ich mich keuchend und schnaubend schlängelte und wand. Was für eine auserlesene Folter!

Doch allmählich wünschte ich mir, ich hätte diesen Männern meine Sexualität nicht ganz so bereitwillig ausgeliefert, und hielt mich an dem Glöckchen fest, als gälte es mein Leben. Ich hörte, wie sie angesichts der ultimativen Bestrafung, die ich erhielt, zufrieden murmelten und bei jedem energischen Schlag, der auf meine zarte Haut klatschte, begeistert schnauften.

Die angenehmen Empfindungen, die die Dildos in mir erzeugten, verbunden mit dem Gefühl völliger Entblößung, sorgten für einen Zustand unausgesetzter leichter Erregung, der durch die leichten, anregenden Schmerzen kaum getrübt wurde.

«Nimm die Kutscherpeitsche, König, die hinterlässt Liebesstriemen», hörte ich eine Stimme, und mein Angstpegel schnellte raketengleich nach oben. Was zum Teufel war eine Kutscherpeitsche?

Das Werkzeug wurde gewechselt, und ich hörte in der Stille, wie eine Peitsche durch die Luft pfiff. Ich spürte unmittelbar oberhalb der Brüste einen schneidenden Schmerz, der mir den Atem raubte. Darauf folgten in rascher Folge weitere Schläge auf Oberschenkel, Bauch und Arsch. Der sengende Schmerz, der jedem Schlag folgte, brachte mich zum Zappeln, und ich suchte verzweifelt nach einer Phantasie, die mir die Qual erträglicher machen könnte, aber vergebens. Hilflos versuchte ich, den brennenden Schlägen zu entkommen, doch in Wirklichkeit schwelgte ich in dem Schmerz.

Als ein Schlag zwischen meinen geöffneten Beinen landete, schnaubte ich in den Knebel und versuchte heftig keuchend, den Schmerz schnellstmöglich zu verdauen. Doch der nächste Schlag fiel, bevor ich mich wieder im Griff hatte. Meine Fäuste ballten sich so fest zusammen, dass die Fingernägel sich in die Handflächen gruben, doch das half mir nicht das Geringste gegen die intensive Empfindung, die meinen Körper durchfuhr.

Obgleich der Schmerz mich belebte, war das nichts gegen die alarmierend anschwellenden Wogen meiner Erregung. Ein Teil von mir versuchte verzweifelt, den Schlägen auszuweichen, doch mein unterwürfiger Persönlichkeitsanteil lechzte nach einer immer größeren Intensität. Ich wollte von der Fülle der Empfindungen bersten. Ich wollte alles voll und ganz auskosten. Als die Peitschenspitze meinen nackten Titten immer näher kam, gab ich mir alle Mühe, diese köstliche Pein unmittelbar auf den Nippeln zu spüren – doch wer auch immer die Peitsche schwang, wusste es besser. Sich etwas zu ersehnen ist viel erotischer, als es tatsächlich zu bekommen, und so regneten die Peitschenhiebe gnadenlos auf mich nieder, nur nicht da, wo ich sie haben wollte.

Ich wand mich zuckend in meinen Fesseln und versuchte mir einzubilden, dass Becky und ich dieses Spiel zu Hause spielten. Sobald ich an Becky dachte, stellte ich mir vor, dies alles geschehe für sie, und dann milderte sich mein Schmerzempfinden auf ein erträgliches Maß und vermischte sich mit all dem Lustvollen, was zuvor geschehen war, und den Erregungsresten, die noch immer im Hintergrund mitschwangen.

Ich wurde von vielen Händen hochgehoben, während man meine Fesseln löste, und dann ohne viel Federlesen umgedreht. Jetzt lag ich mit dem Bauch auf dem Tragetuch, und wieder wurden mir Arme und Beine in die Länge gezogen. Mein Haar wurde hinten zusammengebunden und irgendwo oben festgemacht, sodass der Kopf zusätzlichen Halt fand, die Kopfhaut aber unangenehm ziepte. An meinen Nippeln wurden Klammern befestigt und mit Gewichten beschwert. Sie umfingen die zarten Knospen wie mit einem Schraubstock, doch bei jeder Bewegung schwangen sie mit, und dann überrollte mich eine köstliche Welle sanfter Lust.

Wieder wurde das Werkzeug ausgewechselt, und ich spürte, wie die Enden der neunschwänzigen Katze sanft durch die Spalte zwischen meinen Schenkeln gezogen wurden und meine heiße Möse kitzelten. Hilflos ergriff ich dieses geringfügige Angebot von Lust. Zu meiner Überraschung hörte ich plötzlich, dass sich ein leises Wimmern meiner Kehle entrang. Erstaunlich, wie es mir selbst noch mit dem Knebel gelang, meine Wollust auszudrücken.

Die neue Peitsche fühlte sich anders an, der Schmerz war weniger scharf und verteilte sich auf eine größere Fläche. Das Spiel nahm einen vollkommen neuen Charakter an; nun war es eindeutig verhüllte Wollust, die meinen inneren Druck in fiebrige Höhen trieb.

«Du wirst allein mit Hilfe der Peitsche zum Orgasmus kommen, Cassandra. Konzentriere dich auf den Gedanken, wie viel Freude du allen hier Anwesenden bereitest, und tu es für Becky.»

Ich erkannte Herrn Königs Stimme sofort, merkte, dass er selbst die neue Peitsche schwang, und entspannte mich ein wenig, da ich wusste, dass er mich schon einmal durch den Schmerz zum Orgasmus geführt hatte.

Aber was hatte er da eigentlich gesagt? Irgendetwas an seinem letzten Satz stimmte nicht, doch jedes Mal, wenn ich den Gedanken fast zu fassen bekam, verschlug mir ein neuer Kuss der Peitsche den Atem und brachte mich völlig durcheinander.

Die schmerzhaften Schläge regneten auf Arschbacken,

Rücken und Beine nieder, und gelegentlich, wenn ein besonders wohlgezielter Schlag den in mir steckenden Dildo erwischte, ihn tiefer trieb und meine Klitoris stimulierte, schrie ich auf.

Meine Erregung hielt sich auf einem annehmbaren Level, machte aber keine Anstalten, nach oben zu schnellen.

Tu es für Becky, mach, was Herr König dir gesagt hat, schrillte es in meinem Kopf, wenn die intensiven Empfindungen mich zu überwältigen drohten.

Wieder schlich sich die quälende Frage in meine Gedanken. Was genau hatte er eigentlich eben gesagt?

Becky! Becky? Ja, er hatte Becky gesagt. Aber er kennt sie doch gar nicht!

Ich war völlig verwirrt, und gleichzeitig klatschten weiterhin die Peitschenhiebe auf mich nieder. Allmählich verwandelte sich der Schmerz. Der Gedanke an Becky wurde klarer, und ich versuchte mir vorzustellen, dass sie mir zusähe, stolz auf meine Unterwerfung. Plötzlich roch ich überwältigend deutlich den Duft ihres Parfüms. Diese Wahrnehmung lenkte mich vollkommen ab, und lauthals machten sich unzählige Fragen in mir bemerkbar. *Ich versteh euch nicht!*, schrie mein Kopf zurück.

Wieder näherte sich der Schmerz einem Höhepunkt, und ich meinte, weinen zu müssen, wenn Herr König nicht bald aufhörte. Ich warf mich verzweifelt hin und her und hoffte, sie würden darauf reagieren und aufhören. Doch sie waren entweder zu erregt, um mein Flehen richtig zu deuten, beziehungsweise hatten keine Lust dazu.

Becky hätte gewusst, wann es genug war, weinte ich leise in mich hinein.

Der Orgasmus, der seit einer Ewigkeit fast in Reichweite schien, wollte sich nun, wo ich ihn am dringendsten brauchte, aus dem Staub machen. Auf der verzweifelten Suche nach Lustempfindungen konzentrierte ich mich auf den Dildo in meiner Möse und den langen Analplug, der tief in meinen Darm hineinreichte.

Dann kam mir plötzlich die Erleuchtung, und das veränderte mit einem Schlag alles. Das Glöckchen, das eben noch fast meiner Hand entglitten wäre, war gar nicht nötig. Meine Becky war hier. Becky selbst hatte mich gestreichelt, mir die Stirn abgewischt und mich sanft gewiegt, während die Männer um mich, ihre Spielfigur, zockten. Ich spürte, wie sich eine kleine, warme Hand in die meine schob und sie drückte.

Eine überwältigende Adrenalinwoge schwappte durch meinen hilflos aufgespreizten Körper, und ich wand mich vor Lust und Freude. Ich stellte mir vor, wie Becky in diesem Raum voller dominanter Männer alles verfolgt hatte, was mit mir angestellt wurde. Ich stellte mir vor, wie geschockt sie gewesen sein musste, als sie mich pinkeln sah, und Wogen von Scham wuschen über mich hinweg. Von Menschen, denen man vermutlich niemals von Angesicht zu Angesicht begegnen würde, mochte man sich vielleicht zu einer derart beschämenden Handlung nötigen lassen. Doch ich wäre niemals imstande gewesen, mir selbst die Erlaubnis zu geben, so etwas für Becky zu tun.

Dieser Moment der Erkenntnis war so intensiv, dass ich meinte, mein hämmerndes Herz müsste bersten.

Mit noch weiter aufgerissenen Beinen und hervorgestoßener Brust flehte ich nun um den Kuss der Peitsche. Kommen Sie nur, Herr König, schrie ich innerlich, ich will es jetzt! Ich will alles, was Sie mir geben können.

Diesmal verstand er mich vollkommen und behielt sein geschickt gewähltes Tempo bei. Die Hiebe trafen meinen Oberkörper an den unerwartetsten Stellen und führten mich schnell dem ersehnten Gipfel entgegen. Jeder Peitschenschlag war eine neue Überraschung, die mich weiter mit sich riss. Jeder vierte oder fünfte Hieb landete auf der

Innenseite meiner empfindsamen Oberschenkel, und dann bäumte ich mich jedes Mal in meinen Fesseln auf. Gelegentlich erwischte er mit einem geschickten Schlag meine Titten und verpasste den langgestreckt herabbaumelnden Nippeln eine schneidende Liebkosung, die mir fast den Schädel sprengte.

Die zuckenden Schmerzen schmolzen vollkommen mit der Wahrnehmung zusammen, dass Beckys kleine Hand die meine losließ und, der Peitsche ausweichend, langsam nach unten wanderte, bis sie ihr Ziel erreichte und mir die ersehnte Erfüllung verschaffte. Nach all den groben, aufdringlichen Männerhänden suchte nun ein einziger, zierlicher, allwissender Finger nach meiner unter Hochdruck pulsierenden Klitoris, fand sie und streichelte sie in einem zärtlichen Rhythmus.

Die überwältigenden Orgasmuswogen begannen in meinen geschwollenen, von den Klammern in die Länge gezogenen Nippeln. Sie gewannen an Kraft, rauschten wie eine unaufhaltsame Flut zur Möse und durchschwemmten dabei meinen straffgespannten Körper, bis ich meinte, die von meinen beiden Lovern gemeinsam erzeugte Wollust müsse mir die Sinne rauben.

Herr König machte weiter, während Becky wieder meine in die Länge gezogenen Brüste liebkoste – und so, in meiner vollständigen Unterwerfung schwelgend, meine Lust noch verlängerte. Ich stieß ein unausgesetztes kehliges Heulen und Schluchzen aus, das zwar vom Knebel weitgehend verschluckt wurde, aber dennoch niemandem entging. So badete ich in den letzten zuckenden Lustkrämpfen und brach in tiefster Unterwerfung zusammen.

Siebzehn

Als ich wieder zu mir kam, war ich benommen und zutiefst verwirrt. Ich lag noch immer in der Liebesschaukel, doch inzwischen hatte man mir die Klammern von den Nippeln genommen, und das Blut kehrte kribbelnd in seine Bahnen zurück. Um das schmerzhafte Brennen der Peitschenstriemen besser zu ertragen, umklammerte ich das Glöckchen fester, einfach um mich davon zu überzeugen, dass ich mir seinen Besitz nicht nur eingebildet hatte.

Ich fühlte mich innerlich verändert. Ein gelassenes Gefühl der Hinnahme war in mich eingekehrt. Noch immer hörte ich gedämpfte Stimmen im Raum, doch jetzt hatte ich keine Angst mehr, was mir als Nächstes zustoßen würde. Ich lechzte danach. Ich wusste vollkommen zweifelsfrei, dass ich von diesem Moment an ein anderer Mensch sein würde. Es gab keine Schrecken mehr für mich, und ich konnte in Ruhe die Entscheidung meiner Becky abwarten, was die Männer als Nächstes mit mir anstellen durften. Ich stellte nicht einmal die Frage, wie Becky hierhergekommen war. Ich sehnte mich nur nach neuen Erfahrungen, die meine Schmerzgrenze und meine Unterwerfungsbereitschaft ausloteten. Mein Kopf dröhnte nicht mehr von tausend Fragen, sondern meine Gedanken surrten so ruhig und gleichmäßig dahin wie ein perfekt eingestellter Automotor im Leerlauf, während ich darauf wartete, was man als Nächstes von mir verlangte.

Ich horchte auf, als ich merkte, dass ganz offensichtlich

über mich beratschlagt wurde. Ich hörte, wie Herr König und Becky etwas besprachen, das ich nicht recht verstand. Im Hintergrund herrschte ein allgemeines Stimmengewirr, aus dem immer wieder zustimmende Rufe hervordrangen. Die Männer mussten die Vorschläge wohl gutgeheißen haben, denn Becky kam zu mir, setzte sich neben meinem Kopf auf den Boden und stellte mir ein paar sehr beunruhigende einleitende Fragen.

«Du bist ein ganz unanständiges kleines Mädchen, Cassandra. All diese schamlos peinlichen Dinge, zu denen sie dich genötigt haben. Magst du so was?»

«Mhm.»

«Du hast also tatsächlich vor den Augen all dieser zügellosen Männer gepinkelt! Du dreckiges Flittchen! Ich hätte niemals von dir gedacht, dass du dich zu so etwas hergeben würdest.»

Sie schien keine Antwort zu erwarten, und ich wusste, dass sie irgendeinen Grund dafür hatte, mich wieder in Stimmung zu bringen, und ließ mich also ganz von ihren beschämenden Worten vernichten.

«Erinnerst du dich, dass du am Anfang unserer Beziehung gesagt hast, dass du mir vertraust, Cassie? Ist das immer noch so, obwohl ich dich ein bisschen hinters Licht geführt habe?»

Ohne das geringste Zögern nickte ich, so gut es mit meinem gefesselten Kopf ging. Sie küsste mich da, wo die Lippen vom Knebel gedehnt waren, und berührte die heiße Haut zärtlich mit der Zunge. Ich stöhnte auf.

«Wir wollen jetzt etwas mit dir machen, Cassandra, das deine äußersten Grenzen ausloten wird – und mehr –, aber es ist mir und Herrn König und dem Rest dieser Herren, die dich ungemein bewundern, sehr wichtig. Wirst du es zulassen?»

Bei ihren Worten ertönte Jubel, der aber sofort wieder

verstummte, und dann erfüllte eine schmerzliche, beängstigende Stille den Saal. Ich merkte, dass jeder Einzelne im Raum mit angehaltenem Atem auf meine Zustimmung wartete. Ich war etwas abgekühlt, und meine Erregung hatte sich teilweise gelegt, sodass die Entscheidung schwerer zu fällen war. Die Angst, die ich meinte für immer verloren zu haben, rührte sich peinbringend in meinem Innern.

Dann ergriff eine männliche Stimme das Wort. «Komm schon, Süße, denk an meinen Brief. Das hier ist dein Schicksal, genau, wie ich es dir geschrieben habe. Jeder in diesem Saal weiß es, und auch du weißt es, sobald du einmal über die unmittelbare Angst hinaussiehst.» Es war Herr Königs Stimme, der sich Beckys Drängen anschloss und versuchte, mich zu überreden. Wieder hörte ich auffordernde Rufe aus dem Hintergrund:

«Wir wollen, dass du zu uns gehörst, Cassandra.»

«Komm schon, Mädel, du bist schon so weit gekommen, da ist der Rest ein Kinderspiel. Du musst einfach nur nicken, den Rest erledigen wir dann schon.»

«Komm schon, Cassie, sag ja.»

Das Bedürfnis zu gefallen – insbesondere Becky und Herrn König – gab den Ausschlag. Ich nickte und bekräftigte mit einem Stöhnen, dass ich mein Schicksal akzeptierte. «Gut, braves Mädel», sagte Herr König. «Wir werden deine wunderbar geilen Mösenlippen piercen und mit unserem Symbol schmücken. Jede unserer Spielfiguren ist daran erkennbar. Du wirst nicht das Geringste spüren. Ein oder zwei Sekunden, dann wirkt die örtliche Betäubung. Es geht hier nicht um Schmerz, sondern um etwas rein Symbolisches.»

Nach meiner Zustimmung dauerte es nur Sekunden, und schon zogen unsichtbare Hände mir die Dildos aus Arsch und Möse, und unterdessen nahm Becky mir den

Knebel aus dem Mund. Es war ein tolles Gefühl, meine Kiefergelenke zu entspannen, und Beckys sanfter Kuss fühlte sich sogar noch besser an. Sie flüsterte mir Zärtlichkeiten ins Ohr und hielt meinen Kopf.

Ich war innerlich zerrissen. Ohne den Knebel im Mund hätte ich jetzt tatsächlich Fragen stellen oder mich weigern können, doch Becky hielt meinen Mund beschäftigt, was nicht weniger wirkungsvoll als ein Knebel war, und so zogen die bösen Vorahnungen sich wieder in den Hinterkopf zurück.

Ich spürte, wie mir etwas sehr Kaltes auf die inneren Mösenlippen gesprüht wurde, und dann wurden sie allmählich taub. Ich war starr vor Schreck, doch Beckys Küsse saugten meine Ängste und Fragen einfach weg. Ein kleiner Teil meiner selbst rebellierte, doch die neue Cassandra, die Spielfigur dieser Männer, wollte auch das letzte Stück des Weges gehen.

Der bittere Geruch eines Antiseptikums vermischte sich mit dem Duft von Leder, Sex und Tabak, der den Raum erfüllte, und ich schrie innerlich auf. Doch Beckys Mund hielt den meinen noch immer umfangen. Ich hätte mich ihr entziehen können, doch solange Becky mich gierig küsste, konnte ich alles ertragen.

Zwischen meinen Beinen wurde pausenlos hantiert, und ich wünschte nur noch, sie würden endlich loslegen. Als ich dann merkte, dass es gleich so weit war, hielt ich den Atem an und ließ mich ganz in Beckys Kuss versinken. Ihre weichen Hände spielten mit meinen Brüsten und zwirbelten die Nippel genau so, wie ich es gerne mochte.

Ein riesiger Jubel ging durch den Raum, und noch während zwischen meinen Beinen hantiert wurde, reichte man mir die Hände und gratulierte mir, als hätte ich einen Preis gewonnen. Ich konnte kaum glauben, dass es schon vorbei war – außer einem leichten Zupfen hatte ich nichts gespürt.

Becky sang mir Worte der Bewunderung und Liebe in meinen hungrigen Mund und barg dabei weiter meinen Kopf so sorgsam in ihren Händen, als gäbe es gar nichts Kostbareres für sie. In diesem Moment wusste ich, dass ich nicht nur für sie, sondern für alle im Raum Versammelten das Wertvollste war, was sie hatten. Unsichtbare Hände halfen mir herunter und massierten mir Arme und Beine, um das Blut wieder in Fluss zu bringen.

Ich wurde wieder zu dem Tisch geführt, auf dem ich mich schon vorher in meiner Zügellosigkeit gespreizt hatte, und in die unterwürfige Position gedrückt, die Becky bevorzugte, nämlich kniend und mit weitgeöffneten Schenkeln.

Alle Männer umstanden mich und schienen sich beim Betasten und Begutachten meines neuen Schmucks abzuwechseln, und ich bedauerte sehr, dass ich im Schritt noch immer betäubt war. Doch schon die Vorstellung, dass sie mich ansahen und mit tastenden Fingern in meine Möse fuhren, reichte, um mich wieder in Fahrt zu bringen, und ich drängte mich ihren Händen entgegen.

«Sind wir uns alle einig, meine Herren? Nehmen wir diese Spielfigur in unsere Spiele auf?»

Es ertönte ein Chorus von Ja-Rufen, und ich war stolz wie Oskar. Ich spürte erneut Finger, die zwischen meinen Beinen fummelten, und wackelte einladend mit den Hüften, während ich den Kopf hoch erhoben hielt und das Becken vorstieß.

«Auf geht's, du verdorbenes kleines Luder. Auf nach Hause.»

Daraufhin wurde ich vom Tisch gehoben, und man erwartete offensichtlich von mir, dass ich mit einem Etwas zwischen den Schenkeln, das sich wie tonnenschweres Eisen anfühlte, munter losmarschierte. Meine Oberschenkel waren gefühllos und rieben aneinander, daher watschelte ich mit gespreizten Beinen, ohne mich darum zu scheren, wie das aussehen mochte. Für solche Gedanken war es inzwischen so oder so zu spät. Ich wurde aus dem Saal und durch die Eingangshalle geführt, und dazu ertönten ein Pfeifkonzert und lautes Wolfsgeheul und schließlich ein dramatisches:

«Dreimal hoch auf unsere neue Spielfigur: Hipp, hipp ...»

«Hurraa», ertönte es im Chor.

Zählen konnten sie wohl nicht, denn ich hörte sie noch immer jubeln, als Becky mir in den Wagen half.

Ich war, abgesehen von der Augenbinde und dem, was nun auch immer zwischen meinen Beinen hing, splitterfasernackt, aber das hinderte mich nicht im Geringsten daran, mich mit weitgeöffneten Schenkeln hinzusetzen, um zu sehen, was sie mit mir angestellt hatten. Weil ich mich Becky aber vollkommen unterordnete, wartete ich ab, bis sie etwas sagte. Becky beugte sich über mich und kurbelte das Fenster herunter. Gleich darauf verstand ich, warum.

«Auf Wiedersehen, Cassandra. Hab Dank für deinen Besuch. Wir hoffen, dich bald wieder hier in unserem Schachclub als Gast zu haben.» Herr Königs Stimme klang beruhigend und machte mich so scharf wie eh und je.

«Bist du mir böse?», fragte mich Becky. «Ich hab mich wohl, genau wie du, ein wenig hinreißen lassen, aber das kann bei diesen Spielen schrecklich schnell passieren, nicht wahr?»

Ich wandte mich ihr zu und lächelte breit. Sie verstand wohl, dass ich damit meine Einwilligung in alles ausdrückte, denn sie nahm mich in die Arme, und wir hielten uns lachend auf dem Rücksitz umschlungen, wiegten uns gegenseitig und redeten beide gleichzeitig.

«Eins verstehe ich nicht, Becky. Du kannst doch Herrn König, oder wie er nun heißt, unmöglich vor mir gekannt haben. Aber wie bist du dann in diesen Schachclub gekommen?

«Ich habe dich ein bisschen beschummelt. Als ich merkte, wie sehr du dich danach sehntest, ihn wiederzusehen, habe ich eine kleine Reise organisiert – du erinnerst dich doch, dass ich angeblich auf eine Fortbildungsveranstaltung musste? In dieser Zeit habe ich ihn besucht. Wir haben miteinander geredet, und ich habe ihm die Situation erklärt. Er war gleich Feuer und Flamme und erzählte mir von dem Schachclub, dessen Vorsitzender er ist.» Sie wies mit einer Kopfbewegung nach hinten. «Sie tragen jeder den Namen einer Schachfigur, als Decknamen. Ich kann dir versichern, dass sie vollkommen harmlos sind. Es ist eine Gruppe von acht Männern – heute waren allerdings nur sechs da, weil einige im Ausland wohnen –, die alle sehr dominant sind und genau wie wir gern etwas härtere Spiele spielen. Offensichtlich hat König dich gleich bei eurer ersten Begegnung für den Club ins Auge gefasst, wollte dir aber Zeit lassen, damit du reif für die Initiation warst.»

«Aber was für eine Rolle spielen wir Frauen dabei, wenn es ein reiner Männerclub ist?», fragte ich.

«Nun ja, simpel ausgedrückt brauchen sie Spielfiguren, und zwar nicht nur, weil ihnen zu ihrem Schachspiel noch die Bauern fehlen, sondern auch als Figuren in ihren sonstigen Spielen. Bei ihrer Gründung vor zwei Jahren haben die Mitglieder einvernehmlich beschlossen, dass nur vollkommen freiwillige Spielfiguren mit von der Partie sein dürfen, denn keiner der Männer steht darauf, sich einer Frau aufzunötigen, es sei denn, natürlich, sie wäre vorher damit *einverstanden*, dass auch Zwang angewendet wird. Mmh, da fällt mir doch schon wieder ein neues Spiel ein.»

Becky dachte einen Moment lang nach. «Bisher haben sie fünf Bauern für ihr Schach, und mit dir zusammen sind es sechs. Sie kommen etwa einmal im Monat zusammen und bestellen jeweils den Schachbauern ihrer Wahl zu diesen Treffen ein. Zum vereinbarten Termin kommt der weiße Läufer, ihr Chauffeur – dass König dich persönlich abgeholt hat, war eine Ausnahme, weil du ja nicht wusstest, wohin es geht –, und holt die Spielfigur für eine Nacht der Zügellosigkeiten ab. Ich habe zugestimmt, dich als Spielfigur zu verleihen, aber nur dann, wenn es mir genehm ist. Leider werde ich dich nicht wieder begleiten können, und so wirst du mir deine Erlebnisse detailliert schildern müssen.»

Becky hatte vollkommen begriffen, wie es um mich stand. Was sie da über Spiele sagte und dass sie mich verleihen würde, ließ schon jetzt eine Woge der Hoffnung in mir aufsteigen. Sobald der Aufruhr meine Möse erreichte, fiel mir jedoch wieder der neue Schmuck ein, den ich nun an diesem Körperteil trug. Ich wollte die Augenbinde abnehmen, doch Becky hinderte mich daran.

«Warte, bis wir daheim sind, Cassie, dann erkläre ich dir den Rest.»

«Du meinst, da gibt es noch mehr zu erklären?», fragte ich verblüfft und mit wachsender Erregung. Ich streckte die Hand aus, um sie unter Beckys Rock gleiten zu lassen, doch sie schlug sie zur Seite.

«Du unersättliche Schlampe, du!»

Ich schlief mit dem Kopf in ihrem Schoß ein, atmete dabei den Duft ihrer und meiner Erregung und wachte erst wieder auf, als wir in unserer Einfahrt hielten. Becky half mir aus dem Wagen, bedankte sich bei dem weißen

Läufer und führte mich nach drinnen. Woher wusste sie, dass ich keinen eigenen Willen mehr hatte und geführt werden musste?

Sie brachte mich sofort in den Playroom und schloss die Tür. Dort stellte sie mich vor den Spiegel und befahl mir, zu warten, bis sie die Kerzen angezündet habe. Als der ganze Raum von den flackernden Lichtern erhellt war, trat sie hinter mich und nahm mir die Augenbinde ab. Zunächst erkannte ich gar nichts, doch sobald meine Augen wieder richtig sahen, starrte ich staunend auf die hübschen Goldringe, die von meiner nackten Möse herunterbaumelten, von einer winzigen goldenen Schachfigur als Schloss zusammengehalten. Vom König.

Ich setzte mich vor dem Spiegel auf den Boden, und Becky hockte sich hinter mich und hielt mich in den Armen, als ich die Beine breit machte, um mich besser ansehen zu können. Die dunkel behaarte, hübsche Möse des Vortags war ein Ding der Vergangenheit. Stattdessen war dort ein nackter, plumper Hügel mit einer Spalte, kreuz und quer von rötlichen Striemen überzogen, und die Mösenlippen waren mit schweren Goldringen gepierct.

Der Anblick haute mich vollkommen um, und mir blieb vor Verblüffung der Mund offen stehen, als ich die Hand ausstreckte und den Schmuck, der mich als Unterwürfige kennzeichnete, vorsichtig betastete.

«Was hältst du davon, Cassie?», fragte Becky, die offensichtlich nicht wusste, wie ich darauf reagieren würde. «Gefallen sie dir?»

«Ob sie mir *gefallen*?», quietschte ich entzückt. «Ich bin außer mir vor *Begeisterung*. Danke, vielmals, vielmals danke.»

Ich stand auf und stellte mich mit gespreizten Beinen hin, damit die Ringe frei nach unten baumeln konnten, und das hatte eine ganz hinreißende Wirkung auf meine

Klitoris. Ich spielte vorsichtig mit den Fingerspitzen an den Ringen herum, ein wenig zitternd aus Angst vor Schmerzen, doch stattdessen überkam mich ein köstlich berauschendes Gefühl, auch wenn ich ein wenig zusammenzuckte, weil die Betäubung allmählich nachließ. Meine Mösenlippen schwollen schon wieder vor Erregung an, was einen gewissen Schmerz mit sich brachte, aber da ich wusste, dass Becky mir zusah, streichelte ich mich trotzdem. Dann zog sie meine Hand weg.

«Aber ich möchte vor deinen Augen kommen», beschwerte ich mich. Ich sah, dass ich sie damit erregte, und dachte, sie würde meine Bitte sofort erfüllen, doch sie lachte einfach nur laut los.

«Du bist wirklich ein unverbesserliches Flittchen, du! Diese Piercings brauchen bis zu ihrer Heilung mindestens eine Woche, wenn nicht zehn Tage, und so lange musst du dich wohl oder übel gedulden. Ach ja, und am besten heilen sie, wenn man darauf pinkelt, also mal sehen, was mir dazu einfällt, nicht wahr?»

Sie drehte mich um, führte mich aus dem Playroom ins Schlafzimmer, half mir, mich hinzulegen, ging dann weg und kehrte mit einem Paar Handschellen zurück. Sie fesselte meine Handgelenke, machte sie mit einer kurzen Kette am Kopfende des Bettes fest, drehte mich auf den Rücken und befahl mir, die Beine breit zu machen. Ich gehorchte ihr ohne jedes Zögern und sah hingerissen zu, wie sie sanft meine Ringe untersuchte, sie hin und her bewegte und sie dann mit einem leichten Schütteln zum Klimpern brachte. Vorsichtig schob sie die Finger zwischen meine zusammengeklammerten Mösenlippen und kommentierte die schon wieder fließenden Säfte mit einem missbilligenden Zungenschnalzen. Dann nahm sie eine Kette aus ihrer Hosentasche und zog diese neben dem König durch die Ringösen. Die Kette befestigte sie so locker am

Bettpfosten, dass sie nur dann, wenn ich mich bewegte, verführerisch an meiner Möse zupfte. Bei jeder noch so kleinen Bewegung durchschoss mich nun das verzweifelte Wissen, dass ich in dieser Lage feststeckte, bis Becky beschloss, mich zu befreien. Jedes Mal, wenn ich mich rührte, schwappte wieder dieselbe hoffnungslose Erregung in mir hoch. Was für eine köstliche Folter.

Becky hockte sich neben mich aufs Bett, beugte sich über mich und küsste mich heftig. Dann deckte sie mich zu und machte Anstalten wegzugehen.

«Gute Nacht, Cassandra, das ist die Schule des Gehorsams. Schlaf gut.»

«Becky, kann ich dich etwas fragen, bevor du schlafen gehst? Bitte?»

«Hm?»

«Du hast doch nicht wirklich vor, das für immer so zu lassen?»

«Na ja, es gibt nur zwei Schlüssel – und der zweite hängt im Schachclub zusammen mit den Schlüsseln der anderen Spielfiguren über dem Tisch. Ich habe versprochen, dich zurückzubringen, wenn deine Trophäe geheilt ist, und unterdessen werden sie, wie sie mir versichert haben, sich neue grässliche Spiele für ihre neueste Spielfigur ausdenken. Aber ...», fügte sie hinzu und legte mir den Finger auf die Lippen, «für eine Spielfigur stellst du entschieden zu viele Fragen, meine Liebe. Jetzt geh schlafen, Cassandra. Morgen reden wir darüber, wie weit wir uns auf den Schachclub einlassen wollen.»